Auf Leben und Tod

Burghard Meißner

Auf

Leben

und

Tod

Roman

März 2012
B.Meißner Eigenverlag
Chemnitzer Str. 24
51067 Köln
Tel.: 0221 691670
e-mail: burghard.meissner@t-online.de
www.krimi-mit-blut.de
Lektorat: Jeannine Bonn, Marius Meißner
Fotographie: B.Meißner
ISBN: 978-3-00-037190-5
Umschlaggestaltung, Druck und Verarbeitung:
Hundt Druck GmbH
Zülpicher Str. 220
50937 Köln
Tel.: 0221 94068-0

Die Handlung und
ihre Personen
sind frei erfunden.
Namensgleichheiten
mit Lebenden oder
Verstorbenen wären
ebenso zufällig
wie Ähnlichkeiten
mit tatsächlichen
Geschehnissen oder
Parallelen zu
künftigen Ereignissen.
Im Hinblick auf
Sicherheitsvorschriften
bei Justiz und Polizei
sowie bei
Zeit- und Ortsangaben
sind mitunter
dichterische Freiheiten
angewandt worden.

Der Autor:

Burghard Meißner, geboren am 8.April 1950 in Bergisch Gladbach. Gelernter und über 30 Jahre ausgeübter Beruf: Bankkaufmann. Seit 2004 im Vorruhestand.
Mitte der 90er Jahre des vorigen Jahrhunderts entdeckte er die Liebe zum Schreiben neu. Auslöser war ein Beitrag seines Sohnes Marius für dessen Schülerzeitung. Etwas, das er selbst zu seiner eigenen Schulzeit zu den nennenswerteren Leistungen zählt.
Seit 1996 wurden elf Kriminalromane sowie zwei Bände mit satirischen Gedichten und Geschichten veröffentlicht, bis auf die beiden ersten Romane alles im Eigenverlag. Dies ist nun sein zwölfter Krimi mit dem charismatischen Hauptkommissar der Kölner Kripo Walter Matheisen.
Mit seiner Lebensgefährtin, Angelika Bick, lebt der Autor seit vielen Jahren im rechtsrheinischen Kölner Vorort Holweide.

„Die Rache ist mein; ich will vergelten“, spricht der Herr.
(Neues Testament)

Kapitel 1

Schon einmal hatte er Haß- und Rachegefühle über Jahre konservieren, ja sogar noch steigern können. Schon einmal hatte es sich für ihn ausgezahlt, Geduld zu bewahren. Geduld über einen Zeitraum von dreißig Jahren. Jetzt war nur etwas mehr als die Hälfte der Zeit verstrichen, und nun bot sich ihm die Chance, seine aufgestauten Rachegelüste zu befriedigen. Endlich war eine Konstellation eingetreten, die es ihm als aussichtsreich erscheinen ließ, seine Pläne in die Tat umzusetzen.

Es gab nichts, was sich Hans-Hubert Abelius, Insasse der Justiz-Vollzugs-Anstalt in Köln-Ossendorf, in den letzten Jahren öfter und sehnlicher vorgestellt hatte, als den Augenblick, endlich wieder frei zu sein. Der Gedanke an die Freiheit hatte ihn ebenso beherrscht wie das Verlangen nach Rache. Nicht mehr lange und es war so weit! Das stellte er sich zumindest vor. Er glaubte, den richtigen Weg gefunden zu haben. Dabei war er zweigleisig gefahren. Ein Gleis bedeutete Flucht. Er durfte jetzt nur keinen Fehler machen, nicht den geringsten Fehler.

Sorgfältig sammelte er die Zeitungsartikel aus dem Versteck hinter dem Bücherbord heraus, zerriß sie in kleine Schnipsel und spülte sie die Toilette hinunter. Jeden Tag, den er seit seiner Verlegung von Rheinbach nach Köln verbracht hatte, war er auf der Jagd nach Informationen gewesen. Mehrere Tageszeitungen hatte er täglich durchgelesen, um hin und wieder das zu finden, wonach er suchte. Es gab manchmal sogar ein Foto zu dem entsprechenden Artikel. Und es war ein vertrautes Bild für ihn. Das Konterfei des Mannes, der ihn über Jahre gejagt und schließlich auch gestellt hatte und den er mehr haßte, als alles andere auf der Welt, war ihm auch so ins Gedächtnis gebrannt, wie die Tätowierung auf seinem linken Oberarm. Es hatte ihm jedesmal, wenn er ein solches Foto in der Zeitung fand, einen neuerlichen Schub

Energie für seinen Haß und seinen Willen, irgendwann doch wieder in Freiheit zu gelangen, gegeben.
Wegen zwölffachen Mordes war er zu lebenslanger Haft verurteilt worden. Dazu, wie es so schön in der Urteilsverkündung geheißen hatte, wegen der schwere der Schuld mit anschließender Sicherungsverwahrung. Dies bedeutete, daß er keine Chance gehabt hatte, nach fünfzehn Jahren aus der Haft entlassen zu werden. Wenn das weiterhin so bliebe, würde er noch weitere zehn Jahre abbrummen müssen, trotz der tadellosen Führung, die er in den vergangenen sechzehn Jahren an den Tag gelegt hatte. Dann wäre er einundsiebzig Jahre alt und sein Haßobjekt weit jenseits der achtzig und eventuell schon nicht mehr am Leben.
Mustergültig hatte er sich verhalten, und er hatte einer psychologischen Betreuung zugestimmt. Keinen der Termine hatte er ausfallen lassen. Das war das zweite Gleis, dem er gefolgt war. Dabei war ihm vollkommen bewußt gewesen, daß dies möglicherweise vergebliche Liebesmüh bedeuten konnte, etwas zu einer legalen, vorzeitigen Wiedererlangung seiner Freiheit beizutragen. Doch glaubte er, nein, er war felsenfest davon überzeugt, daß auch das ihm letztlich eine Fluchtmöglichkeit eröffnen würde. Die dann zu nutzen, war er ebenso fest entschlossen.
Was hatte er sich in all den Jahren nicht schon alles vorgestellt, wieder vorzeitig frei zu sein? Einen Fluchttunnel zu graben, wie Clint Eastwood, dem die Flucht von Alcatraz gelungen war. Oder eine Gefängnisrevolte anzuzetteln, in deren Folge er mittels einer Geiselnahme entkommen konnte. Doch alles hatte er verworfen und über sich selbst mitleidig gelacht. So etwas funktionierte nur im Film, nicht aber im wahren Leben. Also hatte er seinen Grips angestrengt und auf seine Chance gewartet. Geduldig, wie schon einmal in seinem Leben.
Als er den Schlüssel im Schloß hörte, blickte er aus dem Fenster und sah einen schmalen Streifen blauen Himmels. In der offenen Zellentür stand Fritz Eichel, der Schließer, ein

Mann um die Fünfzig und somit rund zehn Jahre jünger als Abelius. Der Mann hatte ein wölfisches Gesicht, um sein linkes Auge glänzte vernarbtes Gewebe. Ein Andenken an einen Angriff eines ausgeflippten Häftlings, wie Abelius wußte.

„Kommen Sie“, sagte der Wärter mißmutig, „der Direktor will Sie sprechen!“

Abelius drehte sich um und nickte stumm. Dann führte ihn der Mann den Gang entlang und durch das Treppenhaus ins Erdgeschoß. Unmerklich zog er das linke Bein nach, und Abelius trottete scheinbar gelangweilt hinter ihm her. Er spürte den scharfen Geruch nach billigen Putzmitteln, Männerschweiß und Gewalt heute besonders drastisch. Ein Geruch, der so unausrottbar und selbstverständlich in den Gängen eines Gefängnisses hing, als könne es nirgendwo auf der Welt anders riechen.

Sie erreichten das Büro des Direktors, und Eichel klopfte vorsichtig an die Tür und wartete ergeben auf die Aufforderung einzutreten. Liebig, der Direktor, saß hinter einem altmodischen Klotz von Schreibtisch mit vier kräftigen, gedrechselten Beinen, die aussahen wie ineinander verschlungene Girlanden. Der Mann wirkte nicht nur unausgeschlafen sondern auch wie jemand, der kein besonderes Vergnügen am Leben zu finden schien. Er ließ die beiden unbeachtet vor seinem Schreibtisch stehen und las in Abelius' Akte, als wolle er sie auswendig lernen.

Abelius betrachtete die feingliedrigen Finger und die buschigen Augenbrauen des Mannes, der vor jedem Umblättern die Kuppe seines rechten Zeigefingers anfeuchtete. Schließlich schenkte er seinen beiden Besuchern doch Beachtung und nickte dem Wärter kurz zu. Der baute sich stumm links neben der Tür wie ein Wachposten auf.

Liebig klappte die Akte zu und sah Abelius direkt in die Augen.

„Setzen Sie sich!“ forderte er ihn in einem Ton auf, der weder Freundlichkeit noch Feindlichkeit ausdrückte.

Wortlos setzte Abelius sich auf einen der Stühle vor dem Schreibtisch und fixierte weiter das Gesicht des Direktors.
„Ich muß sagen, Sie haben sich einwandfrei verhalten in all den Jahren“, fuhr der sachlich fort, „nicht nur hier sondern auch schon vorher in Rheinbach, wie mein dortiger Kollege in seinem Bericht festgehalten hat.“
Zunächst hielt Abelius dem Blick des Direktors stand, und ein kurzes, zufriedenes Lächeln spielte um seine Mundwinkel. Dann wandte er den Blick ab und betrachtete die blankpolierte, braune Schreibtischplatte, auf der alles in peinlicher Ordnung arrangiert war.
„Das ist sehr freundlich von Ihnen, das zu sagen“, bemerkte er dann und sah dem Direktor wieder in die Augen.
„Nun, aus allen Berichten, Beurteilungen und auch aus meinen eigenen Erfahrungen mit Ihnen ist festzuhalten, daß es eventuell doch eine Möglichkeit einer vorzeitigen Entlassung für Sie geben könnte. Doch dies entscheide nicht ich, das ist Ihnen bekannt. Die endgültige Entscheidung darüber fällt in einigen Tagen ein Richter. Aber es sieht nicht schlecht für Sie aus, und Sie sollten sich langsam mit dem Gedanken vertraut machen, bald wieder ein freier Mann zu sein. Was sagen Sie dazu?“
Abelius schluckte mehrmals, und sein Adamsapfel hüpfte hoch und nieder. Sein Herz begann wild zu pochen, daß er glaubte, es wäre durch den groben Stoff seiner Drillichjacke zu sehen.
„Ich wäre sehr dankbar dafür“, zwang er sich, ruhig und demütig zu antworten. Und Demut ließ er auch seine Augen zum Ausdruck bringen.
„Nun ja, Herr Abelius, offensichtlich haben die vergangenen sechzehn Jahre einen anderen Menschen aus Ihnen gemacht.“ Der Tonfall des Direktors wechselte nun allmählich von nüchterner Gleichgültigkeit zu gestelzter Jovialität.
„Jeder Mensch hat das Recht, sich zu ändern. Und wenn es vom Schlechten zum Guten ist, um so besser und erfreulicher!“

Nun stahl sich sogar ein leichtes Lächeln in das Gesicht von Direktor Liebig.
„Ja, ich bin ein anderer Mensch geworden", nickte Abelius, „aber das habe ich nicht alleine geschafft. Ich glaube, alleine kann das niemand schaffen!"
„In erster Linie denken Sie da an Frau Doktor Vieten, Ihre Psychologin. Sie hat ja wohl auch Ihr Buchprojekt initiiert. Übrigens, ein weiteres Zeichen Ihrer aufrichtigen Reue, wie ich finde, zumindest die bisherigen Kapitel, die Sie fertig haben. Gibt es schon ein neues?"
„Ich denke, ich werde mich gleich hinsetzen und das nächste zu Ende schreiben!"
„Schön, tun Sie das! Sie können jetzt gehen. Wie ich höre, ist Frau Doktor Vieten schon eingetroffen und wartet auf Sie", beendete Liebig die Unterredung, wandte sich von Abelius ab und nickte dem Wärter zu, der nach wie vor neben der Tür in unveränderter Stellung ausgeharrt hatte.
Abelius erhob sich wie in Trance und folgte Eichel hinaus in den Korridor. In seinem Kopf schwirrten die Gedanken wild umher, und das Pochen seines Herzens hatte noch nicht nachgelassen. Sollte sich wirklich alles auszahlen, so wie er es sich ausgemalt hatte? Sollte tatsächlich das zweite Gleis, auf dem er gefahren war, in die Freiheit führen? Die ungeheure Beherrschung in den vergangenen Jahren schien ihn nun greifbar nahe dorthin zu führen, wohin er sich so lange gesehnt hatte.
Er spürte eine prickelnde Erregung durch seine Adern kreisen, ein Pulsieren wie ein brodelnder Vulkan. Er mußte ruhiger werden, mußte sich zur Ruhe zwingen, mußte sich zwingen, die Dinge nüchtern zu betrachten. Ihm mußte bewußt bleiben, daß es ihn auch weiterhin eine große Willensanstrengung kosten würde, kühlen Kopf zu bewahren. Disziplin, eiserne und unnachgiebige Selbstkontrolle, das allein würde ihn seinem endgültigen Ziel näher bringen. Und nur mit der gleichen Unterdrückung jeden Gefühls würde ihn dann das vollenden lassen, was er sich in

seinen Träumen und seinem Pläneschmieden vorgenommen hatte.
Eichel, der Wärter, brachte ihn in ein Besprechungszimmer, in dem seine Psychologin auf ihn wartete. Dr. Sarah Vieten begrüßte ihn mit einem kräftigen Händedruck und kurzen Kopfnicken. Sie bot ihm eine ihrer Zigaretten an, die er lächelnd ablehnte. Er entschied sich für eine Tasse Kaffee mit Zucker. Beides stand zusammen mit einer weiteren Tasse, einer weißen Kaffeekanne und einer Büchse Milch auf einem einfachen Holztablett. Er schien wieder total entspannt zu sein.
„Möchten Sie auch?“ fragte er höflich und hielt die Kaffeekanne hoch, während er den Zucker in seinem Kaffee gegen den Uhrzeigersinn unterrührte.
Sie schüttelte ihre braunen Locken, zündete sich dafür eine Zigarette an und zog den Aschenbecher zu sich heran. Dann öffnete sie die vor ihr auf dem Tisch liegende Aktentasche.
Abelius legte seine Hände flach auf den Tisch. Sie waren vollkommen ruhig, wie die eines Scharfschützen. Dann trafen sich ihre Blicke, und niemand hätte sagen können, was sie bedeuteten.

* * *

Kapitel 2

Der Flug von Zürich-Kloten nach Köln-Bonn wurde mit einer halben Stunde Verspätung angekündigt. Um 16 Uhr 32 dann setzte die Maschine sicher auf der Landebahn auf. Fünfzehn Minuten später passierte eine Frau im grauen Kostüm und dunkelblauer Bluse unbehelligt die Paßkontrolle. Mit der Gepäckausgabe hatte sie sich nicht aufhalten müssen, denn außer ihrer Handtasche trug sie nur noch einen braunen Aktenkoffer bei sich. Äußerlich war ihr die innerliche Anspannung nicht anzumerken. Dennoch atmete sie einmal kräftig durch, als sie die Ankunftshalle durchquerte und dem Ausgang zustrebte. Energisch ging sie auf das erste Taxi zu, gab dem Fahrer das gewünschte Ziel an und ließ sich erleichtert in die Polster der Rückbank sinken.
Wieder einmal hatte sie es geschafft. Man hätte sie für eine ehrgeizige Managerin eines großen Konzerns oder für eine agile Geschäftsfrau halten können. In gewissem Maße traf letzteres sogar zu. Doch das, was sie jetzt bereits zum dritten Mal praktiziert hatte, war nicht Bestandteil ihres eigenen Geschäfts.
Cornelia Sperling war fünfundvierzig Jahre alt und selbständige Kosmetikerin. Im Kölner Vorort Lindenthal unterhielt sie auf der Dürener Straße eine gutgehende Praxis. Ihr Hauptklientel bestand aus verwöhnten, aber dennoch gestreßten Ehefrauen von Ärzten, Bankdirektoren und anderen hochgestellten Persönlichkeiten der Südstadt. Frauen, die den Hauptteil des Tages damit verbrachten, Unregelmäßigkeiten und Blessuren an ihrem Körper zu suchen, zu finden und letztlich von ausgesuchten Spezialisten behandeln oder gleich fortzaubern zu lassen. Was Haut und Make-up betraf, von einer Spezialistin wie Cornelia Sperling.
Von ihrer Familie, den Eltern und zwei jüngeren Schwestern, sowie einigen wenigen ihres Bekannten- und Freundeskreises wurde sie Conny genannt. Sie war nie verheiratet gewe-

sen und lebte zurückgezogen, was keinesfalls an einem abstoßenden Äußeren oder mangelnder Kontaktfähigkeit lag. Von Natur aus war sie ein wenig zurückhaltend und schüchtern. Woher das rührte, vermochte sie selbst nicht zu sagen. Sie hatte auch nie darunter gelitten und sich gewünscht, so forsch und bisweilen so ausgeflippt zu sein wie ihre beiden Schwestern. Die Jüngste, Charly, ihr vollständiger Name lautete Charlotte, war mal von jetzt auf gleich für Monate mit einem Gitaristen einer Rockband durch ganz Europa getourt, ohne sich Gedanken darüber zu machen, in welcher Sorge die übrige Familie ihretwegen schwebte. Erst nach drei Wochen nach ihrem plötzlichen Verschwinden war eine Postkarte aus Mailand eingetroffen und hatte für ein wenig Beruhigung gesorgt. Und Christine, die Mittlere der drei Sperling-Mädchen, von allen nur Chris genannt, hatte vor Jahren mal eine kurze, aber stürmische Affäre mit einem Priester, was den erzkatholischen Eltern einen heftigen Schock versetzt hatte.
Bisher hatte es im Leben von Cornelia nur zwei ernsthaftere Beziehungen zu Männern gegeben. Diese Beziehungen waren zum einen wegen ihrer Gutmütigkeit und Gutgläubigkeit in die Brüche gegangen, zum anderen Mal wegen der selbst für sie zu erdrückenden Langeweile, die sie fast hätte schwermütig werden lassen. Vielleicht war das der Grund, warum sie sich in den vergangenen Monaten auf dieses riskante Abenteuer eingelassen hatte, speziell auf diesen Mann, der sie faszinierte und mit Haut und Haaren eingenommen hatte.
Wie schockiert würden ihre Eltern erst reagieren, wenn nun auch sie noch mit so einer ungewöhnlichen Beziehung aufwartete? Von ihren Schwestern waren sie ja schon einiges gewohnt, aber doch nicht von der lieben, schüchternen Conny! Rational hätte sie es nicht erklären können, warum sie dieses Verhältnis begonnen hatte. Aber seit wann spielte die Ratio eine Rolle, wenn tiefempfundene Liebe im Spiel war?

Um 17 Uhr 30 setzte sie das Taxi vor ihrer Wohnung auf der Dürener Straße ab. Praktischerweise lag die Wohnung direkt über ihren Geschäftsräumen im Erdgeschoß. In der Wohnung angekommen, streifte sie zunächst die Schuhe von den Füßen, dann zog sie das flanellgraue Kostüm und die Bluse aus. Nur in Unterwäsche bekleidet ging sie barfuß zum Barfach im Wohnzimmer und goß sich einen doppelten Cognac ein, den sie in zwei Schlucken hinunterstürzte.
Noch immer hatte sich ihr Gemütszustand nicht auf das normale Maß heruntergeregelt. Zaudernd begab sie sich in die Küche, setzte sich an den Tisch und betrachtete versonnen den braunen Aktenkoffer, den sie darauf abgelegt hatte. Sie stellte die Zahlenkombination ein, ließ die Verschlüsse aufschnappen und klappte den Koffer auf. Ebenso versonnen blickte sie nun auf die darin liegenden Geldbündel, fünfhunderttausend Euro in großen und mittleren Scheinen. Schließlich klappte sie den Koffer wieder zu, ließ die Schlösser einschnappen und verstellte auch die Zahlenkombination wieder. Dann schob sie ihn in den Schrank unter der Spüle. Morgen würde sie gleich nach Öffnung zu ihrer Sparkassenfiliale gehen und den Inhalt in dem dort gemieteten Schließfach verstauen, so wie schon zweimal zuvor. Dann würden dort insgesamt gut eine Million Euro schlummern und auf ihre endgültige Verwendung warten.
Nie hätte sie gedacht, daß dies alles so einfach und reibungslos vonstatten ging. In die Schweiz reisen, zur Bank gehen, die Nummer und das Kennwort angeben und jedes Mal mit einer beträchtlichen Summe Bargeld unbehelligt wieder nach Hause zurückzukehren. Er hatte ihr versichert, daß der umgekehrte Weg wesentlich schwieriger und risikobehafteter gewesen wäre. Wie sich nun erneut erwies, hatte er recht behalten. Auch wenn alles immer so glatt gelaufen war, war sie stolz auf sich, daß sie es in dieser Art und Weise geschafft hatte. Jetzt kam es darauf an, ihn auch weiterhin bei seinen nächsten Plänen tatkräftig zu unter-

stützen. Ja, nicht nur zu unterstützen, vielmehr ging es nun darum, diese Pläne in die Tat umzusetzen und Wirklichkeit werden zu lassen.
Sie genoß sein vollstes Vertrauen, und auch das erfüllte sie mit Stolz. Wenn sie jetzt darüber nachdachte, versetzte es sie in eine gewisse Hochstimmung, gepaart mit einem ständig überhöhten Adrenalinspiegel. Vertrauen war ihre gemeinsame Basis. So manch andere Frau wäre in Versuchung geraten, die gesamte Summe, auch das, was noch in der Schweiz lag, zu nehmen und irgendwo auf den Kanaren oder in einem anderen Sonnenparadies fortan ein sorgenfreies Leben zu führen. Sie hatte nicht einmal in all der Zeit, die sie seine Gefährtin war, auch nur einen einzigen Gedanken daran verschwendet. Immer hatte sie sich für anderthalb Tage in Zürich aufgehalten, war nach ihren Besuchen in der Bank an der Limmat, dem Abfluß des Zürichsees, entlang geschlendert, hatte die Schwäne beobachtet und war jedes Mal über die Geschäftsstraßen gewandert, um sich die teuren Auslagen anzuschauen, bevor sie in ihr Hotel zurückkehrte. Doch nie war sie in Versuchung geraten, etwas von dem abgehobenen Geld zu nehmen und sich ein edles Schmuckstück, ein teures Parfüm oder ein extravagantes Kleidungsstück zu kaufen. Sie war das, was man eine treue Seele nennen konnte. Auch wenn man das, was sie hier für ihn erledigte, als illegal ansah, hatte sie selbst nie das Gefühl, etwas wirklich Unrechtes zu tun.
Sie goß sich einen zweiten Cognac ein, diesmal nur einen einfachen, den sie auch nicht in einem Zug trank. Zunächst nahm sie nur einen kleinen Schluck und schwenkte das Glas in ihrer Hand. Immer noch saß sie nur mit Büstenhalter und Slip bekleidet am Küchentisch und spürte, wie der Alkohol langsam seine Wirkung zeigte und ihre innere Anspannung sinken ließ.
Gedankenverloren saß sie da, nippte von Zeit zu Zeit an ihrem Glas und ließ den nächsten Schluck der bernsteinfar-

benen Flüssigkeit genüßlich die Kehle hinunterrinnen. Dann entschloß sie sich, ein ausgiebiges Bad zu nehmen. Danach kuschelte sie sich in ihren weißen Bademantel, hockte sich auf die Couch vor den Fernseher und ließ sich vom tumben Vorabendprogramm eines Privatsenders berieseln, ohne wirklich mitzubekommen, worum es in den einzelnen Sendungen ging.
Plötzlich riß das Läuten des Telefons sie aus ihrem Schlummerzustand. Zunächst wollte sie abwarten und den Anrufbeantworter anspringen lassen, um zu hören, wer da etwas von ihr wollte. Doch dann erhob sie sich, kam ihrem AB zuvor und meldete sich nach dem vierten Klingeln.

* * *

Kapitel 3

Wolkenbruchartig fielen die Wassermassen vom Himmel, als Dr.Sarah Vieten das Eingangsgebäude der Justiz-Vollzugs-Anstalt verließ. Sie trat hinaus in den Regen, hielt ihre Aktenmappe schützend über den Kopf und verschwand im Dunst der Abenddämmerung. Auf der Rochusstraße erwischte sie ein freies Taxi. Patschnaß schwang sie sich auf den Rücksitz. Wahre Rinnsale flossen aus dem Haar über ihr Gesicht. Sie kramte ein paar Papiertaschentücher aus der Handtasche und versuchte, sich so gut es ging damit trockenzulegen. Übellaunig betrachtete sie ihre Schuhe, die ziemlich ruiniert aussahen.
Ihr Taxifahrer, ein junger Südländer um die dreißig, schien eine wahre Frohnatur zu sein, ganz im Gegensatz zu ihr momentan und den meisten seiner Berufskollegen. Auf seinem spitzen Gesicht lag ein permanentes Grinsen, als wäre es dort festgetackert. Zudem glaubte er, seinen Fahrgast mit amüsanten Bemerkungen unterhalten zu müssen, zumal ihm die Frau zu gefallen schien. Sarah Vieten besaß eine sportliche Figur, war hübsch, wenn auch nicht eigentlich schön, mit braunen, langen Locken und lebhaften, grünen Augen.
Sie beugte sich vor, stieß mit den Knien gegen die Rückenlehne des Beifahrersitzes und blickte dem Mann im Rückspiegel kalt in die Augen.
„Hören Sie, ich habe Ihnen gesagt, wo ich hin will. Wenn ich Witze hören will, schaue ich mir eine Parlamentsdebatte an, verstanden!“
Beleidigt brummte der Mann etwas und erwiderte giftig ihren Blick. Das Grinsen war aus seinem Gesicht verschwunden, und er konzentrierte sich fortan darauf, den Wagen heil durch die Sintflut in Richtung Innenstadt zu manövrieren.
Sarah Vieten lehnte sich zurück und schloß die Augen. Noch immer tropfte es aus ihrem Haar. Unbeachtet ließ sie es ge-

schehen. Ihre Gedanken wanderten zurück zu Hans-Hubert Abelius, der ihr das nächste Kapitel seines Buches ausgehändigt hatte und das in ihrer Aktenmappe steckte. Sie hatte ihn vor geraumer Zeit auf diese Buchidee gebracht, auch als ein Teil ihrer Therapie und Verarbeitung seiner begangenen, schrecklichen Verbrechen. Den Titel ‚Das Böse in mir' hatte Abelius selbst ausgewählt. Wie sie fand, ein treffender und guter Titel. Sie öffnete die Augen sowie ihre Aktenmappe, der sie zwölf eng maschinenbeschriebene DIN-A-4-Blätter entnahm, das nächste Kapitel, geschrieben von einem zwölffachen Mörder. Mechanisch griff sie auch nach der Zigarettenschachtel und wollte sich gerade eine Zigarette herauszupfen, als die spöttische Stimme des Taxifahrers sie davon abhielt.

„Dies ist ein Nichtrauchertaxi! Wenn Sie rauchen wollen, suchen Sie sich einen Raucherclub!"

Kommentarlos nahm sie die Rüge hin, ließ dafür ein leichtes Lächeln in ihrem Gesicht erkennen und stopfte die Zigarette zurück in die Schachtel und diese zurück in die Tasche.

Dann begann sie zu lesen. Das Kapitel behandelte den Zeitraum, als Abelius zusammen mit seiner Ehefrau, einer ehemaligen Zeitungsjournalistin, auf der Kanareninsel La Palma weilte. Mit ihrem Wissen um den Mord an einer Kölner Richterin hatte sie ihn erpreßt und zur Heirat gezwungen. Er war nicht nur ein Mörder sondern auch ein zigfacher Millionär, der sein Vermögen legal erworben hatte.

Bemerkenswert aufrichtig und schonungslos schilderte er, wie er in seiner Villa auf der Insel einen durchtriebenen Plan ausgeheckt hatte, um sich dieser unliebsamen Mitwisserin gefahrlos zu entledigen. Es war ein perfider Plan gewesen, in dem er nicht nur ihren sondern auch seinen eigenen Flammentod inszenierte. Seine Frau und ein penibel auserwählter Doppelgänger, der an seiner Stelle verbrannte, waren die Mordopfer neun und zehn.

Sie war auf der zwölften Seite angelangt und las die letzten Sätze:

‚Damals war ich zerfressen von Haß und Rachegelüsten gegenüber allen, die ich zu meinen Feinden auserkoren hatte. Ich fühlte mich allen und allem überlegen. Heute sehnt sich mein Geist nach Umnachtung, nach Vergessen. Doch vergessen wäre zu einfach. Vielmehr frage ich mich, ob es nicht besser gewesen wäre, der Tod hätte mich damals eingeholt. Dieser Gedanke verschafft mir eine gewisse Erlösung!'

Aufgewühlt vom soeben Gelesenen ließ Sarah die Blätter in den Schoß sinken. Die Lektüre dieser unverblümten Beichte berührte sie tief, so wie die bereits zuvor gelesenen Kapitel. Bevor sie sich intensiv mit diesem Mann als ihrem Patienten befaßt hatte, hatte sie die Polizeiakte lesen dürfen. Ihr waren also alle Fakten bereits bekannt, und sie war damals erschüttert gewesen, ebenso mit erheblichen Zweifeln behaftet, ob man so einem Menschen überhaupt helfen konnte. Oder ob er sich helfen lassen wollte. Sie hatte sich gefragt, ob dieser Mensch nicht rettungslos und abgrundtief schlecht war.

Sie war auf seine Geschichte gestoßen, als sie auf einer Tagung ihres Berufsstandes in der Eifel von einem befreundeten Kollegen, der Abelius in der JVA Rheinbach besucht hatte, auf diesen Fall aufmerksam und neugierig gemacht worden war. Trotz aller Zweifel hatte sie sich letztlich doch entschlossen, Kontakt mit ihm aufzunehmen und der Seele dieses Mörders auf den Grund zu gehen.

Inzwischen war sie überzeugt, daß ihre gemeinsame Arbeit positive Früchte trug. Die Aussicht, daß Abelius trotz der bei der Verurteilung angeordneten Sicherungsverwahrung vorzeitig freikommen könnte, erfüllte sie mit Genugtuung. Gleichzeitig war ihr klar, daß sie damit eine erhebliche Verantwortung auf sich lud. Denn ihr Gutachten wäre letztlich der entscheidende Punkt für die vorzeitige Freilassung eines zwölffachen Mörders. Aber sie war sich sicher, daß sie sich nicht irrte. Ihre langjährige Erfahrung gab ihr diese Sicherheit. Sie wußte, wann ihr jemand etwas vorgaukelte.

Zahlreiche, lange Gespräche sowie die Analyse des Verhaltens zeigten ihr, wen sie jeweils vor sich hatte und welch wahre Seele in diesem Menschen wohnte. Natürlich blieb auch immer ein Restrisiko, doch gerade bei Abelius hielt sie es für verschwindend gering. Ein Blick in seine Augen ließ sie bis auf den tiefsten Grund seiner Seele blicken. Der Mann erkannte seit langem, wie abscheulich und menschenverachtend seine damaligen Verbrechen waren, und er wurde heute getrieben von aufrichtiger Reue.
Sie schob die Blätter zurück in ihre Aktenmappe und warf einen Blick aus dem Fenster. Das Taxi bog gerade in die Komödienstraße ein und hielt vor dem von ihr gewünschten Gebäude. Sie zahlte den Fahrpreis und überließ dem Fahrer ein großzügiges Trinkgeld, mit dem der nun wahrlich nicht gerechnet hatte und was ihm das freundliche Grinsen auf sein Gesicht zurückzauberte.
Hier in der Innenstadt regnete es nicht so heftig wie draußen in Ossendorf. Trotzdem hielt Sarah wieder die Aktenmappe schützend über ihr Haupt, als sie die wenigen Meter über den Bürgersteig auf den Eingang des Verlagshauses ‚Jaschke&Partner' zueilte.
Leon Jaschke, der sie vor seinem Büro in Empfang nahm, war kleiner, als sie ihn in Erinnerung hatte. Was zum einen wohl daran lag, daß sie selbst hochgewachsen war und knapp unter einsachtzig maß und zum anderen, daß sie bei ihrem letzten Besuch flache Schuhe und nicht diese hochhackigen Pumps getragen hatte. Der Mann, der sie nun galant bis zu seinem Schreibtisch geleitete, mochte vielleicht etwas mehr als einssiebzig groß sein. Ein blasses, ovales Gesicht wurde von dunklem, gewelltem Haar umrahmt. Die Augen strahlten leuchtend blau, und ein leicht ironisches Lächeln zog seinen linken Mundwinkel nach unten. Es drückte die Miene eines Mannes aus, der das Leben als schlechten Witz erkannt und beschlossen hatte, sich lachend und überlegen damit abzufinden. Nach zweiundfünfzig Lebensjahren eine nachvollziehbare Entscheidung.

„Sie bringen mir also das nächste Kapitel. Ich bin hocherfreut!“ sagte er im Einklang mit seinen Worten und strich sich eine Haarsträhne aus der Stirn. Er bot Sarah den Platz vor seinem Schreibtisch an und wartete, bis sie sich gesetzt hatte. Erst dann ließ auch er sich in seinem Sessel nieder und blickte sie erwartungsvoll an.
„Wenn Sie das wirklich veröffentlichen, könnten Sie sich von verschiedenen Seiten erheblichen Ärger einhandeln“, bemerkte sie und reichte ihm die zwölf Blätter.
„Das mag schon sein, aber gerade das macht doch den Reiz meines Berufes aus“, erwiderte er süffisant lächelnd, und augenblicklich vertiefte sich Jaschke in die Lektüre.
Sarah erkannte eine gewisse Gier in den Augen des Verlegers. Sie schien gar nicht mehr für ihn anwesend zu sein. Und plötzlich überfielen sie Zweifel, ob das richtig war, was sie da tat, und auf ihrer Stirn zeigten sich tiefe Falten der Besorgnis.

* * *

Kapitel 4

Der Fitnessraum war leer, nur der vertraute Geruch von Schweiß und Desinfektionsmitteln umgab ihn. Er hatte schon immer etwas für seinen Körper getan, und in den letzten sechzehn Jahren hatte er es noch intensiviert. Nichts ging über einen durchtrainierten Körper. Die einundsechzig Jahre sah man ihm nicht an, er hätte glatt als Endvierziger durchgehen können.

Er legte sich auf die Bank und begann, sein übliches Anfangsgewicht zu drücken. Als erste Schweißperlen auf seine Stirn traten, erhöhte er das Gewicht um zehn Kilo und stemmte die Hantel immer wieder in die Höhe, bis seine Schultern und Arme vor Anstrengung schmerzten. Verbissen machte er weiter, obwohl ihm die Kraft allmählich ausging, und sein Körper vor Schweiß triefte, während seine Gedanken wegdrifteten. Die Nerven und Muskeln waren zum Zerbersten gespannt, doch er trieb sich immer mehr an. Er kniff die Augen zusammen, und seine Lunge pumpte auf Hochtouren Sauerstoff in die Muskeln.

Als er die Hantel nur mit äußerster Mühe ein letztes Mal nach oben gedrückt bekam, wurde sie plötzlich ganz leicht. Er blickte nach hinten und sah ein vertrautes Gesicht über sich, das einem Mann gehörte, dessen Körper ebenso durchtrainiert war wie sein eigener. Schweiß lief ihm in die nun geöffneten Augen und brannte.

„Übernimm Dich nicht, mein Freund“, grinste sein unverhofft aufgetauchter Helfer, der die Hantelstange in die Halterung gleiten ließ.

Abelius setzte sich auf und wischte sich den Schweiß mit einem Handtuch, das er bisher um den Hals geschlungen hatte, vom Gesicht und von den Armen.

„Was willst Du?“ fragte er unwirsch den Mann, der sich ihm gegenüber auf das Ende der Bank setzte und ihn hämisch grinsend ansah.

„Ich wollte mal sehen, wie es Dir geht“, erwiderte der Mann mit den harten grauen Augen. „Man hört ja tolle Sachen über Dich!“
„Ach ja? Und was zum Beispiel?“
„Zum Beispiel, daß Du bald diese gastliche Heimstätte ganz offiziell durch das Tor zur Freiheit verlassen kannst! Ist da was dran?“
„Schon möglich!“ gab Abelius lapidar zurück, und auch seine Augen waren grau und drückten Kälte wie aus einem Tiefkühlfach aus.
„So, schon möglich! Und was wird aus unserem gemeinsamen Plan?“
„Es ist immer gut, wenn man zwei Pläne hat!“
„Du meinst Deine Seelentante!“
„Ich kann es Dir nur empfehlen. Vielleicht solltest Du es auch einmal damit probieren! Zwei Chancen sind immer besser als nur eine!“
„Hör zu, ich hab’ nicht soviel Zeit wie Du! Und ich lasse mich von Dir nicht so mir nichts dir nichts ausbooten! Also erzähl’ mir nicht so eine Scheiße! Sag’ mir lieber, was aus unserer geplanten Flucht wird! Stehst Du noch dazu?“
„Nun mach’ keine Panik, Schild! Ich lasse Dich schon nicht hängen, habe noch nie einen Kumpel im Regen stehen lassen! Aber wie die Dinge im Moment stehen, komme ich ohne Flucht hier raus!“
„Ach, und ich soll hier drin verrotten, was? Nicht mit mir!“ preßte Eberhard Schild durch die Zähne heraus.
„Ich sag’s Dir noch mal, keine Panik! Ich lasse Dich nicht hängen, versprochen! Sieh mal“, sagte Abelius beschwichtigend, „wenn ich hier raus komme, ganz legal, erhöhen sich Deine Chancen, hier auch rauszukommen, um hundert Prozent! Wir haben einen Mann hier drin, der für uns arbeitet, und ich kann mich draußen frei bewegen und von dort aus alles steuern!“
„Wenn Du mich auf’s Kreuz legen willst, dann Vorsicht, mein Freund!“

„He! Droh' mir nicht! Das mag ich ganz und gar nicht, kapiert!" Abelius war ganz dicht an den anderen herangerückt. Ihre Nasen berührten sich fast.
„Du solltest eines nicht vergessen", erwiderte Schild und wich keinen Millimeter zurück. „Du schuldest mir etwas! Die letzten und besten Informationen über unseren gemeinsamen Freund da draußen hast Du schließlich von mir bekommen. Und ich will auf jeden Fall dabei sein, wenn Du ihn kaltmachst! Mich hat dieser Bastard bis nach Holland verfolgt und einkassiert!"
„Mich sogar bis auf die Kanaren! Ein verdammt zäher Hund, das muß man ihm lassen! Aber ich bin ebenso zäh und kann auf meine Chance warten", schnaubte Abelius verächtlich. „Doch alles zu seiner Zeit", fügte er an.
„Was soll das schon wieder heißen? Ich jedenfalls habe nicht soviel Geduld! Ich will keine sechzehn Jahre warten, es dem alten Sack heimzuzahlen, dafür, daß er mich in dieses gastliche Etablissement gebracht hat!" sagte Schild zornig und hieb mit der Faust auf die Bank.
„Ich weiß! Aber jetzt geh' ich erst mal duschen, wenn Du erlaubst!" grinste Abelius und erhob sich.
„Ich werde mitkommen", entschied Schild und erhob sich ebenfalls.
„Ach, meinst Du, ich schaffe das nicht allein?"
„Ich will nur aufpassen, daß Dir nichts passiert oder Dir einer an den Arsch geht!"
„Das habe ich all die Jahre auch ohne Dich geschafft. Da ist keiner an mich rangekommen! Wenn man den Ruf hat, ein Psychopath zu sein, traut sich das keiner so leicht!"
„Na, Glückwunsch", grinste Schild und folgte seinem Kumpel zum Duschraum.
Eberhard Schild war vierundvierzig Jahre alt und saß seit einem Jahr wegen Verabredung zum gemeinschaftlichen Mord an seiner Ehefrau in Ossendorf ein. Abelius hatte seinen Fall in den Zeitungen verfolgt und gleich nach der Einlieferung Kontakt zu ihm gesucht.

Neben der Tatsache, daß sie es beide maßgeblich ein und demselben Mann zu verdanken hatten, daß sie hier im Gefängnis weilten, gab es eine weitere Gemeinsamkeit. Beide waren von Beruf Bankkaufmann, sogar in der gleichen Bank. Nur daß Schild erst in die Rheinlandbank eintrat, als Abelius bereits die ersten Jahre hinter Gittern verbrachte. Nun hatten sie zwangsläufig zueinandergefunden, und Schild beobachtete seinen Kollegen beim Duschen.
„Fickst Du sie?" fragte er.
„Wen?" fragte Abelius ein wenig verständnislos zurück und ließ lauwarmes Wasser auf seinen Körper prasseln.
„Na, Deine Seelentante!"
"Klar! Sie kommt jede Nacht zu mir in die Zelle und dann geht's hoch her! Spinner!"
„Ich meine, wenn Du draußen bist. Wirst Du sie dann ficken? Oder warum sonst legt sie sich für Dich so ins Zeug?"
„Mal sehen, schon möglich, wäre nicht abgeneigt und sie wohl auch nicht!"
„Und Deine Kosmetikerin?" grinste Schild verschlagen.
„Die auf jeden Fall, die ist noch ‚ne Spur knackiger!" schwärmte Abelius, drehte die Dusche ab und begann, sich trocken zu rubbeln.
„Du hast was weg bei den Weibern, oder? Kennst Dich aus, was? Warst wohl nie ein Kostverächter!"
„Ja, stell Dir vor, ich kenne Frauen nicht nur aus dem Wäschekatalog, auch wenn es jetzt schon lange, lange her ist!"
„Ja, ich hab's auch immer so gehalten", nickte Schild versonnen. „Weißt Du, die fünf Grundsätze eines einfachen Mannes lauten: Trinken, was klar ist; essen, was gar ist; behalten, was rar ist; reden, was wahr ist und bumsen, was da ist!"
Abelius lachte und zog sich frische Wäsche an. Beim Verlassen des Duschraumes schlug er seinem Kumpel auf die Schulter. „Hör zu", sagte er ernsthaft, „wenn ich hier bald draußen sein sollte, kümmere ich mich um Deine Freiheit, so

schnell wie möglich und genauso, wie wir es bis jetzt gemeinsam geplant haben. Vielleicht lasse ich mir noch eine Kleinigkeit mehr einfallen!“
„Was meinst Du damit?“
„Abwarten, mein Freund! Laß Dich überraschen!“ grinste Abelius sibyllinisch.

Eine Stunde später wurde Abelius ein Besuch angekündigt, und ein Wärter brachte ihn in das Besucherzimmer. Dort erwartete ihn mit vor Aufregung gerötetem Gesicht Conny Sperling.
Ihre blauen Augen strahlten ihn an, als er sich ihr gegenüber hinsetzte. Sie war sichtlich aufgekratzt und nervös, rutschte ein wenig auf ihrem Stuhl hin und her.
„Ist das wirklich wahr, was Du mir bei Deinem Anruf gesagt hast?“ fragte sie.
„Ja, meine Liebe, es sieht gut aus!“
Sie sprachen beide leise. Der Wärter, der neben der Tür Aufstellung bezogen hatte, blätterte gelangweilt in einer Illustrierten und beachtete die beiden so gut wie gar nicht. Was sollten die zwei auch schon Konspiratives miteinander bereden? Der Mann würde bald entlassen werden. Der gesamte Trakt sprach im Moment von nichts anderem.
„Du kannst Dir gar nicht vorstellen, wie mein Herz geklopft hat, als Du mir das am Telefon gesagt hast. Es klopft auch jetzt noch immer wie wild!“
Sie griff nach seiner Hand und drückte sie.
„Es ist noch nicht hundertprozentig sicher“, versuchte er, ihre Euphorie zu dämpfen. „Meine Begnadigung kann immer noch abgelehnt werden!“
„Nein, ich glaube ganz fest daran. Du wirst bald frei sein, und wir sind für immer zusammen. Ich werde die glücklichste Frau auf der Welt sein. Wir können Pläne schmieden für unsere Zukunft“, schwärmte sie weiter, und ihre Begeisterung schien keine Grenzen zu kennen. „Du kannst Dir gar nicht vorstellen, wie sich mein Leben bereits verändert

hat, seit ich Dich kenne. Es hat mir einen so erhebenden Kick gegeben, Dein Buchprojekt, Deine Pläne, hier rauszukommen und die Reisen in die Schweiz. Es ist alles so aufregend für mich! Nur...“, sie stockte plötzlich.
„Nur was?“ hakte Abelius ein und warf einen verstohlenen Blick zu dem Wärter hin. Doch der widmete sich weiter nur völlig entspannt seiner Zeitung.
„Was ich gar nicht so toll fand, waren die Treffen mit diesem schmierigen Typen!“
„Du meinst Fritz Eichel!“
„Ja, wen sonst. Aber das ist ja jetzt nicht mehr nötig. Immer, wenn er mich ansah, hatte ich das Gefühl, als zöge er mich mit den Augen aus!“ Angewidert verzog sie das Gesicht.
„Solange es nur mit den Augen war“, versuchte er einen lahmen Scherz.
Gequält lächelte sie ihn an. „Das ist so ein ekelhafter Typ, und ich wäre froh, ihn nie wieder sehen zu müssen!“
„Das geht nicht, meine Liebe!“
„Warum nicht?“ In ihren hübschen Augen stand plötzlich Furcht und Entsetzen.
„Wir müssen ihn uns noch warm halten, wenigstens für eine Weile noch!“
Sie sah ihn zweifelnd an, so daß er fortfuhr: „Sieh mal, erstens ist meine offizielle Freilassung noch nicht hundertprozentig, und wir würden ihn dann noch für meine Flucht brauchen. Zum anderen, ich habe einem Kumpel versprochen, ihn ebenfalls hier raus zu holen. Bei dem geht es nur mit Flucht. Da brauchen wir Eichel auf jeden Fall!“
Sie schwieg, sah ihm lange und forschend in die Augen.
„Also wirst Du ihm morgen den nächsten Betrag übergeben, verstanden?“ sagte Abelius eindringlich. „Wirst Du es schaffen und tun?“
„Natürlich werde ich“, nickte Conny. „Ich mache alles, was Du möchtest!“
„Du bist ein braves Mädchen“, lobte er sie sanft. „Und laß ihn doch glotzen, wie er will!“

„Mich packt nur der Ekel, wenn ich daran denke, daß er es mal nicht nur beim Glotzen beläßt!"
„Keine Sorge, mein Goldschatz, anrühren wird er Dich nicht. Dazu hat er viel zu viel Schiß. Er weiß, was ihm passiert, wenn er es versuchen würde!"
„Aber wenn Du dann draußen sein solltest, wirst Du Dich mit ihm treffen. Ich nicht mehr!" Es klang eher wie eine flehentliche Bitte, als wie eine unumstößliche Feststellung.
„Klar werde ich das übernehmen. Es wird auch höchstens dann nur noch einmal sein", lächelte er.
„Wann entscheidet sich, ob und wann Du freikommst?" fragte sie zögernd.
„Ich denke, in ein, zwei Tagen wird die Bewährungsanhörung sein. Danach entscheidet ein Richter!"
Erneut drückte sie seine Hand ganz fest bis ihre Knöchel weiß wurden.
„Ich kann es kaum erwarten", flüsterte sie ihm zu, und die Röte in ihrem Gesicht nahm noch eine Spur zu.
„Ich auch, meine Liebe, ich auch!" Ein seltsames Lächeln kräuselte sich um seine Lippen, und in seinem Blick lag etwas, daß sie als unbändige Freude interpretierte.
Doch es bedeutete weit mehr und etwas viel Hintergründigeres.

* * *

Kapitel 5

Innerhalb der Kölner Kriminalpolizei war das Kriminalkommissariat 11, kurz ‚KK11' genannt, zuständig für alle Tötungsdelikte. In organisatorischer Hinsicht gehörte diese Dienststelle der Zentralen Kriminalitätsbekämpfung, abgekürzt ‚ZKB' an. Diese wiederum war für den gesamten Kölner Raum in Bezug auf Schwerkriminalität, wie eben Tötungsdelikte oder Raub, zuständig.
Alle übrigen Kommissariate waren den insgesamt 9 Polizeiinspektionen, die sich auf das Kölner Stadtgebiet verteilten, zugeordnet. Dort versahen Schutz- und Kriminalpolizisten in einem gemeinsam genutzten Gebäude ihren Dienst. Das KK11 war vor Jahren mit in das neue Polizeipräsidium in den rechtsrheinischen Vorort Kalk gezogen, als man den alten ‚Schuhkarton', ein häßlicher, grauer Betonklotz am innerstädtischen Waidmarkt, unter anderem aus Platzmangel, aufgegeben hatte.
Im 3.Stock des Präsidiums, das auf dem ehemaligen Areal einer Chemiefabrik errichtet worden war, lagen die Büros des KK11. Wie an jedem Morgen zu früher Stunde wurde dort in einem dafür vorgesehen Raum die tägliche Besprechung abgehalten, an der alle momentan diensthabenden Kommissarinnen und Kommissare teilnahmen, um über alle Tätigkeiten auf dem laufenden gehalten zu werden.
Leiter der Besprechung war der Dienststellenleiter, Hauptkommissar Andreas Siebenkotten. Zur Zeit liefen einige Mordkommissionen, kurz ‚MK's' genannt. Eine MK wurde immer dann gebildet, wenn beim Auffinden einer Leiche die Todesart von einem Arzt als ungeklärt definiert worden war.
Bei dem ersten Fall, der an diesem Morgen zur Sprache kam, ging es um die ‚MK-Marco'. Der Fall war bereits lange und breit durch die Medien gegangen, und alle, nicht nur die ermittelnden Beamten der Kripo, fragten sich, was einen Mann nur dazu brachte, sich an einem zehnjährigen Jungen

erst zu vergehen und ihn anschließend zu töten? Die Leiche des Jungen war bestialisch zugerichtet und hatte dem Hauptkommissar Klaus Humme, der als Leiter der ‚MK-Marco' eingesetzt war, Tränen in die Augen getrieben.
Humme war vierundvierzig Jahre alt, seit vielen Jahren im KK11 tätig, verheiratet und selbst Vater zweier Kinder in ähnlichem Alter. Er galt als ausgeglichener Mensch, gleichzeitig als rastloser Mordermittler. Ausgesprochen hartnäckig und zielstrebig hatte er die Mitstreiter seiner MK, die am Ende über vierzig Beamte der verschiedensten Kommissariate umfaßte, in den Wochen der Fahndung immer wieder motiviert, ihren Elan nicht zu verlieren.
Siebenkotten forderte nun den etwas beleibten Kommissar mit der Stoppelfrisur und dem struppigen Schnurrbart auf, die letzten Ergebnisse bekannt zu geben. Tags zuvor hatten sie einen dringend Tatverdächtigen Mann festgenommen.
Humme räusperte sich und begann mit seinem Bericht:
„Wir haben wochenlang hart gearbeitet, sind kaum zum Schlafen gekommen, aber wir haben uns immer wieder gesagt, ‚wir kriegen ihn'. Und jetzt haben wir ihn!" In seiner kräftigen Stimme lag ein Hochgefühl des Triumphes. „Die Faserspuren, die wir an Marcos Leiche sicherstellen konnten, stimmen mit denen im Innenraum des Wagens überein, den unser Hauptverdächtiger gefahren hat. Gestern haben wir den Mann festgenommen, und inzwischen hat er ein umfangreiches Geständnis abgelegt. Er arbeitet bei der Telekom und gibt an, daß er an dem Abend nach einem Telefonat mit seinem Chef, der ihn zusammengefaltet hat, unter starkem Streß gestanden habe. Er habe daraufhin ein schwaches, wehrloses Opfer gesucht, das als Ventil für seinen Frust dienen sollte. Der Junge war ein wahlloses Opfer, es hätte jedes Kind, das um diese Zeit noch auf der Straße unterwegs gewesen wäre, sein können."
„Pah! Ein wahlloses, wehrloses Opfer, ein Kind als Frustabbau! Ich hätte nicht wenig Lust, diesem Schwein aus Frust den Schwanz abzuschneiden!" erzürnte sich die Oberkom-

missarin Beate Fitschen, und die Erregung trieb ihr rote, hektische Flecken auf Hals und Wangen.
Alle, die im Raum saßen, nickten zustimmend, blieben aber stumm, bis Humme das Wort wieder ergriff:
„Der Mann ist verheiratet und hat selber drei Kinder. Er hat den Jungen gegen zweiundzwanzig Uhr auf der Straße angesprochen und ihm angeboten, ihn ein Stück im Wagen mitzunehmen. Dann ist er mit ihm in den Thielenbrucher Wald gefahren. Die weiteren Einzelheiten erspare ich Euch. Für uns ist der Fall damit abgeschlossen. Wir haben alles der Staatsanwaltschaft übergeben, und heute wird er dem Haftrichter vorgeführt. Dann hoffe ich nur, daß dieses feige Miststück nach der Verurteilung nie wieder auf freien Fuß gelangt!"
Wieder nickten alle synchron.
„Gut, Klaus", sagte Siebenkotten, „dann kommen wir zu unserem nächsten Fall. Beate, das ist Deine MK-Blumenkübel. Wie weit bist Du?"
Fitschen, die sich langsam wieder beruhigte, warf einen Blick in ihre Unterlagen. Mit einundvierzig Jahren war sie die momentan Jüngste im Raum. Sie war ledig und glänzte stets durch präzise und gut strukturierte Berichte.
„Das Opfer ist ein achtunddreißigjähriger Mann, der vor vier Tagen kurz vor ein Uhr von Passanten in einem Garagenhof an der Berliner Straße in Mülheim gefunden wurde. Mit einem Blumenkübel wurden ihm letztlich lebensgefährliche Verletzungen am Kopf zugefügt. Inzwischen ist er leider an diesen massiven Verletzungen verstorben. Wir gehen also definitiv von Mord aus. Neben den üblichen Befragungen in der unmittelbaren Nachbarschaft suchen wir mit Plakaten nach weiteren Zeugen. Vor allem suchen wir nach dem Besitzer der Pflanzschale, die der oder die Täter ja irgendwo aus der näheren Umgebung des Tatortes her gehabt haben müssen. Das Motiv dürfte Raub sein, denn beim Opfer wurde kein Bargeld gefunden, nur ein leeres Portemonnaie, zudem fehlte sein Handy. Nach Lage der Spuren und Ver-

letzungen ist der Mann überraschend angegriffen, niedergeschlagen und getreten worden, bis er schließlich am Boden gelegen hat und ihm der Blumenkübel über den Kopf geschlagen wurde. Ich hoffe, wir erhalten bald die entscheidenden Hinweise auf den oder die Täter." Damit beendete die Kommissarin ihren Bericht und klappte den Aktendeckel zu.
„Du wirst das schon schaffen, Beate", munterte Siebenkotten seine Kollegin auf. „Dann zu Dir, Schlüter. Wie sieht es mit dem Tod der kleinen Anna aus? Ist das nun ein Fall für uns?"
Der Hauptkommissar, der als ‚Schlüter' angesprochen wurde, hieß in Wirklichkeit Willi Frenken, wurde im gesamten Präsidium jedoch nur ‚Schlüter' genannt, weil er ohne Punkt und Komma reden konnte. Er war dreiundfünfzig Jahre alt, geschieden und einer der dienstältesten Beamten im KK11.
„So, wie es aussieht", begann er, „ist es leider wohl ein Fall für uns. Entscheidendes deutet auf Mord hin. Gestern erhielt ich den Obduktionsbericht, und darin spricht der Gerichtsmediziner davon, daß die neunjährige Anna mindestens vier Minuten in der Badewanne unter Wasser gedrückt worden ist. Daraufhin haben wir die Pflegeeltern vorläufig festgenommen. Die leugnen natürlich alles, reden sich auf einen Unglücksfall raus. Wir haben schon mehrere Zeugen vernommen, und es drängt sich uns immer mehr der Eindruck auf, daß es sich bei der Pflegemutter um eine notorische Lügnerin und die wohl Hauptverdächtige handelt. Inwieweit auch ihr Mann involviert sein könnte, ist noch ziemlich nebulös." Frenken legte eine kurze Pause ein, nahm die Brille ab und massierte die Druckstellen an seiner Nasenwurzel. Dann fuhr er fort: „Mit einem der befragten Zeugen hat die Frau übers Internet Kontakt gehabt. Sie haben sich Mails geschickt und auch miteinander telefoniert. Ihm hat sie mehrere Versionen ihrer Lebensumstände geschildert. Als der Mann sie bei uns gesehen hat, war sie ihm nicht bekannt. Offensichtlich hat sie sich mit erfundenen Vornamen und falschen Fotos im Internet präsentiert. Der Mann

sagte weiter aus, sie habe sich ihm gegenüber als leitende OP-Schwester ausgegeben und habe eine eigene Tochter mit dem Namen Anna, die zur Zeit wegen Problemen mit dem Essen in Amerika behandelt werde. Alles erfundene Geschichten, total verquer und verwirrend, und nichts von dem kommt der Wahrheit auch nur im entferntesten nahe. Aber wir werden schon alles rauskriegen, dafür garantiere ich!“
„Okay, Schlüter, Du bleibst am Ball“, erwiderte Siebenkotten, „dann ist das jetzt Deine MK-Anna! Ist sonst noch was?“ Er blickte in die Runde.
„Ja, wann ist eigentlich unser Traumpaar wieder da?“ wollte Frenken wissen.
„Nächste Woche Montag“, antwortete Siebenkotten nach kurzer Überlegung.
Wenn im KK11 vom Traumpaar die Rede war, meinte man die Hauptkommissarin Hildegard Arnsberg und ihren Kollegen Steffen Lessmann, die seit geraumer Zeit fest liiert waren und zur Zeit ihren ersten längeren, gemeinsamen Urlaub auf Teneriffa verbrachten.
„Na, Gott sei Dank, dann geht es hier ja bald wieder etwas munterer zu“, seufzte Frenken.
Damit schien nun alles gesagt zu sein, also löste Siebenkotten die Besprechung auf und zog sich in sein Büro zurück.
Andreas Siebenkotten, Hauptkommissar und seit zehn Jahren Leiter des KK11 war siebenundvierzig Jahre alt, verheiratet und Vater eines Sohnes. Er rief seine Frau an, um ihr zu sagen, daß es auch heute wieder etwas später werden würde. Doch nicht, weil er so lange im Büro arbeiten müsse, vielmehr beabsichtige er, mal wieder bei den Matheisens vorbeizuschauen.

Das Ehepaar Walter und Carolina Matheisen wohnte in ihrem Einfamilienhaus im Vorort Vogelsang und dort im Bachstelzenweg. Walter war inzwischen sechsundsiebzig

Jahre alt und seit vielen Jahren pensionierter Kriminalhauptkommissar und ehemaliger Leiter des KK11, das zu seiner Zeit noch K1 hieß.
Carolina war einundsechzig Jahre alt und seine zweite Frau, die er bei Ermittlungen im Jahr 1994 auf der Kanareninsel La Palma kennengelernt hatte. Ihr Mädchenname war de Santos, und sie war Deutsch-Portugiesin. Sie hatten sich auf La Palma, auf der Carolina eine Pension betrieb, nicht nur kennengelernt, sondern sie hatte Walter auch bei seinen Nachforschungen geholfen, allein schon der Sprache wegen. Zudem hatte sie den Mann und seinen Beruf äußerst faszinierend gefunden.
Ein Jahr später hatten sie dann geheiratet, und Carolina war auch zu anfangs ihrer Ehe noch begeistert von Walters kriminalistischer Arbeit. Doch mit fortschreitender Zeit wurde es ihr mehr und mehr zuwider, da er sich mit seinem Dasein als Pensionär nicht abfinden konnte und sich immer wieder in aktuelle Mordfälle seiner ehemaligen Kollegen einmischte. Es wurde förmlich zu seiner Obsession, und so manch gefährliche Situation hatte er dabei zu überstehen.
Sein Einmischen war den Kommissaren des KK11 und vor allem seinem jugendlichen Freund, Andreas Siebenkotten, nicht lästig, ganz im Gegenteil. Die Erfahrung und der legendäre Spürsinn des alten Kommissars war allen willkommen, und einige spektakuläre Fälle der Vergangenheit waren erst durch Walters Aktivitäten als verdeckter Ermittler aufgeklärt worden.
In den vergangenen Jahren hatte er seiner Frau immer wieder versprochen, seinen Drang, weiterhin jeden in seiner unmittelbaren Umgebung geschehenen Mord aufklären zu wollen, einzuschränken, ja sogar ganz aufzugeben. Sehr lange war es immer nur bei einem guten Vorsatz geblieben. Doch seit dem Herbst des vergangenen Jahres hatte Walter sich tatsächlich an sein Versprechen gehalten. Der damalige Fall im Jahr 2010 hatte ihn unter anderem nach Südholland getrieben. Dort hatte ihn der Täter, dem er auf der Spur war,

niedergeschlagen und schwer verletzt.
Das hatte das so berühmte Faß bei Carolina zum Überlaufen gebracht. Sie hatte ihm mit ernsthaften Konsequenzen bis hin zur Trennung von ihm gedroht, wenn er nun nicht endlich aufhören würde, weiterhin auf Mörderjagd zu gehen und sich solchen Gefahren auszusetzen. Dies schien bis heute gefruchtet zu haben. Walter hatte sich in sein Schicksal gefügt, hatte lange Reisen mit ihr unternommen, zusätzlich zu ihren gewohnten Aufenthalten auf Teneriffa, wo sie an der Südküste ein Ferienhaus besaßen. Er war regelmäßig mit ins Theater gegangen, hatte sich tiefschürfende Filme angeschaut und sogar Shoppingtouren durch die Einkaufsstraßen diverser Großstädte ohne Murren über sich ergehen lassen.
Carolina werkelte in der Küche herum, während sich Walter in den Keller begab, um einige Flaschen Reissdorf-Kölsch heraufzuholen und sie im Kühlschrank zu deponieren.
„Was gibt es denn heute für unseren Gast?“ fragte er.
„Was der Junge am liebsten mag, einen überbackenen Nudelauflauf!“
„Das ist toll, das mag ich auch am liebsten!“
„Du magst doch alles am liebsten“, lächelte sie ironisch und tätschelte seinen Bauch.
„Er hat sich schon lange nicht mehr blicken lassen, der Junge!“ überhörte und übersah Walter die Anspielung auf seinen ausgeprägten Appetit und seine stattliche Figur.
Mit dem Jungen meinten beide Andreas Siebenkotten.
„Ja, und ich hoffe, es bleibt auch nur bei einem Besuch, um mein Essen zu genießen“, mahnte sie.
„Ganz gewiß doch, meine Liebe“, erwiderte Walter pikiert. „Obwohl der Junge seit unserem letzten Treffen bestimmt eine Menge zu erzählen hat.“
„Ich warne Dich, Walter!“
„Schon gut, schon gut!“ Er hob abwehrend die Hände. „Habe ich mich nicht die ganzen Monate konsequent an unsere Abmachung gehalten?“

„Doch, hast Du! Und ich möchte, daß es so bleibt!"
„Natürlich!" brummte er. „Ich freue mich nur, den Jungen mal wieder zu sehen", fügte er aufgekratzt an, und die Freude war in seinem Gesicht und vor allem in den warmen, braunen Augen abzulesen.
Seine erste Frau Ruth war früh an Krebs gestorben, und die Ehe war kinderlos geblieben. Seine zweite Ehe aus biologischen Gründen ebenfalls. Doch schon zu seiner aktiven Zeit als Leiter des K1 hatte er in dem jungen Andreas Siebenkotten so etwas wie einen Ersatzsohn gesehen. Und der, obwohl natürlich mit einem leiblichen Vater ausgestattet, hatte in Walter nicht nur den Vorgesetzten sondern auch einen warmherzigen Ersatzvater gesehen.
Trotz dieses quasi ‚Vater-Sohn-Verhältnisses' und zudem nach ihrer langjährigen beruflichen wie privaten Beziehung nannte Andreas den alten Hauptkommissar wie zu Beginn ihres Kennenlernens respektvoll ‚Chef'.
Und auch Carolina war von Anfang an in diese herzliche Beziehung mit eingebunden. Auch sie hätte sich keinen besseren und liebevolleren Sohn als Andreas wünschen können.

* * *

Kapitel 6

Immer, wenn er an seine vergebenen Chancen im Leben dachte, überfiel ihn ein Selbstmitleid, daß er sich vor sich selbst ekelte. Er hätte mehr aus seinem Leben machen können. Auf jeden Fall mehr, als nur einen Gefängniswärter in der JVA Ossendorf, täglich acht Stunden zusammen mit Kriminellen eingesperrt. Wo war da der Unterschied, ob man vor oder hinter der Eisentür stand? Na schön, nach einer Schicht konnte man raus, dafür mußte man sich beschimpfen, anpöbeln oder gar tätlich angreifen lassen. Und das von Abschaum, der vor nichts Respekt und Achtung und schon gar nichts mehr zu verlieren hatte. Inzwischen hatte er fünfundzwanzig Jahre auf dem Buckel, tagein, tagaus derselbe Trott. Das bedeutete auch schon lebenslänglich. Und die Bezahlung war kläglich.

Seine heutige Schicht endete um 16 Uhr. Er verließ das Gebäude, fuhr nach Braunsfeld und parkte den Wagen vor dem Friedhof Melaten. Unterwegs hatte er einen Strauß frischer, roter Rosen gekauft, den er nun vom Beifahrersitz nahm. Den ganzen Tag hatte es geregnet. Die Luft war vom Duft der Kastanienbäume geschwängert. Auf den sattgrünen Blättern glitzerten noch die Wassertropfen in der bereits tiefstehenden Sonne. Der Himmel färbte sich emailleblau mit zerklüfteten, weißen Wolkenfetzen. Als Fritz Eichel das Tor zum Friedhof passierte, spürte er aufkeimende Kopfschmerzen.

Andächtig stand er vor dem Grab seiner Frau, nachdem er den Blumenstrauß in die mit frischem Wasser gefüllte Vase steckte. Vor einem Jahr war sie gestorben. Seit dieser Zeit lebten seine beiden halbwüchsigen Kinder bei den Großeltern im Oberbergischen. Er sah sie nur noch selten, was ihnen und auch den Schwiegereltern nicht allzu viel auszumachen schien. Offensichtlich waren sie darum nicht traurig, ebenso wie er. Wie hätte er sich vernünftig um sie kümmern

können? Dazu die vielfältigen, gefährlichen Verlockungen der Großstadt. Nein, so war es zum Besten für seine Kinder geregelt.
Seit einem dreiviertel Jahr hatte er eine neue Freundin, die ihn für einen gutsituierten Geschäftsmann mit nicht ganz sauberen Geschäftspraktiken hielt. Auch wenn er es permanent mit zwielichtigen Gestalten zu tun hatte, kamen sich sein wahrer Beruf und der von ihr angenommene nicht besonders nahe, schon gar nicht, was die Verdienstmöglichkeiten anbelangte.
Nun waren seine fünfzig Jahre, seine Figur und sein Gesicht nicht dazu angetan, daß die Frauen bei ihm Schlange standen. Auch nicht die Friseuse Veronika Grothe, die mit fünfunddreißig Jahren zudem erheblich jünger war als er. Doch da er ihr finanziell etwas bieten konnte, war sie nicht abgeneigt gewesen, ihn näher kennen zu lernen. Sie sah gut aus, und er hatte Geld, eine häufig anzutreffende Kombination. Allerdings basierte das mit dem Geld nicht auf seinem mickrigen Gehalt als Gefängniswärter. Er hatte eine Quelle aufgetan, die ihm einen ansehnlichen Nebenverdienst einbrachte. Oder hatte nicht vielmehr die Quelle ihn aufgetan? Das kam der Wahrheit schon erheblich näher. Abelius hatte ihn gekauft, und er hatte sich ohne heftigen Widerstand kaufen lassen. Irgendwie schien der Mann ein untrügerisches Gespür dafür zu haben, wer es mit seiner Pflichterfüllung nicht so genau nahm. Kaum daß er von Rheinbach nach Ossendorf verlegt worden war, hatte er ihn beiläufig gefragt, ob er mit seinem Leben zufrieden sei und ob er einen kleinen Obolus gebrauchen könne. Abelius mußte es in seinen Augen gesehen haben, denn auf der Stirn geschrieben stand es ihm nicht.
Heute sollte er die nächste Zahlung erhalten. Für 18 Uhr war er mit der niedlichen Überbringerin an ihrem üblichen Treffpunkt verabredet. Ausgewählt hatte er diesen Treffpunkt, an dem sie sich schon zweimal getroffen hatten. Die urige Kneipe ‚Em Oellig' im Agnesviertel, gleich gegenüber der

Kirche, die dem Viertel den Namen gab, lag nicht weit von seiner Wohnung am Ebertplatz entfernt.
Diesmal wollte er seinen Wagen nicht auf seinem Stellplatz in der Tiefgarage abstellen sondern mitnehmen, in der Hoffnung, gleich in der Nähe des Lokals einen günstigen Parkplatz zu finden. Zehn Minuten vor der vereinbarten Zeit fand er tatsächlich einen, keine zwanzig Schritte vom Lokal entfernt auf der Neußer Straße. Er zog einen Parkschein für eine Stunde, auch wenn er nicht wirklich mit einem längeren Beisammensein rechnete. Die beiden letzten Treffen hatten auch nur wenige Minuten gedauert, leider. Aber man konnte ja nie wissen.
Mit einer unterschwelligen Vorfreude betrat er das Lokal und wählte einen Platz an einem der freien Stehtische. Uschi, die Wirtin stellte ihm gleich unaufgefordert ein frischgezapftes Kölsch hin, das er gleich zur Hälfte austrank.
Kurz nach 18 Uhr betrat Cornelia Sperling das Lokal und zog prompt alle Blicke der Männer, die an der Theke standen, auf sich. Sie ignorierte es, sah sich um, entdeckte Eichel und trat zu ihm an den Tisch. Enttäuscht wandten sich die anderen wieder ihren Gesprächen oder nur dem vor ihnen stehenden Bier zu.
Sie sah wieder einmal hinreißend aus in ihrem luftigen Kleid, das kurz über den Knien aufhörte und ab da gebräunte, schlanke Beine freigab. Sie sagte kein Wort und verzog keine Miene, als sie einen braunen Umschlag vor ihm auf den Tisch legte.
„Nett Sie wiederzusehen“, sagte er mit einem unsicheren Lächeln, das sie kühl und ungerührt erwiderte. Dann griff er nach dem Umschlag, und er schürzte die Lippen. „Ich gehe davon aus, da sind die vereinbarten zehn Mille drin. Ich werde es nicht nachzählen, ich vertraue Ihnen“, sagte er so leise, daß nur sie ihn hören konnte. Dabei beugte er sich ein wenig vor und sah sie lüstern an. Er versank in ihren Augen, blau und tief wie die Südsee.
„Na schön, Ihre Sache“, erwiderte sie und wollte gehen.

Da ergriff er ihren Arm und hielt sie zurück.
„Nicht so hastig, ich möchte Ihnen noch etwas sagen!"
„Dann fassen Sie sich kurz, denn ich möchte nichts von Ihnen!"
Eichel wartete einen Moment, denn die Wirtin stellte zwei frische Kölsch vor sie hin. Als sie außer Hörweite war, begann er zu sprechen: „Ich habe mir überlegt, wenn unser gemeinsamer Freund nun bald auf freiem Fuß ist, werden wir beide uns wohl kaum wiedersehen. Oder?"
„Das sehen Sie verdammt richtig!"
„Ja, sehen Sie, eigentlich schade drum. Ich finde Sie ganz reizend."
„Und?" fragte sie lauernd.
Er hob sein Glas und prostete ihr zu. Sie nippte nur kurz an dem Bier.
„Ich dachte, wir könnten heute ein wenig Abschied feiern, wir beide zusammen!"
„Ach ja?"
„Ja!" Er versuchte das charmanteste Lächeln aufzusetzen, dessen er fähig war. Es sah eher aus, wie das von einem getretenen Hund als von einem buhlenden Kavalier.
„Nein danke, kein Bedarf!" ließ sie ihn schnippisch abblitzen und wandte sich erneut zum Gehen.
Und wieder hielt er sie zurück. „Sie sollten nicht so abweisend sein, hübsche Frau! Noch ist Ihr Freund nicht draußen. Und ein wenig Einfluß habe auch ich darauf!"
Für ein, zwei Sekunden verschlug es ihr die Sprache, dann erwiderte sie: „Was glauben Sie, was er davon hält, wenn er das erfährt?"
„Wer sagt denn, daß er was erfahren muß. Es würde unser kleines Geheimnis bleiben!"
Zornig funkelte sie ihn an, sagte zunächst nichts. Sie verspürte eine unbändige Lust, ihm ihr Bier, von dem sie nur einen kleinen Schluck getrunken hatte, mitten ins Gesicht zu schütten. Doch sie beherrschte sich.
„Vergessen Sie's!" zischte sie.

Als sie sich nun anschickte, endgültig zu gehen, versuchte er erneut, sie davon abzuhalten. Doch mitten in seiner Bewegung hielt er inne.
„Fassen Sie mich nicht noch einmal an!“ fauchte sie wie eine aufgescheuchte Wildkatze.
„Wie Sie wollen! Vielleicht wird es Ihnen noch einmal leid tun!“ gab er düster zurück.
Ihr Abgang glich einer Flucht, und auch Eichel trank hastig sein Bier aus, zahlte und verschwand ebenfalls unter hämischem Grinsen einiger Männer an der Theke.
Aus gutem Grund hatte er diesmal den Wagen mitgenommen. Er kannte ihre Anschrift aus den zahlreichen Eintragungen im Besucherbuch.

So ein widerwärtiger Schmierlappen, erzürnte sich Conny lautlos, als sie zur U-Bahnstation am Ebertplatz stapfte. Was bildete der sich ein? Hans-Hubert hatte ihn wohl falsch eingeschätzt. Von wegen, er würde es nicht wagen, sie anzumachen. Das war doch gerade eine plumpe Anmache, oder? Eine kleine Abschiedsfeier, pah! Am Ende womöglich sie beide zusammen in der Kiste! Der hatte wohl zu heiß gebadet! So einen wie den würde sie nicht mal mit der Kneifzange anfassen! Inständig hoffte sie, daß sie diesen Arsch nie wieder sehen mußte.
Immer wieder blickte sie sich um, ob er ihr eventuell folgen würde, doch sie konnte ihn nirgendwo ausmachen. Allmählich verrauchte ihr Zorn, und ihre Gedanken begannen, sich logisch zu formieren. Natürlich hätte sie Abelius am liebsten von diesem plumpen Anmachversuch erzählt. Wenn nicht gleich, dann jedoch bei der nächsten Gelegenheit. Aber wäre das klug? Nein, gestand sie sich ein. Eichel war zwar nur ein kleiner Wärter, aber er wußte zu viel, zum Beispiel über den Fluchtplan. Er war ja sogar ein wesentlicher Bestandteil dessen. Und auch wenn er sich selbst einer Straftat bezichtigen müßte, sollte er den Mund aufmachen, könnte Abelius seine Freiheit in den Kamin schreiben.

Wer wußte schon, was in so einem Scheißtyp vorging? Vielleicht konnte er es aber auch, ohne sich selbst bezichtigen zu müssen, so drehen, daß alles nur ein schöner Traum für sie und ihren Freund blieb. Also, am besten den Mund abputzen, die Sache abhaken und nicht mehr daran denken! Die ganze Fahrt über bis nach Lindenthal wog sie das eine gegen das andere ab, und sie kam zu dem Schluß, daß ihr letzter Gedanke, es einfach zu vergessen, der beste war.
Sie schloß die Haustür auf und ging zu ihrer Wohnung im 1.Stock hinauf. Es war noch nicht so dunkel, daß sie die Treppenhausbeleuchtung hätte einschalten müssen. Doch der Flur war auch nicht so hell erleuchtet, daß sie den Schatten, der wie aus dem Nichts auftauchte und sich hinter sie drängte, hätte sehen können. Sie bemerkte ihn erst, als sie die Wohnungstür bereits aufgeschlossen hatte, und ein spitzer Angstschrei entrang sich ihrer Kehle. Doch schon legte sich die Hand des Schattens über ihren Mund, schob sie in die Wohnung, trat die Tür mit dem Fuß zu und zerrte die zappelnde Frau weiter ins halbdunkle Wohnzimmer.
Sie wand sich in seinem Griff, doch alles half nichts. Er war zu stark für sie. Dann vernahm sie seine zischende Stimme an ihrem Ohr. Sie erkannte sie.
„Wenn Du schreist, überlebst Du das hier nicht!“
Langsam nahm er seine Hand von ihrem Mund, jeden Moment darauf gefaßt, sie sofort wieder darauf zu pressen, sollte sie seine Warnung ignorieren. Doch sie schrie nicht, drehte sich nur um und fand die Bestätigung. Das häßliche Gesicht von Fritz Eichel war nur Zentimeter von ihrem eigenen entfernt.
„Du warst vorhin ein wenig zu hochnäsig. Das hat mir gar nicht gefallen“, grinste er hämisch.
„Sie sind total verrückt“, erwiderte sie ganz leise.
„Nein, ich bin nur scharf auf Dich. Bevor Abelius Dich fickt, bin ich an der Reihe!“
„Sie müssen wirklich den Verstand verloren haben. Wenn er

das erfährt, sind Sie ein toter Mann! Ist Ihnen das nicht klar?“
„Von mir erfährt er es ganz bestimmt nicht, und Du wirst es ihm doch wohl auch nicht verraten, oder?“
„Und wenn doch?“
„Dann wirst Du ihn nie in Freiheit sehen! Das garantiere ich Dir!“
„Wie sind Sie überhaupt ins Haus gekommen?“ fragte sie, als ob das in ihrer jetzigen Situation irgendeine Bedeutung gehabt hätte.
„Man lernt so einiges im Knast, und Eure Haustüre gehört nicht gerade zu Fort Knox! Aber jetzt Schluß mit dem Gequatsche! Ich will Dich sehen, ganz, ohne diesen Fummel und im Licht!“
Er knipste die Deckenlampe an. Vehement schüttelte sie den Kopf, und bevor sie irgend etwas unternehmen konnte, trat er blitzschnell auf sie zu. Mit einer Hand packte er den Ausschnitt des Kleides und riß es herunter. Mit der anderen zerfetzte er den Träger, bis sie halbnackt vor ihm stand. Regungslos, wie paralysiert. Er trat einen Schritt zurück und betrachtete sie genüßlich, dabei befeuchtete er die Lippen, und in seine Augen trat lüsterne Gier.
Schlagartig wurde ihr klar, daß es seinen Zorn und seine Gier erst richtig entfachen würde, wenn sie einen Fluchtversuch unternähme. Flucht? Wohin auch, zum Teufel?
„Du hast ja keine Ahnung, wie lange ich mich auf diesen Moment gefreut habe“, sagte er.
Von Abscheu geschüttelt, beschmutzt allein schon durch seine Blicke, überlegte sie, was sie tun sollte. Sollte sie alles über sich ergehen lassen und hoffen, daß es schnell vorbeiging? Noch ehe sie eine Entscheidung in irgendeine Richtung treffen konnte, war er mit zwei Schritten bei ihr. Er preßte sich an sie. Mit einem Arm umschlang er ihren Rücken, mit dem anderen umschloß er ihre Brust. Durch den Stoff seiner Hose konnte sie seinen Penis an ihrem Oberschenkel fühlen, hart und pulsierend.

„Küß mich, Du Schlampe!“ Sein ganzer Körper bebte vor Geilheit, und er hielt sie wie in einem Schraubstock umklammert, so daß ihr fast die Luft wegblieb.
Elend und ausgeliefert, wie sie sich fühlte, versteifte sich ihr Körper. Und als sich seine Lippen hungrig auf ihren Mund preßten, war sie entschlossen, ihren keinen Millimeter zu öffnen. Unter keinen Umständen wollte sie das zulassen.
Seine Hand ließ die Brust los und packte sie grob am Kinn. Mit noch mehr Entschlossenheit biß sie die Zähne aufeinander, daß es knirschte und schmerzte. Da warf er den Kopf zurück und blickte ihr hämisch grinsend ins Gesicht. Mit einem dumpfen Knurren bohrte er Daumen und Mittelfinger in ihre Wangen, daß ihr die Tränen in die Augen schossen. Ihr Mund öffnete sich. Lodernder Haß flammte in ihr auf. Verschwommen durch einen Tränenschleier erkannte sie die Grausamkeit und den Triumph in seinen Augen, während sie ihm hilflos ausgeliefert war. Wieder stülpte sich sein Mund über den ihrigen, und diesmal fuhr seine Zunge ihr durch die auseinandergepreßten Zähne in den Mund, suchend, gierig, und der Arm um ihren Rücken hielt sie weiter fest.
Einen kurzen Augenblick lang wurde ihr speiübel vor Ekel. Und dann, in einem Aufwallen von Rebellion und Empörung, biß sie so feste zu, wie sie konnte. Ihre Zähne bohrten sich in seine Zunge, an der sie fast erstickte. Sie vernahm einen würgenden, entsetzlichen Schmerzenslaut wie von einem waidwunden Tier. Dann schmeckte sie Blut, sein Blut. Der Griff lockerte sich, und er schwankte von ihr weg, während sie tief Luft holte. Sie sah sein verzerrtes Gesicht, das im Schmerz noch häßlicher wirkte, als es ohnehin schon war. Sie sah Blut, das ihm am Kinn herunterlief, seine schmerzgequälten Augen, aufgerissen und haßdurchglüht. Dann brüllte er wie ein angestochenes Tier.
Sie sah ihre Chance zur Flucht, aber sie war nicht schnell genug. Sie hatte die Eingangstüre noch nicht erreicht, als er sie an der Schulter packte und herumriß. Hemmungslose Wut loderte in seinen Augen.

Sie hörte nur ein Wort, stammelnd und würgend, immer wieder, es klang wie:
„Schlampe! Schlampe! Schlampe!“
Blut und Speichelfetzen schleuderten aus seinem Mund und landeten in ihrem Gesicht. Einen Sekundenbruchteil ehe sie sie traf, sah sie seine Faust auf sich zuschnellen. Der heftige Schlag explodierte an ihrem Kinn. Dann stoben grelle und bunte Lichtreflexe vor ihren Augen durcheinander. Sie sank zu Boden.

Ihr Herz hämmerte wild, Schweiß sammelte sich unter den Achseln und in den Handflächen. Ihr Körper zitterte vor Schwäche und Hilflosigkeit. Das Zimmer schwankte, sobald sie sich erhob. Kaum konnte sie sich auf den Beinen halten und alles schmerzte, ihr Kinn, der Kopf, ihr ganzer Körper.
Sie mußte etwas unternehmen, sofort, ohne Aufschub. Aber was?
Die Rippen schnürten sie mit eiserner Härte ein, nahmen ihr die Luft weg. Hatte er ihr die Rippen gebrochen, als er sie zusammengeschlagen hatte? Ihre Wangen waren angeschwollen und färbten sich bereits von rot in ein Blauviolett. Der Kiefer und ihre Zähne pulsten heftig. Mit dem Zeigefinger tastete sie im Mund herum, ob alle Zähne noch fest waren. Sie schienen es zu sein. Ihr Rücken war mit Blutergüssen übersät. Doch all diese Schmerzen waren nichts gegen die Schmerzen zwischen ihren Schenkeln. Es brannte wie Feuer. Dieses Dreckschwein hatte sie vergewaltigt, während sie von seinen Schlägen bewußtlos gewesen war.
Mit Mühe unterdrückte sie einen Schrei, als sie sich bewegte. Trotz ihrer Schwäche und der Schmerzen verlieh ihr der Zorn neue Kräfte. Sie wollte nicht länger untätig hier herumsitzen, aber sie konnte sich auch nicht zu einer endgültigen Entscheidung durchringen. Was sollte sie nur tun? Seine dummdreiste Anmache im Lokal war sie bereit gewesen zu vergessen. Aber was er ihr danach in ihrer eigenen Wohnung angetan hatte, konnte sie das auch einfach so

wegwischen? Verschweigen? Vergessen? Nein, vergessen auf keinen Fall!
Stöhnend schleppte sie sich ins Bad. Sie ließ Wasser in die Wanne laufen, so heiß, wie sie es ertragen konnte.
Egal, ob das richtig war, sie mußte den Schmutz abwaschen und ihrem geschundenen Körper ein wenig Erholung verschaffen.

Diese verdammte Schlampe hatte ihm fast die Zunge abgebissen! Mit aufgerissenem Mund stand er vor dem Spiegel in seinem Bad. Geschwollen, blutig, wie ein roher Fleischklumpen quoll sie zwischen seinen Zähnen hervor. Vorsichtig betastete er sie und schmeckte sein Blut. Nur gut, daß es nur seine Zunge war. Er durfte gar nicht daran denken, was jetzt wäre, hätte er ihr etwas anderes in den Mund geschoben!
Aber trotzdem hatte er es ihr gegeben, ordentlich und kräftig. Und je mehr es in seinem Mund geschmerzt hatte, desto heftiger und wilder hatte er zugestoßen.
Er wechselte ins Wohnzimmer und goß sich einen Whisky ein. Vielleicht war jetzt Alkohol gut. Einmal, um seine Nerven zu beruhigen, zum anderen zur Desinfektion. Er nippte an dem Glas, und ein Teil des Schluckes lief ihm aus dem Mundwinkel über das Kinn, so, als wäre die ganze Partie wie nach einem Zahnarztbesuch betäubt und gefühllos. Das bißchen, das es bis in den Mund schaffte, brannte augenblicklich wie Feuer, und er stöhnte dumpf auf.
Er ließ sich in einen Sessel fallen, hielt das halbvolle Glas unschlüssig in der Hand und stierte vor sich hin. Was würde jetzt passieren? Er sah das Blinken des Anrufbeantworters und beschloß, ihn abzuhören. Er vernahm die Stimme seiner schönen Friseuse Veronika. Sie wollte wissen, wo er war, und er solle sie doch sofort zurückrufen.
Wie sollte das denn funktionieren? Er versuchte zu sprechen, doch es kam nur ein unverständliches Nuscheln heraus, so als habe er eine heiße Kartoffel im Mund. Wie

sollte er das der Frau erklären, wenn sie sein Brabbeln denn überhaupt verstand?
Also am besten, sich gar nicht rühren. Und auch die Türe nicht öffnen, sollte sie vorbeikommen. Was würde sie wohl sagen und denken, wenn sie sah, was mit seiner Zunge geschehen war? Trotz der Schwellung konnte man deutliche Zahnabdrücke darauf erkennen.
Und überhaupt, was würde morgen auf der Arbeit sein? Oder gab es da für ihn schon gar kein Morgen mehr? Wenn es gleich schellen würde, wer stand dann vor der Tür? Seine Freundin oder eher die Kripo? Wäre er dann gar nicht mehr der Wärter sondern selbst ein Gefangener? Das wollte er sich gar nicht erst ausmalen. Dann wäre es besser, gleich tot zu sein, was er ohnehin spätestens dann sein würde, wenn Abelius von der Sache erfuhr!

* * *

Kapitel 7

Nachdem sie gebadet hatte, war sie ins Schlafzimmer gegangen und hatte sich mit dem Bademantel bekleidet aufs Bett gelegt. In der Dunkelheit starrte sie gegen die Decke. Noch nie in ihrem Leben hatte sie sich so verloren gefühlt. Tränen füllten ihre Augen und liefen über die geschwollenen Wangen ins Kopfkissen.

Warum mußte ihr das passieren? Hatte sie den Mann provoziert? Hätte sie vielleicht zu ihrem Treffen etwas anderes anziehen sollen, etwas Hochgeschlossenes oder weniger Luftiges? Hatte sie ihn durch das dünne, ausgeschnittene Kleid ermutigt? Oder hatte sie ihn durch ihr schroffes, abweisendes Verhalten erst recht angestachelt? Hätte sie verbindlicher sein sollen, vielleicht noch ein, zwei Bier mit ihm trinken und ein wenig lächeln sollen? Wäre das alles nicht passiert, hätte sie ihm ihre Aversion gegen ihn nicht so deutlich gezeigt?

Alle diese Gedanken schwirrten ihr im Kopf herum. Nein, sie durfte jetzt nicht auch noch anfangen, bei sich die Schuld zu suchen. Niemand hatte das Recht, einem anderen Menschen das anzutun, was er ihr zugefügt hatte, ganz gleich, wie provoziert sich jemand gefühlt haben mochte. Sie war das Opfer und er der Täter. Und die Schuld lag immer eindeutig beim Täter!

Plötzlich überfiel sie ein Gedanke, an den sie bisher noch gar nicht gedacht hatte. Sie bekam noch immer ihre Tage und hatte schon seit längerem nichts mehr zur Verhütung getan. Was, wenn er sie geschwängert hatte? Kalte und heiße Schauern überschwemmten ihren Körper. Bloß das nicht auch noch! Sie begann zu zittern. Auf keinen Fall würde sie das Kind eines Vergewaltigers austragen.

Je länger sie darüber nachdachte, desto mehr erfaßte sie abgrundtiefe Panik. Sie mußte ja noch viel weiter denken. Was würde passieren, wenn ihr Freund Hans-Hubert Abelius

tatsächlich in einigen Tagen frei käme, ganz gleich wie, ob offiziell begnadigt oder durch Flucht. Er würde doch mit ihr schlafen wollen. Selbstverständlich wollte er das. Ein Mann, der sechzehn Jahre im Gefängnis verbracht und seither keine Frau mehr gehabt hatte, den mußte dieses Bedürfnis wer weiß wie lange schon peinigen. Natürlich wollte er mit ihr schlafen, ebenso, wie sie es wollte, auch wenn bei ihr der zeitliche Abstand nicht so immens war. Das hieß, sie hätte es auch gewollt, aber jetzt? Allein wegen ihres körperlichen Zustands, den Blessuren und Prellungen, würde er unweigerlich Fragen stellen. Spätestens dann würde er es erfahren oder zumindest so mißtrauisch werden, daß ihre Beziehung daran scheitern mußte, ehe sie richtig begonnen hatte. Möglicherweise hätte sie mittels ihrer kosmetischen Künste das meiste der körperlichen Verletzungen kaschieren können, aber was war mit ihren seelischen Verletzungen? Konnte sie es je wieder ertragen, von einem Mann angefaßt zu werden, selbst wenn sie ihn liebte und begehrte?
Was sollte sie nur tun? Sie hatte niemanden, mit dem sie hätte sprechen können, dem sie sich anvertrauen konnte. Jemand, der ihr vielleicht einen guten Rat geben konnte. Ihre beiden Schwestern oder gar die Eltern kamen nicht in Frage. Nein, zu den Schwestern hatte sie kein allzu enges Verhältnis, man sah sich auch kaum, und die Eltern würden glatt in Ohnmacht fallen, wenn sie denen mit ihrer Geschichte kam. Die hätten auch nicht das geringste Verständnis für das, auf was sie sich eingelassen hatte.
Die Möglichkeit zur Polizei zu gehen und den Mistkerl anzuzeigen, hatte sie schon in dem Moment ausgeschlossen, als sie sich entschloß, sich in die Wanne zu legen und den Schmutz von sich abzuwaschen. Doch eventuell gab es da jemanden, an den sie sich wenden konnte. Ja, dieser Gedanke verfestigte sich immer mehr bei ihr. Das wäre eine Möglichkeit.
Sie würde ihr Kosmetikstudio für einige Tage wegen Krankheit schließen. Die bereits vereinbarten Termine würde sie

absagen, auch auf die Gefahr hin, einige der reichen, verwöhnten Klientinnen zu verlieren. Frauen, die es gewohnt waren, nur ‚Piep' sagen zu müssen und alle sprangen, hätten wahrlich wenig Verständnis dafür, wenn sie plötzlich auf unabsehbare Zeit nicht mehr für sie da war, wenn sie mit ein paar Fältchen und ungezupften Augenbrauen herumlaufen mußten. Die hatten vielleicht Probleme!

Es war kurz vor 2 Uhr morgens, als das Telefon im Korridor eines der altmodischen Häuser in einem der ältesten Stadtviertel läutete. Es war im Haus Ecke Berrenrather- und Wittekindstraße in Sülz. Das Gebäude sah ein wenig heruntergewirtschaftet aus, hätte mal wieder einen neuen Anstrich vertragen können. Neben der Haustüre war ein Messingschild angebracht. Darauf stand: ‚Dr. Sarah Vieten, Psychologin, 1.Stock'.
Sie war gerade eingeschlafen, als das Läuten sie zurück in den geraden verlassenen Schlummerzustand riß. Träge öffnete sie ein Auge und erkannte ungläubig auf der Digitaluhr die Zeit. Wer mochte um diese Uhrzeit noch etwas von ihr wollen? Jemand, der sich einfach verwählt hatte? Irgendwann würde er schon aufgeben. Doch da schien jemand hartnäckig zu sein. Sie stieß einen tiefen Seufzer aus und richtete sich schlaftrunken auf, schlüpfte in ihren Morgenmantel und meldete sich.
Zunächst registrierte sie nicht, wer da so empfindlich ihre Nachtruhe störte. Es war eine aufgeregte Frauenstimme, so viel konnte sie erkennen. Dann wurde ihr klar, wer die nächtliche Störenfriedin war. Am Ende des kurzen Gesprächs hatte sie sich für 8 Uhr einen Termin abringen lassen, weit vor ihrer üblichen Zeit und dem ersten Termin des Tages.
Bevor sie sich wieder zu Bett begab, setzte sie sich in die Küche, goß sich ein kühles Glas Sprudelwasser ein, leerte es in einem Zug und rauchte anschließend nachdenklich eine Zigarette. Danach überließ sie sich wieder der Nacht, auch wenn sie nur noch kurz war.

Als das Taxi Cornelia Sperling am Morgen in der Berrenrather Straße absetzte, regnete es in Strömen, und in den Straßen lag ein dichter Nebel wie ein feuchtes, klebriges Laken. Trotz des heftigen Regens lichtete sich der Nebel nicht im geringsten. Es fehlte der Wind, nicht der leichteste Hauch wehte.
Sie klingelte, es war Punkt 8 Uhr. Unverzüglich ertönte in der Gegensprechanlage die Stimme von Dr. Vieten. Über eine knarrende Holztreppe ging Cornelia in den 2.Stock hinauf, einen Aufzug gab es nicht im Haus. Die Psychologin erwartete sie an der Eingangstür. Die Begrüßung der beiden Frauen fiel förmlich und kühl aus. Dann starrte Cornelia die Frau einen Moment lang an, folgte ihr in ein nüchtern eingerichtetes Sprechzimmer und schälte sich aus dem nassen Mantel. Sie setzte sich in einen Sessel, beugte sich vor, die Hände im Schoß verschränkt und signalisierte eine innere Anspannung.
Was der Psychologin zuerst an Cornelia Sperling auffiel, war das Zaudern in ihrem Blick, der Ausdruck eines gehetzten Tieres, das sich verfolgt fühlte. Und sie wirkte so zierlich und zerbrechlich, wie eine Porzellanpuppe, besonders im Vergleich zu ihren eigenen Ein-Meter-achtzig. Als sie auf den Sessel zugegangen war und sich setzte, waren ihre Schritte unsicher, und jede Bewegung schien ihr schwer zu fallen.
Dr. Vieten setzte sich ihr gegenüber und wartete.
„Sie wissen, wer ich bin?“ fragte Cornelia, und ihr Blick flackerte ein wenig.
„Natürlich, Sie haben es mir diese Nacht am Telefon ja gesagt“, erwiderte die Psychologin und betrachtete ihre Besucherin aufmerksam, die für ihren Geschmack erheblich zu viel Make-up aufgetragen hatte. Nun ja, die Frau war Kosmetikerin, vielleicht gehörte das zum Berufsbild dazu.
„Ja, natürlich“, ein leicht gequältes Lächeln zog sich um Cornelias Mundwinkel. „Ich meinte, wissen Sie, wer mein Freund ist?“
„Ja, auch das weiß ich!“

„Gut, dann kennen wir beide also den gleichen Mann."
„So sieht es aus", nickte Dr. Vieten, „aber sagen Sie mir, was genau Sie von mir erwarten oder wie ich Ihnen helfen kann. Das klang am Telefon alles etwas verwirrend für mich!"
„Das mag sein", räumte Cornelia ein. „Aber noch eine Frage vorweg...", sie schien unschlüssig.
„Ja, bitte!" Dr. Vieten sah die Frau aufmunternd an.
„Was ich Ihnen jetzt erzähle, darüber dürfen Sie nicht sprechen, oder? Ich meine, zu niemandem?"
„Wenn Sie offiziell meine Patientin werden, unterliegt alles, was Sie mir anvertrauen, der ärztlichen Schweigepflicht!"
„Gut, dann wollen wir es so halten!"
„Schön, dann erzählen Sie, was Ihnen auf den Nägeln brennt!" forderte die Psychologin sie auf. „Möchten Sie vielleicht vorher eine Tasse Kaffee? Ich brühe uns frischen auf."
„Ja, danke, sehr gern."
Erst zögernd, verängstigt begann die Frau, doch mit jedem Satz, den sie formulierte, öffnete sie sich mehr und schien erleichtert zu sein, sich das Geschehen des Vortages von der Seele zu reden. Die Psychologin unterbrach sie kein einziges Mal. Als Cornelia geendet hatte, trat eine längere Pause ein. Nur das Geräusch der brodelnden Kaffeemaschine war zu vernehmen.
Dr. Vieten goß ihnen beiden eine Tasse des fertigen Kaffees ein und brach das Schweigen.
„Normalerweise müßte ich Ihnen raten, auch jetzt noch zur Polizei zu gehen, aber....",
„Nein, auf keinen Fall", fiel Cornelia ihr ins Wort. „Verstehen Sie, wenn ich zur Polizei gehe, erfährt Hans-Hubert es garantiert, und die ganze Geschichte fliegt ebenfalls auf. Er kommt dann vielleicht gar nicht mehr frei!"
„Ich verstehe", nickte die Psychologin, „aber was genau erwarten Sie nun von mir."
„Wir sprachen von Ihrer Schweigepflicht, gilt das auch ihm gegenüber? Sie werden auch Hans-Hubert nichts sagen?"

„Selbstverständlich nicht. Doch mir ist noch immer nicht ganz klar, was Sie genau wollen."
„Nun, wenn er in den nächsten Tagen rauskommt, wird er sicherlich Wünsche haben."
„Und?"
„Ja, ganz spezielle Wünsche und Erwartungen an mich."
„Sie meinen, er möchte mit Ihnen schlafen!"
„Ja, das ist doch normal, wenn ein Mann so lange im Gefängnis war und keine Frau mehr hatte."
„Sicher, ich kann mir vorstellen, daß das dann nicht so einfach für Sie sein wird. Doch wie kann ich Ihnen da helfen, wenn Sie es nicht möchten oder können?"
„Sehen Sie, ich möchte ja schon, aber in meinem jetzigen Zustand..., ich weiß nicht, ob ich es ertragen kann, wenn mich wieder ein Mann anfaßt. Doch selbst wenn, es gibt einige eindeutige Blessuren an meinem Körper, die verräterisch sind. Verstehen Sie nun?"
„Ja, das schon, trotzdem weiß ich noch nicht so recht, was Sie von mir erwarten. Oder ging es Ihnen nur darum, darüber mit jemandem reden zu können?" fragte die Psychologin, obwohl ihr langsam schwante, um was es der Frau ihr gegenüber ging.
„Das zwar auch, aber ich dachte, vielleicht könnten Sie noch einmal mit Hans-Hubert reden, bevor er rauskommt. Vielleicht könnten Sie ihm empfehlen, sich mit diesem Bedürfnis noch etwas Zeit zu lassen, daß es gut wäre, es mit mir langsam angehen zu lassen. Aus ihrer, möglicherweise aus psychologischer Sichtweise. Ich weiß ja nicht, ob es da so etwas gibt, was Sie ihm plausibel machen könnten."
„Nun verstehe ich, aber ich weiß nicht, ob ich Ihnen da wirklich helfen kann."
„Bitte, es wäre sehr, sehr wichtig", bat Cornelia eindringlich.
„Ich werde es mir überlegen und sehen, was ich machen kann. Aber versprechen kann ich Ihnen nichts!"
„Ich danke Ihnen", sagte Cornelia aufrichtig und stöhnte leicht, als sie sich aus dem Sessel erhob.

Die beiden Frauen verabschiedeten sich, und eine nachdenkliche Psychologin blieb zurück. Es tat ihr leid, was der Frau widerfahren war, doch sie hielt sie auch für ein naives, dummes Ding. Nur in einem hatte sie sicherlich recht, es war eine verzwickte Situation, die durchaus gefährlich werden konnte.

Zur gleichen Zeit dachte auch die Friseurin Veronika Grothe über das nach, was am vergangenen Abend geschehen war, zumindest das, wovon sie glaubte, das es geschehen war.
Mit ihrem frischen, sommersprossigem Gesicht und dem kurzen, feuerroten Haar wirkte sie jünger, als sie war. Dazu spiegelten ihre flaschengrünen Augen eine kindliche Unschuld und Naivität wider, die alle entwaffnete. Aber so kindlich unschuldig war sie gar nicht und schon gar nicht naiv.
Für den heutigen Tag hatte sie sich freigenommen und saß in ihrer Wohnung in Deutz auf der Deutzer Freiheit. Zum Frühstück hatte sie nur eine Tasse heißen, schwarzen Kaffee genommen. Jetzt stand ein halbgefülltes Glas Cognac vor ihr auf dem Tisch, an dem sie bereits kräftig genippt hatte. Der Alkohol glättete ein wenig die tiefe Unruhe in ihr.
Nochmals hatte sie versucht, ihren Freund, Fritz Eichel, telefonisch zu erreichen. Doch auch diesmal war nur der Anrufbeantworter angesprungen. Der Kerl stellte sich offensichtlich tot. Vielleicht war es bisher falsch von ihr gewesen, so neugierig und mißtrauisch zu sein. Aber war ihr Argwohn seit gestern nicht bestätigt worden?
Sie mußte zugeben, die Frau, mit der er sich gestern im ‚Oellig' getroffen hatte, sah nicht übel aus, auch wenn sie ein paar Jahre älter zu sein schien wie sie selbst. Ganz im Gegenteil, die Frau hatte etwas Aufreizendes und Stolzes in ihrem Gebaren. Diesen aufreizenden, wippenden Gang in dem leichten Sommerkleid, das sie trug, hatte ihr Stiche versetzt, als sie ihr gefolgt war.

Was sie allerdings nicht so recht verstand, war, warum sie getrennt nach Lindenthal gefahren waren, nachdem sie kurz nacheinander das Lokal verlassen hatten. Die Frau mit der Bahn und er mit seinem Wagen. Den schnittigen Mercedes hatte sie in unmittelbarer Nähe der Wohnung geparkt entdeckt. An einen dummen Zufall, daß er genau dort, wo die Frau wohnte, etwas Geschäftliches zu erledigen gehabt hätte, daran verschwendete sie keine Sekunde einen Gedanken. Nein, er war bei ihr. Und er mußte auch schon im Haus gewesen sein, bevor die Frau ankam. Sie selbst hatte dann über eine halbe Stunde gewartet, ob er danach erst auftauchen würde. War er nicht. Das hieß doch nichts anderes, als daß er einen Schlüssel zu ihrer Wohnung besaß und dort auf sie wartete.
Erst hatte sie vorgehabt, so lange zu warten, bis er wieder rauskam, aber dann hatte sie es sich anders überlegt. Wer war sie denn, daß sie ihre Zeit noch mehr verplempern sollte? Wegen einem so windigen Schürzenjäger wie ihm? Nein, für sie war die Sache klar. Na schön, wenn er es so wollte, sie würde sich schon etwas Passendes für ihn überlegen. Vielleicht würde sie zunächst so tun, als wäre alles in bester Ordnung. Doch so einfach wollte sie sich nicht von ihm bescheißen oder gar abservieren lassen!

* * *

Kapitel 8

„Du guckst, als hätte man Dir das Butterbrot weggenommen“, sagte Schild zu seinem Kumpel Abelius, als sie nach dem Frühstück noch da saßen und eine Zigarette rauchten. Im Knast hatte Abelius das Rauchen angefangen, nicht sehr stark, aber hin und wieder, wenn ein anderer rauchte, zog er eine mit durch.
„Na sag, was hast Du? Paßt Dir was nicht?“ bohrte Schild weiter.
„Weiß nicht. Irgend etwas stinkt hier, stinkt ganz gewaltig, wie ein toter Fisch, der zu lange in der Sonne gelegen hat!“
„Was stinkt Dir denn? Heute ist doch Dein großer Tag. Du gehst gleich hier raus und bist wieder ein freier Mann!“
„Ja, ein freier Mann“, nickte Abelius ein wenig lethargisch wirkend.
„Sag bloß, Du kriegst jetzt Panik vor der Freiheit? Hab schon gehört, daß es so etwas gibt, wenn einer lange weggesperrt war. Aber Du doch nicht!“
„Nee, nee, das ist es nicht“, schüttelte Abelius den Kopf und drückte die halb aufgerauchte Zigarette auf einer Untertasse aus. „Ist was anderes.“
„Na was denn?“ wollte Schild noch nicht aufgeben.
„Ach, vergiß es! Vielleicht sehe ich auch nur Gespenster!“
„Ich hoffe, Du vergißt etwas nicht“, erwiderte Schild lauernd und zog ein letztes Mal an der Zigarette, bevor er sie ebenfalls auf der Untertasse ausdrückte.
„Keine Sorge, mein Freund. Ich vergesse es nicht, ich hole Dich hier raus! Habe ich doch versprochen!“
Abelius grinste leicht, dann gaben sie sich die Hand.
„Auf bald“, sagte Abelius.
„Ja, auf bald!“ gab Schild ernst zurück.
Dann ging Abelius in seine Zelle, die er schon aufgeräumt und sauber gemacht hatte und wartete darauf, abgeholt zu werden.

Er setzte sich aufs Bett und versuchte, an nichts zu denken. Aber das funktionierte nicht, man konnte nicht an nichts denken. In wachem Zustand kreisten die Gedanken permanent um irgend etwas, und er dachte seit einigen Tagen an so vieles, speziell an sein neues Leben da draußen. Was wartete da draußen auf ihn? Vieles hatte sich verändert, auf vieles würde er sich neu einstellen müssen. Schild hatte doch nicht recht mit seiner Vermutung, daß er plötzlich Panik vor der Freiheit bekam, oder? Nein, ganz sicher nicht! Zu lange hatte er daraufhin gearbeitet, im wahrsten Sinn des Wortes, gearbeitet, um doch noch das eine Ziel zu erreichen, das er vor sechzehn Jahren verfehlt hatte. Knapp verfehlt zwar, aber knapp vorbei war auch daneben! Diesmal würde er ganze Arbeit leisten!
Dann erschien Fritz Eichel, der Wärter, beäugte ihn mißtrauisch und gab ihm nur durch ein Kopfnicken zu verstehen, daß er mitkommen solle. Dem Mann stand Schweiß auf der Stirn, als habe er sich gerade ausgiebig sportlich betätigt. Er hatte lange mit sich gerungen, wie gewohnt zur Arbeit zu gehen oder sich krank zu melden. Letztlich hatte er sich für die Arbeit entschieden, auch, weil er den Tag, an dem Abelius entlassen wurde, nicht versäumen wollte. Er mußte wissen, ob der Mann etwas erfahren hatte von dem, was er getan hatte. Wie es schien, war das nicht der Fall.
Abelius setzte ein leichtes Lächeln auf, als er neben Eichel herging, um, wie schon Tage zuvor, zum Direktor geführt zu werden.
„Warum so schweigsam?“ fragte er den Wärter.
Der schüttelte nur den Kopf.
„Was ist los, Eichel? Haben Sie Angst, ich könnte Sie vergessen? Bis jetzt habe ich mich doch an alle Abmachungen gehalten, ebenso wie Sie!“
Eichel nickte und nuschelte etwas, das so klang wie: „Schon gut.“
Da blickte Abelius verwundert auf den Mann herab, der gut zehn Zentimeter kleiner war als er.

„Was ist denn mit Ihnen, Probleme mit dem Sprechen oder unter die Legastheniker geraten?“ grinste Abelius spöttisch.
„Schahnarzt“, nuschelte Eichel und tippte sich an den Kiefer.
„Ach so, verstehe. Zahnarzt, Scheiße! Hatte ich auch immer Bammel vor!“
Sie erreichten das Büro des Direktors und traten ein. Volker Liebig saß wieder hinter seinem klobigen Schreibtisch, als habe er ihn seit Abelius’ letztem Erscheinen nie verlassen. Er trug sogar den gleichen Anzug und die gleiche Krawatte, und auch sein Gesichtsausdruck glich dem der vergangenen Tage.
„Ich will es kurz machen, Herr Abelius. Sicher können Sie es kaum erwarten, hier raus zu kommen. Hier ist Ihr Entlassungsschein!“
Abelius nahm ihn wortlos entgegen, blickte den Mann nur an wie einen leeren Stuhl und hörte nur mit halbem Ohr weiter zu.
„Ich gebe Ihnen nur einen guten Rat mit auf den Weg, halten Sie sich strikt an die Bewährungsauflagen und beherzigen Sie genau das, was Sie in dem letzten Kapitel Ihres Buches beteuert haben. Ansonsten sehen wir uns schneller wieder, als Ihnen und mir lieb ist!“
Er streckte seine Hand aus, und Abelius ergriff sie zögernd. Es war eine klamme, weiche Hand, die nur einen laschen Händedruck zustandebrachte. Schnell zog Abelius seine Hand zurück und war versucht, sie an der Hose abzuwischen, ließ das jedoch sein. Er drehte sich um und verließ zusammen mit Eichel das Büro.
Er gab seine Gefängniskleidung ab und bekam seine Zivilsachen zurück, einen grauen Nadelstreifenanzug, ein blaues Hemd, das an den Schultern und den Oberarmen spannte, als er es anzog. Vielleicht hatte er es mit dem regelmäßigen Kraftsport in den vergangenen Jahren doch ein wenig übertrieben. Ansonsten paßte noch alles wie an dem Tag, als er hier eingezogen war. Weiterhin bekam er seine Uhr und einen Ring zurück, den er sich über den kleinen Finger der

linken Hand streifte, beides waren teure Stücke. Dann schlüpfte er in seine schwarzen Slipper, die leicht eingestaubt waren, aber sonst wie neu aussahen. Nachdem er auch noch einen dicken Schlüsselbund und ein wenig Geld erhalten hatte, quittierte er den gesamten Empfang und steckte den Schlüsselbund in die linke und die Geldscheine achtlos in die rechte Hosentasche. Eine Brieftasche oder Geldbörse hatte er noch nie besessen.
Auf dem Weg zum Ausgang sagte er zu Eichel: „Ich werde mich in den nächsten Tagen bei Ihnen melden. Dann sehen wir weiter."
Eichel nickte, seine Augenlider zuckten nervös.
„Und, gute Besserung wegen Ihres Zahnes", fügte Abelius an.
Dann waren sie am Ausgang angelangt. Ein Beamter verglich seine Fingerabdrücke mit denen, die er vor sechzehn Jahren abgegeben hatte. Zusätzlich stellte der Mann anhand des Einlieferungsfotos fest, daß der zu entlassende Häftling, der vor ihm stand, tatsächlich Hans-Hubert Abelius war.
Endlich öffnete sich die Tür, und er schritt in die Freiheit.
Auf dem Vorplatz wartete jemand auf ihn. Eine Frau, aber es war nicht Cornelia Sperling. Sofort setzte bei ihm wieder das Grübeln ein. Noch immer hatte er keine schlüssige Antwort darauf gefunden, was es wirklich zu bedeuten hatte, daß sie ihn abholte und nicht die Frau, die ihn angeblich so liebte und sich auf ein zukünftiges Leben mit ihm freute. Es versetzte ihm keinen Stich ins Herz, aber es bescherte ihm ein unangenehmes Kribbeln im Bauch.
Sie, die Psychologin, würde ihm jetzt etwas mehr sagen müssen als gestern bei ihrem letzten Besuch, als sie nur ein paar Andeutungen und für ihn unverständliches, psychologisches Zeug von sich gegeben und letztlich nur mitgeteilt hatte, daß sie ihn heute abholen würde.
Sie lächelte ihn an und streckte ihm die Hand entgegen.
„Willkommen in der Freiheit!" sagte Dr. Vieten. Es klang aufrichtig.

Wortlos nickte er. Dann gingen sie zu ihrem Wagen, mit dem sie diesmal gekommen war. Als sie losfahren wollte, hielt er sie zurück.
„Was soll das alles? Ihre seltsamen Andeutungen gestern? Was ist eigentlich los? Was ist mit Conny?“
„Nicht jetzt und hier!“ schüttelte sie den Kopf.
„Warum nicht hier und jetzt?“
„Ich werde es Ihnen genau erklären, aber nicht hier!“
„Wo dann?“
„Ich dachte, wir fahren jetzt erst einmal zu mir. Dort werde ich es ihnen erklären! Haben Sie noch ein wenig Geduld!“
„Zu Ihnen in die Praxis also! Na, da bin ich aber gespannt! Soll ich mich da vielleicht auf die berühmte Couch legen?“ Er grinste spöttisch.
„Nein, nicht die Couch“, erwiderte sie ebenfalls grinsend, „wir können uns ganz gemütlich in mein Wohnzimmer setzen.“
„Dann wäre es mir lieber, wir führen in meine Wohnung! Oder können Sie mir das, was Sie versuchen, mir scheibchenweise beizubringen, nur bei Ihnen offenbaren?“
„Nein“, sie schaute erstaunt. „Ihre Wohnung? Gibt es die denn noch?“
„Selbstverständlich gibt es die noch, und die Schlüssel dürften auch noch passen!“ Er zog den dicken Schlüsselbund aus der Hosentasche und hielt ihn ihr hin. „Ich habe sie vor sechzehn Jahren nicht aufgegeben oder gar verkauft, als ich umziehen mußte!“ Wieder lag ein spöttisches Grinsen auf seinem Gesicht.
„Na schön, sagen Sie mir, wie ich fahren muß!“
„Also los“, sagte er, lehnte sich im Sitz zurück und stierte durch die Windschutzscheibe. Dann dirigierte er seine Chauffeurin Richtung Ebertplatz und weiter bis zum Konrad-Adenauer-Ufer. Dort befand sich seine Penthouse-Wohnung in dem Komplex ‚Wohnen über dem Strom’.
Bis sie in der Wohnung ankamen, schwiegen beide. Er schloß die Tür auf, und Sarah Vieten trat mit etwas Beklommenheit ein.

„Machen Sie es sich bequem“, sagte Abelius, „ich will nur schnell duschen!“
Außer dem Bad, in das er sich zurückzog, konnte sie keine weiteren separaten Zimmer entdecken. Die gesamte Wohnung schien eine große, weitläufige Landschaft mit den verschiedensten Bereichen zu sein. Alles ging fließend und ohne durchgehende, abtrennende Wände ineinander über. Außer der Eingangstür gab es nur noch eine weitere, die zum Bad.
Sie stand in einer Art Vorraum und ließ alles, was sie sah, auf sich wirken, ohne sich vom Fleck zu rühren. Das einzige, was sich bewegte, waren ihre Augen. Wenn die Wohnung sechzehn Jahre nicht benutzt worden war, hatte sie eigentlich damit gerechnet, überall eine zentimeterdicke Staubschicht vorzufinden und einen muffigen Geruch wahrnehmen zu müssen. Doch beides war nicht der Fall. Die Wohnung wirkte blitzsauber, als wäre alles erst vor wenigen Stunden frisch gereinigt und ordentlich durchgelüftet worden.
Langsam setzte sie sich in Bewegung und schritt durch den gesamten Komplex. Verblüfft schaute sie sich alle Dinge an. Mit so etwas hatte sie wirklich nicht gerechnet, als er ihr vorhin vorschlug, in seine, statt in ihre Wohnung zu fahren. Es bestätigte das, was sich in vielen Sitzungen mit ihm herauskristallisiert hatte. Eine Wohnung und ihre Einrichtung verrieten immer eine Menge über die Menschen, die darin lebten. Und Abelius hatte hier die letzten Jahre, bevor er gefaßt und verurteilt worden war, gelebt. Wie es aussah, war seitdem nichts verändert worden. Überall fielen ihr Widersprüche ins Auge. Eben genau so, wie der Mann selbst, und wie sie ihn nach ihren ersten, gemeinsamen Sitzungen analysiert hatte. Ein widersprüchlicher, in sich zerstrittener Mensch, ein Wandler zwischen Kultiviertheit, Intelligenz, Manieren und Charme auf der einen Seite, aber dann auch abgrundtiefer Haß und außergewöhnlich intensive kriminelle Energie, die ihn letztlich zu einem zwölffachen Mörder hatte werden lassen.

Sie stand vor der breiten Fensterfront, durch die man auf den träge dahinfließenden Strom hinabsehen konnte. Ein faszinierender Ausblick, der sich ihr bot. Schiffe und Lastkähne, die sich von hier oben wie Kinderspielzeuge ausnahmen, und das gegenüberliegende Ufer, das eine malerische Kulisse reflektierte.
Dann sah sie sich weiter in dem Raum um, der insgesamt mindestens einhundertzwanzig Quadratmeter maß. Alle Wände sowie die beiden Stützpfeiler in der Mitte, hatten Holzverkleidung in einem frischen, naturbelassenen Ton. Zwischen den diagonal angebrachten Paneelen waren glänzende Spiegelfedern eingezogen, die für eine dezente, doch nicht zu übersehende Extravaganz sorgten.
Kalte und warme Dinge wechselten sich permanent ab. Manche waren harmonisch aufeinander abgestimmt, andere paßten nach ihrem Geschmack überhaupt nicht zusammen.
Aus schwarz gespritztem Stahl und dicken, leicht getönten Scheiben war der markante, offene Kamin gestaltet, der wie eine moderne Skulptur mitten im Raum wirkte. Über den großformatigen Keramikfliesen in warmen Brauntönen lag ein heller, tiefer Berberteppich, den Sarah mit ihren hochhackigen Schuhen nicht zu betreten wagte. Kurzentschlossen streifte sie sie von den Füßen und sank knöcheltief ein wie in ein Meer aus Watte.
Eine Glasvitrine am Ende des Wohnbereichs und am Übergang zum Schlafraum lockte als nächstes ihre Aufmerksamkeit an. Sie enthielt nur eine einzige Münze, nicht viel größer als das ehemalige Fünfmarkstück, aber dicker und ziemlich abgegriffen. Die Münze mußte sehr wertvoll sein, wenn ihr Besitzer ihr einen solch exponierten, zentralen Platz zugewiesen hatte. Eine daneben platzierte Expertise wies sie als ‚Saugulden' aus, eine Prägung aus dem achtzehnten Jahrhundert durch den Landgrafen Ludwig den Achten von Hessen-Darmstadt. Sarah versuchte, die aufgeprägte Inschrift zu entziffern: ‚Geld verbindet, sucht und findet'. Das ließ sie leicht grinsen. Wie passend für einen ehemaligen

Banker. Aus seinen Beschreibungen in seinem Buch ‚Das Böse in mir' wußte sie, daß er noch eine Menge Geld besaß und auch diese Wohnung, aber so überwältigend, das hatte sie nicht angenommen. Er war ja schon ein zigfacher Millionär gewesen, bevor er ein zigfacher Mörder geworden war und nicht umgekehrt. Von daher war ihm sein Vermögen und gesamter Besitz geblieben, auch nach seiner Verurteilung. Da er alles legal erworben hatte, war von juristischer Seite aus kein Anlaß gegeben, eventuell gestohlenes oder ergaunertes Geld zu konfiszieren. Auch nachdem er an die Opferfamilien Schmerzensgelder in nicht unerheblicher Höhe hatte zahlen müssen, waren noch einige Millionen auf verschiedenen Konten im In- und Ausland übriggeblieben.
„Beeindruckt?" fragte Abelius, der unbemerkt zu ihr getreten war. Seine Haare waren noch feucht, und er hatte sich komplett umgezogen, also mußte er hier auch noch reichlich Garderobe von früher haben. Sie schien ihm immer noch wie angegossen zu passen. Er trug eine beigefarbene Jeans, darüber locker ein hellblaues Sweatshirt von einer der teuersten Markenfirmen. Seine nackten Füße steckten in einem Paar Mokassins aus weichem, braunem Wildleder.
„Ganz recht, ich bin irgendwie beeindruckt", nickte Sarah. „Es kann doch nicht sein, daß Sie diese Wohnung sechzehn Jahre unbewohnt gelassen haben."
„Doch! Hier hat, seit ich vor sechzehn Jahren hier vorübergehend ausziehen mußte, niemand mehr gewohnt. Ich hätte auch nicht gewußt, wem ich das alles hier hätte anvertrauen können!" Er lächelte leicht ironisch. „Darf ich Ihnen einen Drink anbieten? Auch davon dürfte noch einiges da sein."
„Gerne!"
Während er zu einer antiken Anrichte ging und sie öffnete, blickte sie sich noch einmal staunend um.
„Cognac, Whisky oder Sherry?" fragte er.
„Einen Sherry, aber bitte nur einen kleinen!"
„Kommt sofort", lächelte er und füllte zwei schlanke Gläser zur Hälfte mit einem zwölf Jahre alten, also inzwischen min-

destens achtundzwanzig Jahre alten, Sherry aus einem bekannten, spanischen Weinanbaugebiet.
„Alles sieht so aus, als hätten Sie es vor maximal ein paar wenigen Stunden verlassen. Ich wünschte, meine Wohnung sähe so sauber und frisch aus, obwohl ich jede Woche einmal Hausputz halte“, bekannte sie neidisch, als sie das Glas entgegennahm.
„Nachdem ich wußte, daß ich heute entlassen werde, habe ich gestern eine Firma beauftragt, hier rein Schiff zu machen“, erwiderte er und prostete ihr zu. „Zum Wohle!“
„Verstehe“, sagte sie und nippte kurz an ihrem Drink. „Hm, echt gut! Aber sagen Sie, das haben Sie doch nicht arrangiert, um mir zu imponieren!“ Sie betonte das ‚Mir’.
„Schon richtig, aber da sich Conny momentan nicht in der Lage sieht, mit mir zusammen zu sein, wie Sie mir berichteten, was ich allerdings nach wie vor nicht ganz nachvollziehen kann, auch wenn Sie mir diverse Fachbegriffe Ihres Berufes um die Ohren gehauen haben, muß ich halt Ihnen imponieren!“
„Das mit Ihrer Freundin ist auch etwas kompliziert, das muß ich zugeben“, begann Sarah langsam und überlegte, wie sie sich weiter verhalten sollte. Von der Vergewaltigung seiner Freundin durch den Wärter Fritz Eichel hatte sie ihm natürlich kein Wort verraten. Sie konnte sehr gut verstehen, daß er sich mit ihren bisherigen Erklärungen nicht zufrieden geben würde.
„Nun, mag es kompliziert sein, wie es will. Fakt ist, ich bin ein Mann, habe sechzehn Jahre Knast hinter mir und hatte mich unter anderem außer der Freiheit auch noch auf etwas anderes gefreut. Wenn Sie verstehen, was ich meine!“
„Oh ja, ich verstehe, was Sie meinen! Wenn ich schon die Vertretung als Chauffeurin vom Gefängnis und als Bewunderin Ihrer Wohnung übernehme, könnte ich auch noch in anderen Dingen als Vertretung fungieren!“
„Vertretung ist die falsche Bezeichnung, Frau Doktor Vieten! Wären wir am Theater, würde man Sie als Erstbesetzung

bezeichnen! Ich hätte nur nie zu hoffen gewagt, einmal zusammen mit Ihnen in diese Situation zu geraten!“

Sie standen sich gegenüber. Sarah ohne Schuhe an den Füßen, und doch war sie fast so groß wie er. Sie sah in seine grauen Augen, die sie zu durchbohren schienen. Dann fühlte sie seine Hand an ihrer Wange. Sie ließ es geschehen und bemerkte ein Flattern im Bauch, wie sie es schon ewig nicht mehr gefühlt hatte. Seine Hand fuhr unter ihre braunen Locken, und seine Finger streichelten sanft ihren Nacken. Zu dem Flattern im Bauch gesellte sich ein Schauer, der ihr den Rücken hinunterlief.

„Wären Sie mit der Erstbesetzung einverstanden?“ fragte er mit einem süffisanten Lächeln, das um seine Mundwinkel spielte.

„Das wäre durchaus eine Überlegung wert“, flüsterte sie, und ihr Mund näherte sich dem seinen.

Dann küßten sie sich, erst zärtlich, suchend und behutsam, dann wild und immer leidenschaftlicher.

Conny Sperling saß zusammengekauert auf dem Sofa in ihrem Wohnzimmer. Sie überschwemmte eine lähmende Gleichgültigkeit. Dabei, wenn sie es rational überdachte, war ihr die Situation alles andere als gleichgültig. Aber momentan konnte sie sich zu nichts aufraffen. Sie saß nur da, abgestumpft, tatenlos, wie eine Marionette, der man sämtliche Fäden durchtrennt hatte. In welch euphorischer Stimmung war sie noch vor wenigen Tagen gewesen! Ihr Gesicht hatte vor freudiger Erwartung geglüht, und ihre Augen hatten gestrahlt, wie die eines kleinen Kindes an Weihnachten bei der Bescherung. Und nun? Alles dahin! In wenigen Augenblicken war ihr das Leben, dem sie so entgegengefiebert hatte, um die Ohren geflogen. Zwar war ihr Gesicht auch jetzt gerötet, wenn sie kein Make-up auflegte, aber es war die Farbe der Zerstörung und nicht die der freudigen Erwartung. Und ihre Augen hatten jeglichen Glanz verloren, sie waren ohne Leben, wie die Glasaugen eines Stofftieres.

Heute hätte der Tag sein sollen, der ihr Leben endgültig von Grund auf geändert hätte. Ein Leben mit dem Mann, den sie abgöttisch liebte, auch wenn das für viele unverständlich war. Wie konnte man sich nur in einen Verbrecher verlieben, einen Mörder dazu, der einem Dutzend Menschen das Leben genommen hatte? Aber er war nicht mehr der Mensch von damals, und daran hatte auch sie ihren Anteil. Das hatte sie mit einem erhabenen Gefühl erfüllt, wie sie es noch nie zuvor verspürt hatte.
Und was war nun? Wie hatte er reagiert, als nicht sie ihn vom Gefängnis abgeholt hatte sondern die Psychologin? Und hatte die es ihm plausibel machen können, ohne den wahren Grund preisgeben zu müssen? Hielt er sie nun für einen Feigling, eine Abtrünnige, die ihm vielleicht nur etwas vorgespielt hatte? Würde er noch etwas von ihr wissen wollen, sie begehren und mit ihr leben wollen?
Sie mußte sich, so schnell sie es vermochte, mit ihm treffen. Doch wann war das? Wann würde sie das können? Ihre körperlichen Blessuren würden sich in ein, zwei Tagen so weit gebessert haben, daß man sie ihr nicht mehr ansah. Aber was war mit ihrer Psyche? Könnte sie seine Berührungen ertragen, ohne aufschreien und wild um sich schlagen zu müssen?
Es war eine verdammte Scheiße! Und alles nur wegen dieses Schweins Eichel. Plötzlicher, abgrundtiefer Haß riß sie aus ihrer Lethargie. Wenn er jetzt in diesem Augenblick vor ihr stünde, könnte sie ihm ohne jedes Zögern ein Messer ins Herz rammen oder ihn mit bloßen Händen erwürgen! Oder erst die Augen ausstechen, den Schwanz abschneiden und dann töten!

Stunden waren inzwischen vergangen, in denen sie sich wiederholt geliebt hatten, intensiv und leidenschaftlich bis zur totalen Erschöpfung. An nichts hatten sie beide gedacht, außer an eine exzessive, fleischliche Lust und Befriedigung, die sie dem anderen bereiten wollten.

Langsam kroch die Dämmerung über den Fluß. In wenigen Minuten würde es finster sein. Lichtreflexe tanzten an der Decke. Eng umschlungen lagen sie auf dem weichen Berberteppich, und die Wärme des Kaminfeuers umhüllte schützend ihre nackten Körper.
„Und nun erzähl mir, was wirklich mit Conny los ist“, sagte Abelius und hielt Sarah fest an sich gepreßt.
Ihre Nasenspitzen berührten sich, und ihre Augenpaare waren nur wenige Zentimeter voneinander entfernt. Ihre Fingerkuppen fuhren über seine Tätowierung am linken Oberarm, ein fünf Zentimeter großer, schwarzer Skorpion mit rotem Stachel.
„Ich kann nicht“, erwiderte sie so leise, daß sie kaum zu hören war.
„So, Du kannst nicht! Das heißt aber ja, Du weißt, was wirklich mit ihr los ist. Du willst es mir nur nicht sagen!“
„Nein, ich kann es nicht!“
„Du zierst Dich wie eine Zicke, die Angst vor dem Melker mit den kalten Händen hat!“ grinste er, obwohl es kein spaßiger Spruch sein sollte.
„Nein, auch mit Zieren hat das nichts zu tun“, sagte sie ernst.
„Irgend etwas ist geschehen, stimmt's?“
„Bitte, versuch' nicht weiter, in mich zu dringen!“
„Och, die ganze Zeit hattest Du nichts dagegen!“
Sie setzte ein gequältes Lächeln auf und versuchte, sich von ihm wegzudrehen, doch er hielt sie weiter fest.
„Ich lasse Dich nicht eher los, bis ich alles haarklein weiß!“
Mißtrauen, das schon länger in ihm geschwelt hatte, wurde nun auch in seinem Tonfall deutlich. Sollte er gelinkt werden, wollte Conny sein Geld abstauben? Steckten die beiden Frauen eventuell unter einer Decke? Die kleine Kosmetikerin hatte seine Konten leergeräumt, und die Psychologin sollte ihn so lange hinhalten, bis ihre Komplizin sich und das Geld in Sicherheit gebracht hatte. Gemeinsam könnten sie dann irgendwo in Südamerika oder in der Karibik oder auf Bora-Bora in Saus und Braus leben! War das möglich?

„Bitte nicht“, hörte er sie wie durch eine Nebelwand flüstern, und sie versuchte weiter, sich aus seinem Griff zu befreien.
„Bitte doch!“ erwiderte er hart und packte noch etwas fester zu.
„Bitte hör’ auf, Du tust mir weh!“ protestierte sie ärgerlich.
Ein, zwei Sekunden hielt sein Griff sie noch unverändert umklammert. Dann lockerte er ihn unvermittelt.
„Verzeih’, das wollte ich nicht“, sagte er mit sanfter Stimme und begann statt dessen sie erneut zu liebkosen.
Anfänglich versuchte sie, sich auch dagegen zu wehren, doch ihr Widerstand schwand in Sekundenschnelle, in je südlichere Gefilde ihres Körpers seine Lippen herabwanderten.

* * *

Kapitel 9

Alles schien in Ordnung zu sein. Wie es aussah, hatte er sich vollkommen umsonst solche Sorgen gemacht. Er stand an der Theke ‚Em Oellig' und ließ sich von Martin, dem Wirt, ein frisches Kölsch hinstellen. Der nächste Strich auf seinem Deckel war bereits der fünfzehnte.
„Hast ja heute besonders großen Durst, aber laß et Dir schmecken, Jung!" grinste der Wirt und kümmerte sich um den nächsten Thekenbruder.
Eichel lächelte gequält zurück und nahm den ersten Schluck. Das kühle Bier tat seiner lädierten Zunge gut. Die Schwellung war inzwischen stark zurückgegangen, so daß er sich nun auch wieder einigermaßen vernünftig artikulieren konnte, auch wenn sich im Moment durch die bereits vierzehn genossenen Kölsch eine andere Beeinträchtigung einstellte. Aber sprechen wollte er jetzt sowieso nicht, weder mit dem Wirt, noch mit der Wirtin oder einem seiner Thekennachbarn. Er war viel zu sehr damit beschäftigt, sich über seine Zukunft Gedanken zu machen. Mittlerweile glaubte er ja wieder, daß sein Leben eine Zukunft hatte.
Wenn die kleine Schlampe ihrem Freund von dem erzählt hätte, was er mit ihr angestellt hatte, würde er höchstwahrscheinlich schon nicht mehr leben und keine Zukunft mehr haben. Aber konnte er da wirklich sicher sein? Vielleicht lag sie gerade jetzt in seinen Armen und beichtete ihm unter Schluchzen, was ihr widerfahren war. Doch selbst wenn, was konnte dieser Abelius ihm schon antun? Der mußte sich ganz still und ruhig verhalten, wollte er nicht gleich wieder im Knast landen. Und diesmal für immer! Man würde ihn einsperren und den Schlüssel wegschmeißen. Dann könnte er bis an sein Lebensende in seiner Zelle verrotten! Geile Vorstellung, die ihm ein diabolisches Grinsen aufs Gesicht zauberte. Außerdem hatten sie noch ein Abkommen, an dem Abelius ebenso viel Interesse hatte wie er.

Eichel nickte mehrmals, so, als würde er einem Gesprächspartner eifrig zustimmen. Richtig, suggerierte er sich. Ohne ihn konnte Abelius seinen Kumpel Schild schwerlich aus dem Knast holen. Sie brauchten sich gegenseitig. Also war er doch vollkommen in Sicherheit. Zudem konnte er sich nicht vorstellen, daß der Mann sich von so einer kleinen Fotze zu einer unüberlegten Handlung würde hinreißen lassen. Sie war für den doch auch nur ein Mittel zum Zweck gewesen. Das war doch keine echte, tiefe Liebe, auch wenn er es ihr glaubwürdig und gekonnt vorgespielt hatte. Die Frau war doch so etwas von naiv! Nein, wegen der würde Abelius nicht riskieren, wieder zurück in den Knast gehen zu müssen. Da konnte er wirklich sicher sein.
Außerdem, was hatte er schon Verwerfliches getan? Nichts! Sie hatte ihn doch herausgefordert, ihn provoziert und scharf gemacht mit ihrem luftigen Kleidchen, den spitzen, vorwitzigen Titten und ihren blitzenden Augen. Erst aufgeilen und dann die züchtige Jungfrau spielen! Das hätte jeden Mann auf die Palme gebracht. Nein, er hatte ihr nur das besorgt, was sie verdient hatte!
Von seinen Überlegungen überzeugt, trank er sein Glas aus, kramte in der Jackentasche nach Geld und legte ein paar Scheine auf die Theke.
„Stimmt so!" sagte er laut und deutlich zu Martin.
Er schwankte. War er betrunken? Er stützte sich am Tresen ab, dann ging er aufrecht und kerzengerade zur Tür.
„Komm jod nach Haus!" rief ihm der Wirt nach.
Ohne sich umzudrehen, hob Eichel die Hand und winkte. Uschi und Martin, die beiden Wirtsleute, grinsten sich an.
Es war kurz nach 21 Uhr, als er das Lokal verließ und sich zu Fuß die zweihundert Meter zu seiner Wohnung auf den Heimweg machte. Noch keine fünfzig Schritte war er in Richtung Ebertplatz gegangen, als ihn jemand von hinten am Arm packte.
„Ich dachte schon, Du wärst gestorben!" hörte er eine hämische Stimme schräg hinter sich.

Erschrocken blieb er stehen und wandte sich seinem vermeintlichen Angreifer zu. Mit Erleichterung schaute er in das sommersprossige Gesicht von Veronika Grothe.
„Du hast Dich ja in den letzten Tagen sehr rar gemacht", giftete sie ihn weiter an. „Auf meine Anrufe reagierst Du nicht, und blicken läßt Du Dich auch nicht!"
„Wo kommst Du denn jetzt her?" fragte er verwirrt, ohne auf ihre Anwürfe einzugehen.
„Reiner Zufall! Ich kam hier vorbei und traute meinen Augen nicht, wer da aus dem Oellig kam. Ich dachte, den Mann kennst Du doch irgendwoher, auch wenn es schon länger her ist, daß ich ihn sah!"
„Nun übertreib' nicht! Du tust gerade so, als hätten wir uns Monate nicht gesehen!"
Sie gingen nebeneinander her, als würden sie gemütlich durch das nächtliche Viertel bummeln.
„Mir kam es aber so lange vor!"
„Ich hatte zu tun, geschäftlich! Verstehst Du?" Seine Artikulation schwankte zwischen überdeutlich und ein wenig lallend, eben genau so, wie ein Angetrunkener sich zwang zu sprechen, wenn er seinen Zustand zu kaschieren suchte.
„Ach so, geschäftlich! Wie heißt denn das Geschäft mit Vornamen?" fragte sie spitz.
Die Saat des Mißtrauens war in ihr schon seit geraumer Zeit aufgegangen und auf außerordentlich fruchtbaren Boden gefallen. Auch wenn ihre Gefühle für Fritz Eichel weit entfernt von aufrichtiger Liebe waren, so spürte sie doch den Stachel der Eifersucht in sich. Er war schließlich kein Adonis, eher sogar häßlich zu nennen. Aber er war großzügig, hatte einen versteckten Humor, und sie hatte schon mit schlechteren Typen Beziehungen gehabt. Doch wenn er glaubte, er könne sie mit einer anderen betrügen, dann befand er sich ganz gewaltig auf dem Holzweg. Das konnte er mit jeder anderen machen, aber nicht mit ihr!
„Ich weiß nicht, was Du meinst", erwiderte er. „Welchen Vornamen sollte mein Geschäft haben?"

„Na ja, hätte ja sein können, daß Dein Geschäft neuerdings einen weiblichen Vornamen hat!"
„Du spinnst! Red' Dir doch so was bloß nicht ein!"
„Das muß ich mir gar nicht einreden, ich habe doch Augen im Kopf! Und was soll ich denn sonst denken, so, wie Du Dich die letzten Tage verhalten hast?"
„Mein Gott, Vroni...."
„Du sollst mich nicht so nennen! Du weißt, daß ich das hasse!" funkelte sie ihn an, ebenso wie ihr roter Haarschopf im Schein der Straßenbeleuchtung wie Feuer loderte.
„Also schön, Veronika, der Lenz ist da!" grinste er dämlich und versuchte, den Arm um sie zu legen.
Sie entwand sich seinem Griff. „Deine blöden Sprüche kannst Du Dir auch sparen. Dazu bin ich momentan überhaupt nicht aufgelegt!"
„Entschuldige, aber es ist Blödsinn, was Du da denkst! Für mich gibt es nur Dich!" Versicherte er ihr treuherzig. „Und wenn ich auch mal ein paar Tage nicht immer gleich zur Verfügung stehe, stecken rein geschäftliche Gründe dahinter und nichts anderes!"
„Dann sag mir, was für Geschäfte das sind! Sag mir, was genau Du machst! Da erzählst Du nie etwas drüber! Da läßt Du mich stets im Dunkeln tappen und im Ungewissen!"
„Das sind Dinge, die mußt Du nicht wissen! Und es sind Dinge, die brauchen Dich nicht zu beunruhigen!"
„Ja, ja, die kleine, dumme Friseuse! Die muß nicht alles wissen, versteht sie ja sowieso nicht, oder? Hauptsache für's Herzeigen und für's Bett ist sie gut!"
„So ein Quatsch, Veronika!"
„Von wegen, Quatsch! Ich weiß doch Bescheid, und ich weiß, was ich weiß! Und ich weiß auch, was für dumme Sprüche über mich und meine Berufskolleginnen gemacht werden. Das habe ich schon oft genug hören müssen: Die Steigerungsform von geil? – Geil, Krankenschwester, Friseuse! Pah! So etwas kann nur dem Spatzenhirn eines Mannes entspringen!" empörte sie sich.

Eichel blieb stehen und mußte unwillkürlich grinsen.
„Das habe ich noch nie gesagt, nicht mal gedacht und auch noch nie gehört! Das ist doch absoluter Schwachsinn!"
„Denkst Du!" Ihre Empörung war nicht gespielt. In ihr kochte tatsächlich die Wut, und sie wußte, daß sie sich da nicht in irgend etwas hineinsteigerte. Der Typ verarschte sie, auch wenn er jetzt den Unschuldigen mimte. Auch er betrachtete sie lediglich als Trophäe und williges Betthäschen.
Sie kamen vor seiner Wohnung an und standen ein paar Sekunden unschlüssig da.
„Kommst Du mit hoch zu mir?" fragte er schließlich.
„Ach, hat der Herr heute Bock zu ficken?" schnaubte sie verächtlich.
„Red' nicht so, Veronika!" rügte er sie. „Kommst Du nun mit hoch oder nicht?" stellte er noch einmal die Frage und kramte nach seinem Schlüssel.
„Na gut, gehen wir hoch und ficken ordentlich, wenn Du dazu nicht schon zu betrunken bist!" sagte sie und blickte ihn provokant an.
„Keine Bange, nach einem Dutzend Biere steht er mir doppelt so hart und lange!" gab er zurück und schloß die Haustüre auf.
Als sie in der Wohnung ankamen, begann sie sich auszuziehen und ließ die Sachen achtlos da liegen, wo sie sich gerade ihrer Kleidungsstücke entledigte.
„Dann wollen wir mal sehen, wer länger kann, eine kleine, dumme Friseuse oder der angetrunkene, clevere Geschäftsmann!" bemerkte sie sarkastisch, legte sich aufs Bett und blickte hämisch grinsend zu ihm auf.
Nachdem sie miteinander geschlafen hatten, nicht länger oder kürzer als sonst auch, dafür aber weder mit Zärtlichkeit noch mit großer Leidenschaft, lagen beide noch eine Weile rauchend nebeneinander.
„Willst Du mir nicht endlich mal sagen, was das für Geschäfte sind, die Dich so in Anspruch nehmen?" bohrte sie erneut und blies den Rauch gegen die Decke.

„Nun hör' schon auf! Wie oft muß ich Dir noch sagen, daß ich darüber nicht spreche!" erwiderte er ungehalten. „Reicht es nicht, wenn ich Dir alle Annehmlichkeiten biete und Dir teure Geschenke mache? Warum willst Du alles bis ins kleinste wissen? Glaub mir, das ist nicht gut für Dich! Und es nervt!"
„Woher willst Du wissen, was gut für mich ist und was nicht? Und wenn ich Dich nerve, dann nervst Du mich schon lange mit Deiner Geheimniskrämerei!"
„Ein für allemal, ich rede mit Dir nicht darüber und damit basta!"
„Dann mach' Dich doch ein mit Deinen Geschäften, Du sturer Bock!"
Beleidigt drehte sie sich auf die Seite und ihm damit den Rücken zu. Es nagte weiter an ihr. Was hatte er mit dieser Frau zu tun, mit der sie ihn im Oellig gesehen hatte? Nicht die Eifersucht aus Liebe quälte sie. Vielmehr war es ihr verletzter Stolz und ihr besitzergreifendes Wesen, was sie so wütend machte. Wie konnte er es wagen, sie für so dumm zu verkaufen? Sie, die hübsch war und mit ihren fünfunddreißig Jahren noch eine Topfigur hatte, und er, der häßliche Vogel! Krampfhaft überlegte sie, ihn mit ihrem Wissen um diese andere Frau zu konfrontieren. Sie focht einen inneren Kampf mit sich aus, an dessen Ende sie sich entschloß, weiterhin zu schweigen. Diese Blöße, daß sie ihm nachspionierte, wollte sie sich nicht geben. Aber irgendwann, zu gegebener Zeit würde sie ihm die Rechnung präsentieren, und zwar eine saftige Abrechnung!
Der häßliche Vogel drehte sich ebenfalls zur Seite und knipste die Nachttischlampe aus. Wenige Minuten später vernahm er den Klingelton seines Handys, das auf dem Nachttisch lag. Erst wollte er es einfach ignorieren, doch schließlich griff er danach und meldete sich leise.
Vorsichtig stieg er aus dem Bett und ging auf Zehenspitzen in den Flur. Aufmerksam hörte er zu, dann antwortete er:
„Ja, kenne ich, das Parkhaus in der Maastrichter Straße!"

Dann eine kurze Pause und seine überraschte Frage:
„Sieben Uhr? Warum so früh?“
Und gleich darauf beschwichtigend:
„Schon gut, schon gut! Ich werde pünktlich da sein!“
Das Gespräch war beendet. Er schlich zurück ins Schlafzimmer und sah im Dämmerlicht, das durch die Vorhänge schien, auf Veronika herab. Ihr Atem ging ruhig und regelmäßig, und aus ihrem Mund drangen die gewohnten Geräusche, wenn sie tief und fest schlief.

Gar nicht so weit entfernt in seiner Penthouse-Wohnung am Konrad-Adenauer-Ufer saß Hans-Hubert Abelius in einem futuristisch gestylten Sessel mit hoher, nach oben schlank zulaufender Rückenlehne und schräg nach hinten abfallender Sitzfläche. Bespannt war das Unikat mit signalrotem Chintzstoff. Im Fernseher, der versteckt in einer Mauernische eingelassen war, lief eine Talkshow, von der sich der Mann berieseln ließ, in der Hand ein halbgefülltes Glas Whisky der Marke Dimple.
Die Argumente, die von Politikern und Experten über die Bewältigung der Euro- und Bankenkrise ausgetauscht wurden, drangen gar nicht in sein Bewußtsein. Im Grunde genommen interessierte es ihn auch nicht, ob diverse Banken oder Staaten wirtschaftlich noch zu retten waren und daß sich diese sogenannten Volksvertreter gegenseitig unterstellten, einen IQ nur knapp oberhalb einer Schnitte Schwarzbrot zu haben.
Ihn beschäftigten ganz andere Gedanken. War es in seiner momentanen Situation klug, was er da vorhatte? Die Bewährungsauflagen, die er zu erfüllen hatte, stellten kein echtes Problem für ihn dar. Dr.Sarah Vieten, die vor einer knappen Stunde auf wackligen Beinen seine Wohnung verlassen hatte, war einer der Garanten für die Einhaltung dieser Auflagen.
Er nahm einen nächsten Schluck Whisky und betrachtete gedankenversunken die Eiswürfel, die beim Schwenken des

klobigen Kristallglases leise klirrten. Würde er seine Rachegelüste auch weiterhin kalt und überlegt in die richtigen Kanäle leiten können, nachdem ihn gerade ein wahrer Gefühlstsunami überschwemmt hatte? Nichts, aber auch gar nichts durfte ihn von seinem eigentlichen Weg abbringen!

Als Fritz Eichel um viertel vor sechs aufwachte, lag er alleine im Bett. Verschlafen und ein wenig verkatert stand er auf. Er rief nach ihr, doch er bekam keine Antwort. Konnte er auch nicht, weil sie nicht mehr da war, wie er feststellte, als er in alle Räume sah. Sie mußte noch früher aufgestanden sein und seine Wohnung unbemerkt verlassen haben.
„Beleidigte Kuh!" knurrte er verärgert vor sich hin. Was nervte sie ihn bloß immer mit ihrer Bohrerei nach seinen Geschäften? Warum gab sie keine Ruhe und begnügte sich mit dem, was er ihr gab? Reichte das nicht? Was bildete die sich ein? Na schön, sie sah gut aus und hatte eine tolle Figur, und auch im Bett war sie nicht übel, auch wenn das gestern nicht gerade der Fick des Jahrhunderts gewesen war! Aber berechtigten diese Äußerlichkeiten sie dazu, ihn so zu nerven? Was hatte sie bloß immer mit ihrem Verdacht, er würde sie mit einer anderen Frau betrügen? Ließ sie ihn etwa beobachten oder spionierte ihm gar selbst hinterher? Was sie wohl sagen würde, wenn sie raus bekam, daß er nur ein einfacher, popeliger Gefängniswärter war?
Bei den Gedanken war ihm gar nicht wohl. Mit einer Handbewegung versuchte er, sie zu verscheuchen. Er brühte sich einen Kaffee und rauchte eine Zigarette zum Frühstück, zog sich an und fuhr hinab in die Tiefgarage, wo sein Mercedes stand.
Beginnend mit dem Hansaring fuhr er den Ring, der sich um die Innenstadt zog, hinunter. Der Verkehr war noch nicht so dicht, so daß er binnen weniger Minuten den Hohenzollernring kurz vor dem Rudolfplatz verließ und rechts in die Maastrichter Straße einbog. Fünfzig Meter weiter lag rechts das Parkhaus.

Die Uhr am Armaturenbrett zeigte 6 Uhr 55, als er einen Parkschein zog und die Rampe zum ersten Parkdeck hinauffuhr. Direkt neben dem Ausgang befanden sich eine Reihe Frauenparkplätze, die durch einen entsprechenden Schriftzug an der Wand gekennzeichnet waren. Dort fand er eine Lücke, die noch ausreichend Platz bot und parkte ein. Er stellte den Motor ab und wartete. Er zündete sich eine Zigarette an, ließ das Seitenfenster einen Spalt herunter und blies den Rauch hinaus.
Gerade hatte er sie aufgeraucht und im Aschenbecher ausgedrückt, da wurde plötzlich die Tür hinter dem Fahrersitz aufgerissen, und ein Schatten schlüpfte hinter ihn. Mitten in der Bewegung, als Eichel sich umdrehen wollte, fühlte er etwas Kaltes an seiner Kehle. Sekundenbruchteile später wurden unterhalb seines Kehlkopfes Luft- und Speiseröhre, Sehnen und Schlagadern bis zu den Halswirbeln durchtrennt. Blut schoß in Fontänen heraus und besudelte sein Hemd und seine Hose und sickerte in den Stoff des Sitzes.
Aus den Augenwinkeln hatte er schemenhaft den Angreifer erkannt, aber er hätte keinen guten Zeugen für die Kripo abgegeben. Er war ein stummer und toter Zeuge.

* * *

Kapitel 10

Noch etwas müde und unausgeschlafen stiegen beide aus dem Wagen, den Steffen Lessmann in der Tiefgarage des Polizeipräsidiums auf ihrem angestammten Platz geparkt hatte. Hand in Hand mit seiner Partnerin, beruflich wie privat, gingen sie zum Aufzug.
Hauptkommissarin Hildegard Arnsberg, die mit ihren achtundvierzig Jahren vierzehn Jahre älter war als ihr Freund, lehnte sich liebevoll an ihn, als sie vor dem Aufzug warteten.
„Aber bitte", sah sie ihn zärtlich an, „wir sagen den anderen noch nichts wegen der Hochzeit, ja?"
„Ach ja?" blickte Steffen überrascht. „Dann sollte ich es wohl besser wieder auf Facebook löschen!"
„Was?" fuhr sie erschrocken auf.
„Ruhig, mein Engel", grinste er, „sollte nur ein Scherz sein!"
„Du bist unmöglich, weißt Du das? Mir so einen Schreck einzujagen!" Sie knuffte ihn in die Seite.
„Hey, das ist unfair", maulte er. „Ich versuche nur, Dich jung zu halten, damit Du die Hochzeit auch noch miterlebst!"
Das brachte ihm einen zweiten Schlag ein. Einen weiteren konnte sie nicht mehr anbringen. Er hatte sie an sich gezogen und drückte ihr einen schmatzenden Kuß auf die Lippen. Dann kam der Aufzug, und sie fuhren hinauf in den 3.Stock.
Eine herzliche Begrüßung folgte, als sie den Bürotrakt des KK11 erreichten.
„Mein Gott, seht Ihr gut aus! Braungebrannt wie die Neger!" rief Willi Frenken begeistert aus, umarmte seine Kollegin Arnsberg und drückte sie an sich, während er Lessmann nur kräftig auf die Schulter klopfte.
Auch Andreas Siebenkotten und die anderen kamen aus ihren Büros und begrüßten die beiden überschwänglich.
„Wieso kommt Ihr erst heute?" wunderte sich Beate Fitschen. „Ihr wolltet doch gestern schon wieder hier sein!"

„Ja, wir hatten Euch schon auf die Vermißtenliste gesetzt“, sagte Frenken.
„Wollten wir auch, doch auf den Kanaren gab es einen kleinen Streik, kein Flug am Sonntag! Seid froh, daß wir heute hier sind!“ erklärte Hildegard. „Aber wir haben doch angerufen. Hat Rehlein Euch nicht Bescheid gesagt?“
„Offensichtlich nicht, die ist momentan völlig durch den Wind! Hat wohl Liebeskummer! Na völlig egal!“ winkte Andreas ab. „Wie war's denn?“ wollte er dann wissen.
„Einfach herrlich!“ schwärmte Steffen.
„Wie, nur herrlich, mehr nicht? Wir wollen mehr hören!“ beschwerte sich Klaus Humme.
„Ja, einfach herrlich! Vierzehn Tage nur faul am Strand gelegen und Sonne pur genossen!“ erklärte Steffen ein wenig mehr.
„Ja, man sieht's! Aber Du bist mir ja vielleicht ein schöner Kavalier“, meinte Humme darauf. „Vierzehn Tage mit der heißesten Braut des Präsidiums in einem romantischen Ferienhaus, und Du liegst die ganze Zeit nur faul am Strand! Sonst ist Dir da nichts eingefallen? Schäm' Dich!“
„Oh doch, mein Lieber! Aber eben weil ich Kavalier bin, genieße ich und schweige!“
„Er nun wieder“, verdrehte Hildegard Arnsberg die Augen und nickte verächtlich zu ihrem Freund hinüber.
„Und bei Euch hier, viel zu tun?“ fragte sie.
„Ja, hier ist in den vergangenen Wochen ne Menge passiert, da ist richtig Freude aufgekommen“, meinte Frenken.
„So? Na, bei uns hat sich heute morgen zu Hause bereits ein neuer Fall ergeben“, sagte Lessmann.
„Was ist passiert?“ fragte Frenken.
„Ein Ei ist von der Küchenplatte gestürzt! Keine Überlebenschance!“
„War es Freitod?“ grinste Frenken.
„Ist nicht auszuschließen. Zumindest haben wir einen Abschiedsbrief gefunden: ‚I believe, I can fly'!“
Schallendes Gelächter dröhnte über den Flur.

„Junge, Junge, was haben wir Dich vermißt!“ prustete Humme und hielt sich seinen mächtigen Bauch.
„Ja, und vor allem seine dummen Witze!“ ergänzte Siebenkotten. „Aber jetzt kommt, gehen wir ins Besprechungszimmer und klären unser Traumpaar über unsere Fleißarbeit in den letzten Tagen auf!“
Alle folgten ihm in den Besprechungsraum, in dem die Tische in U-Form aufgestellt waren.
Zunächst berichtete Siebenkotten in einem knappen Umriß über die ‚MK-Marco', dem zehnjährigen Jungen, der einem Telekommitarbeiter als Frustabbau gedient hatte.
„Willkommen in der grausamen Wirklichkeit“, bemerkte Arnsberg traurig. „Ein kleines Kind als Frustabbau!“ schüttelte sie den Kopf.
„Gott sei Dank haben wir den Fall schnell aufgeklärt“, sagte Klaus Humme. „Und ich hoffe, dieses Schwein verrottet hinter Gittern!“
„Das wollen wir alle hoffen!“ stimmte Siebenkotten zu. „Und jetzt zu Dir, Beate. Du hast etwas Neues in Deiner MK-Blumenkübel. Etwas Erfreuliches?“
„Kann man wohl sagen!“ nickte die Hauptkommissarin. „Wir haben gestern zwei Tatverdächtige festgenommen, zwei junge Männer im Alter von siebzehn und achtzehn Jahren. Sie sind bereits durch andere Straftaten auffällig geworden, Diebstähle und Körperverletzungen. Aber jetzt kriegen wir sie wegen gemeinschaftlichen Mordes und schweren Raubes dran! Nach anfänglichem Leugnen haben sie zugegeben, daß sie den Mann zunächst nur berauben wollten. Die Ausbeute war spärlich, sie belief sich auf ganze zwanzig Euro und ein kaputtes Handy! Wie uns die Spuren am Tatort ja bereits verrieten, haben sie den Mann angegriffen, mit Schlägen traktiert und getreten. Als er dann am Boden lag, ist der Achtzehnjährige kurz weggegangen und hat aus der unmittelbaren Nachbarschaft den Blumenkübel geholt und dem Opfer über den Schädel geschlagen. An den Verletzungen ist er ja dann verstorben. Wir übergeben die beiden

heute dem Haftrichter und die ganz Sache der Staatsanwaltschaft. Für uns ist die Sache geklärt!“ beendete Fitschen ihren Bericht.
„Sehr gut“, nickte Siebenkotten.
„Zwanzig Euro und ein kaputtes Handy für ein Menschenleben!“ schüttelte Lessmann ungläubig den Kopf. „Man soll es nicht für möglich halten!“
„Ja“, pflichtete Siebenkotten ihm bei, „die Welt ist krank, und der Arzt hat Urlaub! Nun zu Dir, Schlüter, der MK-Anna, ein weiteres, trauriges Beispiel, wie krank manche Menschen sind! Aber wie ich höre, hast Du auch eine gute Nachricht!“
„So ist es, mein Freund“, bestätigte Willi Frenken. „Die beiden Pflegeeltern schweigen zwar immer noch wie ein Grab, aber die müssen auch gar nicht reden. Inzwischen haben wir genügend Beweise und Zeugen und vor allem das Gutachten des Rechtsmediziners, um zumindest die Frau wegen Mordes drankriegen zu können. Ich schließe den Fall heute ab und übergebe ebenfalls an die Staatsanwaltschaft!“
„Das hört sich gut an. Dann wären wir ja ab heute ohne neue Arbeit“, sagte Siebenkotten.
„Weißt Du was, mein Engel, packen wir die Koffer und fliegen wieder zurück nach Teneriffa“, meinte Lessmann zu Arnsberg.
„Nee, nee, das geht nicht“, schüttelte Frenken den Kopf, „ich denke, dort wird gestreikt. Du könntest höchstens in Deutz an den Rheinstrand und Dich auf die faule Haut legen!“
„Was fällt Dir denn ein“, erwiderte Lessmann empört. „Wie sprichst Du von meiner Angebeteten?“
Alle schauten erst verdutzt, dann fiel bei allen der Groschen. Von Arnsberg bekam er dafür einen kräftigen Schlag auf den Oberarm.
„Habt Ihr das gesehen? Das ist Körperverletzung!“
„Ich habe gerade nicht hingesehen“, sagte Frenken und suchte irgend etwas Imaginäres an der Zimmerdecke.
Das gleiche taten Humme und Fitschen.
„Nette Kollegen habe ich. Und Du, Chef?“

„Du weißt doch, Steffen, ich bin der Blindeste von uns allen, der Mann mit der gelben Binde am Arm und den drei schwarzen Punkten darauf! Wo sind meine Unterlagen?“ Mit geschlossenen Augen tastete Siebenkotten über den Tisch nach seiner Mappe.
Da öffnete sich die Tür, und ‚Rehlein', eine der Sekretärinnen des Geschäftszimmers steckte ihren Wuschelkopf herein. Ihr richtiger Name war Marion Rehkamp.
„Chef?“ Sie sah Siebenkotten an. „Da kommt gerade eine Meldung rein. Leiche im Parkhaus in der Maastrichter Straße. Muß übel aussehen! Die Spusi und der Doc sind schon unterwegs! Wer übernimmt von Euch?“
„Na prima! Von wegen keine neue Arbeit! Tote sterben niemals aus! Wovon sollten wir auch sonst leben!“ grinste Lessmann.
„Du sagst es, mein Freund! Ihr beiden seid ja richtig ausgeruht, Ihr übernehmt!“ entschied Siebenkotten.
„Aye, Aye, Sir!“ Lessmann legte seine rechte Hand zum militärischen Gruß an die Schläfe. „Arnsberg und Lessmann übernehmen! Komm, meine Liebe, es gibt etwas zu tun, packen wir es weg!“
Sie nahmen den Aufzug nach unten, während die anderen zurück in ihre Büros gingen. Auf seinem Schreibtisch fand Siebenkotten eine ausgedruckte Mail, die an die Geschäftsstelle des KK11 gerichtet war, mit dem besonderen Hinweis: ‚Sofort dem Chef des KK11, Herrn Kriminalhauptkommissar, Andreas Siebenkotten, vorlegen!' Das hatte ‚Rehlein' mit gelbem Liner gekennzeichnet.
Siebenkotten stutzte, als er den kurzen Text las. Er bestand lediglich aus zwei Sätzen. Abgesendet war die Mail von einem Internet-Cafe in der Innenstadt, und unterzeichnet war sie mit: ‚Ein Freund!' Erst grinste Siebenkotten.
„Das ist wohl ein dummer Scherz“, murmelte er vor sich hin. Doch dann wurde er immer unsicherer. Wer würde sich schon solch einen dummen Scherz erlauben? Auch wenn es nur zwei Sätze waren, steckten darin Details, die außer ihm

nur wenigen bekannt waren. Er starrte auf das Blatt Papier wie das Kaninchen auf die Schlange.

Als Arnsberg und Lessmann im Parkhaus in der Maastrichter Straße ankamen, waren die Kollegen der Spurensicherung und der Doktor bereits emsig bei der Arbeit.
„Sieht ja echt eklig aus“, bemerkte Lessmann, als er den Toten auf dem Vordersitz des Wagens betrachtete. „Kannst Du schon was sagen, Doc?“
„Sieht so aus, als ob ihn jemand beim Rasieren etwas zu tief geschnitten hat!“
„Na, Du kannst ja auch nette Scherze machen, Doc!“
„Darauf hast Du nicht das Monopol!“
„So ein schöner Wagen und dann so versaut! Dürften die Kollegen von der KTU viel Vergnügen mit haben, wenn wir ihn eingeschleppt haben!“
„Du sagst es“, erwiderte der Doktor.
„Nach dem vielen Blut zu urteilen, dürfte das hier der Tatort sein.“
„Gut kombiniert, mein Freund!“
„Tatwaffe?“
„Ist ein sehr sauberer Schnitt, dürfte sich um ein sehr scharfes Messer handeln, vielleicht ein Skalpell, ein Rasiermesser oder etwas in der Art!“
„Schon so was in der Art gefunden?“ fragte Lessmann einen Kollegen der Spurensicherung?“
„Bis jetzt nicht!“
„Na, dann sucht mal schön“, grinste Lessmann und wandte sich wieder an den Doktor. „Was ist das da an seinem linken Auge?“
„Muß eine alte Verletzung sein, hat hiermit nichts zu tun“, erklärte der Doktor.
„Okay, wenn Du das sagst! Kannst Du schon was zu der Tatzeit sagen?“
„Ist maximal ein bis anderthalb Stunden her“, schätzte der Doktor.

Lessmann sah auf seine Uhr. „Also heute morgen zwischen sieben und halb acht."
„Ja, circa, aber Genaueres erst...."
„Ich weiß, Doc, Genaueres erst nach der Obduktion. Den Spruch könntest Du Dir auf ein Schild schreiben und um den Hals hängen, dann brauchtest Du ihn nicht immer zu wiederholen!" grinste Lessmann und ging zu seiner Kollegin, die mit einem der Schutzpolizisten sprach.
„Wer hat ihn gefunden?" fragte sie ihn.
„Eine Frau, die neben ihm eingeparkt hat, vor ungefähr einer guten halben Stunde", antwortete der Uniformierte. „Steht unter Schock, der Doc hat ihr schon was gegeben. Sie wartet in dem Cafe an der Ecke. Meine Kollegin ist bei ihr!"
„Okay", nickte Arnsberg. „Wissen wir schon, wer das Opfer ist? Habt Ihr was bei ihm gefunden?"
„Ja", nickte ein Kollege der Spurensicherung, „Personalausweis und Fahrzeugschein. Der Wagen ist auf ihn zugelassen. Und einen Schlüsselbund sowie ein paar Geldscheine!" Er trat zu ihnen und reichte Lessmann drei Plastikbeutel, von denen der nur den mit dem Ausweis und Fahrzeugschein nahm.
„Ja, das ist der Mann. Fritz Eichel, fünfzig Jahre, wohnt im Theodor-Heuss-Ring, oben am Ebertplatz!"
„Gut, die Papiere und den Schlüssel nehmen wir gleich mit", nickte Arnsberg. „Gibt es hier Kameras?" fragte sie dann.
„Ja", nickte der uniformierte Kollege und deutete auf einen Drahtkäfig unter der Decke. „Sind aber leider alles nur Überwachungskameras! Keine Aufzeichnung. Mit dem Mann von der Aufsicht unten habe ich schon gesprochen. Er hat das Opfer kurz vor sieben reinfahren sehen."
„Und? Weiter nichts?" fragte Lessmann.
„Nein, leider, von dem Mord hat er nichts mitbekommen, aber...."
„Was, aber?" hakte die Kommissarin nach.
„Na, ja, muß nichts zu bedeuten haben. Kurz nach dem Opfer ist eine Frau gekommen, zu Fuß, und über das Trep-

penhaus nach oben gegangen. Nach ein paar Minuten ist sie ziemlich hastig wieder raus und Richtung Hohenzollernring gelaufen!"
„Also, die Frau ist früh am Morgen ohne Wagen ins Parkhaus", überlegte Lessmann.
„Ja, aber das ist nichts Ungewöhnliches", erwiderte der Schutzpolizist, „das Parkhaus ist Tag und Nacht geöffnet. Sie kann schon zu jeder Zeit davor reingefahren sein und hat nur noch was aus dem Wagen geholt!"
„Mhm", brummte Lessmann, „und warum ist die Frau dem Mann von der Aufsicht dann aufgefallen? Muß ja einen Grund haben, warum er sich an sie erinnert!"
„Sie ist circa dreißig bis fünfunddreißig Jahre, soll sehr hübsch sein und leuchtend rotes, kurzgeschnittenes Haar haben", grinste der Polizist.
„Würde er sie wiedererkennen?"
„Mit Sicherheit! Wir haben seinen Namen und seine Anschrift!"
„Tüchtig, tüchtig", lobte Lessmann. „Also, eine hübsche, rothaarige Frau, die ins Parkhaus rein und raus ist, zu Fuß. Das ist nicht viel, aber besser als gar nichts!"
„Tja, viel können wir hier wohl nicht mehr tun", bemerkte Arnsberg.
Sie wollten schon gehen, da wandte sie sich noch einmal an einen Kollegen der Spurensicherung. Vor dem Parkhaus und auch vor dem abgesperrten Bereich auf dem ersten Parkdeck hatte sich eine Menge Schaulustiger eingefunden. Wie immer, wenn es irgendwo etwas vermeintlich Aufregendes zu begaffen galt.
„Mach' bitte eine paar Fotos von all den Geiern, die hier und draußen rumstehen", bat die Kommissarin ihn. „Könnte vielleicht mal nützlich sein!"
Der Kollege nickte und griff nach seiner Kamera. Dann verließen Arnsberg und Lessmann das Parkhaus und fuhren zu der Wohnung des Mordopfers.

Gegen Mittag kehrten sie ins Präsidium zurück und fanden ihren Chef in der Kantine.
„Mhm, sieht gut aus und riecht auch so! Was ist das, Chili con carne?“ fragte Lessmann, der Hunger verspürte und auf den Teller, der vor Siebenkotten dampfte, deutete.
„Das ist die vorherrschende Meinung!“ brummte der.
„Du kannst jetzt etwas essen?“ schüttelte Arnsberg ungläubig den Kopf. „Also mir ist der Appetit gründlich vergangen!“
„Was der Körper braucht, das soll er haben!“ erwiderte Lessmann grinsend. „Ich hol' mir auch eine Portion!“
„Brauchst Du nicht“, sagte Siebenkotten, „kannst meine haben. Ist noch heiß, und mir ist nämlich auch der Appetit vergangen!“
„Na dann, schönen Dank, Chef!“ Lessmann zog den Teller zu sich herüber und begann, mit Heißhunger zu essen.
„Was hat Dir denn den Appetit verhagelt?“ fragte Arnsberg.
„Das hier!“ Er schob ihr die ausgedruckte Mail rüber.
Laut las sie den Text vor. „Das dürfte Sie interessieren, Herr Hauptkommissar, ein alter Bekannter, Hans-Hubert Abelius, ist wieder auf freiem Fuß. Er freut sich auf ein Wiedersehen mit Ihnen und Ihrem alten Chef! Ein Freund.“
Fragend blickte sie Siebenkotten an. „Ein Scherz, oder?“
Lessmann, der weiter seine Mahlzeit genoß, unterbrach seine Tätigkeit und blickte verständnislos von einem zum anderen.
„Abelius? Was habt Ihr? Sagt mir gar nichts!“
„Iß Du ruhig weiter!“ bemerkte Arnsberg und wartete auf eine Antwort ihres Chefs.
„Ich hab's auch erst für einen dummen Scherz gehalten. Ist aber leider keiner, eher ein abstruser Witz! Es stimmt nämlich. Vor sechzehn Jahren hat man ihn zu lebenslanger Haft mit anschließender Sicherungsverwahrung verurteilt! Und jetzt ist er ganz offiziell wieder freigelassen worden. Soviel ich bis jetzt herausbekommen habe, gibt es ein Gutachten, das ihn als geläutert und als keine Gefahr mehr für die Gesellschaft bezeichnet! So etwas Hirnrissiges! Die-

ser Mann und geläutert! Nie im Leben!“ schnaubte Siebenkotten verächtlich.
„Richtig, jetzt erinnere ich mich“, nickte Lessmann, „Zorro! Das ist der Typ, den Matheisen bis auf die Kanaren verfolgt hat. Zehn Morde oder so hat der Mann begangen!“
„Es waren genau zwölf, ein Dutzend!“ verbesserte Siebenkotten seinen Kollegen. „Es gibt Momente, da könnte ich den ganzen Scheiß hier hinschmeißen!“ fuhr er fort. „Ich verstehe unser Rechtssystem nicht! Wir reißen uns hier den Arsch auf, setzen unser Leben aufs Spiel, damit solch ein Abschaum für immer weggesperrt wird, und dann geht so ein grüner Junge von Richter hin, setzt seinen Wilhelm unter ein Papier, und ein Psychopath läuft wieder frei herum!“
„Seit wann ist er wieder frei?“ wollte Arnsberg wissen.
„Seit gestern! Es ist wirklich unglaublich! Ich komme mir vor wie Sisyphus!“
„Wie wer?“ fragte Lessmann und wischte sich den Mund mit der Serviette ab.
„Ja, Sisyphus, griechische Mythologie! Ein Mann, ein riesiger Stein, ein hoher Berg“, versuchte Arnsberg, ihrem Partner auf die Sprünge zu helfen.
„Ach ja, stimmt! Sissi – kenn ich – Fuss, so'n Rothaariger. Griechischer Politiker, hab ich gestern noch im Fernsehen gesehen, hat eine bewegende Rede gehalten!“
„Und Du hältst besser den Mund, Du Banause!“ fuhr sie ihn an. „Und so etwas will ich heiraten!“ entschlüpfte es ihr, und am liebsten hätte sie sich selbst auf die Zunge gebissen.
Lessmann grinste und schob den leeren Teller von sich. Dann blickte er von ihr zu Siebenkotten, doch der schien ihre letzte Bemerkung gar nicht registriert zu haben.
„So einen wie den dürfte man nie wieder freilassen! Ebenso wenig wie diesen Typ in unserem letzten Fall, der MK-Marco. Sich an einem wehrlosen Kind vergreifen und es dann ermorden, nur weil man Ärger mit dem Chef hatte! Das ist doch der letzte Abschaum!“ ereiferte Siebenkotten sich weiter.

„Ja, so einer müßte mal selbst am eigenen Leib erfahren, wie es ist, wenn Stärkere an Schwächeren ihren Frust abbauen“, sagte Lessmann diesmal sehr ernst. „Bevor solche Typen in den Knast wandern, müßte man ihnen etwas auf die Stirn tätowieren: Kinderficker!“
„Richtig!“ stimmte Siebenkotten zu. „Oder Massenmörder! Aus uns spricht das gesunde Volksempfinden, aber leider lassen unsere Gesetze so etwas nicht zu! In unserem ach so liberalen Staat kommt Täterschutz vor Opferschutz!“
„Ihr habt beide sicher recht“, sagte Arnsberg. „Aber was ist nun mit diesem Abelius? Hast Du eine Ahnung, wer dieser ‚Freund‘ ist, der so eine Mail verschickt?“
„Nee! Womöglich ist Abelius selbst der Absender. Vielleicht will er sehen und sich daran ergötzen, wie ich reagiere!“
„Dann müßte er ja hier in der Stadt sein“, sagte Arnsberg.
„Richtig! Dürfte er auch sein!“ stimmte Siebenkotten zu. „Bis vor anderthalb Jahren war er in Rheinbach weggesperrt. Dann ist er nach Ossendorf verlegt und gestern entlassen worden!“
„Was?“ schreckte Arnsberg hoch. „Der hat zuletzt hier in Ossendorf gesessen?“
„Ja!“ nickte Siebenkotten. „Ich habe schon mit dem Direktor telefoniert. Der lobt den in den höchsten Tönen, als wäre er ein Kandidat für den Friedensnobelpreis!“
„Das ist aber sehr merkwürdig“, sagte Arnsberg.
„Was? Daß der Direktor den so hochlobt? Das ist allerdings sehr merkwürdig!“
„Nein, daß er zuletzt in Ossendorf gesessen hat. Unsere Leiche, die wir eben betrachten durften, heißt Fritz Eichel, ist fünfzig Jahre alt geworden und war Gefängniswärter in Ossendorf!“ erklärte Lessmann.
„Komischer Zufall, was?“ ergänzte Arnsberg.
„Wie ist der Mann ermordet worden?“
„Man hat ihm die Kehle durchgeschnitten, von einem Ohr bis zum anderen“, erklärte Lessmann und demonstrierte es anschaulich.

Siebenkotten verschlug es für einen Moment die Sprache.
„Nee, an solche Zufälle glaube ich nicht!" sagte er dann. „Ihr versucht herauszufinden, wo der Kerl sich momentan aufhält. Mit dem habt Ihr den ersten dringend Tatverdächtigen! Besorgt Euch seine Kriminalakte, aber Vorsicht, hebt Euch keinen Bruch! Gegen die ist das Kölner Telefonbuch ein dünnes Heftchen! Und wenn Ihr ihn habt, bringt ihn her zur Vernehmung!"
„Und Du, was machst Du?" fragte Arnsberg.
„Ich muß zu Walter Matheisen!"

* * *

Kapitel 11

An der Eingangstür zu ihrem Kosmetikstudio war innen ein Schild angebracht. Darauf stand: ‚Wegen Krankheit vorübergehend geschlossen! Neue Terminvereinbarungen bis auf weiteres nicht möglich!'
Abelius zog kurz die Augenbrauen hoch, als er das las. Doch allzu sehr verwunderte es ihn nicht. Er hoffte nur, daß er sie oben in ihrer Wohnung antraf. Bisher war sie nicht ans Telefon gegangen, und auch auf seine auf den Anrufbeantworter gesprochenen Bitten um Rückruf reagierte sie nicht. Wieder schoß ihm der Gedanke durch den Kopf, sie könne sich eventuell mit seinem Geld aus dem Staub gemacht haben und daß alles, was Sarah Vieten ihm erzählt hatte, nur ein billiger Vorwand war, ihn im Moment nicht sehen zu wollen.
Auf sein Klingeln hin tat sich zunächst nichts. Beim dritten Versuch hielt er den Daumen zehn Sekunden lang auf dem Klingelknopf. Danach stand er unschlüssig da. Wenn sie oben war, ignorierte sie einfach das Sturmklingeln. Sie wollte niemanden sehen oder sprechen. Oder sie hatte die Klingel abgestellt, was auf das gleiche hinauslief. Oder sie war tatsächlich nicht da. Doch, wo war sie dann? War sie nur kurz etwas einkaufen oder beim Arzt? Oder war sie womöglich doch auf und davon?
Mitten in seinen Überlegungen und schon den Entschluß fassend, unverrichteter Dinge wieder zu gehen, öffnete sich plötzlich die Haustüre. Aber es war nicht Conny Sperling, die vor ihm stand. Ein älterer, vornüber gebeugter Mann mit grauer Stoppelfrisur und Nickelbrille auf einer stark gebogenen Nase erschrak sichtlich, als er zu Abelius aufsah.
„Wollen Sie zu mir?" fragte der Mann mit krächzender Stimme und beäugte den Fremden mißtrauisch von unten herauf.
„Nein, nein", wehrte Abelius ab.

„Zu wem wollen Sie dann?“ Der Ton des Mannes wurde immer unfreundlicher.
„Ich wollte zu Frau Sperling, die hier den Kosmetiksalon hat. Wissen Sie vielleicht, ob sie da ist?“
„Nein, weiß ich nicht. Aber es hängt ein Schild an ihrem Laden, daß sie krank ist!“
„Habe ich gesehen. Dann könnte sie ja in der Wohnung sein“, sagte Abelius.
„Ja und? Was wollen Sie von ihr?“
Das artete langsam in ein Verhör aus. Der Alte tat ja gerade so, als wäre er hier im Haus für den Sicherheitsdienst verantwortlich oder gar der persönliche Leibwächter von Conny Sperling. Abelius blieb ruhig und freundlich.
„Meine Frau hatte einen Termin bei ihr und wollte wissen, wann sie wieder arbeitet. Telefonisch meldet sich Frau Sperling nicht, also bat mich meine Frau, hier mal vorbeizuschauen. Sie wissen ja, wie Frauen so sind!“ Er setzte ein entschuldigendes Lächeln auf.
„Nein, weiß ich nicht! Hab' keine Frau! Will auch keine!“ gab der Mann patzig zurück und versuchte, sich an Abelius nach draußen zu drücken und gleichzeitig die Haustüre zuzuziehen.
Doch da war Abelius schneller. Er schob die Tür weiter auf und war auch schon an dem Alten vorbei.
„Ich werde es an ihrer Wohnungstür versuchen“, sagte er, verschwand im Flur und stieg die Treppe hinauf. Er hörte noch ein unfreundliches Grummeln hinter sich, bevor die Haustür wieder ins Schloß fiel. Er schaute sich um, doch der Alte war nicht mehr zu sehen. Offensichtlich nahm er seinen Job als Haussheriff doch nicht ganz so ernst und war auf die Straße getreten.
Neben der Wohnungstür von Cornelia Sperling gab es auch einen Klingelknopf, den Abelius drückte. Laut vernehmlich war die Schelle in der Wohnung zu hören. Also war sie nicht abgestellt. Nachdem das Läuten verklungen war, legte er ein Ohr an die Tür und lauschte angestrengt.

Er hörte nichts, keine Schritte, keine Radiomusik, keine gurgelnde Kaffeemaschine oder einen röhrenden Staubsauger. Nichts, nicht das geringste Geräusch drang aus ihrer Wohnung. Er versuchte es mit dezentem Klopfen und stellte sich so vor den Türspion, daß er von drinnen gut erkennbar war. Doch noch immer rührte sich nichts. Dann trat er wieder dicht an die Tür heran und sagte leise, aber so, daß man es drinnen hätte hören können: „Conny, wenn Du da bist, mach' bitte auf! Ich bin es!“
Dann klopfte er noch einmal, diesmal etwas lauter und heftiger. Und plötzlich hörte er etwas. Schlurfende Schritte näherten sich von drinnen. Dann öffnete sich die Tür und Cornelia Sperling stand vor ihm. Seiner ersten Erleichterung darüber, daß sie doch nicht fort war, folgte auf der Stelle ein jähes Erschrecken. Sie sah nicht gut aus, und das wäre noch stark untertrieben gewesen. Ihre blutunterlaufenen Augen lagen tief in den Höhlen, die Lippen waren spröde, das Haar hing ihr in Strähnen ungepflegt vom Kopf, und ihre Kleidung sah schlampig aus und paßte zum Gesamtbild. Das war nicht die Conny, die er bei ihrem letzten Besuch in Ossendorf in Erinnerung hatte. Da war sie noch eine sehr hübsche, aufgeweckte, jung wirkende Frau in reizender Kleidung und mit strahlenden Augen. So, wie sie jetzt vor ihm stand, sah sie schlimm aus, und man hätte sie gut und gerne zehn Jahre älter geschätzt, als sie war.
„Darf ich reinkommen?“ fragte er und versuchte, seinen geschockten Gesichtsausdruck hinter einem unsicheren Lächeln zu verbergen.
Er verstand nicht, was sie antwortete. Nur ein Wispern, das ihr über die zitternden Lippen kam, drang an sein Ohr. Aber sie öffnete die Tür ganz, trat einen Schritt beiseite und ließ ihn an sich vorbei. Mitten im Flur blieb er stehen und wartete, bis sie die Tür wieder geschlossen hatte. Ein wenig gekrümmt ging sie ihm voraus ins Wohnzimmer. Er folgte ihr und sah sich um. Wenn nicht solch eine Unordnung geherrscht hätte, überall verstreut lagen irgendwelche Sachen,

wäre es ein gemütliches Zimmer, in dem man sich hätte heimisch fühlen können. Die Einrichtung an sich sah geschmackvoll zusammengestellt aus. Doch dieses Chaos drum herum machte alles zunichte.
Ihr Wiedersehen hier draußen in Freiheit hatte er sich etwas anders vorgestellt, doch das beschäftigte ihn nur am Rande. Dennoch mußte er sich eingestehen, daß er es so beileibe nicht erwartet hatte.
Sie setzten sich, sie auf die Couch, ungeachtet der Dinge, die dort lagen, und er in einen Sessel, nachdem er ein paar unterschiedliche Socken und ein Nachthemd auf den Boden gleiten ließ. Sie machte sich nicht einmal die Mühe, sich für diese Unordnung zu entschuldigen, und sie bot ihm nichts an. Keinen Kaffee, keinen Drink, nicht mal ein Glas Wasser. Er beobachte sie erst nur. Nichts schien ihr peinlich zu sein, nur völlig gleichgültig. Zusammengekauert saß sie auf dem Sofa, trug eine schlabberige Jogginghose und ein sehr weitgeschnittenes Sweatshirt.
Er wußte nicht, wie er beginnen sollte, und auch sie schien keine Worte zu finden. Sie sah ihn nur unter schweren, müden Lidern an. In den vergangenen Tagen hatte sie nicht sehr viel Schlaf genießen können. Sie strich sich eine Haarsträhne aus der Stirn. Dabei zitterte ihre Hand, als litte sie unter irgendeiner Entzugserscheinung.
„Ich muß nicht fragen, wie es Dir geht. Ich sehe, wie es momentan um Deine Verfassung bestellt ist“, fand Abelius endlich den Anfang des Gesprächs, auch wenn das, was er sagte, nicht besonders charmant war. Aber wenigstens sagte er es sanft und mitfühlend.
Sie lächelte gequält, und ihre Augen füllten sich mit Tränen, was wohl in letzter Zeit ein Dauerzustand war. Für einen Moment war er versucht, aufzustehen, sich neben sie zu setzen und sie in die Arme zu nehmen. Doch er gab diesem Impuls nicht nach.
„Was unsere Beziehung angeht, Conny, so kann ich warten, bis es Dir wieder besser geht“, sagte er.

Da gab es kein Halten mehr. Die Tränen liefen in einem Sturzbach über die Wangen, und sie schluchzte herzerweichend.
„Du mußt nicht weinen. Wir haben Zeit. Wir müssen nichts überstürzen“. Das klang unbeholfen, aber ihm fielen keine anderen Worte ein. „Und wenn Du mich eine Zeitlang nicht sehen möchtest, ist okay, kein Problem“, fügte er an.
Sie nickte, zog ein Papiertaschentuch aus dem Bund der Jogginghose, wischte sich die nassen Augen und schniefte einmal kräftig hinein.
„Schon gut, in Ordnung“, flüsterte sie kaum hörbar.
„Womit ich allerdings nicht warten kann“, fuhr er nun sachlich fort, „ist die Sache mit dem Geld. Ich brauche es. Du hast es doch gut verstaut.“
„Ja, habe ich“, nickte sie erneut. „Es ist in einem Safefach bei meiner Sparkasse.“
„Gut, dann solltest Du Dich ein wenig zurecht machen. Dann gehen wir hin, um es zu holen.“
„Du hast Dich verändert“, sagte sie plötzlich.
„So?“ zog er die Augenbrauen hoch.
„Ja, Du bist sehr verändert!“
„Na ja, das hoffe ich auch sehr. Weißt Du, verändern heißt, sich selbst treu zu bleiben! Und, es ist ganz offensichtlich, daß Du Dich auch verändert hast!“
„Ja, das habe ich wohl! Leider!“ sagte sie mit fester Stimme und straffte ihren Körper.
Es schien, als sei eine plötzliche Wandlung in ihr vorgegangen, von einem Augenblick zum anderen. Mit einem Ruck stand sie auf, schnäuzte sich noch einmal kräftig in das Taschentuch und sagte: „Ich werde mich zurecht machen, es dauert nicht lange. Dann gehen wir zur Sparkasse und holen Dein Geld. Wenn Du inzwischen etwas trinken möchtest, kannst Du Dich selbst bedienen. Die Küche ist die erste Tür links im Flur. Im Kühlschrank findest Du Mineralwasser, Apfelsaft oder auch Bier!“ Dann verschwand sie in ihrem Schlafzimmer.

Grübelnd blieb er im Sessel sitzen. Nein, er brauchte nichts zu trinken. Ganz war er sich noch nicht schlüssig, was er tun sollte. Die Dinge waren nicht ganz so gelaufen, wie er es geplant hatte. Aber noch nie war er der Mann gewesen, der Probleme hatte. Er löste sie. Das würde sich auch jetzt nicht ändern.
Zehn Minuten waren vergangen, da trat sie wieder zu ihm ins Zimmer. Jetzt trug sie einen schwarzen Hosenanzug, eine weiße Rüschenbluse darunter, hohe Schuhe und hatte Make-up aufgelegt, das ihr Gesicht einigermaßen passabel erscheinen ließ. Die Haare hatte sie hochgesteckt und unter einem Hut verborgen.
„Wenn Du willst, können wir gehen“, sagte sie.
„Wie lange wird es dauern?“ fragte er.
„Nicht lange. Die Filiale ist ein Stück die Straße runter. Maximal zehn Minuten, wenn es nicht zu voll ist!“
„Gut“, nickte er. „Ich denke, es ist besser, Du gehst es alleine holen. Ich werde hier auf Dich warten.“
„Ach ja?“ fragte sie erstaunt.
„Ja!“
„Na gut, wie Du willst!“ fügte sie sich.
„Ich halte es für besser!“
„Schön, dann bis gleich“, sagte sie und verließ die Wohnung.
Er stellte sich an das Fenster, das zur Straße hinaus lag und beobachtete, wie sie das Haus verließ. Mit schnellen Schritten ging sie nach links. Ihre Haltung war kerzengerade, als habe sie einen Besenstiel im Rücken.
Hätte er vielleicht doch besser mitgehen sollen, fragte er sich nun wieder. Nein! Wenn sie mit dem Geld hätte durchbrennen wollen, hätte sie es längst tun können. Nein, sie würde gleich wieder zurückkommen, mit dem gesamten Betrag. Da war er sich sicher.
Also stand er da, mit verschränkten Händen auf dem Rücken, blickte auf die von Passanten und Autos stark frequentierte Geschäftsstraße hinab und wartete. Jeder Abschied, ist auch der Beginn einer Erinnerung, sagte man.

Abelius jedoch glaubte nicht, daß seine Erinnerung an Cornelia Sperling lange anhalten würde.

Von einem Taxi ließ er sich von Lindenthal in die Innenstadt bringen. Dort eröffnete er bei diversen Banken mehrere Konten, zahlte unterschiedliche Geldbeträge darauf ein, verstaute in einem gemieteten Safefach den größten Teil des Bargeldes und behielt zehntausend Euro ebenfalls in bar bei sich.
Anschließend mietete er auf der Christophstraße bei einer Europcar-Filiale einen Wagen. Keinen, der zu protzig oder auffallend war, sondern einen schwarzen 3-er BMW ohne viel Schnickschnack. Daß er über sechzehn Jahre keinen Wagen mehr gefahren hatte, schreckte ihn nicht. Wenn man es einmal konnte, verlernte man Autofahren ebenso wenig wie Fahrradfahren oder Schwimmen.
Doch zunächst ging er zu Fuß zur Komödienstraße. Es war ein strahlender Tag, selten in diesem Sommer. Die Sonne stand hoch an einem wolkenlosen Himmel, und ein leichter Wind ließ die Hitze zu einer angenehmen Wärme werden. Von ihm aus hätte es auch junge Hunde regnen können, es hätte ihm nichts ausgemacht. Er genoß es einfach, wieder als freier Mann durch die Straßen seiner Stadt laufen zu können.
Gegen 12 Uhr traf er im Verlagshaus Jaschke&Partner ein. Obwohl er keinen vereinbarten Termin hatte, hoffte er, Leon Jaschke, von dem ihm Sarah nur Positives berichtet hatte, anzutreffen. Als der Verleger hörte, wer ihn zu sprechen wünschte, nahm er sich ohne Zögern die Zeit, seinen unerwarteten Besuch herzlich zu empfangen.
„Ich freue mich riesig, Sie endlich auch persönlich kennenzulernen, Herr Abelius!“ strahlte er über das ganze Gesicht wie ein Honigkuchenpferd.
Von seiner Sekretärin ließ er frischen Kaffee und Cognac auftischen. Sie nahmen in einer bequemen Sitzecke in Jaschkes Büro Platz. Der Verleger selbst betätigte sich als

Mundschenk. Abelius beließ es bei einer Tasse Kaffee, in den er Milch und Zucker linksherum einrührte. Jaschke nahm zu seinem Kaffee noch einen Cognac der Marke Remy Martin, den Abelius dankend abgelehnt hatte.

„Mit Begeisterung habe ich Ihr gesamtes Manuskript gelesen. Ach was, gelesen! Was sage ich? Regelrecht verschlungen habe ich es! Jedes Mal, wenn Frau Doktor Vieten mir ein neues Kapitel brachte, war ich ganz aus dem Häuschen! Und als es komplett war, habe ich es noch einmal von vorne gelesen, ohne Unterbrechung die ganze Nacht hindurch! Und der Titel paßt! Das Böse in mir! Sehr gut!“

„Ihre Begeisterung in allen Ehren, Herr Jaschke, aber glauben Sie wirklich, daß es für eine Veröffentlichung gut genug ist?“

„Was für eine Frage! Aber natürlich ist es das! Es ist das Aufregendste, was ich seit Jahren zu lesen bekommen habe!“ bekannte der Verleger mit voller Überzeugung und genehmigte sich einen kräftigen Schluck aus dem Cognacschwenker. „Die einzige Überlegung, die es noch anzustellen gilt, ist, wann wir es veröffentlichen wollen. Am besten wäre natürlich noch zur Frankfurter Buchmesse. Die Zeit ist zwar etwas knapp, aber wir würden es schaffen!“

„Sind Sie wirklich sicher, was das Veröffentlichen angeht?“ fragte Abelius zögernd. „Ich selbst bin mir da gar nicht so sicher!“

„Das ist verständlich. Diese Unsicherheit treffe ich oft bei Autoren an, die ihr Erstlingswerk geschaffen haben. Aber seien Sie versichert, das, was Sie zu Papier gebracht haben, wird viele begeistern. So eine schonungslose Offenheit und dabei ohne jede Effekthascherei kommt an bei den Lesern von Tatsachenberichten und nicht nur bei denen!“

„Und Sie rechnen nicht mit Schwierigkeiten, wenn Sie so etwas veröffentlichen?“

„Schwierigkeiten? Sie meinen Anfeindungen?“

„Ja!“

„Schwierigkeiten dieser Art sind unser täglich Brot. Und oft-

mals sind sie die beste, unbezahlbare Reklame für ein Buch!"
„Und Sie persönlich, überfällt Sie keine Angst bei dem Gedanken, daß Ihnen ein zwölffacher Mörder gegenübersitz?" fragte Abelius und trank seine Tasse Kaffee aus.
„Angst? Nein!" schüttelte Jaschke den Kopf und nahm den letzten Schluck Cognac. „Ihr Werk ist von tiefer, aufrichtiger Reue durchtränkt. Ja, Sie waren ein Mörder, aber Sie haben sich geändert und wissen, daß Sie ein schlechter Mensch waren. Jeder hat das Recht, sich und sein Leben von Grund auf zu ändern!"
Abelius mußte lächeln. Den Satz hatte er schon einmal gehört, noch vor gar nicht so langer Zeit.
„Ich könnte ein guter Lügner sein und Sie in die Irre führen", gab er zu bedenken.
„Auch Frau Doktor Vieten? Nein, das denke ich nicht! Nein, ich habe keine Angst, mit Ihnen ins Geschäft zu kommen oder hier zu sitzen und Kaffee und Cognac zu trinken!" schüttelte Jaschke vehement den Kopf. „Nun, wie ist es, Herr Abelius, darf ich den Vertrag aufsetzen? Das heißt, aufgesetzt habe ich ihn schon, es fehlt nur noch Ihre Unterschrift. Und Sie können mir vertrauen, es sind großzügige Bedingungen, die ich da reingeschrieben habe. Zudem, ums Geldverdienen geht es Ihnen nicht in erster Linie."
„Und Ihnen?" fragte Abelius süffisant zurück.
„Ich würde lügen, wenn ich nicht ans Geldverdienen denken würde. Aber mit Ihrem Werk, da brauche ich mir keine Sorgen zu machen. Ich werde genug daran verdienen, weil die Auflage hoch genug sein wird und es ein Bestseller wird. Das Böse in mir! Ich habe bereits eine gute Idee für das Cover!" Seine Augen leuchteten vor Begeisterung. „Ich mache den Job nicht erst seit ein paar Tagen, ich weiß, was momentan läuft und was nicht!" fügte er an.
„Würden Sie mir noch etwas Bedenkzeit einräumen?"
„Natürlich", erwiderte Jaschke, und es klang ein wenig enttäuscht. „Aber wie gesagt, allzu lange sollten wir nicht mehr

damit warten. Ich will Sie keinesfalls drängen, nur, zur Buchmesse wäre es schon gut und auch das Weihnachtsgeschäft könnten wir gut nutzen. Das sollten Sie auch bedenken!"
„Wie lange geben Sie mir?" fragte Abelius.
„Ich denke, eine Woche von heute an. Dann sollten wir spätestens unsere Entscheidung treffen!"
„Gut, das halte ich für fair! Ich melde mich bei Ihnen", nickte Abelius, stand auf und reichte dem Verleger die Hand.
„Ich kann nur noch einmal wiederholen, Ihr Buch würde einschlagen wie eine Bombe. Also treffen Sie bitte die richtige Entscheidung!" appellierte Jaschke an ihn.
Abelius beließ es bei einem Kopfnicken und ging.
Er holte seinen Mietwagen ab und fuhr stadtauswärts. Die Strecke, die er fuhr, kannte er noch. Es hatte sich nicht viel verändert, seit er sie zuletzt gefahren war.

Als Andreas Siebenkotten am Haus der Matheisens in Vogelsang ankam, suchten seine Augen die komplette Straße ab. Ihm fiel nichts Verdächtiges auf. Er klingelte, und Walter Matheisen selbst öffnete ihm die Tür.
„Nanu, mein Junge", begrüßte er ihn überrascht, „Du hättest anrufen sollen. Jetzt habe ich schon alles, was Carolina gekocht hat, alleine weggeputzt", setzte er lachend hinzu.
„Nicht schlimm, Chef! Ich habe eh keinen Hunger!"
Matheisen bemerkte sofort die Ernsthaftigkeit seines jungen Freundes.
„Ist irgend etwas passiert? Zu Hause mit Ute oder Marius?"
„Nein, nein, Chef, keine Sorge, mit der Familie zu Hause ist alles okay!"
Mittlerweile war Carolina zu ihnen in den Hausflur getreten und umarmte Andreas herzlich.
„Ich kann Dir noch schnell etwas machen, wenn Du noch nichts gegessen hast", bot sie ihm an.
„Nein, laß gut sein, wirklich nicht! Ich habe schon das Essen in der Kantine Freund Steffen überlassen!"

„Na, so wie Du drauf bist, jagst Du uns aber einen Riesenschrecken ein“, bemerkte Walter besorgt.
„Ich habe Euch etwas Wichtiges mitzuteilen, aber dazu sollten wir uns setzen!“
Zu dritt gingen sie ins Wohnzimmer.
„Nun mach’ es nicht so spannend, mein Junge! Ich kriege allmählich ein komisches Gefühl im Bauch“, sagte Walter, der sich zusammen mit seiner Frau auf das Sofa setzte, während Andreas sich in einem der Sessel niederließ.
„Etwas Unfaßbares ist geschehen!“ begann Andreas und blickte in die erschrockenen Gesichter der Matheisens. „Heute morgen erhielt ich die Mitteilung, daß Hans-Hubert Abelius auf freiem Fuß ist. Nicht etwa geflohen, nein, er ist ganz offiziell unter bestimmten Bewährungsauflagen gestern entlassen worden!“
„Das ist doch nicht möglich!“ entfuhr es Walter.
„Die Mitteilung bekam ich anonym mittels einer Mail. Ich hielt es erst auch für einen dummen Scherz, aber das ist es nicht! Es ist leider kein Scherz, obwohl es ein Witz ist! Meine erste Nachforschungen haben ergeben, daß es bittere Wahrheit ist!“
„Aber sag’, wie ist denn das möglich?“ fragte Walter ungläubig.
„Er muß über all die Jahre eine schauspielerische Glanzleistung hingelegt haben, und alle sind ihm auf den Leim gegangen. So gibt es beispielsweise ein Gutachten, das ihn als absolut geläutert und als keine Gefahr mehr für die Gesellschaft bezeichnet. Eine Psychologin, eine gewisse Doktor Sarah Vieten, hat ihn über Jahre im Knast besucht und therapiert. Die letzten anderthalb Jahre hat er hier in Ossendorf gesessen, und jetzt läuft er wieder frei herum!“
„Aber er hat zwölf Menschen aus den niedrigsten Motiven ermordet“, brachte Carolina mühsam hervor, und sie hatte das Gefühl, als stecke ihr ein Kloß im Hals.
„Sicher, Carolina, das hat er, aber das scheint einige bei unserer Justiz nicht davon abzuhalten, die Sicherungsver-

wahrung aufzuheben“, erwiderte Andreas verbittert.
„Schön und gut, mein Sohn, aber das allein ist nicht der Grund, warum Du jetzt hier sitzt. Richtig?“ glaubte Walter zu ahnen.
„Ja, Chef, Sie haben recht. Zum einen hat es heute morgen einen Mord in einem Parkhaus in der Maastrichter Straße gegeben. Dem Opfer wurde die Kehle durchgeschnitten, mit einem scharfen Messer oder Skalpell. Die Handschrift kommt uns bekannt vor, nicht Chef?“
Matheisen nickte stumm und blickte Andreas seltsam an.
„Und das war nicht irgendein Opfer“, fuhr der fort, „der Mann heißt Fritz Eichel und war Wärter in Ossendorf!“
„Du denkst, Abelius hat sofort wieder mit dem Morden begonnen, kaum daß er draußen ist?“
„Seltsamer Zufall, oder? Aber an solche Zufälle haben Sie auch nie geglaubt, Chef!“
„Nein, hab' ich nicht! Aber gerade einen Tag aus der Haft entlassen und gleich wieder in alter Manier morden? Ich weiß nicht!“ Skeptisch schüttelte Matheisen den Kopf und fuhr sich mit Daumen und Zeigefinger über den buschigen Schnurrbart.
„Na schön, aber da gibt es etwas, was mir viel größere Sorgen bereitet“, fuhr Andreas zögernd fort, und er blickte ernst von Walter zu Carolina.
„Du meinst, er könnte hier auftauchen, wie schon einmal vor sechzehn Jahren und das zu vollenden suchen, was er damals nicht ganz geschafft hat!“
„Oh Gott!“ Carolina schlug die Hand vor den Mund, um keinen lauten Schrei loszulassen.
„Ich will Euch nicht unnötig in Angst und Schrecken versetzen, aber bei dem Mann ist alles möglich. Er ist ein zutiefst von Haß und Rachegelüsten zerfressener Mensch gewesen. Und ich kann mir beim besten Willen nicht vorstellen, daß er sich im Knast grundlegend geändert hat, auch wenn es zehn psychologische Gutachten sagen!“
„Ich habe mal gerechnet, er dürfte jetzt einundsechzig sein“,

sagte Matheisen, „und sechzehn Jahre Knast sind kein Kuraufenthalt!“
„Ich befürchte, sein Alter würde ihn nicht davon abhalten, Rache an dem Mann zu nehmen, der ihn über viele Monate gejagt und schließlich auch gestellt hat. Er hat schon damals seine Rachegelüste über mehr als sechzehn Jahre konservieren können, um sich doch noch irgendwann an seinen vermeintlichen Feinden zu rächen“, führte Andreas ernst aus.
„Dann ist es am besten, wir packen sofort unsere Koffer und fliegen nach Teneriffa“, sagte Carolina aufgeregt.
„Nein!“ schüttelte Walter den Kopf. „Wenn der Junge recht hat, und so weit ist das gar nicht von der Hand zu weisen, ich kenne diesen Mann, ich habe ihn lange genug verfolgt und studieren können, dann nützt es nichts, nach Teneriffa oder sonst wohin zu fliegen. Das würde diesen Mann nicht abhalten, wenn er es wirklich auf mich abgesehen hat! Er würde uns folgen, egal wohin!“
„Ja, aber dann, dann muß Andreas irgend etwas tun!“ Carolina schickte einen flehentlichen Blick zu Andreas.
„Nein, mein Liebe“, erwiderte Walter, „der Junge kann im Moment überhaupt nichts tun, was uns betrifft. Solange Abelius nichts Ungesetzliches tut, hat der Junge keine Handhabe gegen ihn. Und dieser Mord von heute morgen, da denke ich, der wäre schön blöd, wenn er das zuerst gemacht hätte!“
„Aber wenn er es war“, sagte Andreas, „schlimm für den Wärter, aber für uns wäre es am besten. Dann könnten wir ihn direkt wieder dahin verfrachten, wo er gerade hergekommen ist! Und dieser Psychologin und dem grünen Richter wäre deutlich vor Augen geführt, wie bescheuert ihre Entscheidung war! Mit beiden habe ich übrigens morgen Termine! Und, Carolina“, wandte er sich an sie, „der Chef hat vollkommen recht. Irgendwohin fliegen, quasi flüchten, wäre nicht gut. Denn etwas kann ich hier schon tun, was ich woanders nicht könnte!“

„Und was?" wollte Walter skeptisch wissen, aber er ahnte schon, worauf der Junge hinaus wollte.
„Ich werde Sie bewachen lassen, Chef!"
„Dachte ich mir! Und für wie lange? Eine Woche, zwei Wochen, einen Monat oder ein Jahr? Wie willst Du das anstellen und rechtfertigen?"
„Ich werde sehen und es schaffen, der Mann kommt nicht an Sie ran, Chef!" versicherte Andreas energisch. „Nur bis morgen bitte ich Euch, das Haus erst einmal nicht zu verlassen. Dann habe ich etwas auf die Beine gestellt, auch wenn es sein muß für einen längeren Zeitraum!"
Carolina war blaß geworden, und ihre Hände zitterten.
„Ist das alles furchtbar", sagte sie mit bebender Stimme. „Ich glaube, ich brauche jetzt einen doppelten Cognac!"
„Gut, ich muß wieder los, aber ich bin morgen wieder da, und bis dahin bleiben wir in ständigem Kontakt. Wenn irgend etwas ist, bitte Chef, nicht wie vor sechzehn Jahren. Sie wissen hoffentlich noch, wie das geendet ist!"
„Keine Sorge, mein Junge, ich spiele nicht wieder den Helden!"
„Gut, ich werde gleich veranlassen, daß hier öfter eine Streife patrouilliert! Und bis morgen fällt mir noch was Besseres ein!" Er umarmte Carolina und dann auch Walter, der ihn wieder zur Tür brachte.

Den schwarzen BMW hatte er an der St.Victor-Kirche, ein moderner, roter Backsteinbau, abgestellt. Das Kennzeichen des Wagens begann mit dem Doppel-H für Hamburg. Hätte aber auch Hans-Hubert bedeuten können, grinste er, als er zu Fuß dem Goldammerweg folgte, bis linker Hand der Bachstelzenweg mit seinen Seitenarmen, die allesamt in Sackgassen endeten, begann. Es hatte sich kaum etwas verändert zu damals, als er schon einmal hier gewesen war.
An einer der Ecken befand sich ein Kiosk, an den Abelius herantrat und von wo aus er ein ganz bestimmtes Haus im Auge behalten konnte. Er bestellte einen Becher Kaffee und

nahm eine Tageszeitung von einem Stapel, der auf dem Tresen ausgelegt war. Der Kaffee schmeckte scheußlich, also süßte er ihn mit mehr Zucker als üblich und hellte ihn mit noch mehr Milch auf. Zehn Minuten stand er da, schlürfte ab zu einen Schluck und studierte gelangweilt einzelne Artikel in der Zeitung.
Dann geschah das, was er vermutet hatte. Er erkannte den Mann sofort, als er aus dem Wagen stieg und auf das Haus zuging. Und auch den Mann, der die Tür öffnete, erkannte Abelius auf Anhieb. Er grinste und bestellte einen weiteren Kaffee, mochte er noch so scheußlich schmecken und ihm später Sodbrennen bescheren.
Weitere zwanzig Minuten mußte er ausharren, bis der Kommissar das Haus wieder verließ. Ein Handy am Ohr, setzte er sich in den Wagen und fuhr davon. Abelius wartete noch ein paar Minuten, zahlte und stopfte die halbgelesene Zeitung in den Abfallkorb. Auf dem Rückweg zu seinem Wagen begegnete ihm ein Streifenwagen, der noch langsamer als die zugelassenen dreißig Stundenkilometer den Goldammerweg entlang fuhr und in den Bachstelzenweg einbog.
Abelius setzte ein zufriedenes Lächeln auf, das immer noch um seine Mundwinkeln spielte, als er sich in den BMW setzte. Er machte sich auf den Weg nach Sülz in die Berrenrather Straße, um einer seiner Bewährungsauflagen nachzukommen. Doch es gab einen weiteren Grund, Dr. Sarah Vieten wiedersehen zu wollen.

* * *

Kapitel 12

All das Blut! Dieses entsetzlich viele Blut! Das Bild wie aus einem Horrorfilm wollte nicht vor ihren Augen verschwinden. Sie wußte nicht, wie sie in ihre Wohnung gekommen war oder wann. Wie viele Stunden oder auch nur Minuten es her war. Irgendwie mußte sie es geschafft haben, denn nun saß sie in ihrer Deutzer Wohnung.
Entsetzlich, was ihr passiert war, einfach nur entsetzlich! Tiefe Panik und Angst hatten von ihr Besitz ergriffen, wie eine starke, dunkle Droge. Aber sie durfte sich von diesem Gefühl nicht überwältigen und unterkriegen lassen. Sie hatte keine Vorstellung davon, was noch alles auf sie zukam oder wie es nun weitergehen würde.
Im Moment saß sie da, unfähig irgend etwas zu tun. Zusammengekauert hockte sie auf einem Stuhl und starrte vor sich hin. Dann hörte sie, wie aus einer dichten Nebelwand, ein Schrillen. War das nur Einbildung? Hörte sie nun auch noch Dinge, die gar nicht da waren? Befand sie sich in einem Traum? Wenn es ein Traum war, dann ein Alptraum.
Das Läuten wollte nicht aufhören. Es schien Realität zu sein. Sie begann, am ganzen Leib zu zittern. Mühsam zwang sie sich, aufzustehen und zum Telefon zu gehen. Nur ein Gedanke blitzte ihr durch den Kopf. Die Polizei! Doch würde die anrufen? Nein, die stünde direkt vor der Tür. War es gar nicht das Telefon? War es die Türglocke, die immer wieder schrillte?
Ganz dicht stand sie vor dem Telefon und hatte Gewißheit, daß das Läuten daher rührte. Zögernd nahm sie ab und meldete sich ängstlich. Es war ihr Chef, der wissen wollte, warum sie heute nicht zur Arbeit erschienen war, und sie sich nicht einmal gemeldet hatte. Sie stammelte irgend etwas, das sich anhörte wie, es sei ihr schlecht und sie müsse sich dauernd übergeben. Kaum hatte sie diesen Satz herausgebracht, übermannte sie tatsächlich ein Brechreiz.

Gerade noch schaffte sie es ins Bad vor die Kloschüssel und erbrach sich. Wenn ihr Chef das noch mitbekam, das Telefon hielt sie nach wie vor in der Hand, gab es wohl nichts Überzeugenderes dafür, daß sie nicht aus einer Laune heraus mal einen Tag blau machen wollte. Sie horchte nicht, ob er noch zuhörte, sie ließ das Telefon zu Boden fallen. Es war ihr gleichgültig, was ihr Chef dachte oder annehmen könnte.
Sie spülte sich den Mund aus und erschrak, als sie ihr Gesicht im Spiegel erblickte. War sie das da wirklich? Veronika Grothe, die selbstsichere, vor Lebensfreude strotzende, kecke und robuste Frau, die noch nie in ihrem Leben etwas hatte erschüttern können? Nun weiß wie die Kacheln ihres Badezimmers, eine Mumie hätte nicht blasser aussehen können, in den Augen einen entgeisterten Ausdruck wie ein gehetztes Tier. Sie fühlte sich jämmerlich, wie ein Häuflein Elend, und genau so sah sie aus.
Dann erfaßte sie eine noch größere Panik. Was waren das für Flecken auf ihrer Bluse? Dunkle Flecken! Dieselben Flecken erkannte sie nun auf ihren Händen, verkrustet. War das...., war das Blut? In dem Moment, in dem sie das dachte, rebellierte ihr Magen erneut. Noch einmal umarmte sie die Kloschüssel. Sie würgte, immer wieder, bis nur noch Galle kam.
Sie zog sich komplett aus, ließ ihre Sachen achtlos auf dem Boden liegen, schleppte sich in ihr Schlafzimmer und warf sich nackt auf das Bett. Plötzlich überkam sie ein spontanes Bedürfnis, alles hinauszuschreien, ihre Angst, ihre Panik, die Hilflosigkeit und den Ekel vor sich selbst. Doch sie brachte keinen Ton heraus. Sie lag nur auf dem Bauch, und wie eine Irre trommelte sie mit den Fäusten auf das Kopfkissen. Alles in ihr verkrampfte sich zusehends. Sie schlug noch immer auf das wehrlose Kissen ein, als ihre Arme und Fäuste schon längst schmerzten.
Dann brach sie in Tränen aus, und sie schluchzte, daß es sie schüttelte. Mutlos drückte sie ihr Gesicht noch tiefer in

das Kissen, daß sie nur noch schwerlich Luft holen konnte, und ihre Tränenflut versickerte in dem weichen Baumwollstoff. Eine schwarze Woge der Verzweiflung packte sie, und mit den Tränen verließ alle Kraft ihren Körper.

„Du warst bei Cornelia Sperling?“ fragte Sarah ihn.
„Ja, war ich! Heute morgen!“
„Erzähl mir, was hat sie gesagt?“
„Och, es war eher das, was sie nicht gesagt hat!“ lächelte Abelius.
„Gut, dann sag mir, was sie nicht gesagt hat, aber Wort für Wort!“ lächelte sie zurück und drückte ihm einen flüchtigen Kuß auf die Lippen.
Sie lagen beide nackt in ihrem Bett und erholten sich nach einem ausgedehnten Liebesakt.
„Guter Scherz, Frau Doktor!“
„Nun mal im Ernst, wie war sie? Was hast Du für einen Eindruck?“
„Ist das wichtig für Dich?“
„Für Dich nicht?“
„Nicht so sehr wie für Dich, wie es scheint!“
„Ja, ich würde es gerne wissen.“
„Es ging ihr nicht gut und, ehrlich gesagt, sie sah furchtbar aus.“
„Hattest Du jemals vor, wirklich ein neues Leben mit ihr zu beginnen?“ wollte Sarah wissen und wartete gespannt auf seine Antwort.
„Was spielt das jetzt noch für eine Rolle? Als ich gestern rauskam und dich vor dem Gefängnis stehen sah, hörte Conny plötzlich auf, für mich zu existieren!“
„Tatsächlich? Ich habe schon mal gehört, daß bestimmte Frauen eine solche Wirkung auf Männer haben. Aber daß ich sie habe, ist mir vollkommen neu. Und dann ausgerechnet auf Dich?“
„Nun stell’ Dein Licht nicht allzu sehr unter den Scheffel. Du bist attraktiv, gutaussehend und klug!“

„Man beachte die Reihenfolge der Eigenschaften!" bemerkte sie ein wenig spitz.
„Ganz gleich, wie sehr Du daran zweifelst, es ist nun einmal so, wie es ist!" beteuerte er und strich ihr sanft über das Haar, zog sie an sich und küßte sie leidenschaftlich.
Sie ließ es geschehen. Und selbst wenn sie sich gesträubt hätte, lief ihr ein Schauer über den Rücken, der angenehm und erregend war. Mit einem Knie zwängte er sich zwischen ihre Schenkel und beugte sich über sie. Kraftvoll drang er in sie ein und pumpte ihr die Luft aus der Lunge. Sie keuchte und versuchte, sich seinem drängenden und fordernden Rhythmus anzupassen. Ihre Finger krallten sich in seinen Rücken, als er immer wilder in sie stieß. Und als sich seine heiße Lava in ihr verströmte, gelangte auch sie zum Höhepunkt und biß ihn in den linken Oberarm, dort, wo der schwarze Skorpion mit dem roten Stachel eingestochen war. Minuten später lagen beide rauchend und mit geschlossenen Augen da.
„Wozu hast Du sie benutzt?" fragte Sarah aus heiterem Himmel und zog ein letztes Mal an ihrer Zigarette.
„Wen oder was meinst Du?" fragte er, weil er im Moment wirklich nicht wußte, was sie offensichtlich beschäftigte.
„Tu nicht so, Du weißt genau, wen ich meine! Wozu hast Du Conny Sperling benutzt? Du hast sie doch benutzt, oder? Und ich möchte gerne wissen, wobei es Dir dabei ging!"
Er atmete tief ein und dann hörbar wieder aus. Warum stellte sie ihm diese Fragen? Sie spielte mit dem Feuer. Und wenn sie das wußte, mußte er ihr auf irgendeine Art und Weise klar machen, daß es besser war, keine weiteren Fragen zu stellen. Wenn sie es allerdings nicht wußte, dann war sie nicht so klug, wie er angenommen hatte.
„Ich merke schon, Du blockst ab!" sagte sie verdrossen.
„Hören Sie zu, Frau Doktor, wenn das hier eine weitere Therapiestunde werden soll, dann ziehen wir uns besser an, und ich lege mich in Deiner Praxis auf die Couch!" Seine Stimme hatte etwas Bedrohliches.

„Na, ist ja auch egal“, gab sie ihre Neugier überraschend schnell auf.
Sie sprang aus dem Bett.
„Ich muß unter die Dusche! Du nicht auch?“
„Ja, duschen wir!“
Auch er schwang sich aus dem Bett und folgte ihr ins Bad.

Zu dritt saßen sie in Siebenkottens Büro, Arnsberg, Lessmann und Andreas.
„Welchen Ermittlungsstand willst Du zuerst hören, Eichel oder Abelius?“ fragte Lessmann.
„Wieso oder?“ fragte Andreas erstaunt zurück. „Na schön, dann fang mit Eichel an“, fügte er hinzu, als er in Lessmanns Gesicht nichts als Unverständnis erkannte.
„Also, Fritz Eichel, er ist fünfzig Jahre alt geworden, seit einem Jahr Witwer, hat zwei halbwüchsige Kinder, die bei den Schwiegereltern leben. Die sind schon verständigt, und der Schwiegervater kommt zur Identifizierung. Jetzt zur Tat und zum Tathergang, soweit wir ihn rekonstruieren können. Der Mann hat auf seinem Fahrersitz gesessen, der Täter muß hinter ihm auf dem Rücksitz gesessen haben, hat ihm an den Haaren den Kopf festgehalten und mit einem glatten, sauberen Schnitt die Kehle durchtrennt. Die Tatzeit liegt zwischen sieben und sieben Uhr dreißig. Tatwaffe ist ein Rasiermesser, das haben wir vor dem Parkhaus in einem Müllcontainer gefunden.“
„Irgendwelche Zeugen?“ fragte Siebenkotten dazwischen.
„Leider nein“, schüttelte Arnsberg den Kopf. „Es sind zwar überall Kameras installiert, aber dabei handelt es sich lediglich um Überwachungskameras, also keine Viedeoaufzeichnung. Der Mann von der Aufsicht, der unten an der Einfahrt sitzt, hat nichts bemerkt. Er war wohl etwas abgelenkt durch eine hübsche Rothaarige, die kurz nachdem Eichel ins Parkhaus gefahren war zu Fuß kam und über die Treppe nach oben ist.“
„Und, wissen wir, wer sie ist?“

„Nein, leider auch das nicht“, erwiderte Lessmann diesmal. „Laut Aussage des Mannes von der Aufsicht hat sie kurz nach ihrem Betreten des Parkhauses dieses fluchtartig wieder verlassen. Wir haben eine gute Beschreibung von ihr, und er würde sie wiedererkennen! Ob sie was mit dem Mord zu tun hat, keine Ahnung. Könnte sein, könnte aber auch nicht sein!“

„Ja, soweit ein ganz normaler Mord“, fuhr Arnsberg fort, „wie wir ihn schon dutzendfach vorgefunden haben. Interessant wird es, wenn wir Dir berichten, was wir in seiner Wohnung entdeckt haben. Eigentlich auch nichts Besonderes, wenn man zehntausend Euro in bar bei einem einfachen Gefängniswärter als nichts Besonderes betrachtet.“

„Zehntausend Euro in bar?“ horchte Siebenkotten auf.

„Ja, bis auf den letzten Cent zehntausend, alles in großen Scheinen, schön sauber verstaut in einem Briefumschlag!“

„Aber das ist noch nicht alles“, schaltete sich wieder Lessmann ein, „ich wußte gar nicht, daß ein Schließer so gut situiert sein kann. Er fuhr einen Mercedes C 230, Baujahr 2009, den hat er Anfang des Jahres für dreißigtausend gebraucht gekauft, übrigens auch bar bezahlt. Zudem hat er bei seiner Bank einige tausend Euro auf der hohen Kante, und die Wohnung am Theodor-Heuss-Ring gehört ihm ebenfalls, ist super eingerichtet und relativ niedrig belastet, Wert circa dreihunderttausend!“

„Vielleicht ist er von Hause aus gut ausgestattet“, vermutete Siebenkotten.

„Nein, was wir bis jetzt eruieren konnten, stammt er selbst aus ziemlich einfachen Verhältnissen, und auch die Eltern seiner verstorbenen Frau haben nicht allzu viel an den Füßen“, erwiderte Arnsberg. „Und wenn wir es richtig sehen, begann sein Reichtum vor gut einem Jahr!“

„Da könnte man ja kombinieren und bei.....“, begann Lessmann.

„..... bei Abelius landen, der vor anderthalb Jahren nach Ossendorf verlegt wurde und dort Eichel kennenlernte“, ver-

vollständigte Siebenkotten Lessmanns begonnenen Satz.
„Ganz genau, Andreas, das haben wir uns auch gedacht!"
„Und wo ist Abelius?"
„Nun, wir haben seine KA von vorne bis hinten durchgewälzt und festgestellt, daß er zuletzt eine Eigentumswohnung besaß. Übrigens nicht weit von Eichels Wohnung entfernt, am Konrad-Adenauer-Ufer, das gesamte Objekt nennt sich ‚Wohnen über dem Strom'. Er hat sie nie aufgegeben oder verkauft, es gibt sie immer noch, und er wohnt wieder da. Leider haben wir ihn vorhin nicht angetroffen", zuckte Arnsberg mit den Schultern, „aber wir haben einen Kollegen der Schutzpolizei dort postiert. Der meldet sich, sobald Abelius auftaucht."
„Ja, ich erinnere mich", nickte Siebenkotten, „die Penthouse-Wohnung. Dort lebte er fast zwei Jahre unerkannt unter falschem Namen!"
„Richtig! Und er muß auch noch relativ viel Geld in der Schweiz liegen haben. Obwohl er damals einige Millionen an die Opferfamilien an Entschädigung hat zahlen müssen, muß noch ein erkleckliches Sümmchen übriggeblieben sein. Und das schlummert seit über sechzehn Jahren auf einem Schweizer Bankkonto. Allein, was das an Zinsen noch gebracht hat", kam Lessmann ins Schwärmen.
„Ja, und das Tolle daran ist, er hat das Geld auf ehrliche Art und Weise verdient", sagte Siebenkotten. „Als er damals vor über sechzehn Jahren zum Millionär wurde, angefangen mit einem hohen Lottogewinn, was macht der Kerl da? Anstatt sein Leben in vollen Zügen zu genießen, tüftelt er seine Rachepläne aus und setzt sie letztlich auch in die Tat um. Sein plötzlicher Reichtum war damals der Auslöser zu seinen Morden. Also wirklich ein Mann, zerfressen von Haß- und Rachegelüsten. Wenn ich heute durch irgendeinen glücklichen Umstand zigfacher Millionär würde, da wäre mir doch vollkommen egal, wer mir mal in längst vergangenen Tagen ans Bein gepißt hat. Ich würde mir, meiner Familie und meinetwegen auch noch ein paar Freunden ein schönes

Leben bereiten. Reisen an die schönsten Orte der Welt, mir mal einen Porsche gönnen und noch ein paar andere Dinge!"
„Wie sagt man hier in Köln? Jeder Jeck ist anders!" grinste Lessmann.
„Laß Deine blöden Sprüche!" rügte Siebenkotten ihn.
„Mal was anderes", sagte Arnsberg. „Wenn wir eben vermutet haben, daß Abelius' Verlegung nach Ossendorf und Eichels plötzlicher Geldsegen in einem Zusammenhang stehen, wie ist Abelius dann an sein Geld in der Schweiz ran gekommen, um den Mann bestechen zu können?"
„Gute Frage", nickte Lessmann. „Vielleicht hat Eichel den Kurier gespielt und wurde dafür entlohnt!"
„Möglich", stimmte Siebenkotten zu. „Und wie macht Ihr jetzt weiter?"
„Wo wir gerade von Eichel sprechen. Wir wollen gleich nach Ossendorf. Vielleicht kriegen wir da was raus, was sein privates Umfeld und sein Verhältnis zu Abelius betrifft. Dann sehen wir vielleicht schon klarer. Und was hast Du so getrieben und weiter vor?" fragte Arnsberg ihren Chef.
„Ich war bei Carolina und Walter, um sie zu warnen. Natürlich sind sie, ebenso wie wir, erschrocken darüber, daß dieser Kerl wieder auf freiem Fuß ist. Carolina wollte sofort die Flucht ergreifen und nach Teneriffa fliegen. Das haben der Chef und ich ihr schnell plausibel machen können, daß das keine Lösung ist. Hier haben sie den besseren Schutz. Und das werden wir tun, sie schützen! Ich werde anordnen, daß permanent eine Wache vor dem Haus steht, rund um die Uhr!"
„Rund um die Uhr?" fragte Arnsberg skeptisch. „Wie soll das funktionieren?"
„Außer Eurer MK-Eichel haben wir momentan keinen anderen Fall. Also kann ich alle Kollegen einsetzen. Da wir uns einig sind, daß beides zusammenhängt, die Freilassung von Abelius und der Mord an Eichel, rechtfertigt das mein Handeln, wenn ich den Mann schütze, der Abelius damals

zur Strecke gebracht hat und dessen Mordanschlag nur knapp überlebt hat!“
„Und Du rechnest nicht mit Schwierigkeiten?“ hakte die Kommissarin nach.
„Und wenn, das ist mir scheißegal! An den Alten lasse ich den Dreckskerl nicht noch einmal rankommen! Kann er anstellen, was er will!“
„Und wenn nun doch etwas dran ist?“ fragte Lessmann.
„Wo dran?“
„Na, daß Abelius sich geändert hat, und wir uns hier nur verrückt machen?“
„Wenn Du das glaubst, Steffen, muß ich echt an Deinem Verstand zweifeln! Wenn Du wirklich glaubst, daß sich so ein Mann um hundertachtzig Grad wandeln kann, dann kannst Du auch an den Osterhasen und den Weihnachtsmann glauben oder daran, daß der FC diese Saison Meister wird!“
„Ist ja schon gut, Andy. Ich sag' nichts mehr! Du bist der Chef!“ gab sich Lessmann kleinlaut.

Sie befuhren die Butzweiler Straße und näherten sich der JVA in Ossendorf. Unabhängig davon, daß sie Polizisten waren, hielten Arnsberg und Lessmann den Knast für eine der nützlichsten Einrichtungen, die es gab. Fünfhundert Insassen faßte die JVA Ossendorf, in der addiert dreitausend Jahre Haft zusammenkamen, eine wahnwitzige Zahl.
Mörder, Vergewaltiger, Betrüger, Drogendealer, Verkehrssünder wegen Trunkenheit oder Fahrerflucht oder beidem, eine phantastische Mischung gesellschaftlichen Abschaums. Keiner, so wußten die beiden Kommissare, der es nicht verdient hatte, hier weggesperrt zu sein. Etlichen der hier einsitzenden Mörder hatten sie und ihre Kollegen zu diesem Aufenthalt verholfen.
Zunächst war ihre Fahrt schweigsam verlaufen. Nun wandte Lessmann sich an seine Partnerin.
„Findest Du nicht, daß Andreas ein wenig überreagiert? Das nimmt ja schon panische Züge an!“

„Das mußt Du verstehen. Wenn es um seinen alten Chef geht, kennt er keine Freunde oder Verwandten“, hielt Arnsberg ihrem Kollegen entgegen. „Er liebt Matheisen und auch Carolina. Walter ist so etwas wie ein Vater für ihn. Er mußte vor sechzehn Jahren miterleben, wie der bald draufgegangen wäre, als er und Abelius aufeinander trafen wie Robert De Niro und Al Pacino in Heat!“
„Na ja, Du hast wohl recht“, nickte Lessmann.
Nach ihrer Ankunft wurden sie unmittelbar zu Direktor Volker Liebig vorgelassen und eröffneten ihm, daß einer seiner Mitarbeiter nie mehr zur Arbeit erscheinen würde.
„Das ist ja entsetzlich! Fritz Eichel ermordet? Und dann auf so grausame Weise in einem Parkhaus!“
Der Mann war sichtlich erschüttert.
„Ja, das ist es“, stimmte Arnsberg ihm zu. „Wir würden gerne etwas mehr über ihn erfahren, über sein Privatleben zum Beispiel. Wir waren zwar in seiner Wohnung und haben das ein oder andere schon herausgefunden, aber es gibt noch einige Dinge, die uns unklar sind.“
„Natürlich, wenn ich Ihnen irgendwie helfen kann. Bitte, fragen Sie?“
„Wissen Sie etwas über seinen Freundeskreis oder über nähere Bekannte? Hatte er vielleicht mit einigen seiner Kollegen näheren Kontakt?“ fragte die Kommissarin.
„Nein, ich weiß nur, er war verheiratet, und seine Frau ist vor einem Jahr gestorben. Und die Kinder leben bei den Großeltern, so viel mir bekannt ist.“
„Das haben wir auch schon erfahren“, sagte Lessmann. “Und sonst? Hatte er Feinde? Wissen Sie da etwas?“
„Nein, tut mir leid. Aber Sie können gerne mit einigen der Kollegen sprechen. Die wissen womöglich mehr.“
„Das werden wir gleich tun. Aber wir haben noch ein zweites Anliegen“, erklärte Arnsberg.
„So, und das wäre?“ fragte Liebig unbehaglich.
„Gestern wurde hier ein langjähriger Häftling entlassen. Obwohl eigentlich noch Sicherungsverwahrung angeordnet

war, wurde sie aufgehoben. Die Rede ist von Hans-Hubert Abelius. Können Sie uns darüber etwas Näheres erzählen?"
„Ja, Abelius, sicher. Das hat alles seine Ordnung. Es gibt einen richterlichen Beschluß, und ich habe daraufhin den Entlassungsschein ausgestellt. Er saß hier seit anderthalb Jahren ein und hat sich tadellos geführt, wie auch schon all die Jahre zuvor in Rheinbach", erläuterte Liebig. „Und er hat sich einer langjährigen, regelmäßigen Therapie unterzogen, bei einer Psychologin, Doktor Sarah Vieten. Diese Frau ist eine anerkannte Kapazität auf ihrem Gebiet!"
„Hört sich ja toll an", bemerkte Arnsberg. „Welche Bewährungsauflagen wurden denn vorgegeben?"
„Nun, er wurde sozusagen in die Obhut von Frau Doktor Vieten entlassen. Er muß sich regelmäßig bei ihr melden."
„Die Psychologin ist also quasi auch seine Bewährungshelferin?" fragte Lessmann.
„Ja, so kann man sagen. Das ist in Bezug auf Frau Doktor Vieten nicht ungewöhnlich. Es wurde schon in anderen Fällen so praktiziert. Wie gesagt, sie gilt als Koryphäe im erfolgreichen Therapieren von Gewaltverbrechern. Darum ist ihr Gutachten auch hieb- und stichfest!"
„Also eine Koryphäe? Na ja", wiegte Arnsberg skeptisch den Kopf. „In wie vielen Fällen hat die gute Frau Doktor Vieten denn diese Praktik schon erfolgreich angewandt?"
„Soviel mir bekannt ist, bereits zweimal!"
„Zweimal, doch so oft?" konnte Arnsberg sich ein leicht hämisches Grinsen nicht verkneifen. „Wissen Sie denn auch, um welche Gewaltdelikte es in den beiden anderen Fällen ging? War es da auch mehrfacher Mord? Vielleicht auch zwölf Stück an der Zahl?"
„Nein, das war es wohl nicht. Doch genau weiß ich es nicht mehr!" stellte sich der Mann plötzlich weniger redselig dar.
„Na gut, lassen wir das", gab Arnsberg sich damit zufrieden. „Mit wem hatte Abelius denn hier zuletzt den engsten Kontakt, unter seinen Mitgefangenen und auch eventuell mit Eichel? Und gab es außer Frau Doktor Vieten sonst noch re-

gelmäßigen Besuch für ihn?“
„Das mit dem Besuch läßt sich leicht und schnell feststellen.“ Liebig bediente seinen PC und fand, wonach die Kommissarin gefragt hatte. „Er bekam regelmäßig Besuch von einer Cornelia Sperling, wohnhaft in Lindenthal auf der Dürener Straße.“
Lessmann ließ sich die genauen Daten geben und notierte sie.
„Und hier drin?“ hakte Arnsberg nach.
„Soviel mir zu Ohren gekommen ist, hatte er hier engeren Kontakt zu einem Mitgefangenen, Eberhard Schild.“
„Schild? Eberhard Schild, sagen Sie?“
„Ja, sitzt seit einem Jahr hier ein. Kennen Sie ihn?“
„Sagen wir, wir hatten schon mal das Vergnügen!“
„So“, erwiderte der Direktor einsilbig.
„Was ist mit Ihren Wärtern?“
„Natürlich kannte Abelius auch Fritz Eichel, aber wir achten streng darauf, daß der Kontakt zwischen unseren Schließern und den Häftlingen nicht zu persönlich wird“, stellte Liebig mit einem dezenten Lächeln klar. „Aber worauf genau wollen Sie hinaus? Vermuten Sie etwa einen Zusammenhang zwischen dem bestialischen Mord an Fritz Eichel und der Entlassung von Abelius?“
„Wir mußten in unserem Beruf oft genug erfahren, nichts ist unmöglich!“ antwortete Lessmann ausweichend.
„Natürlich, verstehe“, nickte Liebig, „trotzdem halte ich das für absurd!“
„Könnten wir dennoch mit Herrn Schild sprechen und auch mit einigen Kollegen von Fritz Eichel?“ fragte Arnsberg.
„Selbstverständlich, ich werde es veranlassen. Sie können einen der Besucherräume nutzen!“
Sie verabschiedeten sich von Direktor Liebig und wurden in einen nüchtern eingerichteten Raum geführt. Zunächst sprachen sie mit zwei Wärtern, mit denen Eichel näher bekannt sein sollte. Beiden war die Betroffenheit über die Ermordung ihres Kollegen deutlich im Gesicht abzulesen.

„Daß der den Löffel bald abgeben würde, war mir schon lange klar, der war drauf und dran, sich ins Grab zu saufen, aber so! Nee, damit hätte ich nicht gerechnet!“ bemerkte einer der Männer kopfschüttelnd.
„Also der Kollege Eichel trank ganz gerne einen?“ fragte Lessmann.
„Einen ist gut“, erwiderte der Mann. „Man soll über Tote ja nichts Schlechtes sagen, und ich bin wirklich erschrocken darüber, was passiert ist, aber trinken konnte man das bei ihm nicht mehr nennen. Der hat gesoffen!“
„Ja, und seine Stammkneipe war das ‚Oellig' im Agnesviertel auf der Neußer Straße“, ergänzte der andere Kollege.
„Hatten Sie denn noch näheren Kontakt zu ihm? Waren Sie ab und zu mit, wenn er trinken ging?“ fragte Arnsberg.
„Nee, das nicht, aber er hat immer davon erzählt, wie familiär es dort war. Ich glaube, er hatte sich in die Wirtin verguckt!“
„Wissen Sie sonst noch was von ihm? Hatte er eine Freundin?“
„Ja, ich glaube, er hatte eine, weil er ja bei der Wirtin nicht so recht landen konnte. Aber darum hat er ein ziemliches Geheimnis gemacht. Muß aber ein Superschuß gewesen sein“, erklärte einer der beiden. „Ab und an hat er schon mal eine Bemerkung fallen lassen. Die ist Friseuse, glaube ich.“
„Haben Sie die Frau mal gesehen?“ fragte Lessmann.
„Nein, die hat er nie hierhin kommen lassen. Manchmal haben wir auch gedacht, daß es sie gar nicht gibt und nur eine Erfindung von Fritz war!“
„Na schön, dann mal was anderes. Wie ist er denn mit den Häftlingen, speziell mit Hans-Hubert Abelius ausgekommen?“ wechselte Arnsberg das Thema.
„Normal, würde ich sagen. Wie wir alle!“
„Was heißt das genau?“ hakte Lessmann nach.
„Na, da gab es nichts Besonderes! Gerade, wenn Sie nach Abelius fragen, mit dem sind wir alle gut zurecht gekommen. Der war ein Mustergefangener, keine Schwierigkeiten. Daß

der ein mehrfacher Mörder gewesen war, hätte man nie gedacht, wenn man mit ihm zu tun hatte."
„Schön zu hören", lächelte Lessmann. „Gab es denn mit anderen Gefangenen ein weniger harmonisches Verhältnis?"
„Auch nicht! Bis vor anderthalb Jahren, da ist mal einer ausgeflippt", erinnerte sich einer der Wärter, „der hat dem Fritz eine verpaßt. Daher hatte er auch die Narbe am linken Auge!"
„Richtig", bestätigte der Kollege. „Aber ehe Sie da auf falsche Gedanken kommen. Der sitzt nach wie vor ein, zwar nicht mehr hier, der sitzt jetzt in Hagen und hat noch ein paar Jährchen vor sich!"
„Okay", nickte die Kommissarin, „dann schicken Sie uns den Gefangenen Eberhard Schild rein!"
Gleich als er eintrat stutzte Schild und musterte die beiden Kripobeamten.
„So sieht man sich wieder. Seien Sie gegrüßt, Herr Schild!" grinste Lessmann.
„Oh ja, ich erinnere mich an Sie, wenn auch nur ungern", lächelte Schild zurück und setzte sich den beiden Kommissaren gegenüber. „Was verschafft mir denn die Ehre?"
„Wie wir hören, hatten Sie in letzter Zeit engeren Kontakt zu einem Mithäftling, Hans-Hubert Abelius", sagte Arnsberg.
„Was soll das heißen, engeren Kontakt? Meinen Sie, ich wäre hier drin schwul geworden?"
„Sicher nicht. Sagen wir, eine Art Freundschaft hat sie verbunden. Ist die Frage so korrekt gestellt?"
„Ja, wenn Sie das so meinen, haben Sie ins Schwarze getroffen! Wobei, Freundschaft im Knast, das ist so eine Sache", relativierte er.
„Verstehe! Dennoch, erzählen Sie uns, wie war denn Ihr Verhältnis zu Abelius?"
„Ach, nichts Berühmtes. Wir haben uns hin und wieder unterhalten, über verschiedene Dinge gequatscht, haben zusammen im Fitneßraum trainiert, um nicht ganz einzurosten. Das war's schon!"

„Und wie war das Verhältnis zwischen Abelius und dem Wärter Fritz Eichel?“ wollte Lessmann wissen.
Erstaunt zog Schild die Augenbrauen hoch.
„Was ist denn das für eine Frage? Was soll das?“
„Ganz einfach. Gab es zwischen den beiden mal Zoff?“
„Nee, nicht daß ich wüßte! Ganz im Gegenteil“, erwiderte Schild und hätte sich am liebsten auf die Zunge gebissen, daß ihm die letzte Bemerkung einfach so rausgerutscht war.
Und prompt stieg Lessmann darauf ein.
„Was heißt, ganz im Gegenteil?“
„Nichts! Wieso fragen Sie überhaupt danach?“
„Also die beiden verstanden sich außerordentlich gut. Das wollten Sie doch damit sagen, oder?“ reagierte Lessmann nicht auf die Gegenfrage des Mannes.
„Es gab keinen Ärger, weder mit Eichel noch mit einem der anderen Wärter. Abelius hatte keinen, ich übrigens auch nicht. Man lernt sehr schnell im Knast, sich anzupassen! Aber wieso fragen Sie nach Eichel?“ ließ Schild nicht locker.
„Nun, der gute Mann wurde heute morgen ermordet in einem Parkhaus aufgefunden“, klärte Arnsberg ihn auf.
Die Reaktion des Mannes darauf schien echt zu sein. Ungläubig starrte er die beiden Kommissare an, und er blieb stumm.
„Das scheint Sie richtig betroffen zu machen“, stellte Arnsberg fest. „Wieso? Mord ist Ihnen doch nichts Fremdes!“
Man konnte förmlich sehen, wie es hinter Schilds Stirn arbeitete, doch er sagte nach wie vor nichts. Sein kalter Blick war noch immer auf seine beiden Besucher geheftet.
„Na gut, Herr Schild, da wollen wir in der Beziehung nicht weiter in Sie dringen. Kommen wir zurück auf Ihren Kumpel Abelius“, sagte Lessmann. „Er hat regelmäßig Besuch von einer Frau bekommen. Wissen Sie etwas darüber?“
„Ja“, kam es zögerlich nach einer Weile, „er hat sie über eine Kontaktanzeige in einer Zeitung kennengelernt. Dann hat sie ihn öfter besucht. Ich glaube, sie ist Kosmetikerin“, fuhr er ziemlich apathisch fort.

„Haben Sie die Frau mal gesehen?“ fragte Lessmann.
„Nee, die hat ja immer nur ihn besucht. Und diesmal schien es auch die Richtige für ihn zu sein!“
„Was meinen Sie damit?“ wurde Arnsberg hellhörig.
„Ach nichts!“ winkte Schild verächtlich ab.
„Nun zieren Sie sich nicht wie eine Jungfrau vorm ersten Mal! Raus mit der Sprache! Wieso sagen Sie, diesmal war es die Richtige für ihn?“ bohrte Lessmann nach.
„War nur so dahergeplappert! Vergessen Sie's! Kann ich jetzt wieder zurück in mein Appartement?“
„Okay“, nickte Lessmann dem Beamten zu, der ihnen Schild hereingebracht hatte.
„Was könnte er gemeint haben, diesmal war es die Richtige?“ fragte Lessmann seine Partnerin, als sie noch einen Moment alleine im Besucherzimmer verweilten.
„Keine Ahnung. Aber wir sollten versuchen, das herauszufinden“, antwortete Arnsberg.

* * *

Kapitel 13

Ein Déjà-vu ist eine irregeleitete Erinnerung, die einem suggeriert, schon einmal etwas gesehen, beziehungsweise auch schon einmal erlebt zu haben, was aber nicht der Realität entspricht.
Demzufolge konnte Walter Matheisen nicht davon ausgehen, einem Déjà-vu aufzusitzen. Offensichtlich war es keine Einbildung oder irregeleitete Einbildung. Hans-Hubert Abelius befand sich tatsächlich auf freiem Fuß und allen Erfahrungen nach, die Matheisen mit diesem Mann hatte machen müssen, war es alles andere als abwegig, nicht an pathologische Rachegelüste dieses Psychopathen zu glauben.
Die Erinnerung an das, was vor über sechzehn Jahren geschehen war, tauchte so klar und deutlich vor seinem geistigen Auge auf, als wäre es erst gestern passiert.
Er war aus einem dreiwöchigen Urlaub zurückgekehrt und hatte von seinem damaligen Gruppenleiter den Fall ‚Zorro' übertragen bekommen. Als er an einem Montag, seinem ersten Arbeitstag nach dem Urlaub, wieder ins Polizeipräsidium kam, hatte es bereits drei Morde gegeben, die als Mordserie eingestuft waren. Die Mitarbeiter des K1, wie das Kommissariat zur Aufklärung von Tötungsdelikten damals hieß, hatten dem Serientäter den treffenden Namen ‚Zorro' verliehen. Der Täter hatte es nicht dabei belassen, seine Opfer nachts auf offener Straße zu erstechen, nein, zusätzlich hatte er sich noch die Zeit genommen, ihnen die Brust zu entblößen und darauf ein blutiges ‚Z' zu hinterlassen. Sozusagen sein Monogramm.
Es folgte Mord auf Mord, obwohl Matheisen und die gesamte Mannschaft des K1, vor allem sein jüngster Kommissar, Andreas Siebenkotten, Tag und Nacht versuchten, diesem Psychopathen auf die Spur zu kommen und ihm das grausige Handwerk zu legen.

Nach Wochen, in denen sie alle wenig Schlaf bekamen, waren sie ausgelaugt. Es gab kaum Anhaltspunkte, aus denen sich eine heiße Spur hätte ergeben können. Der Mann, den sie ‚Zorro' nannten, machte keine Fehler und hinterließ so gut wie keine Spuren.
Bis zu dem Zeitpunkt, an dem er versuchte, sich als Zeuge über den Ermittlungsstand der Kripo zu informieren und zu sehen, wie weit man ihm schon auf die Pelle gerückt war, tappten Matheisen und seine Leute vollkommen im Dunkeln. Von diesem Augenblick an wußte der alte Spürhund, so sein respektvoller Spitznamen bei der Kripo, wer sich hinter der Maske des Zorro verbarg. Allerdings gab es bis dahin bereits sieben Leichen, die auf sein Konto gingen.
Und auch wenn sie wußten, wer der Täter war, half ihnen das nicht weiter. Sie hatten nichts in der Hand, nicht den geringsten Beweis, den sie gegen den Mann hätten verwenden können, nur Matheisens Spürnase und Bauch.
Der einzige konkrete Beweis, den es gab, war eine Zeitungsreporterin, die den Mann durch einen Zufall bei seinem achten Mord auf frischer Tat fotografiert hatte. Diese Frau versuchte, daraus für sich lukratives Kapital zu schlagen, anstatt den Mörder der Kripo auszuliefern. Letztlich hatte sie damit ihr eigenes Todesurteil unterschrieben.
Täter und Zeugin heirateten und verbrachten einige Wochen auf der Kanareninsel La Palma, wo der Mann ein Ferienhaus besaß. Matheisen verfolgte sie bis dorthin, obwohl er inzwischen zwangspensioniert worden war, in der Hoffnung, daß einer der beiden sich doch noch eine Blöße gab, die er hätte ausnutzen können. Tagelang observierte er die beiden, die sich kaum aus dem Haus bewegten. Sogar zum Essen blieben sie im Haus und ließen sich aus einem nahegelegenen Ort Lebensmittel und Speisen liefern.
Fast schon dem körperlichen Zusammenbruch nahe, hatte Matheisen enttäuscht und resignierend die Insel wieder verlassen und war mit der traurigen Gewißheit heimgekehrt, diesen Mann niemals zur Rechenschaft ziehen zu können.

Über ein Jahr später setzte Matheisen erneut an, dies doch noch nachholen zu können. Inzwischen hatte es weitere Morde gegeben, in Köln und sogar auf La Palma, die er dem Mann zuschrieb. Seine ersten und erneuten privaten Ermittlungen startete er auf der Insel, wo er seine jetzige Frau Carolina kennenlernte. Zusammen mit ihr verfolgte er die Spur des Mörders bis nach Marrakesch und Madrid, schließlich wieder zurück nach Köln.
Hier in seiner Stadt gelang es ihm, den Mann doch noch mit einem Trick zu überführen. Das hätte er allerdings beinahe mit seinem Leben bezahlt. Er hatte den Mann in eine Falle gelockt und provoziert. Hätte sein Freund, Andreas Siebenkotten, nicht die richtige Eingebung gehabt, wäre er höchstwahrscheinlich nicht mit dem Leben, das nach der Attacke des Mannes lange an einem seidenen Faden hing, davongekommen.
All das lief nun wie ein Film vor seinem geistigen Auge ab, als Matheisen auf der Terrasse saß und eine Reval nach der anderen rauchte. Ihm kamen ein paar Verse eines weithin unbekannten Dichters in den Sinn:

‚Ob nun früher oder spät,
wenn der Sensenmann Dich mäht,
ganz egal zu welcher Zeit,
wirst Du von allem Druck befreit!'

Welchem Druck war er nun ausgesetzt? Alles sprach dafür, daß eine düstere Vergangenheit ihn einholte. Die Erinnerung daran, dem Sensenmann schon einmal ins Gesicht geblickt zu haben, als er im Krankenhausbett zwischen Leben und Tod schwebte, ließ ihn frösteln. Was geschah mit einem, wenn man tot war? Fiel dann wirklich alles von einem ab? Schmerz, Leid, Druck, jede Empfindung? Danach kam nichts mehr, nur ein großes, schwarzes Loch? Fragen, die sich so viele Menschen stellten, und auf die alle möglichen Religionen unterschiedliche Antworten gaben.
Matheisen war kein religiöser Mensch, doch auch er glaubte an etwas. Wenn man sein Leben moralisch anständig führte,

konnte man dem Tod mit einem reinen Gewissen entgegen sehen. Reichte das schon? Offensichtlich nicht, denn auch ihn überfiel nun eine befremdliche Furcht, alsbald dem Sensenmann die Tür zu öffnen. Er zündete sich die nächste Zigarette an und blies den Rauch des ersten Zuges kraftvoll in die milde Nachmittagsluft und hoffte, damit auch die trüben Gedanken wegzublasen.
Derweilen hatte sich Carolina in die Bibliothek zurückgezogen und kauerte in einem Sessel, unfähig, etwas zu tun. Wenn es nach ihr gegangen wäre, säßen sie nicht hier wie auf dem Präsentierteller, darauf wartend, daß der Mann, den sie für immer hinter Gittern gewähnt hatten, auftauchte und sich letztlich doch noch an Walter oder gar an ihnen beiden rächte. Mochte der Junge sie noch so sehr davon zu überzeugen suchen, sie hier in Köln besser schützen zu können, als irgendwo auf der Welt, glaubte sie, woanders doch in größerer Sicherheit zu sein. Wie sollte der Mann es denn schaffen, herauszubekommen, wo sie sich jeweils aufhielten? Für sie schein es eine typisch männliche Attitüde zu sein, vor nichts weglaufen zu dürfen, sondern sich seinem Schicksal mannhaft entgegenzustellen.
Wie wild begann ihr Herz zu hämmern, weil noch ein weiterer Gedanke plötzlich von ihr Besitz ergriff. Konnte es sein, daß ihr Mann erneut mit einer verwegenen Idee liebäugelte? Dachte er womöglich, wie schon einmal, an eine direkte Konfrontation? Zuzutrauen wäre es ihrem Walter. Aber das durfte sie nicht zulassen!
Walter verließ die Terrasse und kam zu ihr in die Bibliothek. Es versetzte ihm einen heftigen Stich ins Herz, als er sah, wie verängstigt und mit weitaufgerissenen Augen seine Frau dort im Sessel hockte.
„Sollten wir nicht doch besser irgendwohin fliegen? Es muß ja nicht unser Ferienhaus auf Teneriffa sein. Wir buchen irgendwo ein Hotel, wo uns niemand kennt und auch niemand suchen würde.“ Sie sah ihn flehentlich an, in der stillen Hoffnung, er würde auf ihren Vorschlag eingehen.

„Wir dürfen uns jetzt nicht verrückt machen, meine Liebe“, versuchte er, sie sanft zu beschwichtigen. „Schon gar nicht dürfen wir jetzt in Panik verfallen und irgend etwas Unüberlegtes tun!“
„Da stimme ich Dir zu, was Deinen letzten Satz angeht. Ich hoffe nur, daß Du da an nichts Unüberlegtes und Verrücktes denkst!“
„Was sollte das wohl sein?“ fragte er mit Unverständnis.
„Ich kenne Dich, Walter!“
„Nun, dann müßtest Du wissen, daß ich dem Jungen voll und ganz vertraue. Andreas wird uns schon zu schützen wissen. Und der beste Schutz ist hier!“ sagte er überzeugt von dem, was er ihr versicherte. „Zudem sagt mir mein Gefühl, daß der Mord im Parkhaus auf Abelius' Konto geht. Dann wird es nur eine Frage von sehr kurzer Zeit sein, bis der Junge und seine Leute ihn überführt haben. Und dann wird er für immer hinter Schloß und Riegel sitzen, und kein psychologisches Gutachten der Welt wird daran mehr etwas ändern können! Das garantiere ich Dir!“
„Du vergißt aber auch nicht, wie lange Du damals gebraucht hast, den Mann endlich zu überführen und wie viele Menschen letztlich noch sterben mußten!“
„Danke, daß Du mich daran erinnerst! Aber ich gebe nicht mir die Schuld daran, daß zwölf Menschen ihr Leben lassen mußten!“
„So war das auch nicht gemeint. Bitte verzeih, wenn Du es so aufgefaßt haben solltest!“
„Schon gut“, sagte Walter, beugte sich zu ihr hinab und gab ihr einen Kuß.
„Ich wollte Dir nur klarmachen, wie raffiniert und gefährlich dieser Mann war und sicher auch heute noch ist!“
„Nein, das vergesse ich ganz bestimmt nicht. Wer könnte das besser beurteilen als ich? Ich habe den Mann über Monate verfolgt und studiert, und ich habe seinetwegen mit dem Tod gerungen“, sagte Walter mit einem müden Lächeln im Gesicht.

„Eben, und ich habe eine Heidenangst davor, daß sich das jetzt wiederholen könnte“, erwiderte Carolina, erhob sich aus dem Sessel und legte die Arme um seinen Hals. „Darum sollten wir noch einmal vernünftig darüber nachdenken, was wir tun können. Ist hier sitzen und abwarten wirklich das beste?“
Walter kam zu keiner Antwort. Plötzlich schrillte die Türglocke, und beide erschraken. Auch Walter zuckte merklich zusammen.

* * *

Kapitel 14

Sein Körper war in Schweiß gebadet. Nach dem Besuch der beiden Kommissare und dem, was sie ihm mitgeteilt hatten, war er in den Fitneßraum gegangen und trainierte nun wie besessen. Seine Gedanken ließen sich allerdings dadurch nicht verscheuchen. Er setzte sich auf, und seine Hände begannen zu zittern. Es war nicht die Anstrengung. Er hätte einen guten Schluck Whisky vertragen können, um diese brennende, bohrende Leere und Verlassenheit zu füllen.
Was würde jetzt geschehen? Vielmehr, was konnte jetzt noch geschehen? Mit ihm und seiner Flucht? War jetzt alles aussichtslos? Eichel war tot, ermordet. Also keine Verbindung zwischen ihm hier drinnen und dem Kumpel Abelius draußen. Die Frage war, wer hatte den Wärter ermordet? Und eigentlich noch viel wichtiger, warum?
Konnte es sein, daß Abelius selbst der Mörder war? So, wie die Kommissare ihm ihre Fragen gestellt hatten, meinte er gespürt zu haben, daß die diesen Verdacht hegten. Aber warum? Warum sollte Abelius Fritz Eichel umbringen, kaum daß er draußen war? Diese Frage marterte ihn am meisten, und seine erste Erklärung dafür ließ ihn zittern.
Vielleicht deshalb, um sagen zu können: ‚Oh, lieber Eberhard, tut mir schrecklich leid. Unser Verbindungsmann ist tot. Jetzt gibt es keine Möglichkeit mehr für mich, von hier draußen etwas für Dich zu tun. Du mußt leider drin bleiben und noch ein paar Jährchen schmoren. Vielleicht schicke ich Dir mal meine Psychotante, und Du versuchst es auf dem gleichen Weg wie ich. Kann aber dauern, so um die fünfzehn Jahre noch, also Geduld, mein Freund!'
Und dann sah er das hämische Grinsen in Abelius' Gesicht. Konnte es so sein? War das die richtige Antwort auf seine Frage nach dem Warum? Wenn ja, dann war er vollkommen auf sich allein gestellt. Oder waren es doch nur Hirngespinste, die er sich einbildete, die er sich einredete? Würde

Abelius wirklich einen Menschen töten, nur um eine billige Ausrede zu haben, ihm, Schild, nicht mehr bei der Flucht helfen zu können? Das war doch sehr weit hergeholt und schwachsinnig. Oder etwa doch nicht?
Denn auf der anderen Seite wußte er, daß dieser Mann vor sechzehn Jahren Menschen aus weit weniger triftigen Gründen erstochen und anderswie ermordet hatte. Um genau zu sein, waren es zwölf, ein ganzes Dutzend.
Er selbst war ja nun auch kein Unschuldslamm, sonst säße er nicht hier. Dieses Eingeständnis hatte allerdings nichts mit Reue zu tun. Er meinte, einen triftigen Grund gehabt zu haben, den Mord an seiner Frau zu inszenieren.
„Verdammte Scheiße!" Er hieb mit der Faust auf die Polsterung der Hantelbank.
„Was ist Ebby, heute alleine Gewichte stemmen, während Dein Busenfreund draußen dicke Weiber stemmt?"
Zwei Mitgefangene standen in der Tür zum Fitneßraum und feixten.
„Haltet die Schnauze und verpißt Euch!" fuhr Schild sie unwirsch an.
Grinsend verzogen die beiden sich, und er wischte sich mit der Hand den Schweiß aus dem Gesicht.
Jetzt hockte er hier, womöglich verraten und verkauft. Und wenn Abelius ihn wirklich hängen ließ, dann sollte der Mann das noch bitter bereuen! Er würde es schon schaffen, auch ohne Hilfe hier rauszukommen. Und nicht erst in fünfzehn oder noch späteren Jahren. Er mußte nur seinen Grips etwas mehr anstrengen. Ja, das würde er schaffen!
Und plötzlich war er gar nicht mehr sauer auf sich selbst, wie er es, kurz nachdem die Kommissare gegangen waren, noch war. Sauer, weil ihm diese beiden Bemerkungen einfach so herausgerutscht waren, was Abelius' Beziehungen zu Eichel und der Annoncenbekanntschaft betraf. Gar nicht schlimm, daß er das ausgeplappert hatte. Da hatten die Bullen was zu knobeln und würden sicher schon dahinterkommen, was er damit gemeint hatte.

Er grinste in sich hinein. Sollten sie Abelius ruhig auf den Zahn fühlen und kräftig in die Mangel nehmen, ihm ordentlich die Hölle heiß machen. Und eventuell wäre er sogar bereit, noch etwas mehr von seinem Wissen preiszugeben. Aber zuerst stand nun seine Flucht im Vordergrund, und dafür mußte er zunächst alles andere beiseite lassen.

Ein mürrisch wirkender Mann mit Stoppelfrisur und Nickelbrille, weit jenseits der Sechzig, öffnete die Tür einen Spaltbreit. Vorgebeugt stand er da, so daß er kleiner und schmächtiger wirkte als er war. Seine Stimme war ein unfreundliches Krächzen.
„Was wollen Sie? Ich kaufe nichts an der Tür, und ich brauche auch nichts!"
Dann wollte er ihnen die Tür vor der Nase wieder zuschlagen, doch Lessmann war schneller und hielt sie offen.
„Wir wollen Ihnen nichts verkaufen, guter Mann! Hören Sie endlich zu, wir sind von der Kripo. Mein Name ist Lessmann, das ist meine Kollegin Arnsberg. Hier mein Ausweis!" Er hielt ihn dem Mann so dicht vor die Augen, daß der gar nicht anders konnte, als darauf zu stieren.
„Na schön, Sie sind von der Kripo. Und was zum Teufel wollen Sie?" Seine Stimme krächzte nach wie vor aggressiv, und seine kleinen Luchsaugen funkelten böse.
„Eigentlich möchten wir zu Frau Sperling. Wo hat sie ihre Wohnung, im ersten Stock?" fragte Arnsberg.
„Ja, im ersten Stock! Aber was wollen Sie alle nur von der?" fragte der Mann genervt zurück. „Seit Tagen geht das hier wie in einem Taubenschlag zu!"
„Ach ja?" grinste Lessmann. „Wissen Sie denn, ob sie da ist?"
„Heute morgen war sie es noch. Aber ihren Laden hat sie seit Tagen zugemacht."
„Richtig, wir sahen das Schild an der Tür", sagte Arnsberg.
„Was meinen Sie denn mit Taubenschlag?" wollte ihr Partner wissen.

„Ach, was soll ich schon meinen? Männerbesuche!"
„Männerbesuche? Gleich mehrere verschiedene Männer?" hakte Arnsberg nach.
„Ja, zwei Männer."
„Und, kennen Sie die Männer?"
„Nein, nicht mit Namen, wenn Sie das meinen. Vor ein paar Tagen war einer hier, ein ganz häßlicher Vogel mit einer Narbe am Auge."
Arnsberg und Lessmann tauschten einen vielsagenden Blick.
„Wann war das?" fragte die Kommissarin.
„Weiß ich nicht mehr so genau. Ungefähr vor drei oder vier Tagen. Ich habe ihn auch nur kurz durch den Türspion gesehen, als er wieder ging. Aber in der Zeit, in der er bei ihr oben in der Wohnung war, muß es hoch hergegangen sein!"
„Wie sollen wir das verstehen?"
„Na ja, es hörte sich an, als würden sie es quer durch die ganze Wohnung treiben", grinste der Mann anzüglich.
„Und der zweite Mann, wann war der hier?"
„Was ist eigentlich los? Warum wollen Sie das alles wissen?"
„Reine Routine", winkte Lessmann ab. „Also, wann war der zweite Mann hier?"
„Heute morgen erst. Der hat sogar mit mir gesprochen, als ich das Haus verlassen wollte. Hat mir was erzählt vonwegen, seine Frau hätte einen Termin bei der Sperling."
„Und wie sah der Mann aus?" fragte Lessmann.
Der Alte überlegte eine Weile.
„Würden Sie ihn wiedererkennen?"
„Sicher würde ich das. Oder denken Sie etwa, ich wäre plemplem?"
„Das käme uns nie in den Sinn, so etwas anzunehmen", grinste Lessmann freundlich. „Also, wie sah der Mann aus?"
„Der war ungefähr so groß wie Sie", deutete er auf den Kommissar, „sportlich, kräftig, aber bestimmt zwanzig Jahre älter."

„Sonst noch was, was ihnen aufgefallen ist?“
„Hat einen chicen Anzug angehabt. Sonst ist mir nichts aufgefallen. Ach doch, als er wieder ging, hatte er einen braunen Aktenkoffer dabei. Ich habe ihn auf der Straße gesehen, als ich zurückkam, und er das Haus gerade wieder verließ.“
„Einen braunen Aktenkoffer? Den hatte er, als er kam, nicht bei sich?“
„Nein, hatte er nicht. Als er kam, hatte er nichts in der Hand!“
„Wann war denn das heute morgen, und wie lange war der Mann bei Frau Sperling?“ fragte Arnsberg.
„Ich bin so gegen neun aus dem Haus, als er kam. Zurückgekommen bin ich kurz vor zehn, als er ging.“
„Okay, vielen Dank“, sagte Lessmann. „Wir werden mal sehen, ob Frau Sperling jetzt da ist.“
Der Mann zog sich in seine Wohnung zurück. Arnsberg und Lessmann gingen hinauf in den 1.Stock und schellten bei Cornelia Sperling. Darauf erfolgte jedoch keine Reaktion. Kein Geräusch drang aus der Wohnung, nichts war zu hören.
„Also, vor ein paar Tagen hatte sie Besuch von Fritz Eichel. Und heute morgen? War das vielleicht Abelius?“ überlegte Arnsberg.
„Vermutlich“, nickte Lessmann. „Und jetzt scheint sie nicht da zu sein.“
„Was sollen wir machen? Später wiederkommen?“ fragte Arnsberg unsicher.
„Weiß nicht, irgendwie habe ich ein mulmiges Gefühl im Bauch“, erwiderte Lessmann und klopfte einige Male heftig auf die Tür. Dann rief er ihren Namen, laut und deutlich.
Nach wie vor geschah nichts.
„Hast Du Dein Spezialwerkzeug dabei?“ wollte Arnsberg wissen.
„Das trage ich stets am Mann“, grinste Lessmann.
„Laß Deine dummen Witze!“
„Ach, Du meinst das!“ Aus seiner Tasche zog er ein Etui, in

dem sich ein nicht ganz legales Besteck befand.
Große Schwierigkeiten machte ihm das Schloß nicht, und schon öffnete sich die Tür lautlos. Vorsichtig schoben sich die beiden Kommissare in den Flur. Nochmals rief Lessmann nach Cornelia Sperling und gab sich als Polizist zu erkennen. Keine Antwort. Sie gingen durch alle Räume. Nirgendwo trafen sie auf die Frau, bis sie ins Schlafzimmer traten. Dort lag sie, anscheinend schlafend und bekleidet auf dem Bett. Eine halbvolle Flasche Whisky stand geöffnet davor. Hatte sie sich betrunken und war daraufhin eingeschlafen? Was sie dann sahen, paßte nicht zu einer betrunkenen und schlafenden Frau. Auf dem Nachttisch lagen leere Schachteln. Zopiclon, Schlaftabletten.
Mit zwei schnellen Schritten war Lessmann bei ihr am Bett und legte zwei Finger an die Halsschlagader. Gleich darauf schüttelte er resignierend den Kopf. Da konnte kein Arzt mehr helfen.

Zur gleichen Zeit saß Andreas Siebenkotten im Büro von Richter Gunnar Irlenbusch. Ein schmächtiger Mann von höchstens ein Meter siebzig Größe, fast schon asketisch zu nennen. Dünnes, blondes Haar, rasiermesserscharf rechts gescheitelt, dazu helle, wasserblaue Augen. Er war zweiundvierzig Jahre und führte seit acht Jahren das Amt eines Richters aus. Sein Hobby war Langstreckenlauf bis hin zur Marathonstrecke.
Siebenkotten hatte schon von ihm gehört, allerdings bisher noch nie mit dem Mann persönlich zu tun gehabt.
„Ich verstehe Ihre Aufregung nicht“, sagte Irlenbusch. „Der Mann hat zwar vor mehr als sechzehn Jahren Schreckliches getan, aber danach hat er sich tatsächlich gewandelt und sechzehn Jahre abgebüßt. In dieser Zeit ist er zu einem völlig anderen Menschen geworden. Das alles können Sie in einem fundierten Gutachten nachlesen!“
„Danke, Herr Irlenbusch, ich kenne das Gutachten. Und ich glaube nicht ein Wort von dem, was da drin steht!“

„Na schön, das ist Ihre Sache. Trotzdem halte ich Ihre Haltung für sehr engstirnig. Das Gutachten ist nicht von irgendwem. Es ist von Frau Doktor Sarah Vieten, eine allseits anerkannte Expertin auf diesem Gebiet, was die Psyche von Gewaltverbrechern angeht und wie man sie erfolgreich therapieren kann“, erklärte der Richter in wohlgesetzten Worten.
„Ja, eine erfolgreiche Therapie! Super!“ winkte Siebenkotten verächtlich ab. „Vielleicht ist es Ihnen noch nicht zu Ohren gekommen, aber heute morgen gab es in einem Parkhaus in der Innenstadt einen bestialischen Mord an einem Gefängniswärter aus Ossendorf. Die Handschrift ähnelt verblüffend der von Abelius!“
Die blasse Gesichtsfarbe des Richters wurde noch um mehrere Nuancen heller.
„Trotzdem muß das nichts bedeuten“, entgegnete er schwach.
„Nein, natürlich nicht! Weil es nichts bedeuten darf, nicht wahr? Was nicht sein darf, das kann auch nicht sein!“ sagte Siebenkotten voller Bitterkeit.
„Sie sehen das einfach zu sehr aus Ihrer Warte, verständlich, aber einseitig. Sie sehen in jedem Menschen, der mit dem Gesetz in Konflikt geraten ist, nur das Schlechte. Und wer einmal ein schlechter Mensch ist, der bleibt es auch.“ Irlenbusch stieß die Fingerkuppen gegeneinander und legte eine kurze Pause ein, bevor er fortfuhr: „Aber wenn das so wäre, könnten wir unser ganzes Resozialisierungsprogramm in die Tonne dreschen. Wir müssen Menschen auch die Chance einräumen, sich zu ändern. Zum Positiven zu ändern, versteht sich.“
„Verstehe“, nickte Siebenkotten, „in manchen Fällen mögen Sie sogar recht haben und richtig liegen. Aber ich spreche von solchen Typen wie Abelius. Ich bin Kriminalpolizist, und meine Leute und ich, wir reißen uns den Arsch auf, um solch einen Abschaum aus dem Verkehr zu ziehen und die Gesellschaft vor ihnen zu schützen. Und Leute wie Sie machen

unsere Arbeit zunichte. Mit allem Respekt, aber das kotzt mich an!“

„Sie haben die vollkommen falsche Sicht, Herr Siebenkotten. Heute geht es nicht mehr nur darum, Menschen wie diesen Abelius wegzusperren und dann den Schlüssel wegzuwerfen. Wir müssen uns bemühen, mag es auch für manche unverständlich sein, diesen Menschen zu helfen, damit sie wieder in ein ordentliches Leben zurückfinden.“

„Ja, die armen Täter und die bösen Opfer! Ist das Ihre Einstellung? Kennen Sie nicht die Statistiken, wie viele der Gewaltverbrecher gleich wieder rückfällig werden, kaum daß sie den Knast verlassen haben?“

„Ich kenne die Zahlen, ja. Dennoch werde ich das Gefühl nicht los, daß Sie vollkommen verbohrt sind, Herr Siebenkotten!“

„Mag sein, daß ich das bin. Aber wenn ich in einem Fall richtig liege, dann jetzt in diesem! Und daß Abelius wieder auf freiem Fuß ist, bedeutet eine Katastrophe. Ich hoffe zwar nicht, daß ich recht behalte, aber ich befürchte es, nein“, er schüttelte vehement den Kopf, „ich weiß, daß ich recht behalten werde. Und dann würde ich gerne von Ihnen hören, was Sie dann dazu sagen! Zu Ihrer Unterschrift auf so einem Wisch Papier und zu Ihrer Einschätzung, was die Koryphäe Doktor Sarah Vieten angeht!“

„Sie sollten sich mal mit der Frau unterhalten, vielleicht sehen Sie dann klarer“, empfahl Irlenbusch dem Kommissar.

„Das werde ich, verlassen Sie sich drauf! Ich habe sogar schon einen Termin bei ihr. Und obwohl ich die Frau noch nicht gesehen und kennengelernt habe, weiß ich schon jetzt, daß es nichts als Schwachsinn ist, was ich zu hören bekomme. Ich bin kein studierter Quacksalber, trotzdem maße ich mir an, im Fall Abelius besser Bescheid zu wissen, als jeder andere!“

„Ich glaube, es hat wenig Zweck, mich weiter mit Ihnen zu unterhalten“, sagte Irlenbusch schroff. „Man kann ein Pferd nur zur Tränke führen, saufen muß es schon selbst!“

„So wird es sein“, erwiderte Siebenkotten mokant. „Nur noch eins. Falls sich herausstellt, daß Abelius den Gefängniswärter Fritz Eichel ermordet hat, und einiges deutet darauf hin, dann stehe ich hier noch mal bei Ihnen auf der Matte! Und wissen Sie, wen ich Ihnen mitbringe? Die beiden Kinder von Eichel! Und anschließend stelle ich den beiden die allseits anerkannte Koryphäe, Doktor Sarah Vieten vor!“
Damit erhob sich Siebenkotten und verließ wutschnaubend das Büro des Richters. Eine halbe Stunde später saß er der Psychologin in deren Praxis in Sülz gegenüber. Die Frau lächelte ihn freundlich an. Siebenkotten registrierte ihr gutes Aussehen, ihre schlanke Figur und ihre Körpergröße, die seiner nur wenig nachstand. Ihre braunen, langen Locken hatte sie zu einer Hochfrisur drapiert, was ihre feinen Gesichtszüge unterstrich.
„Sie möchten sich also mit mir über Hans-Hubert Abelius unterhalten, wenn ich Sie recht verstanden habe.“
„Ganz recht, Frau Doktor Vieten, das möchte ich!“ nickte er energisch.
„Nun, wie ich weiß, kennen Sie mein Gutachten. Mehr, als ich dort ausgeführt habe, kann ich Ihnen eigentlich jetzt auch nicht sagen. Ich war nur neugierig auf Sie, Herr Kommissar!“
„Schön, ich hoffe, ich enttäusche Ihre Neugier nicht!“
„Keineswegs!“ lächelte sie und zeigte ihre blitzenden, weißen Zähne.
„Sie werden überall als Expertin auf Ihrem Gebiet gepriesen, was ich grundsätzlich nicht bezweifeln möchte“, sagte Siebenkotten ernst.
„Das ist sehr nett von Ihnen, das zu sagen!“
„Oh, mißverstehen Sie mich nicht! Ich sagte, ich bezweifle es nicht grundsätzlich. Zudem kenne ich Sie zu wenig. Ich höre es nur überall. Zum Beispiel komme ich gerade von Richter Irlenbusch, der Sie in den höchsten Tönen lobt.“
„Ich müßte lügen, wenn ich mich dadurch nicht geschmeichelt fühlte. Trotzdem denke ich, Sie sitzen nicht als Überbringer von Komplimenten hier bei mir.“

„Richtig! Kehren wir zurück zu Hans-Hubert Abelius. Ist Ihnen noch nie in den Sinn gekommen, daß auch Sie sich mal in einer Beurteilung irren könnten?“
„Niemand ist davor sicher“, antwortete sie knapp.
„Dann frage ich mich allerdings, was Sie bei diesem Mann so sicher sein läßt, daß Sie ihn bedenkenlos wieder auf die Menschheit loslassen?“
„Ich habe den Mann über viele Jahre hinweg therapiert und kenne alles von ihm. Um jemanden richtig zu verstehen und einzuschätzen, muß man seine Vergangenheit kennen!“
„Oh, Frau Doktor Vieten, ich glaube, es gibt niemanden, der die Vergangenheit von Abelius besser kennt als ich und mein alter Chef, Walter Matheisen!“
„Ich weiß! Sie waren damals maßgeblich daran beteiligt, ihn des zwölffachen Mordes zu überführen!“
„Das stimmt nur bedingt. Maßgeblich war damals mein Chef! Und wenn Fritz Eichel heute morgen Abelius’ erstes, neues Opfer war, dann befürchte ich, wird Walter Matheisen bald das zweite Opfer werden!“
„Wie bitte? Fritz Eichel, der Gefängniswärter aus Ossendorf ist tot?“ fragte die Psychologin erschrocken.
„Ja, ihm wurde gegen 7 Uhr in einem Parkhaus die Kehle durchgeschnitten!“ erklärte Siebenkotten sachlich.
„Das ist ja furchtbar! Und nun denken Sie sofort an Abelius!“
„Es ist in etwa die gleiche Handschrift wie vor sechzehn Jahren! Da kann man schon auf diesen Gedanken kommen! Und wenn meine Befürchtungen eintreffen, was machen Sie dann mit Ihrem Gutachten? Lassen Sie sich das dann einrahmen und übers Bett hängen?“
„Sparen Sie sich Ihren Sarkasmus, Herr Kommissar! Ich weiß, wie es um Hans-Hubert aussieht, und ich weiß auch, daß er sich komplett geändert hat.“ Die Frau hatte sich erstaunlich schnell wieder gefaßt und formulierte weiter in gesetzten Worten: „Zudem therapiere ich ihn auch hier in Freiheit. Es ist eine der Bewährungsauflagen. Ich habe da eine ziemliche Verantwortung auf mich geladen, aber ich tue

das in der Gewißheit, daß ich dem gerecht werde, und ich mich in Abelius' gewandeltem Charakter nicht irre. Er ist keine Gefahr mehr für die Allgemeinheit, und den Mörder von Eichel müssen Sie woanders suchen! Glauben Sie mir!"
„Glauben tue ich nur in der Kirche, und dort findet man mich äußerst selten, Frau Doktor!"
„Das ist aber schade!"
„Wissen Sie, was Sie tun? Sie lassen einen Fuchs in einen Hühnerstall und beruhigen die Hühner damit, daß Sie ihnen versichern, der Fuchs sei Vegetarier geworden!"
„Was für ein blumiges Bild! Und um in Ihrer blumigen Sprache zu bleiben, sage ich Ihnen, der Fuchs ist kein Fuchs mehr!"
„Nein? Was dann? Ein harmloses Kaninchen?"
„Ja, wenn Sie so wollen, ein Kaninchen! Aber ein sehr feinfühliges, intelligentes Kaninchen. Er hat sein vergangenes Leben schriftlich niedergelegt in einem Buchprojekt, zu dem ich ihn animiert habe. Das ist Ihnen vielleicht noch nicht bekannt. Es gibt sogar einen Verlag, der sehr daran interessiert ist, es zu veröffentlichen!" bemerkte sie stolz.
„Ach, jetzt ist der Mann auch noch unter die Schriftsteller gegangen?"
„Ja, Zeit hatte er ja genügend. Er hat sein Innerstes nach außen gekehrt, offen, ehrlich und reumütig! Und es war ein wichtiger Bestandteil meiner Therapie!"
„Haben Sie schon mal den Spruch gehört: Papier ist geduldig?"
„Ja, kenne ich! Aber wissen Sie, daß man auch sagt: Wenn man etwas nicht sehen will, dann sieht man es auch nicht, selbst wenn es unmittelbar vor den Augen liegt?"
„Wie heißt denn das Werk des Meisters?" fragte Siebenkotten mit einem ironischen Zucken um die Mundwinkel.
„Kein Grund, sich zu mokieren", entgegnete die Frau. „Das Böse in mir!"
„Das ist mal ein treffender Titel! Der Mann ist tatsächlich abgrundtief böse!"

„War, Herr Kommissar!“ verbesserte sie ihn. „Nehmen Sie das endlich zur Kenntnis!“
„Schön, ich nehme es zur Kenntnis! Und wer verlegt dieses Machwerk? Wahrscheinlich wird es ein Bestseller!“
„Durchaus möglich! Das Verlagshaus Jaschke und Partner bemüht sich sehr um einen Vertrag mit Abelius! Ich vermute, Sie kennen den Verlag. Es ist einer der renommiertesten der Stadt!“
„Doch, kenne ich! Habe sogar schon einiges gelesen von dem, was dort verlegt wurde!“
„Dann werden Sie sicher bald Gelegenheit haben, auch dieses Buch zu lesen.“
„Möglich, obwohl ich nicht so sehr auf Science-Fiction stehe! Aber lassen wir das“, winkte Siebenkotten ab. „Was anderes. Wissen Sie denn, wo sich Ihr Klient momentan aufhält? Wir würden uns gerne mit ihm unterhalten!“
„Wegen des Mordes an Eichel!“
„Ja, unter anderem auch deswegen!“
„Schade, Sie haben ihn knapp verpaßt! Kurz bevor Sie kamen, hat er nach einer weiteren Therapiestunde bei mir die Praxis verlassen!“
„Und wohin er von hieraus ist, können Sie mir das sagen?“
„Der Mann trägt keine Fußfessel! Gott sei Dank, sage ich! Er ist vielleicht in seine alte Wohnung gefahren, womöglich auch noch zum Verleger Jaschke!“
„Danke für den Tip. Dann werde ich dort einmal mein Glück versuchen“, sagte Siebenkotten, erhob sich und verließ nun auch die Psychologin.
Ihm war vollkommen klar, daß diese Rundreise absolut nichts brachte. Richter Irlenbusch würde die Aufhebung der Sicherungsverwahrung nicht zurücknehmen, ebenso würde die Psychologin ihr Gutachten um kein Jota korrigieren. Aber er konnte nicht anders. Er mußte seinen Frust loswerden, sonst erstickte er daran. Also kam es auch nicht mehr auf eine weitere Zeitverschwendung an, wenn er sich von Sülz aus auf den Weg in die Innenstadt machte.

Eine knappe halbe Stunde, nachdem er die Praxis der Psychologin verlassen hatte, schlug er im Verlagshaus Jaschke&Partner in der Komödienstraße auf.
Leon Jaschke saß an einem mit Zeitungsstapeln und Manuskripten übersäten riesigen Schreibtisch. Seine Augen hinter den randlosen, runden Brillengläsern fixierten den Kommissar kalt und unpersönlich. Er hatte nicht gern mit der Polizei zu tun, schon gar nicht mit der Kripo. Im Gegensatz zu dem Mann wirkte der Raum recht gemütlich im gedämpften Licht, das durch halbgeschlossene Jalousien drang. Ein Feuer brannte in einem offenen Kamin, und auf dem Sims stand eine silbergerahmte Fotografie, die eine stolz dreinblickende Familie zeigte. Der Verleger mit Ehefrau und zwei halbwüchsigen, blonden Töchtern.
„Was kann ich denn für Sie tun, Herr Kommissar?“ fragte Jaschke sehr distanziert.
„Eigentlich hatte ich gehofft, Hans-Hubert Abelius hier bei Ihnen anzutreffen. Ich komme gerade von seiner Psychologin. Die vermutete, er wäre jetzt bei Ihnen!“
„Ja, er war hier, aber bereits heute Mittag, so gegen zwölf. Wo er sich jetzt aufhält, entzieht sich meiner Kenntnis!“
„Schade! Aber, wo ich schon mal hier bin, würde ich Sie gerne mal nach seinem Manuskript fragen, von dem ich gehört habe.“
„Ja, ‚Das Böse in mir‘! Aber ohne die Einwilligung von Herrn Abelius darf ich es Ihnen nicht zeigen!“
„Der Inhalt interessiert mich weniger, wissen Sie! Der gute Mann hätte sich nicht die Mühe machen müssen, das alles niederzuschreiben. Er hätte Ihnen lediglich seine Kriminalakte geben müssen. Die ist so umfangreich wie ein Schmöker von Tom Glancy. Und wenn in diesem Machwerk nicht das gleiche drinsteht wie in seiner KA, dann hat der Mann Sie ohnehin angeschmiert, und Sie können es als Märchenbuch veröffentlichen!“
„Ich höre da einen gewissen Sarkasmus bei Ihnen heraus, Herr Kommissar!“

„Gut bemerkt! Und so ist es auch von mir gedacht! Tragen Sie sich wirklich mit dem Gedanken, das zu veröffentlichen?"
„Lieber heute als morgen. Es hängt nur noch von dem Okay von Herrn Abelius ab, das ich spätestens in einer Woche zu bekommen hoffe! Glauben Sie mir, ich mache meinen Beruf schon ein paar Jährchen, und ich weiß, wann ich einen Bestseller auf dem Tisch liegen habe! Dieses Buch ist von solch einer Offenheit und tiefen Einsicht seiner Schuld. Es ist wirklich sehr beeindruckend!" versicherte Jaschke.
„Ich sehe schon, wenn es ihm weiterhin gelingt, so viele Menschen an der Nase herumzuführen, wird er in gar nicht so ferner Zukunft noch den Nobelpreis bekommen!"
„Ich denke, es macht wenig Sinn, mich weiter mit Ihnen zu unterhalten. Ich kann meine Zeit sinnvoller gestalten!"
„Ja, das sehe ich genauso. Es ist für uns beide verschwendete Zeit!"
Ohne ein weiteres Wort verließ Siebenkotten das nächste Büro, das vor lauter Lobhudeleien auf einen zwölffachen Mörder schier aus den Nähten zu platzen drohte. Er schmeckte bittere Galle im Mund, und als er auf die Komödienstraße trat, erreichte ihn ein Anruf auf seinem Handy. Von Lessmann erfuhr er, daß ein weiterer Mensch aus dem Dunstkreis von Hans-Hubert Abelius seit kurzem nicht mehr lebte.

* * *

Kapitel 15

Die Nacht hatte sich ewig lange hingezogen. Sie war feucht und kühl gewesen. Wie es schien, kündigte sich bereits im Sommer der Herbst an. Dafür würde wahrscheinlich im Oktober Hochsommer sein.
Nur gut, daß der Wagen, in dem Willi Frenken und Beate Fitschen saßen, eine Standheizung hatte. Trotzdem fanden sie es nicht gerade gemütlich. Die Morgendämmerung zog herauf, und beide gähnten ausgiebig. Sie wischte sich den Schlaf aus den Augen, sofern man von dem, was sie die vergangenen drei Stunden getan hatte, von Schlaf sprechen konnte. In der Zeit hatte Frenken die Augen offengehalten, und sie hatte zumindest mal die Augen schließen können.
„Das ‚Guten Morgen' verkneife ich mir", grinste der Kommissar säuerlich.
„Ist auch besser so", nickte sie und versuchte, ihren steifgesessenen Körper ein wenig zu lockern, indem sie auf dem Beifahrersitz hin und her rutschte.
„Ganz früher habe ich mal hier in der Nähe gewohnt", bemerkte er, nur um irgend etwas zu sagen.
„Ach ja?"
„Ja, hier hinter den nächsten Häusern, gibt es einen kleinen Park. Gab es wenigstens früher mal. Vielleicht ist der inzwischen auch schon zugebaut. Da habe ich meine erste Freundin geküßt. Und geschwängert."
„Toller Kuß!" grinste Beate ihren älteren Kollegen von der Seite an.
„Zwanzig oder einundzwanzig war ich damals. Ein verrückter Hund war ich. Hatte gerade mit der Polizeischule begonnen. Eine einfache Bude hatte ich dahinten, ein möbliertes Zimmer bei einer Kriegerwitwe."
„Aber sie ist nicht Deine Frau geworden, oder?" In dem Moment, wo die Frage aus ihrem Mund war, biß sie sich auf die Lippen. Willis Frau hätte sie besser nicht erwähnt.

„Wer, die Witwe?“ schien ihm die Frage nichts auszumachen, denn er schmunzelte verschmitzt und war augenscheinlich in Erinnerungen vertieft.
„Nein, ich meine die geschwängerte Freundin.“
„Nee, die auch nicht. Das hat auch nicht lange gehalten. Sie hat das Kind auch nie bekommen. Wir waren beide nicht reif genug, um Eltern zu spielen. Meine Frau habe ich erst später getroffen und geheiratet.“ Jetzt wurde sein Blick doch melancholisch. „Das hat zwar sehr lange gehalten, aber letztlich doch nicht für immer.“
Beate schwieg und betrachtete ihren Kollegen weiter verstohlen von der Seite.
„Weißt Du, wir hatten uns nachher gar nichts mehr zu sagen. Sie hat überhaupt nicht mit mir gesprochen, was untypisch für sie war. Sie hätte doch was sagen können. Na ja, ich quatsche zwar viel, wenigstens auf der Arbeit. Warum sonst trage ich den Spitznamen Schlüter? Aber zu Hause? Weiß nicht, zu Hause war das irgendwie anders. Vielleicht typisch Mann. Wenn Männer schweigen, wollen sie einfach nur ihre Ruhe haben. Wenn Frauen schweigen, sind sie beleidigt! Möglich, sie war beleidigt, weil ich zu Hause so viel geschwiegen habe. Vielleicht hat sie mich deshalb verlassen.“
Er schloß einen Augenblick die Augen, bevor er fortfuhr: „Na ja, ich bin eben auch nur eine weitere Zahl in der Statistik. Achtzig Prozent aller Polizistenehen gehen bekanntlich in die Brüche. Wir taugen nicht für eine anhaltende, harmonische Beziehung!“
Er ließ das Seitenfenster herabgleiten und zog die frische Morgenluft tief ein. Beate tat es ihm gleich. Da sah sie, wie sich die Tür des Hauses, vor dem sie parkten, öffnete.
„Wir bekommen Besuch“, raunte sie ihrem Kollegen zu.
Dessen Kopf schnellte herum, und seine rechte Hand fuhr automatisch unter die linke Achselhöhle, wo seine Pistole untergeschnallt war.
„Ach so“, sagte er erleichtert und ließ die Hand wieder sinken, als er sah, wen Beate gemeint hatte.

„Na, Ihr beiden“, begrüßte Matheisen sie. „Carolina macht uns Frühstück, und Ihr beiden kommt mit rein. Es ist doch Quatsch, hier draußen zu sitzen.“
„Das ist sehr lieb von Ihnen, aber wir haben Order vom Chef, hier draußen die Augen offenzuhalten“, erwiderte Frenken.
„Na schön, vom Chef! Aber der alte und frühere Chef bin ich. Und ich gebe Euch jetzt den Befehl, mit reinzukommen und ordentlich zu frühstücken!“
„Ich weiß nicht“, blieb Frenken unsicher. „Wir werden eh bald abgelöst.“
„Dann könnt Ihr ja jetzt ein kräftiges Frühstück gebrauchen, bevor Ihr nach Hause fahrt und Euch ausschlaft!“ blieb Matheisen hartnäckig. „Außerdem habe ich Euch lieber bei uns drinnen. Da könnt Ihr uns keinen Schrecken mehr einjagen!“
Frenken schlug die Augen nieder und wurde ein wenig verlegen.
„Tut mir schrecklich leid, Herr Matheisen. Ich habe gestern einfach nicht nachgedacht. Ich hätte vorher anrufen sollen, bevor ich bei Ihnen klingelte.“
„Schwamm drüber! Und nun raus aus dem Wagen und reinkommen!“
Fitschen und Frenken warfen sich noch einen Blick zu. Dann zuckten beide mit den Schultern. Wenn der alte Chef von ihrem jetzigen Chef diesen bestimmenden Ton anschlug, war jede Widerrede sinnlos. Gehorsam folgten sie Matheisen ins Haus.
Eine halbe Stunde später hatten sie ein ausgiebiges Frühstück intus. Der Kaffee war stark und schwarz, so, wie ihn die beiden Kommissare liebten. Und er hatte ihre Lebensgeister wieder vollkommen geweckt. Matheisen und Frenken standen auf der Terrasse und rauchten die Zigarette danach, während Beate Fitschen Carolina beim Abräumen des Tisches half. Da klingelte das Telefon.
„Bestimmt der Junge! Will wissen, ob alles in Ordnung ist“, vermutete Matheisen und setzte ein leichtes Lächeln auf.

„Er macht sich halt Sorgen um Sie! Wir alle machen uns Sorgen um Sie!“ bekannte Frenken.
„Das ist lieb von Euch, und ich weiß das zu schätzen! Dann werde ich ihn mal beruhigen“, erwiderte Matheisen, drückte die Zigarette aus und ging ins Haus zum Telefon.
Sekunden nachdem er sich gemeldet hatte, verlor er für einen Moment jegliche Farbe aus dem Gesicht. Bedächtig legte er wieder auf. Außer seinem Namen hatte er nichts gesprochen. Unschlüssig stand er da.
„Nun, was sagt unser Chef?“ wollte Frenken wissen, als er ebenfalls zurück ins Haus gekommen war.
„War nicht Andreas“, schüttelte Matheisen den Kopf.
„Ach so!“
„Ja, hatte sich wohl jemand verwählt!“ winkte Matheisen ab.
Frenken blickte auf seine Uhr und steckte den Kopf zur Küche hinein.
„Kommst Du Beate. Klaus und der Kollege kommen gleich zu unserer Ablösung. Da sollten wir wieder draußen im Wagen sein.“
„Vielen Dank für das leckere Frühstück“, bedankte sie sich.
„Ja, es war ganz ausgezeichnet“, bestätigte Frenken, der sich auf dem Weg zum Wagen eine weitere Zigarette anzündete.
In der Nebenstraße, auf dem Goldammerweg, parkte der schwarze 3-er BMW mit Hamburger Kennzeichen. Darin saß Abelius und hatte ein diebisches Grinsen im Gesicht. Er hatte förmlich spüren können, wie erschrocken der alte Kommissar war, als er vernahm, wer ihn da anrief und einen frohen Morgen wünschte.
Was ging jetzt wohl in Matheisens Kopf vor, fragte der Mann sich? Würde er die beiden Bewacher vor seinem Haus alarmieren oder unverzüglich seinen Busenfreund Siebenkotten? Oder würde er erst mal gar nichts unternehmen?
Na ja, abwarten, sagte er sich. Er würde es sicher bald erfahren. Auf jeden Fall hatte die Jagd begonnen, und ein wohliger Schauer lief ihm über den Rücken.

Dann klappte er das Handy, das er sich besorgt und erklären lassen hatte, erneut auf und wählte eine ausländische Nummer. Es war eine Nummer in den Niederlanden, und er war gespannt, ob sich noch immer der richtige Teilnehmer melden würde.

Als sie erwachte, schlug sie nicht gleich die Augen auf. Einen winzigen Augenblick war sie verwirrt, sich nackt unter der weichen Bettdecke zu finden. Sie rührte sich nicht, wollte noch dieses sinnliche Gefühl des Wohlbefindens, körperlich und emotional, festhalten und auskosten. Etwas, das sie so lange entbehrt und herbeigesehnt hatte, sollte noch nicht so rasch enden. Sie hatte nicht geahnt, daß man sich so überwältigend lieben konnte. Daß die leidenschaftliche Erregung und Begierde sich so zu steigern vermochten, daß man beim wiederholten, zuckenden Höhepunkt zu fliegen meinte. Schwerelos, körperlos!
Seit zwei Tagen wußte sie es. Nun war sie ganz von Befriedigung durchdrungen. Wie lange war es her, daß sie einen solchen allumfassenden Frieden empfunden hatte? Eine tiefe Verwunderung erfaßte sie. Er war nicht wie die Männer, die sie bisher gekannt hatte. Das galt in jeder Beziehung. Ihre bisherigen Liebhaber waren keine ehemaligen Kriminellen, aber sie waren auch nicht in der Lage gewesen, ihre tiefsten Gelüste und Sehnsüchte zu wecken und zu befriedigen.
Dann sank aus heiterem Himmel eine dunkle Wolke hernieder und umhüllte sie. Was war mit ihrem Verstand los? Hatte ihr Körper vollständig das Kommando übernommen? Ignorierte sie, aus welchen Gründen auch immer, alle Anzeichen, die deutlich sichtbar waren? Oder waren es alles nur dumme Zufälle?
Es war nicht erst der Kommissar der Kripo, der erste Zweifel in ihr gesät hatte. Schon bei ihrem intimen Beisammensein in seiner Wohnung vor zwei Tagen hatte sie ein seltsames Gefühl beschlichen. Aber konnte es denn wirklich sein, daß

sie sich so hatte hinters Licht führen lassen? Sie, Dr. Sarah Vieten, die große Expertin in der Analysierung von Gewaltverbrechern? War es möglich, daß Hans-Hubert Abelius sie tatsächlich so leimte? Wie vertrug sich überhaupt ihr inzwischen intimes Verhältnis zu ihm mit ihren ethischen Grundsätzen? War sie bereit, alles aufs Spiel zu setzen? Ansehen, Karriere, Menschenleben?
Seit er wieder in Freiheit war, war eine Veränderung in ihm vorgegangen. Das hatte sie gleich gemerkt. Aber das konnte genauso gut nur daran liegen, daß er sich nach so langer Zeit wieder in Freiheit bewegen konnte und nicht mehr in einem grauen, kalten Gefängnis lebte, in dem andere Regeln galten. Konnte es dann allerdings sein, daß er, kaum wieder in Freiheit, wieder mit dem Morden begonnen hatte? Fritz Eichel, war der Gefängniswärter sein Opfer geworden? Welchen Grund sollte er dazu haben?
Sie kramte in ihrer Erinnerung und wälzte sich im Bett herum. Hatte sie ihm gleich am ersten Tag, als sie das erste Mal in seiner Wohnung miteinander schliefen, doch von der Vergewaltigung seiner Freundin, Cornelia Sperling, erzählt? Oder hatte sie nur vage Andeutungen gemacht?
Sie war siebenundvierzig, da konnte sie doch noch nicht an Alzheimer oder Demenz leiden. Doch sie vermochte wirklich nicht, sich klar daran zu erinnern, ob sie ihm darüber etwas gesagt hatte. Und wenn, hatte er dann gleich den Racheengel gemimt? Das wäre eine absolute Katastrophe!
Nicht nur, daß ihre Einschätzung total verkehrt gewesen wäre, und sie einen fatalen Fehler begangen hätte, sie wäre auch persönlich zutiefst getroffen. Ihre fachliche Kompetenz wäre ad absurdum geführt, und sie als Mensch würde jeden Boden unter den Füßen verlieren. Sie wäre für den Mann lediglich Mittel zum Zweck gewesen, ausgenutzt und benutzt! Gleichermaßen ausgenutzt und benutzt wie ganz augenscheinlich Cornelia Sperling, die von einer auf die andere Sekunde nicht mehr für ihn existierte. Wie lange würde sie für ihn noch wichtig sein?

Sie horchte, ob sie irgend etwas in ihrer Wohnung hörte. Im Bad oder vielleicht in der Küche. Aber da war nichts, was auf seine Anwesenheit hindeutete. Wie es aussah, hatte Abelius nach einer weiteren stürmischen Liebesnacht sehr früh ihre Wohnung verlassen, ohne daß sie das mitbekommen hatte. Vielleicht hatte sie ja schon seit einiger Zeit nicht mehr sehr viel mitbekommen!

Im Besprechungsraum des KK11 hätten an diesem Morgen drei Stühle genügt, um allen sonst um diese Zeit versammelten Kommissaren ausreichend Sitzgelegenheiten zu bieten. Außer Arnsberg, Lessmann und Siebenkotten waren keine weiteren Kollegen des KK11 im Haus. Alle übrigen waren im Einsatz unterwegs, zum Schutz von Matheisen und seiner Frau, zu Befragungen und Ermittlungen im Mordfall Fritz Eichel sowie dem Tod von Cornelia Sperling und zur Beschattung von Hans-Hubert Abelius. Doch da konnte im Moment von Beschattung keine Rede sein. Noch nirgendwo war er einem der Kommissare, die auf ihn angesetzt waren, zu Gesicht gekommen. Auch nicht vor seiner Wohnung am Konrad-Adenauer-Ufer.
Die drei Kommissare, die im Haus waren, saßen in Siebenkottens Büro und versuchten, das bisher Geschehene richtig einzuordnen.
„Der Kerl ist seit zwei Tagen draußen und schon gibt es zwei Leichen aus seinem Umfeld“, stellte Siebenkotten nüchtern fest. „Wer da an Zufall glaubt, hat nicht nur ein Brett sondern eine ganze Holzhandlung vor dem Kopf!“
„Richtig, aber trotzdem, der Tod von Cornelia Sperling sieht nach Selbstmord aus“, gab Lessmann zu bedenken.
„Keinerlei Anzeichen von Gewalteinwirkung?“ fragte Siebenkotten.
„Keine, die wir sofort hätten feststellen können“, erwiderte Lessmann, „aber vielleicht gibt ja die Obduktion nähere Aufschlüsse darüber. Die halbleere Flasche Whisky und die komplett leeren Tablettenschachteln deuten momentan nur

auf Freitod hin!“
„Und einen Abschiedsbrief?“
„Nee, haben wir keinen gefunden. Aber die Jungs von der Spusi sind noch in der Wohnung, vielleicht finden sie noch was. Und wenn nicht, ist das auch nicht ungewöhnlich!“
„Ich weiß, ich weiß“, nickte Siebenkotten, „aber welchen Grund sollte die Frau haben, sich das Leben zu nehmen?“
„Keine Ahnung“, schüttelte Arnsberg den Kopf.
„Ja, keine Ahnung! Und keine Ahnung haben wir auch, wo sich Abelius momentan rumtreibt. Vor seiner Wohnung ist er bisher nicht aufgetaucht!“ knurrte Siebenkotten ärgerlich. „Dabei turnt er schon seit zwei Tagen in der Stadt herum. Bei dieser Psychologin gestern habe ich ihn knapp verpaßt, wenn es stimmt, was sie mir sagte. Dann war ich bei diesem Verleger Jaschke in der Komödienstraße. Da war er mittags.“
„Und, was hattest Du für einen Eindruck?“ fragte Arnsberg.
„Von wem?“
„Na, von beiden!“
„Also, was die Psychologin angeht, ist doch klar. Die ist voll von seiner Wandlung zum Paulus überzeugt! Muß sie ja sein. Sie kann ja schlecht ihrem eigenen Gutachten widersprechen!“
„Und der Verleger?“
„Der scheint mir ein rechter Phantast zu sein, ein Idealist, gefangen in seiner elitären Bücherwelt. Der glaubt alles, was in den Büchern steht, die er veröffentlicht und wenn es auch Grimms Märchen sind!“
„Oder Abelius’ Machwerk ‚Das Böse in mir’!“
„Genau“, nickte Siebenkotten, „was in etwa dasselbe ist!“
„Und Jaschke will das wirklich veröffentlichen?“ bohrte Arnsberg nach.
„Aber klar doch. Er hat gesagt, lieber heute als morgen! Der ist kaum zu bremsen vor Begeisterung!“ schnaubte Siebenkotten verächtlich.
„Dann gibt’s wohl bald einen neuen Bestseller!“ meinte Less-

mann grinsend. „Und womöglich heimst er noch jede Menge Preise ein!"
„Ja, den Pulitzerpreis, und den Friedensnobelpreis schmeißt man ihm auch noch hinterher, so friedfertig wie er angeblich geworden ist!"
Kaum hatte Siebenkotten das ausgesprochen, klopfte es an der Tür, und der Lockenkopf der Sekretärin aus dem Geschäftszimmer wurde sichtbar.
„Entschuldige, Andreas, aber da ist jemand, der unbedingt zu Dir möchte!"
„So, wer denn?"
Alle drei Kommissare blickten gespannt zur Tür. Bevor die Sekretärin etwas erwidern konnte, wurde die Tür ganz aufgeschoben, und im Türrahmen erschien Hans-Hubert Abelius.
„Meine Bewährungshelferin und Psychologin, Frau Doktor Vieten, sagte mir, daß Sie mich gerne sprechen wollten. Nun, da bin ich!" grinste er frech und selbstsicher.
Für zwei, drei Sekunden saßen die Kommissare mit einem nicht allzu intelligenten Gesichtsausdruck da. Dann sprang Siebenkotten auf und eilte zur Tür.
„Ganz recht, Sie wollten wir dringend sprechen!"
Abelius trat ein, und Siebenkotten schloß die Tür.
„Und Sie haben sich gleich Verstärkung besorgt", sagte Abelius, musterte dabei Arnsberg und Lessmann, die noch immer ziemlich perplex dasaßen.
Siebenkotten übernahm die kurz und knapp gehaltene Vorstellung. Dann bot er dem Mann einen Stuhl an und fixierte ihn, als der sich setzte. Für einundsechzig sah der Mann verdammt gut aus, kaum verändert zu damals vor gut sechzehn Jahren. Vielleicht nicht mehr ganz das volle Haar, ein paar Geheimratsecken und an den Schläfen etwas angegraut. Aber immer noch diese markanten, grauen Augen, kalt und hart, dazu das permanent mokante Grinsen um die Mundwinkel, das eine ironisierte Überlegenheit allen und allem gegenüber zum Ausdruck bringen sollte.

„Was gibt es denn nun, daß Sie mich so dringend sprechen wollen. Herr Kommissar? Oder wollten Sie mich nach langer Zeit nur mal wiedersehen?“
Der angesprochene Siebenkotten überhörte den Sarkasmus des Mannes und nahm sich den Schnellhefter von der Kollegin Arnsberg.
„Wenn Frau Vieten Ihnen gesagt hat, daß wir uns gerne mit Ihnen unterhalten wollten, hat Sie da nicht erwähnt aus welchem Grund?“ fragte Siebenkotten.
„Nein, mit keiner Silbe, sonst würde ich jetzt nicht danach fragen!“
„Kennen Sie den?“ Siebenkotten entnahm dem Schnellhefter ein Foto und legte es vor Abelius auf den Tisch.
Er warf nur einen kurzen Blick darauf. „Ja, sicher! Das ist Fritz Eichel. Nur, als ich ihn das letzte Mal sah, wirkte er gesünder. Was ist passiert?“
„Jemand hat ihn gestern morgen mit einem Rasiermesser bearbeitet, ihm aber leider nicht die Bartstoppel abgeschabt, wie Sie unschwer erkennen können!“
„Ist ja scheußlich!“ schüttelte Abelius angewidert den Kopf.
„In der Tat“, nickte Siebenkotten. „Und wir hätten nun gerne gewußt, wo Sie gestern gegen sieben Uhr waren?“
„Ach so, verstehe! Also gestern um sieben habe ich in meinem Bett gelegen und noch süßen Träumen nachgehangen.“
„Alleine?“
„Ja, um sieben Uhr war ich wieder alleine. Aber den ganzen Tag bis in den frühen Morgen hinein hatte ich einiges zu tun!“
„Dürfen wir erfahren, was?“
„Oh, jetzt werden Sie aber sehr intim, Herr Kommissar!“
„Ja, ist so etwas wie eine Berufskrankheit, wenn es um Mord geht! Also?“
„Nun, ich war über sechzehn Jahre im Knast. Über sechzehn Jahre keine Frau. Was glauben Sie wohl, was einem Mann nach so langer Zeit der Entbehrung als erstes in den Sinn

kommt, sobald er wieder draußen ist?“ zwinkerte er vor allem Hildegard Arnsberg zu.
„Wir verstehen“, nickte Siebenkotten. „Heißt aber, für sieben Uhr haben Sie kein Alibi!“
„Das ist zwar richtig, aber ich brauche auch keins! Ich habe nämlich auch kein Motiv, Eichel so etwas Schreckliches anzutun. Ich bin mit dem Mann wunderbar ausgekommen. Weshalb also sollte ich ihn umbringen?“
„Wenn Sie kein Motiv hatten, wer könnte dann eins gehabt haben?“
„Vielleicht fragen Sie mal seine Freundin. Die ist Friseuse, die arbeiten doch nicht nur mit Kamm und Schere, sondern auch mit Rasiermessern!“
„Richtig, aber Sie haben früher auch ganz gerne mit dem Messer gearbeitet!“ hielt Siebenkotten ihm entgegen.
„Ach ja, früher! Wissen Sie, Herr Kommissar, das ist so lange her. Okay, wer mich früher angepißt hat, der pißte einen elektrisch geladenen Zaun an!“ Die Stimme des Mannes klang plötzlich kalt, scharf und verächtlich. Doch dann verfiel er ebenso schnell wieder in den gewohnt ironischen Ton. „Aber die Zeiten sind vorbei, das ist Schnee von gestern!“
„Vielleicht ist der aber noch nicht ganz getaut!“
„Doch, doch, Herr Kommissar, ganz sicher! Ich habe mich wirklich geändert, bin ein anderer Mensch geworden. Darüber habe ich sogar ein Gutachten!“
„Ist uns bekannt“, sagte Siebenkotten. „Sie sprachen von Eichels Freundin. Wissen Sie, wer das ist?“
„Wie gesagt, sie ist Friseuse, heißt, glaube ich, mit Vornamen, Veronika.“
„Und mit Nachnamen?“
„Ist mir leider nicht bekannt. Mir fällt aber ein, sie arbeitet bei einem dieser Nobelfriseure in der Innenstadt. Das hat Eichel mal beiläufig erwähnt. Kann ich sonst noch etwas für Sie tun?“
„Ja, Sie könnten uns doch noch etwas Näheres über Ihr Ver-

hältnis zu Fritz Eichel sagen. Sie erwähnten vorhin, wie wunderbar Sie mit ihm ausgekommen sind. Was genau können wir darunter verstehen?“ fragte Siebenkotten.
„Es war ein absolut korrektes Verhältnis, wie es eben zwischen einem Wärter und einem Knacki sein sollte. Es war von gegenseitigem Respekt geprägt!“
„Wie weit ging denn dieser gegenseitige Respekt?“
„Das verstehe ich jetzt nicht.“
„Dann werde ich etwas deutlicher“, lächelte Siebenkotten, „uns ist aufgefallen, daß Fritz Eichel am Ende seines Lebens finanziell außergewöhnlich gut dastand für einen einfachen Gefängniswärter mit einem bescheidenen Gehalt. Und sein plötzlicher Reichtum begann ziemlich genau zu dem Zeitpunkt, an dem Sie nach Ossendorf kamen. Nun könnte man ja auf die Idee kommen, daß es da einen gewissen Zusammenhang gibt. Verstehen Sie jetzt?“
„Sie denken an Bestechung, aber da sind Sie auf dem falschen Dampfer. Weswegen hätte ich ihn bestechen oder schmieren sollen? Ich habe mich anständig benommen, und er war korrekt zu mir! Da gab es keinen Grund, sich irgendeine Vergünstigung zu erkaufen. Womit auch?“
„Nun, uns ist bekannt, daß Sie noch ein beträchtliches Vermögen in der Schweiz liegen haben.“
„Richtig! Aber davon brauchte ich all die vergangenen Jahre nichts. Ich hatte freie Kost und Unterkunft!“
„Vielleicht benötigten Sie es für etwas anderes, und Eichel fungierte als Ihr Kurier.“
„Ich glaube, jetzt geht die Phantasie mit Ihnen durch!“
„Na schön, lassen wir das! Wissen Sie, ob Eichel unter seinen Kollegen möglicherweise Feinde hatte?“
„Nein, ich denke nicht!“
„Und unter ehemaligen Gefangenen?“ bohrte Siebenkotten weiter.
„Ja, da gab es mal einen, aber das weiß ich nur vom Hörensagen. Ein tätlicher Angriff auf ihn, davon hatte er eine markante Narbe am linken Auge! Sonst noch was?“

„Ja, da gibt es noch etwas. Sie könnten uns etwas über Cornelia Sperling erzählen“, sagte Siebenkotten und beobachtete genau die grauen Augen des Mannes, aus denen jedoch nichts abzulesen war, außer nach wie vor Kälte und Härte.
„Conny Sperling, ja, die habe ich kennengelernt durch eine Annonce in der Zeitung. Sie hat mich ein paarmal besucht.“
„Und, haben Sie sie schon gesehen, seitdem Sie wieder draußen sind?“ Das war die erste Frage, die von Arnsberg gestellt wurde.
„Natürlich. Ich war gestern morgen so gegen neun Uhr bei ihr. Warum fragen Sie?“
Die drei Kommissare blickten sich gegenseitig an, und es vergingen einige Sekunden, bis Siebenkotten wieder das Wort ergriff.
„Sie ist ebenfalls tot!“
Wenn Abelius diese Mitteilung irgendwie berührte, war dies allerdings nach außen hin nicht zu erkennen.
„Wie ist es passiert? Ist sie etwa auch...?“
„Nein, sie ist nicht mit dem Messer bearbeitet worden. Momentan gehen wir von Selbstmord aus“, erläuterte Siebenkotten.
„Selbstmord! Tragisch!“
„Ja, aber wir müssen noch die Obduktion abwarten, bevor wir das mit Sicherheit sagen können. Vielleicht ergeben sich auch noch andere Möglichkeiten.“
„Tja, das ist wirklich traurig.“
„Wie war denn ihr Verhältnis zueinander? Hatten sie an eine gemeinsame Zukunft gedacht? War das die Dame, mit der Sie am ersten Tag in Freiheit ausgiebig zusammen waren?“
„So viele Fragen auf einmal! Aber ich werde sie Ihnen alle beantworten“, erwiderte Abelius kühl. „Über eine gemeinsame Zukunft hatten wir noch keine konkreten Pläne geschmiedet, auch nicht, ob überhaupt. Vielleicht ja, vielleicht nein. Man hätte sehen müssen. Und am Tag meiner Entlassung war es nicht Conny, die bei mir war!“

„Und gestern morgen, als Sie bei ihr waren, was war der Grund Ihres Besuches?"
„Ich wollte sehen, wie es ihr geht. Natürlich auch schauen, ob es eine Möglichkeit für eine gemeinsame Zukunft gibt."
„Das wollten Sie erst gestern in Erfahrung bringen? Hätten Sie da nicht schon die Zeit vorher nutzen können. Immerhin hat Sie die Frau oft und regelmäßig im Knast besucht."
„Sicher haben wir auch bei ihren Besuchen darüber gesprochen. Aber wissen Sie, im Knast irgendwelche theoretischen Dinge planen und dann hier draußen in der Realität, da ändern sich die Dinge schon mal."
„Wie war denn gestern Ihr Eindruck? Hatten sich die Dinge geändert?"
„Conny erbat sich noch ein wenig Zeit, um sich über eventuelle gemeinsame Zukunftspläne klar zu werden."
„Wirkte sie deprimiert?"
„Eigentlich nicht."
„Aber Sie hatten schon Interesse an einer gemeinsamen Zukunft?" fragte Arnsberg.
„Ja, schon!"
„War Frau Sperling der Grund, warum Sie um eine Verlegung nach Ossendorf gebeten haben?"
„Ja!"
„Weil sie dann öfter zu Ihnen kommen konnte, als immer nach Rheinbach fahren zu müssen."
„Genau!"
„Als Ihre Entlassung feststand, hat sie sich da nicht wahnsinnig gefreut?" fragte Siebenkotten.
„Ich denke doch!" erwiderte Abelius lapidar.
„Berührt es Sie eigentlich, daß die Frau jetzt tot ist?"
„Natürlich tut es das!"
„Aber anzusehen ist es Ihnen nicht!" stellte Siebenkotten nüchtern fest.
„Die Menschen sind unterschiedlich in ihren Reaktionen, wenn es um schlechte Nachrichten geht!" erwiderte der Mann kühl.

„Ja, so wird es wohl sein“, nickte Siebenkotten.
„Wie war denn das Verhältnis von Fritz Eichel zu Frau Sperling?“ fragte Arnsberg.
Jetzt schien es so, als sei der Mann das erste Mal erstaunt. Er zog die Augenbrauen hoch und zögerte mit einer Antwort.
„Verhältnis? Ich glaube kaum, daß man es so nennen konnte. Sie kannten sich vom Sehen, wenn Conny mich besuchte!“
„Welchen Grund könnte er dann aber gehabt haben, sie in ihrer Wohnung aufzusuchen?“ setzte Arnsberg nach.
Wieder ein kurzes Zögern, bevor Abelius kühl bekannte: „Ich weiß es nicht!“
„Kann es sein, daß Sie ihn zu ihr geschickt haben?“ fragte die Kommissarin weiter.
„Warum sollte ich wohl so etwas tun?“
„Also nicht?“
„Nein! War das dann alles? Kann ich jetzt wieder gehen?“
„Ja, Sie können gehen. Vielleicht noch eine Frage: An dem Tag, als Sie entlassen wurden, waren Sie da eventuell in einem Internet-Café in der Innenstadt und haben eine Mail verschickt?“ fragte Siebenkotten.
„Ein Internet-Café und eine Mail? Ich weiß zwar, daß es so etwas heutzutage gibt, aber das ist etwas, wovon ich nichts verstehe. Warum also sollte ich so etwas tun?“
„Vergessen Sie's!“ winkte Siebenkotten ab.
„Gut, dann wünsche ich Ihnen noch einen schönen Tag!“ Er stand auf und ging zur Tür. Dort drehte er sich noch einmal um. „Ach, darf ich Sie auch noch etwas fragen?“
„Nur zu?“ nickte Siebenkotten.
„Wie geht es eigentlich Ihrem alten Chef, Walter Matheisen? Ist der noch wohlauf?“
„Ja, ist er! Und das wird er auch bleiben!“
„Schön, grüßen Sie ihn von mir!“ Mit diesen Worten verschwand der Mann.
„Nun, was haltet Ihr von ihm?“ wollte Siebenkotten von seinen beiden Kollegen wissen.

„Weißt Du, daß ich eine Gänsehaut habe?“ bemerkte Lessmann, der die ganze Zeit über stumm dabei gesessen und die Szene beobachtet hatte. „Etwas über einen Menschen lesen oder berichtet zu bekommen, ist das eine. Aber dann so dicht ihm gegenüber zu sitzen, das ist ein Unterschied wie Tag und Nacht. Ich weiß jetzt und verstehe, was Du uns in Deinen Schilderungen versucht hast, klar zu machen!“
„Ja, ein Eisberg scheint ein Hochofen gegen diesen Mann zu sein“, bestätigte auch Arnsberg.
„Und den hast Du damals angeschossen!“ nickte Lessmann beeindruckt.
„Ja, leider nur angeschossen!“ bedauerte Siebenkotten.

Bis zum Nachmittag hatten Arnsberg und Lessmann die Identität von Fritz Eichels Freundin geklärt. Sie wußten nun, wie sie mit vollständigem Namen hieß, wo sie arbeitete und wohnte. Doch bevor sie sich um die Frau kümmerten, wollten sie noch einige Nachforschungen in der Stammkneipe des Gefängniswärters anstellen.
Noch war die Gaststätte ‚Em Oellig' im Agnesviertel relativ leer, als die beiden Kommissare in den Schankraum traten. Sie zückten ihre Ausweise und stellten sich vor.
„Kommen Sie wegen meiner Frau?“ fragte Martin, der Wirt grinsend.
„Ich denke nicht! Wieso sollten wir wegen Ihrer Frau kommen?“ fragte Arnsberg verständnislos zurück.
„Nun, meine Frau ist kriminell!“
„Hören Sie nicht auf den Spinner!“ mischte sich Uschi, seine Ehefrau ein.
„Na ja, natürlich nur in ihrer Phantasie. Sie schreibt Kriminalgeschichten!“
„Sehr interessant“, nickte Lessmann. „Interessant, aber nicht strafbar. Und deswegen sind wir auch nicht hier!“
„Dann kriegen Sie erst mal zwei leckere Kölsch“, sagte die Wirtin.
„Danke, aber wir sind im Dienst“, wehrte Arnsberg ab.

„Ach, papalapap! Kölsch gehört zur täglichen Nahrungsaufnahme“, winkte Uschi ab, und schon standen zwei frisch gezapfte Reissdorf-Kölsch vor ihnen. „Und nun sagen Sie, weswegen Sie hier sind!“
„Wir kommen wegen eines Ihrer Stammgäste“, erklärte Arnsberg und zog ein Foto aus der Tasche, um es vor dem Wirtsehepaar auf die Theke zu legen.
Uschi und Martin betrachteten es, während die beiden Kommissare einen ersten Schluck des kühlen Bieres zu sich nahmen.
„Ja, das ist Fritz, der ist Stammgast hier bei uns, der kommt öfter“, wußte der Wirt. „Aber sagen Sie, was ist mit dem passiert? Der sieht gar nicht gut aus!“
„Er ist gestern in einem Parkhaus in der Maastrichter Straße ermordet worden.“
„Das ist ja furchtbar!“ sagte Uschi ernst.
„Ja, das ist es“, pflichtete Lessmann ihr bei. „Wie oft ist er denn zu Ihnen gekommen?“
„Na, so zwei-, dreimal in der Woche.“
„Und wann das letzte Mal?“
Die beiden überlegten gemeinsam, dann sagte Uschi: „Das war vorgestern! Ja genau, vorgestern war er hier!“
„War er alleine?“
„Meistens war er alleine, bis auf ein paarmal, da war er in Begleitung einer Frau.“
„Einer Rothaarigen?“
„Nee, rote Haare hatte die nicht“, schüttelte die Wirtin den Kopf. „Aber ne Hübsche war es!“
Arnsberg zog das nächste Foto aus der Tasche. „War es vielleicht die?“
„Ja, die war es!“ nickte Uschi.
„Stimmt!“ bestätigte ihr Mann.
„Ach Du! Wie kannst Du da zustimmen? Du hast doch gar nicht ihr Gesicht gesehen!“ sagte Uschi verächtlich. „Du guckst doch woanders hin!“
Die beiden Kommissare grinsten.

„Ist doch immer so, oder? Ich sage immer: Eine Frau bewundert an einem Kleid den Schnitt, ein Mann den Ausschnitt! Und genau da sind Deine Augen immer!“ beschuldigte sie ihren Mann grinsend.
„Schön haben Sie das gesagt“, erklärte Arnsberg. „Hatten Sie denn den Eindruck, daß die beiden ein Paar waren?“
„Nee, den Eindruck konnte man nicht gewinnen. Das sah immer so aus, als würden sie sich nur ganz kurz hier treffen. Geschäftlich vermutlich, der Fritz war ja wohl ein erfolgreicher Geschäftsmann. Das letzte Mal, daß sie zusammen hier waren, ist auch noch gar nicht solange her. Ich glaube vor vier oder fünf Tagen. Da sah es aus, als seien sie sich nicht besonders grün!“
„Moment, Sie hielten ihn für einen erfolgreichen Geschäftsmann?“ hakte Arnsberg ein.
„Ja, war er das denn etwa nicht?“ fragte Uschi mißtrauisch.
„Nein, war er nicht. Er war Gefängniswärter in Ossendorf“, klärte Lessmann sie auf.
„Ach, sieh mal an. Ich hab' immer gewußt, daß mit dem was nicht stimmt!“ erklärte die Wirtin.
„Ja, Miss Marple!” verdrehte Martin die Augen und zwinkerte den Kommissaren zu.
„Wie meinen Sie das denn?“ fragte Arnsberg die Frau.
„Hat immer so großkotzig getan, wissen Sie! Nee, der war mir zu schmierig, und der konnte einem nicht offen in die Augen gucken!“
„So? Und was war bei dem letzten Treffen mit dieser Frau?“
„Na ja, die Frau war nur kurz hier, wollte schnell wieder gehen, nachdem sie ihm einen Umschlag gegeben hatte, aber er hielt sie mehrmals zurück, bis sie dann doch ziemlich entrüstet abgerauscht ist“, berichtete Uschi.
„Das ist interessant“, sagte Lessmann. „Hat er sich denn auch mal mit einem Mann hier getroffen? Vielleicht mit dem hier?“ Ein weiteres Foto lag auf der Theke.
Die Wirtsleute besahen es sich, aber schüttelten synchron den Kopf. „Nee, den haben wir hier noch nie gesehen!“

„War der Fritz denn ein guter Stammgast?" wollte Arnsberg wissen.
„Was verstehen Sie unter einem guten Stammgast?" fragte Martin zurück.
„Na, hat er viel Geld hier gelassen?"
„Ja, das kann man so sagen. Der vertrug auch eine Menge und hat nicht reingespuckt", grinste Martin und stellte zwei neue Kölsch vor die Kommissare. „Auf einem Bein kann man ja nicht stehen, vor allem bei so einem leckeren Reissdorf nicht!"
„Okay, Sie haben uns sehr gut geholfen", nickte Lessmann, trank sein zweites Bier halb aus und griff nach seinem Portemonnaie.
„Nee, laß mal stecken, geht aufs Haus", lächelte Uschi ihn an, „vielleicht revanchieren Sie sich mal mit ein paar Tips, wenn ich meine nächste Krimigeschichte schreibe. Dann melde ich mich bei Ihnen!"
„Einverstanden, mach ich gerne!" lächelte Lessmann freundlich zurück.
Damit verabschiedeten sie sich und verließen die Kneipe, die sich allmählich zu füllen begann.
„Also mit seiner Freundin, Veronika Grothe, war Eichel nicht hier, dafür aber ein paarmal mit Cornelia Sperling. Aber wozu trifft er sich mit Abelius' Freundin?" fragte Arnsberg ihren Partner, als sie wieder draußen auf der Neußer Straße standen.
„Ja, warum?" überlegte auch Lessmann. „Wenn sie nichts miteinander hatten, fällt mir nur noch eine Möglichkeit ein. Sie hat ihm ja was überbracht, und das kann nur von Abelius gewesen sein!"
„Du meinst Schmiergeld!"
„Was sonst!"

* * *

Kapitel 16

Im Institut für Rechtsmedizin am Melatengürtel arbeiten fünfzig Personen. Das Wissenschaftlerteam besteht aus Ärzten, Biologen, Chemikern und einer Pharmazeutin. Das Institut kann auf eine lange Geschichte zurückblicken. Viele Jahrhunderte sind vergangen, seit 1480 das ‚Theatrum anatomicum' gegründet wurde. Es erhält neben Verstorbenen aus Krankenhäusern und Konventen alle Fälle von Ermordeten, Verunglückten und Suizidenten.
Unter Karl V. wurde auf dem Reichstag 1532 die ‚Constitutio Criminalis Carolinae', die peinliche Halsgerichtsordnung, verabschiedet. Sie bestimmte die Hinzuziehung von Medizinern unter anderem bei Fällen von Mord, Totschlag und der Begutachtung von Schuldfähigkeit. Dies war der Beginn der Rechtsmedizin als praktische, medizinische Fachdisziplin.
Nach rund fünfhundert Jahren wurde die Fachbezeichnung der Rechtsmedizin von ‚Medicina forensis' neutraler in ‚Medicina legalis' umbenannt. Die Planung, Errichtung und Einweihung des Institutkomplexes am Melatengürtel erfolgte im Jahre 1970.
In einem der nüchternen Obduktionsräume wartete einer der Ärzte auf die beiden Kommissare Arnsberg und Lessmann. Der Raum maß an die achtzig Quadratmeter und war steril, weiß gekachelt. Grelle Neonbeleuchtung tauchte ihn in ein kaltes Licht. Zwei Obduktionstische aus blankem Nirosta standen mitten im Raum, darauf zwei Leichen, eine männliche und eine weibliche. Beide wiesen den typischen Ypsilonschnitt auf ihrer Brust auf, inzwischen wieder grob zugenäht. In mehreren Schalen lagen die speziellen Werkzeuge, die bei einer Obduktion Verwendung fanden. Skalpelle, Knochensägen und Schöpflöffel, um bei inneren Verletzungen mögliches Blut aus der Bauchhöhle abschöpfen zu können.
Eine Obduktion geschah nach einem immer gleichen Ritual.

Zunächst wurde der Brustkorb geöffnet. Die Schnitte erfolgten jeweils links und rechts vom Schlüsselbein bis zum Punkt unterhalb des Brustbeins, dann ein Schnitt senkrecht nach unten bis zum Bauch. Danach wurde der Bauch geöffnet, als letztes der Kopf. So war es gesetzlich vorgeschrieben, um eine exakte Todesursache bestimmen zu können, mochte sie augenscheinlich noch so eindeutig auf der Hand liegen.
„Hallo, Doc“, grüßte Lessmann flapsig, als die beiden Kommissare eintraten. „Du hast es am Telefon ja mächtig spannend gemacht. Also, was hast Du für uns?“
„Gut, legen wir mal mit Leiche Nummer eins los“, begann der Rechtsmediziner und trat an den Tisch, auf dem die männliche Leiche lag. „Fritz Eichel, ihm wurde die Kehle bis zu den Halswirbeln durchtrennt. Ein sauberer, glatter Schnitt. Wie wir bereits wissen, mit einem Rasiermesser. Der Täter muß sich hinter ihm auf dem Rücksitz befunden haben. Der Schnitt erfolgte von links nach rechts, also gehen wir von einem Rechtshänder aus. Binnen weniger Minuten ist der Mann verblutet. Den Todeszeitpunkt können wir sehr exakt bestimmen, er liegt bei sieben Uhr, maximal ein oder zwei Minuten später.“
„Sonstige Verletzungen?“ fragte Lessmann.
„Geduld, Geduld, mein junger Freund! Dazu komme ich gleich. Widmen wir uns zunächst Leiche Nummer zwei.“ Damit trat der Doktor an den zweiten Tisch, auf dem die weibliche Leiche aufgebahrt war.
„Cornelia Sperling, bei ihr war die Todesursache eine Überdosis des Wirkstoffes Zolpidem, enthalten in dem Schlafmittel Zopiclon. Dazu passen ja die gefundenen leeren Schachteln. Frage mich nur, wie sie an so eine Menge gekommen ist? Das Mittel ist verschreibungspflichtig, und normalerweise verschreibt kein Arzt eine solche Menge auf einmal.“
„Vielleicht hat sie gesammelt“, vermutete Arnsberg.
„Möglich. Auf jeden Fall hat die toxikologische Untersuchung ergeben, daß die Menge, die sie geschluckt hat, mehr als

ausreichend war. Dazu der Blutalkoholwert von eins Komma acht Promille. Beides in Kombination hätte einen Ochsen umgehauen. Und bei der Konstitution dieser Frau ist der Tod nach wenigen Minuten eingetreten. Todeszeitpunkt dürfte liegen gestern zwischen neun Uhr dreißig und zehn Uhr dreißig. Man könnte durchaus von Suizid ausgehen."
„Du sagst könnte", hakte Arnsberg ein, „ganz sicher bist Du Dir also nicht!"
„Eigentlich schon", wiegte der Mediziner den Kopf hin und her, „allerdings sind bei ihr einige Verletzungen vorhanden. Hämatome an den Oberarmen, im Brustbereich und am Unterkiefer. Dazu kommen weitere eindeutige Spuren von Gewaltanwendung im Genitalbereich."
„Sie ist vergewaltigt worden?" fragte Lessmann ungläubig.
„Ganz genau, allerdings sind alle äußeren Verletzungen mindestens vier oder fünf Tage alt."
„Da war Abelius noch im Knast", stellte die Kommissarin lapidar fest.
„Na, dann kommen wir jetzt noch mal zurück zu Fritz Eichel", sagte der Arzt. „Ich hatte da nämlich mal einen Fall..., aber seht selbst!" Er war wieder an den anderen Tisch getreten, hebelte den Mund des Toten mit einem seiner Spezialwerkzeuge auf und holte die Zunge ein Stück hervor. „Was seht Ihr?"
„Eine häßlich blaue, geschwollene Zunge", sagte Lessmann.
„Richtig, aber da ist noch mehr. Und das bringt mich zu meinem alten Fall, an den ich mich erinnerte. Da hatte nämlich eine Frau ihrem Vergewaltiger ein gutes Stück von der Zunge abgebissen, weil er wohl beim Bumsen auch Knutschen wollte. Und da mir bekannt war, daß die beiden hier sich kannten, er war Gefängniswärter in Ossendorf und sie eine Freundin eines Gefangenen, der kürzlich entlassen wurde, da habe ich mir die Mundhöhle des Mannes genauer angesehen und diese Bißwunde entdeckt! Und oh Wunder, die Abdrücke passen haargenau mit ihrem Zahnstatus überein!"

„Du bist ja ein wahrer Fuchs, Doc!“ nickte Lessmann anerkennend. „Und laß mich raten, die Bißwunde ist genauso alt wie die Verletzungen bei Cornelia Sperling!“
„Richtig!“
„Das paßt auch wunderbar zusammen“, überlegte Arnsberg. „Wir wissen, daß Eichel sie vor vier oder fünf Tagen in ihrer Wohnung aufgesucht hat. Dann hat er sie zusammengeschlagen und vergewaltigt, worauf sie ihm in die Zunge gebissen hat!“
„Oder umgekehrt“, sagte der Doktor, „er hat sie versucht zu küssen, sie beißt, und erst dann wendet er Gewalt an. Die richtige Reihenfolge könnt Ihr Euch aussuchen!“
„Damit hätte sie natürlich ein sehr starkes Motiv, ihn umzubringen“, sagte Arnsberg.
„Ganz sicher“, bestätigte der Mediziner.
„Danke, Doc, Du hast gute Arbeit geleistet“, lobte Lessmann ihn. „Und Deinen schriftlichen Bericht?“
„Den kriegt Ihr noch heute im Laufe des Tages!“
„Wunderbar!“
Nachdenklich und schweigend verließen die beiden Kommissare das Gebäude und saßen noch eine Weile ebenfalls stumm in ihrem Wagen auf dem Parkplatz.
„Ist der Mord an Eichel damit geklärt und auch der Selbstmord der Frau?“ fragte Arnsberg schließlich ihren Partner.
„Sieht so aus! Er vergewaltigt sie, sie nimmt Rache und schneidet ihm die Kehle durch und bringt sich dann selbst um!“
„Mhm!“ brummte Arnsberg.
„Das ist Dir zu glatt“, sah Lessmann seine Kollegin von der Seite an.
„Dir nicht?“
„Warum nicht auch mal eine so einfache Lösung? Dann könnten wir uns jetzt um unsere Hochzeit kümmern und einen Termin beim Standesamt vereinbaren!“ meinte Lessmann, fuhr los und fädelte sich in den Verkehr ein.
„Sicher, das könnten wir!“

„Oh, welche Begeisterung! Du kriegst doch wohl keine kalten Füße und willst einen Rückzieher machen?"
„Nein, ich kriege keine kalten Füße!" versicherte sie. „Ich muß nur gerade daran denken, daß Andreas gar nicht reagiert hat, als ich mich kürzlich in der Kantine verplappert habe!"
„Ach, Andreas! Der ist so sehr auf Abelius fixiert, der kriegt momentan gar nichts mit, was links und rechts von ihm passiert!" grinste Lessmann, brachte den Wagen an der nächsten roten Ampel zum Stehen und wandte sich seiner Partnerin zu. „Aber wenn wir heiraten, werden wir einen Ehevertrag schließen!"
„Einen Ehevertrag? Was soll denn der Schwachsinn?"
„Ich möchte nur sicher sein, daß Du mich nicht nur wegen meines Geldes heiratest!"
„Deines Geldes wegen?" Sie zog verächtlich die Mundwinkel nach unten. „Du bist doch arm wie eine Kirchenmaus! Auf Deinem Gehaltskonto steht der Betrag doch permanent auf der falschen Seite!"
„Und was ist mit meinem Sparbuch?"
„Du hast ein Sparbuch? Das ist mir ja ganz neu! Wie reich bist Du denn?"
„Siehst Du, schon erkenne ich die Dollarzeichen in Deinen Augen!"
„Quatsch! Nun sag schon!"
„Zweihundertsechsundfünfzig Euro und neunundachtzig Cent!"
„Wau! Zweihundertsechsundfünfzig Euro und neunundachtzig Cent! Da würde Bill Gates ja blaß werden! Aber ich versichere Dir, ich heirate Dich nicht wegen zweihundertsechsundfünfzig Euro und schon gar nicht wegen neunundachtzig Cent!"
„Aha, dann willst Du nur meinen Körper! Verstehe schon!" nickte er beleidigt. „Aber ich bin auch ein toller Kerl! Nach dem Guß von Steffen Lessmann hat man die Gußform weggeworfen!"

„Ich heirate Dich nur aus einem Grund! Weil Du so ein Spinner bist!“ Sie küßte ihn zärtlich auf den Mund.
Ein wildes Hupkonzert hinter ihnen ließ sie auseinanderfahren. Die Ampel war längst wieder auf Grün gesprungen.

Sie hätte damit rechnen müssen, und sie hatte damit gerechnet. Und dann standen am frühen Morgen zwei Beamte der Kripo vor ihrer Wohnungstür und baten sie freundlich, aber bestimmt, sie zum Polizeipräsidium zu begleiten.
Apathisch war Veronika Grothe den beiden Polizisten gefolgt. Nun saß sie auf dem Flur des KK11 und wartete auf ihre Vernehmung. Noch nie in ihrem Leben hatte sie mit der Polizei zu tun gehabt. Alles, was sie über eine solche Situation wußte, kannte sie nur aus dem Fernsehen. War da nicht immer die Rede davon, daß ein Verdächtiger am besten in einem Verhör gar nichts sagte? Oder stimmte die gegenteilige Empfehlung, daß man sich erleichtert und besser fühlte, sobald man sich alles von der Seele geredet hatte? Sie wußte nicht, wie sie sich verhalten sollte.
Dann erschienen Arnsberg und Lessmann, stellten sich ihr vor und führten sie in eines der Vernehmungszimmer.
„Unsere Kollegen, die Sie abgeholt haben, informierten sie ja bereits, was Fritz Eichel widerfahren ist“, begann die Kommissarin sachlich. „Sie waren seine Freundin, richtig?“
Unsicher irrten die Augen der Frau durch den Raum, bis sie auf Arnsberg haften blieben.
„Ja, ich war seine Freundin“, entschloß sie sich, doch zu reden.
„Wie lange kannten Sie ihn?“
„Wir waren seit gut einem Jahr zusammen.“
„Wann haben Sie ihn zuletzt gesehen?“ fragte Lessmann.
Sie stockte und schwieg eine Spur zu lange.
„Na, das werden Sie doch noch wissen, oder?“ hakte Lessmann sofort nach.
„Nein, genau weiß ich es nicht mehr. Es ist schon einige Tage her!“

„Haben Sie sich regelmäßig mit ihm getroffen? Jeden Tag, jeden zweiten Tag?“
„Nein, so oft war das nicht. Wir haben uns nur ab und zu gesehen. Er war ja sehr häufig geschäftlich unterwegs!“
„So, geschäftlich war er unterwegs“, bemerkte Arnsberg erstaunt. „Was für ein Geschäft hatte er denn?“
„Darüber hat er nie gerne gesprochen. Ich weiß es gar nicht so genau!“
„Sie wollen uns also sagen, daß Sie Fritz Eichel für einen Geschäftsmann hielten?“
Diesmal schaltete die Frau sehr schnell. „Wollen Sie etwa andeuten, daß er das nicht war?“ fragte sie daher zurück.
„Das wollen wir nicht nur andeuten. Es ist eine Tatsache! Fritz Eichel war Gefängniswärter in Ossendorf!“ erklärte Lessmann.
Der Frau fiel die Kinnlade herunter, und ihre Augen wurden groß und größer.
„Wie bitte?“ fragte sie ungläubig. „Gefängniswärter? Er war ein Wärter im Knast?“
„Genau das war er! Und das haben Sie nicht gewußt?“
Sie schüttelte nur ihren roten Schopf.
„Das scheint ein ziemlicher Schock für Sie zu sein! Mehr als sein Tod!“ bemerkte Lessmann.
Sie schwieg. Starrte nur vor sich hin auf die blanke Tischplatte.
„Hat Eichel sich Ihnen gegenüber als Geschäftsmann ausgegeben? Oder haben Sie es nur angenommen?“ fragte Arnsberg.
„Er hat nie viel über sich gesprochen oder das, was er tat“, antwortete sie nachdenklich. „Aber nach allem, was er sich so leisten konnte, habe ich angenommen, daß er lukrativen Geschäften nachging.“
„Gehörten Sie auch zu dem, was er sich leisten konnte?“ fragte Lessmann ziemlich anzüglich.
Anstelle einer Antwort traf den Kommissar ein zorniger Blick, und bevor sie auch verbal reagieren konnte, öffnete sich die

Tür des Zimmers, und Beate Fitschen steckte ihren Kopf herein. Sie gab Lessmann ein Zeichen, er möge kurz zu ihr hinauskommen.
„Was gibt es?“ fragte er, als er das Zimmer verließ.
„Der Mann von der Parkhausaufsicht ist jetzt da. Den wolltet Ihr doch haben“, erklärte Fitschen.
„Richtig“, nickte Lessmann, ging hinaus auf den Flur und begrüßte den Mann. Dann nahm er ihn mit in den Nebenraum des Vernehmungszimmers, stellte die Jalousie auf halbgeöffnet, so daß man in den Vernehmungsraum hineinblicken konnte.
„Schauen Sie sich die Frau genau an, und dann sagen Sie mir, ob sie es war, die am Dienstag um sieben Uhr das Parkhaus betrat!“
Der Mann warf nur einen kurzen Blick in das Zimmer und nickte kräftig.
„Ja, die Rothaarige, das ist sie! Hundertprozentig!“
„Okay, das war’s schon. Die Kollegin wird das Protokoll aufnehmen, und dann können Sie auch schon wieder gehen. Herzlichen Dank!“ sagte Lessmann und kehrte in das Vernehmungszimmer zurück.
„Sagt Ihnen der Name Hans-Hubert Abelius etwas?“ fragte Arnsberg gerade.
„Nein, nie gehört!“
„Dann vielleicht der Name Cornelia Sperling?“
Einen Sekundenbruchteil flackerten die Augen der Frau, und ihr Mundwinkel zuckte unmerklich nach unten.
„Nein, auch nicht!“ schüttelte sie vehement den Kopf.
„Sind Sie sich da ganz sicher?“ fragte Arnsberg nach. „Sie hat ein Kosmetikstudio auf der Dürener Straße in Lindenthal.“
„Nein, sagt mir nichts. Ich besuche keine Kosmetikstudios!“
„Könnte sein, daß Ihr Freund mal die Frau erwähnt hat?“
„Ich sagte bereits, der Name ist mir vollkommen unbekannt!“ behauptete sie patzig.
„Ich glaube, Sie lügen!“ sagte Lessmann.

Ihr sommersprossiges Gesicht rötete sich, und ihre Augen blitzten den Kommissar erneut zornig an.
„Ich lüge nicht! Warum sollte ich auch?"
„War Fritz Eichel Ihnen treu? Oder gab es noch andere Frauen in seinem Leben?" fragte Lessmann ungerührt weiter.
„Natürlich war er mir treu! Was sollen diese dummen Fragen?" empörte sich Veronika Grothe.
„Ihr Freund wurde in dem Parkhaus in der Maastrichter Straße ermordet. Kennen Sie das Parkhaus?" wechselte Lessmann abrupt das Thema.
„Nein, kenne ich nicht."
„Sie sind Ihrem Freund also vorgestern am Morgen nicht dorthin gefolgt?"
„N-n-nein", kam es etwas zögernd.
„Sie waren aber um sieben Uhr dort!"
„Woher wollen Sie das wissen?"
„Unsere Glaskugel ist aus der Inspektion zurück. Funktioniert wieder einwandfrei", grinste Lessmann und erntete einen mißbilligenden Blick seiner Partnerin. „Sie waren da", fuhr er dann fort, „dafür gibt es einen Augenzeugen. Er hat gesehen, wie Sie um sieben Uhr das Parkhaus betreten und wenige Augenblicke später wieder fluchtartig verlassen haben. Jedenfalls ausreichend Zeit, Ihrem Freund die Kehle durchzuschneiden!"
„Wer will mich da gesehen haben? Das ist absoluter Blödsinn!"
„Der Mann von der Parkhausaufsicht hat sie eben eindeutig identifiziert und unterschreibt gerade das Protokoll! Also weiteres Leugnen ist vollkommen zwecklos, Frau Grothe!"
Dennoch schwieg die Frau.
„Anscheinend wollen Sie nichts mehr sagen. Das ist Ihr gutes Recht. Sie haben auch das Recht auf einen Anwalt!"
Erschrocken blickte sie die Kommissarin an, die sie gerade belehrt hatte.
„Wollen Sie mich verhaften?"

Anstelle einer Antwort legte Lessmann einen Plastikbeutel auf den Tisch, darin ein blutverschmiertes Rasiermesser.
„Kennen Sie das?“ fragte er.
Entgeistert starrte sie darauf und schüttelte den Kopf.
„Das ist die Tatwaffe! Könnte sie aus Ihrem Besitz stammen?“ fragte der Kommissar weiter.
„Hören Sie, ich habe damit nichts zu tun!“
„Aber zur Tatzeit waren Sie im Parkhaus!“
„Ja, war ich“, gab sie ihr Leugnen auf, und ihre Stimme war ganz leise.
„Warum waren Sie da? Sind Sie Ihrem Freund gefolgt? Oder warteten Sie bereits auf ihn?“
„Ich bin ihm gefolgt!“
„Warum?“
„Ich war die Nacht bei ihm in seiner Wohnung. Ich habe zufällig mitbekommen, wie er sich telefonisch mit jemandem dort verabredet hat.“
„Wissen Sie, mit wem er sich verabredet hatte?“
„Nicht genau. Aber ich vermutete....“
„Sie vermuteten eine andere Frau.“
„Ja!“
„Die Kosmetikerin, Cornelia Sperling?“ hakte Arnsberg nach.
„Ja, so ist es!“ gestand sie.
„Also sagt Ihnen der Name doch etwas!“
„Ja! Ich habe Fritz Tage zuvor einmal mit ihr gesehen. Ich bin ihnen gefolgt. Das heißt, ich bin ihr bis nach Lindenthal gefolgt, nachdem sich die beiden getrennt hatten.“
„Ach, die beiden sind nicht zusammen nach Lindenthal?“
„Nein, zusammen nicht, aber er muß mit dem Wagen vorgefahren sein. Den habe ich nämlich in der Nähe ihrer Wohnung parken sehen, und ihn selbst später, als er aus dem Haus kam. Der Mistkerl muß sogar einen Schlüssel gehabt haben!“
„Haben Sie ihn nicht darauf angesprochen?“ wollte Arnsberg wissen.
„Erst wollte ich, aber dann habe ich es mir verkniffen!“

„Aha, und dann verabredet er sich mit ihr im Parkhaus, glaubten Sie!“
„So sah es für mich aus, ja!“
„Da sind Sie ihm gefolgt, und anstatt mit ihm zu reden, haben Sie das da sprechen lassen!“ Lessmann deutete auf den Plastikbeutel mit dem Rasiermesser.
„Nein!“ entfuhr es ihr vehement. „Als ich auf das erste Parkdeck kam und ihn in seinem Wagen sah, war er bereits tot. All das schrecklich viele Blut. Da bin ich nur noch weggerannt!“
„Und das sollen wir Ihnen jetzt glauben, nachdem Sie uns lange Zeit nur angelogen haben?“
„Sie müssen mir glauben. So war es! Ich schwöre es!“
„Haben Sie den Toten angefaßt?“ fragte Arnsberg.
„Ich weiß es nicht! Kann sein!“
„Haben Sie jemand anderen dort gesehen, vielleicht Frau Sperling?“
„Weiß nicht. Ich habe nur ihn und das Blut gesehen. Und dann bin ich nur noch gerannt!“
„Haben Sie Handschuhe getragen?“ fragte Lessmann.
„Wie bitte?“ fragte sie verwirrt zurück.
„Hatten Sie an dem Morgen Handschuhe an?“
„Nein, es ist Sommer, da trage ich keine Handschuhe!“
„Na schön“, nickte Arnsberg. „Sie werden jetzt erkennungsdienstlich behandelt, das heißt, Fingerabdrücke und eine Speichelprobe. Und dann sind Sie vorläufig festgenommen wegen des dringenden Tatverdachts, Ihren Freund Fritz Eichel ermordet zu haben! Und wir werden uns in Ihrer Wohnung gründlich umsehen!“
„Sie wollen mich wirklich verhaften? Aber ich schwöre Ihnen, ich war es nicht!“
„Möchten Sie jetzt einen Anwalt anrufen?“ fragte Arnsberg.
„Ich kenne keinen Anwalt.“
„Wir können Ihnen eine bestellen, wenn Sie einen möchten!“
„Ich brauche keinen Anwalt! Er war schon tot!“ beharrte sie und stampfte widerborstig mit dem Fuß auf.

„Na schön, wie Sie wollen, aber festgenommen sind Sie!“ sagte Arnsberg.
Mit funkelnden, wütenden Blicken traktierte Veronika Grothe die beiden Kommissare, als sie abgeführt wurde.

Nach dem Mittagessen saßen sie zu dritt in Siebenkottens Büro, Arnsberg, Lessmann und Andreas. Zunächst sprachen sie über alles, was sich kürzlich ergeben hatte.
„Also Fritz Eichel und Cornelia Sperling trafen sich im Oellig, höchstwahrscheinlich im Auftrag von Abelius. Und in dem Umschlag, der zuletzt übergeben wurde, steckten die zehntausend Euro“, resümierte Siebenkotten.
„Ganz genau! Und an dem Tag hat die Freundin von Eichel, Veronika Grothe, die beiden zusammen gesehen und ist der Frau gefolgt. Eichel hingegen ist mit dem Wagen nach Lindenthal gefahren.“
„Ein Aasfresser“, warf Lessmann ein.
„Ein Aasfresser?“ fragte Arnsberg verwirrt.
„So nennt man Typen, die sich an Frauen ranmachen, deren Männer im Knast sitzen“, klärte Siebenkotten sie auf.
„Was Ihr alles wißt!“ schüttelte die Kommissarin den Kopf. „Nein, eher ist er Cornelia Sperling ohne ihr Wissen gefolgt. Denn wenn die beiden was miteinander gehabt hätten, so wie Veronika und Ihr jetzt vermutet, warum dann getrennt zu ihrer Wohnung? Und überhaupt, warum sollten sie sich öffentlich zur Geldübergabe treffen? Warum nicht bei ihm in der Wohnung oder direkt bei ihr?“ überlegte Arnsberg und fuhr fort: „Nein, Eichel ist irgendwie in die Wohnung eingedrungen, es kam zum Kampf, er schlägt sie zusammen, vergewaltigt sie, und sie beißt ihm fast die Zunge ab. Und was passiert jetzt?“
„Ja, das ist die Frage“, hakte Lessmann ein. „Fest steht, ein paar Tage später wird Eichel ermordet, morgens um sieben in einem Parkhaus. Drei Stunden später begeht sein Vergewaltigungsopfer Selbstmord. Cornelia Sperling hat also Rache genommen und tötet sich dann selbst, weil sie so-

wohl mit der Vergewaltigung als auch mit ihrem Mord nicht leben kann. Somit wären beide Fälle gelöst!"
„Nee, da sträubt sich einiges in mir, das anzunehmen", erwiderte Arnsberg skeptisch. „Wie, zum Beispiel, ist Cornelia an diese Menge Schlaftabletten gekommen? Die sind verschreibungspflichtig, und kein Arzt verschreibt so eine Menge auf einmal. Gut, sie könnte sie über einen längeren Zeitraum gesammelt haben, aber das würde doch bedeuten, daß sie sich schon länger mit Selbsmordgedanken getragen hätte. Warum sollte sie sonst sammeln? Wir müßten ihren Hausarzt fragen, doch ich bezweifle, ob sie jemals Schlaftabletten gebraucht hat. Nein, für mich kommt eher Veronika Grothe als Täterin für den Mord an ihrem Freund in Frage. Motiv Eifersucht, nicht das schlechteste Motiv. Sie glaubte an ein intimes Verhältnis zwischen Eichel und Cornelia Sperling. Wir wissen, sie war zur Tatzeit am Tatort, und sie war in der Gemütsverfassung, einen Mord zu begehen. Sie fühlte sich schändlich betrogen und hintergangen. Vielleicht ist sie sogar anschließend noch nach Lindenthal und hat ihrer vermeintlichen Nebenbuhlerin den tödlichen Schlafmittel-Whisky-Cocktail verabreicht!"
„Dann kann sie aber erst nach zehn in Lindenthal aufgekreuzt sein, denn bis zehn war Abelius bei Cornelia", gab Lessmann zu bedenken.
„Nach dem Mord an ihrem Freund war sie ein wenig mit Blut besudelt. Sie ist nach Hause, hat sich frisch gemacht und ist dann nach Lindenthal", erklärte Arnsberg.
„Und wie ist sie an so eine Menge Schlaftabletten gekommen?" fragte ihr Partner.
„Auch ihren Hausarzt werden wir befragen müssen!" Sie blickte zu Andreas, der sich alles in Ruhe angehört hatte, und wandte sich an ihn. „Du guckst so komisch. Du hältst von beiden Theorien nichts, oder?"
„Das will ich nicht sagen", erwiderte er, „beides wäre möglich. Doch für mich ist Hauptverdächtiger Nummer eins Hans-Hubert Abelius! Er hat eventuell sogar zwei Motive,

Eichel zu ermorden. Erstens, wenn er Kenntnis von der Vergewaltigung seiner Freundin hatte und zweitens, und das auf jeden Fall, die Bestechungsgelder. Er darf sich nie mehr was zu Schulden kommen lassen, sonst ist seine Bewährung im Eimer und er wieder im Knast. Und Eichel könnte sich mal im Suff verplappern. So ein Risiko geht ein Abelius nicht ein! Und so, wie der Mord an Eichel vollzogen wurde, so hat er bereits vor sechzehn Jahren gemordet!"
„Aber so blöd wird er doch nicht sein, kaum aus dem Knast und schon mordet er wieder wie früher", wandte Lessmann ein.
„Genau das ist es doch, Steffen!" entgegnete Siebenkotten erregt. „Er benutzt seine Vergangenheit als Alibi! Antizipierte Verteidigungsstrategie nennt man das! Genauso, wie Du gerade gesagt hast, so argumentiert er!"
„Dann war es Deiner Meinung nach Abelius, der sich mit Eichel im Parkhaus verabredet hat?" fragte Arnsberg.
„Davon bin ich überzeugt!"
„Und wie paßt dann der vermeintliche Selbstmord von Cornelia Sperling ins Bild?" wollte Lessmann wissen.
„Möglich, daß auch sie, nachdem er in Freiheit war, ein Risiko für ihn darstellte!"
„Du meinst, Abelius hat seiner Freundin die tödliche Mixtur aus Schlafmittel und Alkohol verabreicht?" fragte Arnsberg überrascht.
„Zumindest war er zu einer möglichen Tatzeit bei ihr, oder nicht?"
„Aber auch für ihn gilt, wie ist er an so viele Tabletten gekommen?" wandte Arnsberg ein.
„Die kann er sich schon über einen längeren Zeitraum im Knast besorgt haben, beziehungsweise besorgt haben lassen. Ich denke, für Geld kriegst Du auch im Knast alles, was das Herz begehrt. Und Geld hatte er ja genug. Vielleicht war Eichel sogar sein Lieferant", überlegte Siebenkotten.
„Okay, aber welches Risiko sollte Cornelia für ihn gewesen sein?" hakte Arnsberg nach.

„Ich habe noch einmal ein sehr langes Telefonat mit dem Anstaltsleiter in Rheinbach geführt. Er konnte mir berichten, daß Abelius schon seit vielen Jahren eine Frau durch Kontaktanzeigen gesucht hat. Es hat wohl sehr viele Treffen mit diversen Frauen in Rheinbach gegeben. Doch alle Verbindungen waren nur von sehr kurzer Dauer. Die meisten waren nur einmal im Knast zu Besuch. Aber dann, vor zwei Jahren, tauchte Cornelia Sperling auf. Mit ihr erfolgten die Zusammenkünfte dann regelmäßig, und es bahnte sich etwas Ernstes daraus an. Daraufhin und auch aufgrund der regelmäßigen Therapiestunden mit Dr. Vieten beantragte Abelius die Verlegung nach Ossendorf. Was dann ja auch geschah, wie wir wissen! Und wenn Ihr mich fragt, dann deutet das alles auf einen bestimmten Plan von Abelius hin!"
„Und welchen?" fragte Lessmann.
„Tja, da steige ich noch nicht ganz durch", bekannte Siebenkotten. „Aber ich kenne den Mann gut genug, um zu wissen, daß er nichts tut ohne einen krummen Hintergedanken!"
„Du könntest recht haben", sagte Arnsberg. „Bei unserer Vernehmung von Schild in Ossendorf machte der zum Schluß, als wir ihn auf Cornelia Sperling ansprachen, eine seltsame Bemerkung! Erinnerst Du Dich?" fragte sie ihren Partner.
„Ja", grübelte Lessmann nach. „Wir fragten ihn, ob er die Frau mal gesehen hat. Daraufhin antwortete er, nein, die habe immer nur Abelius besucht, aber diesmal schien es die Richtige zu sein!"
„Ja, genau das hat er gesagt: ‚Diesmal schien es die Richtige für ihn zu sein!' Abelius hat also nach einer ganz bestimmten Frau gesucht!" sagte Arnsberg.
„Die Richtige! Die Richtige für was?" überlegte Siebenkotten. „Die Richtige fürs Herz bestimmt nicht! Er hat noch nie was fürs Herz gesucht. Für den stand immer nur der Zweck im Mittelpunkt!"
„Aber Veronika Grothe lassen wir jetzt nicht gleich wieder laufen?" vergewisserte Arnsberg sich.

„Nee, die halten wir ruhig etwas fest. Die Handhabe dazu haben wir. Verdächtig ist sie ja schon, und man kann nie wissen“, erwiderte Siebenkotten.
Es entstand eine längere Pause, in der alle drei angestrengt nachdachten.
„Wir sollten uns noch einmal ausführlich mit Abelius unterhalten“, schlug Arnsberg schließlich vor.
„Mit dem auf jeden Fall“, pflichtete Siebenkotten ihr bei. „Aber auch noch mit jemand anderem! Und zwar hier in unseren Räumen!“
„Du meinst Schild?“ fragte Lessmann vorsichtig.
„Genau den meine ich!“ erwiderte Siebenkotten.
„Was hast Du vor, Chef?“ fragte Arnsberg lauernd.
Siebenkotten schwieg, aber es war deutlich zu erkennen, wie hinter seiner Stirn die Rädchen ratterten.

* * *

Kapitel 17

Konnte es sein, daß sie emotional tiefer und intensiver betroffen war, als es ihr schon seit längerer Zeit bewußt war? Wurde ihr erst jetzt langsam klar, wie prägnant und nachhaltig der Mann in ihre Persönlichkeit eingedrungen war und immer noch extremer von ihr Besitz ergriff? Die viel wichtigere Frage war: Tat Abelius das mit Kalkül, oder war es nur seiner natürlichen Ausstrahlung geschuldet?
Wieso wußte sie bei fremden Menschen ziemlich schnell, was los war, und bei sich selbst nicht? Weil bei Fremden ausschließlich ihr Verstand arbeitete, dagegen seit geraumer Zeit, deren Beginn sie nicht einmal klar bestimmen konnte, sich ihr Herz und Körper vehement einmischten. Sie war doch Profi, und sie war doch nicht das erste Mal verliebt, aber nun stürzten zwei Dinge gleichzeitig auf sie ein.
Einerseits war sie höchstpersönlich betroffen, blickte nicht von außen auf ein Geschehnis und eine andere Person, vielmehr war sie in eine Beziehung mit einem Klienten geschlittert, von der sie zunächst angenommen hatte, sie würde sie nur professionell interessieren, ihr dann jedoch so tief unter die Haut fuhr, wie noch nie etwas in ihrem Leben.
„Du schaust so angestrengt. Was ist los mit Dir?“ fragte Abelius, als sie in seiner exquisiten Wohnung an der Bar saßen, rauchten und eine Flasche Wein geöffnet hatten.
Die Psychologin zögerte einen Moment, bevor sie antwortete: „Darf ich Dir mal eine Frage stellen?“
„Natürlich! Du hast seit Jahren nichts anderes getan, als mir Fragen zu stellen. Also schieß los!“
Unsicher spielte sie mit ihrer Zigarette, dann nahm sie einen kräftigen Zug und inhalierte ihn tief.
„Ich denke, ich weiß, was Dich beschäftigt“, sagte er und betrachtete ein wenig amüsiert, wie sie den Rauch durch die Nase entweichen ließ.
„So, was denn?“

„Du fragst Dich schon seit einiger Zeit, ob Dir eventuell mit der Einschätzung meiner Person ein gravierender Fehler unterlaufen ist. Richtig?“ Er suchte ihre Augen und fixierte sie. „Und Du denkst Dir, ob ich Dich nur benutzt habe und noch weiter benutze!“

„Ich weiß nicht, was ich denke. Ich weiß es wirklich nicht, so blöde es sich auch anhört!“ Sie schüttelte leicht den Kopf und nippte an ihrem Weinglas.

„Das ist aber kein gutes Zeichen, Frau Doktor“, grinste Abelius.

„Das ist nicht spaßig!“ rügte sie ihn ernst. „Und Du bist ganz schön obenauf, was?“ bemerkte sie mit einer gehörigen Spur Mißtrauen.

„Du hast recht, kein Anlaß zum Witze machen, entschuldige bitte! Und was das Obenauf betrifft, ja, bin ich!“ nickte er energisch. „Weißt Du, wer die Tiefe kennt, weiß die Höhe zu schätzen! Und die Tiefe habe ich sechzehn Jahre kennengelernt!“

„Sicher, das verstehe ich! Trotzdem bin ich verwirrt. Alles ist so total anders geworden. Vor wenigen Tagen war noch alles so klar und eindeutig und jetzt.....“, sie zögerte weiterzusprechen.

„Ja, und jetzt ist alles so kompliziert geworden. Als ich noch gesiebte Luft atmete, war die Welt für Dich noch in Ordnung. Aber es lag nicht in meiner Absicht, Deine Welt in Unordnung zu bringen! Es ist einfach passiert, daß ich mich in Dich verliebt habe!“

„Das ist es nicht“, sagte sie nachdenklich. „Für unsere Gefühle müssen wir uns nicht entschuldigen. Was mit uns passiert ist, ist nicht das Problem, aber was sonst noch geschehen ist!“

„Du meinst Eichel und Cornelia, beide tot, kaum daß ich, der zwölffache Mörder und Psychopath von früher, aus dem Knast bin!“ Herausfordernd blickte er ihr in die Augen, und sie erwiderte seinen Blick, doch in ihren Augen standen keine Ausrufungs- sondern nichts als Fragezeichen.

„Hör zu, Doktor Sarah Vieten, ich bin Dir dankbar für alles, was Du für mich getan hast. Ohne Dich und Dein Engagement würde ich vermutlich noch weitere zehn Jahre im Knast schmoren müssen. Aber daß Du jetzt annimmst oder es zumindest für nicht ganz ausgeschlossen hältst, ich könnte etwas mit dem Tod der beiden zu tun haben, läßt Dich nicht nur an mir, sondern vor allem an Dir selbst und Deiner fachlichen Kompetenz zweifeln. Dazu hast Du keinen Grund, das versichere ich Dir!"
Sie wollte etwas erwidern, doch er hob die Hand und fuhr fort: „ Bevor Du jetzt etwas sagst, bitte ich Dich, Dir mal vor Augen zu führen, warum ich nach wie vor frei bin und hier in aller Seelenruhe mit Dir plaudern kann. Ich bin freiwillig zu den Bullen gegangen, die haben mir eine Menge dumme Fragen gestellt, die ich allesamt ohne Streß beantworten konnte. Und am Ende haben sie mich wieder gehen lassen. Sie mußten mich wieder gehen lassen, obwohl dieser Kommissar Siebenkotten mich liebend gerne sofort wieder nach Ossendorf geschickt hätte. Und warum mußten sie mich gehen lassen? Weil sie nichts in der Hand haben, und es auch nichts gibt, was sie mir anhängen könnten!"
„Vermutlich hast Du recht", sagte sie, drückte ihre Zigarette im Aschenbecher aus, um sich gleich darauf eine neue anzuzünden.
„Du rauchst zuviel", lächelte er sie zuvorkommend an, „und dazu besteht nicht der geringste Anlaß! Sieh mal, ich wäre doch ziemlich blöd, würde ich Eichel und Cornelia gleich einen Tag nach meiner wiedergewonnen Freiheit umbringen, vor allem bei meiner Vergangenheit! Und noch etwas", er nahm einen kräftigen Schluck Wein, dann sprach er ruhig und gelassen weiter: „Ich habe eine Menge schlimme Dinge getan und bin damals sehr methodisch vorgegangen. Du hast ja mein Manuskript gelesen. Weißt Du, wenn man ein anständiges Verbrechen begehen will, gibt es fünfzig Dinge, die man vermasseln kann. Wenn man an fünfundzwanzig denkt, ist man gut. Denkt man gar an vierzig, ist man ein

Genie! Ich bin kein Genie, ich habe mir für meine Morde nur sehr viel Zeit bei der Vorbereitung gegönnt und an eine Menge Unwägbarkeiten gedacht. Lange Zeit ist es ja auch gutgegangen, bis mich eben doch ein paar wenige Dinge zu Fall gebracht haben. Und nun frage ich Dich, wie sollte ich ein solches Verbrechen an Eichel ohne genügend Zeit der Vorbereitung begehen können? Nach einem Tag in Freiheit und dann nach dem, wie wir den Tag meiner Entlassung und die folgende Nacht verbracht haben? Nein, ich denke, Cornelia hat sich an ihrem Vergewaltiger gerächt und sich dann selbst gerichtet. So traurig es auch ist, doch wenn ich es recht überlege, war sie genau in der Verfassung, als ich bei ihr war!"

„Ja, Du hast wohl recht", lächelte sie entkrampft. „An meiner Unsicherheit ist nur meine Gefühlswelt schuld. Sie schlägt momentan Purzelbäume!"

„Warum packen wir nicht einfach ein paar Klamotten ein und gönnen uns Ferien am Meer? Oder wenn Dir die Berge lieber sind, dann meinetwegen auch die Alpen, was sagst Du dazu?"

„Geht leider nicht! Ich habe zu viele wichtige Termine in den nächsten Tagen. Die kann ich nicht einfach sausen lassen!"

Er setzte ein enttäuschtes Gesicht auf und nahm sich eine ihrer Zigaretten.

„Du sprachst eben von Deinem Manuskript", sah sie ihn fragend an, „gibst Du Jaschke denn nun grünes Licht zur Veröffentlichung?"

„Ach, das hat Zeit, und ich weiß noch nicht, wie ich mich entscheiden werde."

„Aber Du spielst doch nicht mit dem Gedanken, das Projekt völlig fallen zu lassen, oder?"

„Keine Ahnung! Aber das ist auch nicht so wichtig. Warum fahren wir nicht weg? Hast Du keine Vertretung?"

„Es tut mir leid, aber es geht wirklich nicht", bedauerte sie mit einem entschuldigenden Lächeln. „Aber fahre Du alleine für ein paar Tage ans Meer!"

„Du meinst, ich dürfte ganz alleine die Stadt und gar das Land verlassen?“ fragte er und zog in typisch ironischer Manier die Mundwinkel nach unten.
„Sei nicht albern! Natürlich darfst Du! Ich entscheide das, und ich vertraue Dir! Nach wie vor“, fügte sie rasch hinzu.
„Ach ja, wie lange habe ich kein Meer gesehen, dem Rauschen der Wellen gelauscht und feinen, weißen Sand zwischen meinen Zehen gespürt?“ Verträumt blickte er in eine imaginäre Ferne.
„Also, beschlossene Sache, Du fährst!“ entschied sie. „Du sagst mir nur, wo Du bist, und vielleicht kann ich ja in ein paar Tagen nachkommen!“
„Darauf stoßen wir an!“ lächelte er zufrieden, hob sein Glas, und das Klingen ihrer Gläser hallte durch die Wohnung.

Arnsberg und Lessmann studierten den Bericht der Spurensicherung. Es gab interessante Neuigkeiten. Die Durchsuchung der Wohnungen von Veronika Grothe und Cornelia Sperling waren einerseits aufschlußreich, doch darüber hinaus warfen sie auch eine Menge neuer Fragen auf.
Bei der Friseuse hatte man eine blutbefleckte Bluse in der schmutzigen Wäsche gefunden. Die Analyse hatte ergeben, daß das Blut von Fritz Eichel stammte.
In der Wohnung der Kosmetikerin war ein blutverschmiertes Handtuch sichergestellt worden. Auch dieses Blut stammte von Eichel. Zusätzlich war an dem Handtuch aus vereinzelten Hautschuppen eine Fremd-DNA extrahiert worden, deren Analyse jedoch noch nicht abgeschlossen war.
Man hatte auch den PC Sperlings durchforstet und eine verblüffende Entdeckung gemacht. Befragungen im Umkreis der beiden Frauen und des Mordopfers hatten ebenfalls zu einigen erstaunlichen Ergebnissen geführt. Über all diese Neuigkeiten diskutierten die beiden Kommissare.
„Wie uns ihr Computer verraten hat, ist die Sperling also innerhalb eines Jahres mehrmals nach Zürich geflogen und hat die Flüge übers Internet gebucht“, stellte Lessmann fest.

„Ja, an einem Tag hin und am nächsten wieder zurück. Zum letzten Mal war sie vorige Woche in der Schweiz, kurz bevor ihr Freund Abelius entlassen wurde“, ergänzte Arnsberg.
„Dann war sie sein Geldkurier!“
„Richtig!“ nickte die Kommissarin. „Und einen ordentlichen Batzen dieses Geldes dürfte Eichel kassiert haben. Nach den Informationen seiner Bank und dem, was wir bisher bereits wußten, dürfte der Mann circa hunderttausend Euro von Abelius eingestrichen haben, wenn ich das alles richtig zusammengerechnet habe. Mercedes, außerplanmäßige Entschuldung seiner Eigentumswohnung und das noch vorhandene Barvermögen auf der Bank!“
„Ne Stange Geld für so einen Schlüsselknecht!“ bemerkte Lessmann. „Die Frage ist nur, wofür hat Abelius so viel springen lassen? Bestimmt nicht dafür, daß er beim Essen eine zweite Wurst oder einen weiteren Nachtisch bekam!“
„Nein, ganz bestimmt nicht“, schüttelte Arnsberg den Kopf. „Wenn einer so reich ist wie Abelius und für fast den Rest seines Lebens im Knast sitzt, was fängt er dann mit seinem Reichtum an? Praktisch kann er sich alles erkaufen. Und im Knast ist es sicherlich nicht viel anders als im Leben draußen. Irgendwie sind Reiche anders!“
„Stimmt! Sie haben viel Geld!“ grinste Lessmann. „Doch egal, wofür Eichel so viel kassiert hat, viel interessanter sind doch die blutigen Sachen, die in den Wohnungen der beiden Frauen sichergestellt wurden. Die blutbefleckte Bluse der Friseuse könnte bedeuten, daß sie tatsächlich die Wahrheit gesagt hat. Sie hat Eichel nicht umgebracht sondern, kurz nachdem man ihm die Kehle durchtrennt hat, nur gefunden. Sie hat sich über ihn gebeugt und sich dabei mit Blut besudelt.“
„Kann aber genauso gut bedeuten, daß sie die Mörderin ist. Als sie ihm das Rasiermesser durch den Hals gezogen hat, mußte sie sich ein wenig nach vorne beugen, und dabei ist ihr dann das Blut auf die Bluse gespritzt“, wandte Arnsberg ein.

„Und wie erklärt sich dann das blutige Handtuch von Cornelia Sperling?“
„Ganz einfach“, blickte Arnsberg ihren Partner überlegen an, „erst bringt die Grothe ihren Freund um, fährt nach Hause, weil sie nicht nur auf der Bluse Blut hat sondern auch an Armen und Händen, wischt sich das mit einem Handtuch ab, fährt anschließend nach Lindenthal und täuscht Sperlings Selbstmord vor. Das Handtuch läßt sie da, um den Verdacht auf sie zu lenken. Zeitlich paßt das alles zusammen.“
„Nee, ganz kann das auch nicht stimmen“, bezweifelte Lessmann. „Das paßt mit den Schlaftabletten nicht. Die Befragungen der Hausärzte hat doch wohl ergeben, daß sich Cornelia Sperling in regelmäßigen Abständen über einen längeren Zeitraum dieses Zopiclon hat verschreiben lassen. Nicht aber die Friseuse, die hatte sich noch nie in ihrem Leben Schlaftabletten besorgt, zumindest nicht solche, die ihr der Arzt hätte verschreiben müssen und mit denen man sich das Leben nehmen kann.“
„Okay, da stimme ich Dir zu. Doch was ist, wenn es eine Spontantat von ihr war? Sie hatte nur vor, Cornelia Sperling mit dem blutigen Handtuch zu belasten. Sie ist unter irgendeinem Vorwand zu ihr, hat zufällig im Bad die Tabletten entdeckt, und da kommt ihr die Idee mit dem vorgetäuschten Selbstmord.“
„Mhm, bißchen weit hergeholt“, wiegte Lessmann skeptisch den Kopf. „Aber wie dem auch sei, müßten wir uns nicht zunächst fragen, wieso sich die Kosmetikerin so eine Menge Schlaftabletten verschreiben ließ und sie gesammelt hat? Vor dem vermeintlichen Selbstmord hat sie davon keine genommen, denn die gefundenen leeren Schachteln stimmen mit der Menge des Wirkstoffs in ihrem Körper exakt überein.“
„Du hast recht. Die Tabletten kann sie sich eigentlich nicht für sich besorgt haben. Das würde ja nur dann einen Sinn ergeben, wenn sie schon lange vorgehabt hätte, sich das Leben zu nehmen. Doch dazu bestand gar kein Grund für sie. Zwar war sie in einer recht ungewöhnlichen Beziehung

zu einem Knacki, aber doch in einem sehr verliebten Zustand. Da schwebt man doch auf der berühmten Wolke sieben, schmiedet Zukunftspläne und denkt an alles, nur garantiert nicht an Selbstmord. Solche Gedanken könnten ihr doch erst nach der Vergewaltigung gekommen sein. Das wäre ein Motiv für sie, sich das Leben zu nehmen, nicht aber das, was ihr mit Abelius widerfahren ist!"
„Stimmt", nickte Lessmann. „Hat sie die Tabletten vielleicht für ihren Freund Abelius besorgt? Aber warum das und wozu? Hat der eventuell mit dem Gedanken gespielt, sich umzubringen, falls seine Freilassung nicht funktioniert? Und Eichel hat sie in den Knast geschmuggelt. Der wurde ja nicht kontrolliert, wenn er zur Arbeit kam."
Das Telefon auf Arnsbergs Schreibtisch unterbrach ihre weiteren Überlegungen. Sie meldete sich und hörte eine Weile aufmerksam zu. Versonnen legte sie auf und blickte dann ihren Kollegen bedeutungsschwanger an.
„Du guckst, als wäre Dir gerade ein Geist erschienen", grinste Lessmann breit.
„Das war das Labor", erklärte sie. „Die Fremd-DNA auf dem Handtuch in Sperlings Wohnung stammt von Hans-Hubert Abelius!"
Lessmann schluckte. „Da bin ich aber jetzt baff!"

Scheveningen ist ein Stadtteil Den Haags, sechs Kilometer vom Zentrum entfernt. Von einem kleinen Fischerdorf hat es sich zum größten Seebad der Niederlande und einer der attraktivsten Touristenhochburgen an der Nordsee entwickelt.
Sein Kontaktmann von früher hatte ihn hierhin bestellt und ihm eine genaue Wegbeschreibung zu ihrem ausgemachten Treffpunkt gemailt. Etwa hundert Meter schlenderte Abelius die Straße entlang Richtung Westen und dann zwischen den Dünen hindurch zum Strand. Über ihm hing ein bleigrauer Himmel mit schweren Wolken, die aufkommenden, heftigen Wind und einige Schauern ankündigten.

Und schon würden sich die Touristen beklagen, daß nicht jeder Tag so sonnig und strahlend war wie der andere. Auf dem weiten Strand bewegten sich nur wenige Gestalten, ein joggender, bierbäuchiger Mann, ein Elternpaar mit zwei Kindern, die Muscheln suchten sowie vereinzelte Spaziergänger. Und der Mann, den er brauchte.
Der ging langsam mit aufmerksamen Blicken am Rand des Strandes, wo sich die Wellen brachen. Er trug eine helle Hose, deren Beine er bis zu den Knien hochgekrempelt hatte und einen pastellfarbenen Pullover. Die Schuhe hielt er in der Hand. Er bemerkte den sich umschauenden Abelius und blieb stehen, schirmte die Augen mit der Hand ab, als sei er geblendet, obwohl weit und breit kein Sonnenstrahl dies nötig gemacht hätte. Dann ließ er die Hand sinken und kam auf ihn zu. In der Mitte des Strandes trafen sie sich.
„Ein ungewöhnlicher Treffpunkt“, lächelte Abelius.
Klaas Vermeulen war ein kleiner, stämmiger Mann mit einer goldgefaßten Brille, hinter der ihn dunkle Augen spekulierend betrachteten.
„Ich war ziemlich überrascht, von Dir zu hören, das kannst Du mir glauben. Ich dachte, sie hätten Dich für den Rest Deines Lebens weggesperrt und den Schlüssel weggeworfen“, grinste der Mann mit dem typischen holländischen Akzent.
„Tja, scheint nicht so zu sein, was!“
„Hast Du Dir einen Tunnel gegraben?“
„Bin ich ein Maulwurf? Nein, ich bin hochoffiziell entlassen, weil ich ein guter Mensch geworden bin“, zog Abelius hämisch die Mundwinkel nach unten.
„Und das kann man bei Euch in Deutschland im Knast werden, ein guter Mensch?“
„Oh ja! Aber ich bin nicht hergekommen, um mit Dir über die Vorzüge der deutschen Knastkultur zu diskutieren. Wieso treffen wir uns hier?“
„Gefällt Dir der Ort nicht?“ fragte Vermeulen amüsiert und blickte Abelius von schräg unten herauf an.

„Doch, warum nicht. Ich liebe das Meer und habe seit vielen Jahren keine Seeluft mehr schnuppern können. Ich dachte nur, vielleicht befürchtest Du in Deinem Amsterdamer Büro ein paar Wanzen!“
„Absolut nicht, mein Lieber. Ich bin nach wie vor ein ganz seriöser Geschäftsmann. Wer sollte da schon ein Interesse daran haben, mir ein paar Wanzen unterzujubeln?“ lächelte Vermeulen leutselig. „Ich besitze hier ganz in der Nähe ein Strandhaus und dachte mir, warum sollte ich um diese Jahreszeit in der Stadt hocken und auf Dich warten?“
Wie zwei Müßiggänger schlenderten sie am Rand der plätschernden Wellen entlang, bis Vermeulen seinem Gast bedeutete, daß sie nun den Strand hinaufgehen mußten.
„Dort steht meine bescheidene Hütte für die schönen Tage des Jahres“, erklärte der Holländer.
Von außen sah das Haus tatsächlich etwas bescheiden aus, mehr eine bessere Bretterbude, an der die Farbe an etlichen Stellen abblätterte. Gerade als sie die Hütte erreichten, erwischte sie noch ein heftiger Regen, der urplötzlich eingesetzt hatte. Im Nu war der Strand wie leergefegt, nur der bierbäuchige Jogger stapfte weiter todesmutig durch den nassen Sand.
Im Inneren des Hauses sah es wesentlich einladender und komfortabler aus, als Abelius es erwartet hätte. An den Fenstern hingen sogar Gardinen und Vorhänge. An einer rustikalen Bar, die gut sortiert schien, goß Vermeulen für sie beide jeweils ein gutbemessenes Glas Whisky ein.
„Mit oder ohne Eis?“ fragte er.
„Mit!“ gab Abelius zurück.
Sie prosteten sich zu. „Auf ein überraschendes Wiedersehen“, sagte der Holländer. „Und nun raus mit der Sprache, was erwartest Du von mir?“
„Das gleiche wie auch schon früher!“
„Papiere also!“
„Ganz recht“, nickte Abelius, nahm einen kräftigen Schluck und zog ein Kuvert aus der Jackentasche.

Vermeulen nahm es und warf einen Blick hinein. Zunächst registrierte er nur die Geldscheine. Mit geübtem Blick erkannte er, welche Summe ihm zugedacht war.
„Oh, sehr großzügig!“ staunte er ein wenig. Dann entnahm er dem Umschlag einen Zettel, auf dem einige Angaben und Daten standen und ein Paßfoto.
„Hat aber wenig Ähnlichkeit mit Dir“, stellte er fest und betrachtete Abelius schlitzohrig.
„Ist auch nicht für mich. Schließlich bin ich ein freier Mann mit einem wunderschönen, echten Paß!“
„Wenn ich mich recht erinnere, hattest Du früher gerne etwas in petto! Na ja, mir soll's recht sein!“ bemerkte Vermeulen und goß ihnen einen zweiten Drink ein. „Doch wenn ich Deine Großzügigkeit richtig interpretiere, bist Du nicht alleine deswegen zu mir gekommen. Habe ich recht, oder habe ich recht?“
Verspielt drehte Abelius das Kristallglas in der Hand, und auf seinem Gesicht erschien ein verschlagener Ausdruck.
„Was willst Du noch?“
„Du hast natürlich vollkommen recht, mein Freund! Ich dachte, Du könntest noch etwas für mich besorgen!“

Selbstbewußt stolzierte Dr. Sarah Vieten über den Flur des KK11. Siebenkotten blickte ihr entgegen, als er sie vor seiner Bürotür erwartete. Ihre Blicke, die sich trafen, drückten kühle Distanz aus. Sie gaben sich nicht die Hand, nachdem die Frau den Hauptkommissar erreichte. Er vollführte lediglich eine einladende Handbewegung zu seinem Büro und ließ sie an sich vorüber eintreten. Dann stellte er kurz seine Kollegen Arnsberg und Lessmann vor, die bereits um den kleinen Besprechungstisch in der Ecke Platz genommen hatten.
„Was gibt es denn so Dringendes, daß ich hier bei Ihnen antanzen muß?“ fragte die Psychologin hochnäsig und setzte sich auf den letzten freien Stuhl.

„Ach, tanzen würde ich das nicht gerade nennen! Tanzen ist doch ein Vergnügen, und Sie sind garantiert nicht zum Vergnügen hier!“ erwiderte Siebenkotten.
Ironisch grinste sie zurück. „Schade, eigentlich tanze ich sehr gerne, und ich weiß, daß es den Männern gefällt, wie ich tanze!“
„Sehr schön, aber dann lassen wir jetzt das tänzerische Vorgeplänkel und kommen direkt zur Sache“, wurde Siebenkotten ernst. „Wir hätten uns gerne noch einmal ausgiebig mit Ihrem Schützling unterhalten. Nur können wir den Herrn Abelius nicht erreichen. Sie aber wissen sicher, wo er sich momentan aufhält!“
„Sie rennen also immer noch der fixen Idee nach, er könnte direkt wieder in sein altes Leben zurückgefallen sein!“
„Eine fixe Idee ist etwas anderes. Hier handelt es sich um eine hohe Wahrscheinlichkeit“, erklärte Arnsberg.
„Arbeitet die Kripo neuerdings mit Wahrscheinlichkeiten anstatt mit Fakten?“ fragte Vieten provokant.
„Jede Theorie basiert zunächst auf Wahrscheinlichkeiten, aber wir haben auch Fakten auf der Hand“, antwortete die Kommissarin.
„Ach ja? Und die wären?“
„Sind Sie neben Ihrer Tätigkeit als Psychologin und Bewährungshelferin nun auch noch seine Anwältin?“ fragte Siebenkotten.
„Das nicht, aber Sie haben mich doch nicht herbestellt, nur um zu erfahren, wo sich Hans-Hubert momentan aufhält. Das hätten Sie mit einem kurzen Anruf klären können!“
„Am Telefon kann man nur schwerlich erkennen, ob jemand lügt!“ konterte Siebenkotten.
„Und Sie glauben, Sie würden erkennen, wenn ich Sie von Angesicht zu Angesicht belüge?“
„Lassen wir es auf einen Versuch ankommen! Also, wo hält sich Hans-Hubert, wie Sie ihn nennen, momentan auf?“ fragte Siebenkotten und fixierte die Frau.
Ein wenig amüsiert erwiderte sie seinen Blick. „Ach ja, und

wenn meine Augen jetzt kurz nach links oben an die Decke blicken, wissen Sie, daß ich lüge!"
„Ich sehe, wir verstehen uns!"
„Na schön", lächelte Vieten, „ich weiß, wo er sich aufhält! Das heißt, nicht hundertprozentig genau", relativierte sie schnell. „Er ist für ein paar Tage an die See nach Holland gefahren, den genauen Aufenthaltsort gibt er mir noch durch, je nach dem, wo er etwas Passendes zum Ausspannen findet!"
„Nach Holland, so, so.....", weiter kam Siebenkotten nicht.
„Ja, dagegen ist absolut nichts einzuwenden", unterbrach Vieten den Kommissar. „Der Mann war über sechzehn Jahre in einem Gitterkosmos, da ist es doch verständlich, mal wieder eine frische Brise spüren zu wollen! Und hören Sie, er hat nichts mit dem Mord an Eichel oder dem Selbstmord an Cornelia Sperling zu tun!"
„Wenn Sie das sagen", grinste Lessmann ironisch.
„Ja, ich sage das nicht nur, junger Mann, ich weiß es. Ich habe den Mann jahrelang studiert, um zu wissen, wie er heute ist! Sie verschwenden Ihre Zeit, er hat mit den beiden Todesfällen nichts zu tun!" Sie kramte in ihrer Handtasche und zog ein Päckchen Zigaretten und ein goldenes Feuerzeug heraus.
„In diesen Räumen ist Rauchen verboten!" machte Siebenkotten sie darauf aufmerksam.
„Und? Was wollen Sie jetzt tun, mich einsperren wegen unerlaubten Rauchens?" gab sie schnippisch zurück und zündete sich genüßlich eine Zigarette an.
„Wenn Sie von seiner Unschuld mit solch einer Überzeugung sprechen", überging Siebenkotten ihre Häme, „dann könnte das bedeuten, Sie wissen mehr, als Sie sagen. Wissen Sie etwa, wer Eichel umgebracht hat?"
„Natürlich nicht! Ich weiß nur, daß Abelius ein komplett anderer Mensch geworden ist und nichts mehr mit seinem alten Leben gemein hat. Darum kann ich so überzeugt sein, daß er nichts mit der Sache zu tun hat!"

„Also gut, dann etwas anderes“, sagte Siebenkotten, stand auf und holte einen Aschenbecher aus seiner Schreibtischschublade, stellte ihn der Psychologin hin und fuhr dann fort: „Litt Abelius im Gefängnis zuletzt eventuell unter Schlafstörungen?“
„Schlafstörungen? Wie kommen Sie darauf?“ fragte sie zurück und streifte die erste Asche von ihrer Zigarette.
„Brauchte er vielleicht ein Schlafmittel oder andere Medikamente?“
„Nein, ganz sicher nicht! Aber was soll das?“
„Nicht so wichtig, vergessen Sie's!“ winkte Siebenkotten ab. „Sorgen Sie nur dafür, daß er bis spätestens morgen Mittag auch hier zum Tanz aufschlägt, sonst müßten wir eine Fahndung nach ihm herausgeben. Sie wissen, was das bedeutet!“
„Um ehrlich zu sein, ich weiß nicht, was das hier alles bedeuten soll! Was ist denn nun mit den Fakten, von denen Sie vorhin sprachen?“
„Alles zu seiner Zeit, Frau Doktor Vieten! Das würden wir gerne mit Herrn Abelius besprechen. Aber Sie können gerne der Befragung beiwohnen, wenn er nichts dagegen hat“, lächelte Siebenkotten mokant.
„Dann kann ich ja jetzt wohl gehen!“ erwiderte sie gereizt, drückte ihre nicht ganz aufgerauchte Zigarette aus und entschwand grußlos.
„Habt Ihr gehört, sie nennt ihn Hans-Hubert! Da wird auf der Couch garantiert nicht nur die Seele therapiert!“ grinste Lessmann.
„Worauf Du Deinen Arsch verwetten kannst!“ nickte Siebenkotten vehement. „Nicht sehr professionell von Frau Doktor Sarah Vieten! Ich hoffe nur, sie ist sich der Gefahr bewußt, in der auch sie schwebt!“
„Daß wir ihr unsere neuesten Ergebnisse nicht auf die Nase binden, ist klar. Aber was soll das mit ihrem Beisein bei der Befragung von Abelius?“ wollte Arnsberg von ihrem Chef wissen.

„Ganz einfach", lächelte Siebenkotten, „ich möchte gern ihr Gesicht sehen, wenn wir unsere neuen Erkenntnisse präsentieren!"
„Ja, das könnte recht aufschlußreich werden", nickte Lessmann. „Dann schlage ich vor, wir machen für heute Feierabend!"
„Gute Idee", stimmte Siebenkotten zu. „was haltet Ihr davon, wenn ich den Chef anrufe und uns zum Essen einlade?"
„Einfach so?" sah Arnsberg ihn skeptisch an. „Ich lade mich nur ungern selber irgendwo ein!"
„Kein Problem, die beiden freuen sich, wenn wir kommen. Vor allem dürfte der Chef darauf brennen, unsere neusten Erkenntnisse zu erfahren. Zudem, wenn wir dort sind, könnten Beate und Schlüter mal früher Schluß machen. Carolina zaubert einen leckeren Nudelauflauf mit Knobi und viel Käse überbacken, und Ihr besorgt den Wein? Was sagt Ihr dazu?"
„Klingt nach einer Orgie!" erwiderte Lessmann.
„Orgie! Dazu sind wir doch charakterlich viel zu sehr gefestigt!"
„Du vielleicht, wir nicht!" schmunzelte Arnsberg.

* * *

Kapitel 18

Noch eine ganze Weile saß die Psychologin tatenlos hinter dem Steuer ihres Wagens, ohne den Motor zu starten. Sie stierte hinüber zu dem Gebäudekomplex des Polizeipräsidiums, das sie bereits vor einer guten Viertelstunde verlassen hatte. Das Seitenfenster war einen Spaltbreit geöffnet, durch das der Zigarettenqualm nach draußen abzog wie durch einen Kamin. Nachdem sie die nächste Zigarette aufgeraucht hatte, ließ sie den glühenden Stummel ebenfalls durch den Spalt nach draußen fallen. Dort gesellte er sich zu drei anderen, die den gleichen Weg genommen hatten.
Sarah Vieten war versucht, sich die nächste Zigarette anzuzünden, ließ es dann jedoch sein. Auch mit noch mehr Nikotin würde sie keinen klaren Gedanken beisammenkriegen. Zwei Seelen rangen miteinander in ihrer Brust. Die eine hieß Überzeugung, die andere Zweifel. Die letztere gewann immer mehr die Oberhand. Fahrig wischte sie sich mit der flachen linken Hand über das Gesicht. Zusehends verstärkte sich ihre Unruhe. Erste Schweißperlen bildeten sich auf ihrer hohen Stirn.
Wenn die Kripo damit drohte, eine Fahndung nach Hans-Hubert Abelius herauszulassen, mußte schon etwas Gravierendes dahinter stecken. So ohne weiteres und ohne konkrete Anhaltspunkte konnte keine Fahndung ausgelöst werden. Und daß dieser Kommissar Siebenkotten nur geblufft hatte, daran konnte sie nicht glauben. Irgend etwas mußten sie entdeckt haben. Oder brauchten sie Abelius doch nur als wichtigen Zeugen? Immerhin wußte sie, daß die Kripo im Mordfall Eichel eine Verdächtige festgenommen hatte. Zwar war es nur eine kurze Meldung in der lokalen Printpresse, doch sie hatte sie aufmerksam gelesen und nachgehakt. Es stimmte. Bei der Frau sollte es sich um die Freundin des Opfers handeln. Aber wozu konnte ihnen dann Abelius als Zeuge nutzen, wenn es das war, worum es ihnen

morgen ging? Aber eine Fahndung nach einem Zeugen, sei er noch so wichtig, wäre sehr ungewöhnlich gewesen. Nein, die Kripo ging stärker denn je davon aus, daß ihr Schützling etwas mit dem Mord zu tun hatte. Und was sollte die Frage des Kommissars nach eventuellen Schlafstörungen von Abelius? Das ergab keinen Sinn für sie.

Sollte sie versuchen, Kontakt mit ihm aufzunehmen? Bis jetzt hatte er sich noch nicht aus Holland gemeldet. Sie wußte nicht, wo sie ihn dort erreichen konnte. Lediglich seine Handynummer hatte sie. Sie könnte also versuchen, ihn darüber zu erreichen. Was sollte sie ihm sagen? Daß sie bereits nach einem Tag Abwesenheit Sehnsucht nach ihm hatte? Sollte sie ihm gar nichts weiter erklären? Einfach nur fragen, wie es ihm so ging und ob er schon eine passende Stelle des Abschaltens gefunden hatte? Nein, das war Blödsinn. Sie mußte ihm schon reinen Wein einschenken. Sie mußte ihm sagen, daß die Kripo ihn nochmals sprechen wollte. Aber dabei durfte sie ihn nicht ihre Unsicherheit spüren lassen. Und sie mußte ihn von der Notwendigkeit seines morgigen Erscheinens überzeugen. Sie glaubte ja nicht an einen Bluff des Kommissars. Also, wenn sie Abelius nicht dazu brachte, bis morgen bei der Kripo aufzutauchen, würde mit höchster Wahrscheinlichkeit eine Fahndung nach ihm ausgelöst werden.

Eine Fahndung war keine Lappalie. Also blieb ihr gar nichts anderes übrig, als Abelius unverzüglich zu kontaktieren und ihm die Situation klarzumachen. Und was wäre, wenn sie das nicht schaffte? Was wäre, wenn er einfach nicht reagierte, womöglich sogar abtauchte? Vielleicht nicht einmal aus dem Grund, daß er den Mord begangen hatte, sondern weil er ganz einfach Panik vor erneutem Freiheitsentzug hatte? Und diesmal, weil er unschuldig war. Das war er doch, oder? Sie täuschte sich doch nicht in ihm! Das konnte einfach nicht sein. Sie durfte sich von ihren Zweifeln nicht verrückt machen lassen. Der Mann hatte sich grundlegend geändert, daran gab es nichts zu rütteln!

Sie kramte ihr Handy aus der Tasche, zündete sich umständlich nun doch eine weitere Zigarette an und wählte die von Abelius angegebene Nummer. Das Freizeichen ertönte, und sie hoffte, daß sich nicht nur eine mechanische Stimme melden würde. Doch es meldete sich Abelius, und er schien hocherfreut, ihre Stimme zu hören.

Schon während des Essens hatte Walter seine Neugier kaum zügeln können. Mit Rücksicht auf Carolina aber hatte er sich zurückgehalten. Andreas hatte lediglich etwas von interessanten Neuigkeiten erwähnt und dabei einen vielsagenden Blick von Carolina erhascht. Dieser Blick hatte ihm verraten, wie unsicher und verängstigt die Frau war.
Natürlich hatte sie sich gefreut, als er angerufen und ihren Besuch angekündigt hatte. Doch ebenso natürlich war ihr klar gewesen, was dieser Besuch auch bedeutete. Seit Tagen nun schon wurden sie rund um die Uhr bewacht. Und wenn sie mal für kurze Zeit das Haus verließen, folgte ihnen der Wagen mit den beiden Kripobeamten, die in ständigem Wechsel für ihre Sicherheit sorgen sollten.
Carolina fühlte sich absolut nicht sicher, was nicht an den ehemaligen Kollegen ihres Mannes lag. Die verrichteten ihre Aufgabe garantiert professionell. Doch wie ein Damoklesschwert über ihr spürte sie die Bedrohung, die mit ihrem Schutz einherging. Im tiefsten Inneren war sie nach wie vor der Überzeugung, es wäre vernünftiger gewesen und es ginge ihnen besser, auch ihrem Mann, wenn sie irgendwohin, möglichst weit weg, geflogen wären.
Nicht nur, weil Walter es deutlich spürte, sondern er es auch glasklar wußte, wie belastend und bedrohend die Situation für seine Frau war, hatte er ihr vorgeschlagen, die Reise ins Irgendwo alleine anzutreten. Wenn Abelius sich tatsächlich mit Racheplänen beschäftigte, so waren sie nur gegen ihn gerichtet. Doch daß Carolina ihren Mann alleine zurückließ und nur sich in eine vermeintliche Sicherheit brachte, kam für sie selbstverständlich nicht in Frage. Sie blieb, ungeach-

tet ihrer Angst und Verzweiflung. Schäbig und einer liebenden Ehefrau nicht würdig wäre sie sich vorgekommen, hätte sie Walter alleine dieser Gefahr ausgesetzt.
Nachdem alle gesättigt waren, sie selbst hatte nur sehr wenig gegessen, räumte sie den Eßtisch ab und machte sich in der Küche zu schaffen. Was die drei Kommissare nun mit ihrem Mann besprachen, wollte sie gar nicht hören. Augenscheinlich war dies Walter sehr recht.
„Bisher war es ja nur mein Gefühl, was mich sicher sein ließ, daß Abelius, kaum wieder in Freiheit, erneut mit dem Morden begonnen hat wie in alten Zeiten“, begann Siebenkotten, „doch inzwischen gibt es eindeutige Fakten, die mein Gefühl bestätigen.“
„Aber Ihr habt doch die Freundin des Gefängniswärters verhaftet.“
„Das ist richtig, Walter! Zum Zeitpunkt ihrer Verhaftung sprach sehr viel für sie als Täterin. Sie war zur Tatzeit am Tatort, sie hatte ein Motiv, und in ihrer Wohnung haben wir blutbefleckte Wäsche gefunden. Blut, was eindeutig von Eichel stammt“, berichtete Arnsberg.
„Sie gibt auch zu, ihren Freund bis zum Parkhaus verfolgt zu haben, auch noch im Parkhaus gewesen zu sein, doch da hat sie angeblich nur gesehen, daß er schon tot und über und über mit Blut besudelt war“, ergänzte Lessmann. „Dabei will sie sich die Kleidung versaut haben, als sie sich über ihn gebeugt hat. Das könnte sogar hinhauen!“
„Ja, und daß sie dann in Panik davonrennt, wäre nur zu verständlich und natürlich“, sagte Siebenkotten.
„Das leuchtet ein“, nickte Matheisen. „Und was spricht für Abelius als Täter?“
„Also, Chef“, begann Siebenkotten, „für die Tatzeit hat er kein Alibi. Er gibt an, zu der Zeit, als Eichel umgebracht wurde, alleine zu Hause in seinem Bett gelegen zu haben. Ein Motiv für die Tat hat er auch. Seine Freundin, die Kosmetikerin Cornelia Sperling, wurde von Eichel vergewaltigt während er noch im Knast saß.“

„Die Frage ist, hat er gewußt, was seiner Freundin widerfahren ist?“ fragte Matheisen.
„Davon ist auszugehen“, antwortete Siebenkotten, „aber auch, wenn er es nicht erfahren hat, gibt es da noch etwas. Irgend etwas ist zwischen den beiden gelaufen. Eichel hat von Abelius rund hunderttausend Euro Schmiergeld bekommen. Nun frage ich Sie, Chef, wofür zahlt ein Knacki einem Wärter so viel Geld? Eine schlüssige Erklärung haben wir noch nicht, aber dafür, daß er bei der Essensausgabe bevorzugt wird, hat Abelius sicher nicht so eine Summe locker gemacht. Garantiert hat er damit einen ganz bestimmten Plan verfolgt, der sicher alles andere als koscher war! Und damit bedeutete Eichel ein Mitwisser für ihn. Und einen Mitwisser läßt ein Abelius nicht am Leben!“
„Ich stimme Dir zu, mein Junge“, erwiderte Matheisen, „aber ein glasklarer Beweis ist bisher noch nicht von Dir erwähnt worden.“
„Das habe ich mir für den Schluß aufbewahrt“, lächelte Siebenkotten. „In der Wohnung von Cornelia Sperling wurde ebenfalls etwas Blutverschmiertes gefunden. Blut von Eichel an einem Handtuch. Doch nicht nur das. Außer dem Blut konnten wir Hautpartikel sichern, die eindeutig von Abelius stammen.“
„Und noch etwas kommt hinzu“, schaltete Arnsberg sich ein. „Cornelia Sperling ist an einer Kombination von Schlaftabletten und Alkohol gestorben. Könnte Selbstmord gewesen sein. Aber die Menge der Tabletten, die sie sich von ihrem Arzt hat verschreiben lassen, hat sie sich über einen längeren Zeitraum besorgt. Heißt also, lange bevor sie von Eichel vergewaltigt wurde und damit einen Grund gehabt hätte, sowohl den als sich selbst zu töten. Und daß sie sich nun aber bereits viele Monate vorher mit Selbstmordgedanken trug, ist mehr als unwahrscheinlich. Schließlich war sie verliebt und freute sich auf eine Zukunft mit Abelius. So jemand hegt keine Selbstmordgedanken!“
„Was vermutet Ihr also?“ fragte Matheisen.

„Die Tabletten waren nicht für sie selbst gedacht“, sagte Arnsberg. „Bleibt eigentlich nur Abelius, für den sie die besorgt haben kann. Aber daß der an Selbstmord gedacht hat, ist wohl auch auszuschließen.“
„Ja, und noch etwas“, sagte Lessmann. „Sie hat für ihn den Geldboten gespielt. Sie ist mehrmals in die Schweiz nach Zürich geflogen. Warum wohl? Doch nur aus einem Grund. Sie sollte sein dort liegendes Vermögen, zumindest einen großen Teil davon, nach hier holen. Unter anderem, um Eichel damit zu schmieren.“
„Richtig“, nickte Siebenkotten, „und durch den Gefängnisdirektor von Rheinbach, wo Abelius die ersten fünfzehn Jahre gesessen hat, habe ich erfahren, daß er schon seit langer Zeit immer wieder durch Kontaktanzeigen in diversen Zeitungen eine Frau gesucht hat. Einige haben ihn besucht, die meisten nur einmal. Danach hat er den Kontakt sofort wieder abgebrochen, bis er Cornelia Sperling kennenlernte. Da schien es etwas Ernstes und Dauerhaftes zu sein. Warum ausgerechnet die Sperling?“
„Tja, ich könnte jetzt lapidar antworten: Wo die Liebe hinfällt!“!
„Ihrem Gesichtsausdruck sehe ich an, daß Sie das nicht ernst meinen, Chef!“
„Ganz recht, mein Sohn“, grinste Matheisen. „Für sein Herz hat der Mann noch nie etwas gebraucht!“
„Eben! Die Bemerkung eines Mitgefangenen in Ossendorf, den wir übrigens auch kennen, Chef, hat uns hellhörig werden lassen. Bei seiner Vernehmung und auf die Kosmetikerin angesprochen, meinte er, sie sei nun endlich die Richtige! Abelius suchte eine ganz bestimmte Frau. Sicher auch nicht nur als Geldbotin. Da steckte noch sehr viel mehr dahinter!“ sagte Siebenkotten voller Überzeugung.
„Gut, allmählich beginne ich zu verstehen, was Ihr mir alles sagen wollt“, nickte Matheisen. „Da formt sich langsam ein Bild. Ich kenne diesen Mann, höchstwahrscheinlich besser als jeder andere. Ich habe ihn monatelang beobachtet und

verfolgt. Dieser Mann tut nichts, ohne einen ganz bestimmten Plan. Als ich ihn damals hier in Köln beschattet habe, da vermittelte sich mir erst der Eindruck, er wäre unter die Samariter gegangen. Obdachlosenhäuser hat er besucht, Klamotten und Geld verschenkt, ein wahrer Wohltäter! Pah!" schnaufte Matheisen verächtlich. „Von wegen Samariter und Wohltäter! Erst viel später stellte sich heraus, was er wirklich damit bezweckte. Er suchte einen Doppelgänger, ein Double besser gesagt, das an seiner Stelle die verbrannte Leiche abgeben sollte. Ein Double für den Tod!
Und nachdem, was wir jetzt alles wissen, gibt es für mich keinen Zweifel mehr, daß er auch im Gefängnis nach einem Plan gesucht hat, trotz Sicherungsverwahrung vorzeitig wieder freizukommen. Daß er dies auf legalem Weg schafft, darauf konnte er sich nicht verlassen, mochte seine Psychologin noch so clever und anerkannt sein. Hunderttausend Euro hat er dem Eichel zukommen lassen. Vermutlich sollte er noch viel mehr erhalten. Und das läßt für mich nur einen Schluß zu. Flucht, mit Eichel als Fluchthelfer. Und seine Freundin, die er sorgfältig ausgewählt hat, sollte das Geld aus der Schweiz holen, um alles finanzieren zu können."
„Genau, Chef!" fuhr Siebenkotten dazwischen. „Und als das dann doch mit seiner legalen Entlassung klappte, hatte er zwei Mitwisser, die er jetzt nicht mehr brauchte und die ihm mit ihrem Wissen hätten gefährlich werden können. Das Glück beschert ihm die Vergewaltigung von Cornelia Sperling. Also tötet er zunächst Eichel und kurze Zeit später seine Freundin. Das sollte nach Selbstmord aussehen."
„Mhm", brummte Matheisen, „so weit, so gut. Doch bevor wir uns auf eine Theorie festlegen, sollten wir noch einmal alles überdenken und uns die drei Möglichkeiten vor Augen führen. Hildegard, Sie sind jetzt die Friseuse, Veronika Grothe. Wie hat sich alles aus dieser Sicht abgespielt?"
„Okay, verstehe", nickte die Kommissarin. „Also, ich lerne vor knapp einem Jahr Fritz Eichel kennen. Er ist zwar kein Adonis und etliche Jahre älter als ich, aber er hat ´ne Menge

Geld und kann mir einiges bieten, fährt ein dickes Auto, hat eine elegante Eigentumswohnung und ist nicht kleinlich. Ich halte ihn für einen gewieften Geschäftsmann mit vielleicht nicht ganz legalen Geschäftspraktiken. Aber das stört mich nicht. Alles läuft gut, bis ich eines Tages durch Zufall sehe, wie er sich mit einer anderen Frau in einer Kneipe im Agnesviertel trifft. Ich folge der Frau nach Hause, wo auch mein Freund schon in der Wohnung auf sie wartet. Das macht mich wütend. So ein alter, häßlicher Kerl betrügt mich, die junge, knackige, gutaussehende Frau, mit einer anderen. Dann bekomme ich auch noch ein Telefonat mit, in dem er sich natürlich nur mit dieser Frau im Parkhaus treffen will. Ich folge ihm bis auf das Parkdeck. In einem Ansturm von Wut und Enttäuschung greife ich nach einem Rasiermesser, das ich bei mir habe und schneide diesem Mistkerl die Kehle durch. In Panik über meine Tat renne ich aus dem Parkhaus und entdecke, daß ich mich mit Blut besudelt habe. Ich muß nach Hause, mich umziehen und säubern. Allmählich kann ich wieder klar denken. Ich muß den Verdacht von mir ablenken. Also nehme ich das Handtuch, an dem Eichels Blut klebt, mit zu Cornelia Sperling. Unter einem Vorwand verschaffe ich mir Zutritt zu ihrer Wohnung, deponiere im Bad das Handtuch und entdecke dort eine Menge Schlaftabletten. Ich gebe mich als Freundin von Eichel zu erkennen und will sie zur Rede stellen, was sie mit meinem Freund zu schaffen hat. Sie bestreitet, mit diesem Kerl befreundet zu sein und erzählt mir erzürnt von der Vergewaltigung. Da fallen mir die Tabletten im Bad ein. Ich mache auf mitfühlend und trinke mit ihr einen Whisky und einen zweiten und dritten. Peu á peu mische ich ihr die Schlaftabletten unter, lege sie aufs Bett und drapiere alles so, daß es nach Selbstmord aussehen muß!"

„Gut, sehr anschaulich, Hildegard", sagte Matheisen. „Und nun Sie, Steffen. Sie sind Cornelia Sperling. Wie ist alles mit Ihnen als Mörderin passiert?"

„Na schön, dann werde ich jetzt mal meine weibliche Seite

zum Vorschein bringen“, grinste Lessmann. „Ich bin fünfundvierzig Jahre alt, Kosmetikerin und Single. Bisher war nichts Aufregendes dabei, was meine Männerbekanntschaften betrifft. Da lese ich eine Kontaktanzeige, die mich neugierig macht. Ein Knacki sucht Bekanntschaft zu einer Frau. Das klingt spannender als alles andere, was ich bisher erlebt habe. Ich fahre also nach Rheinbach in den Knast und treffe auf Abelius, einen zwölffachen Mörder, der aber eine Therapie bei einer anerkannten Psychologin macht, eine erfolgversprechende Therapie, wie es aussieht. Der Mann ist charmant, sieht gut aus und versteht es, mich für ihn einzunehmen. Schließlich kann sich ein Mensch auch ändern, und jeder hat eine zweite Chance verdient. Auch ich gefalle ihm und es entwickelt sich eine echte Beziehung. Wir schaffen es, daß er nach Ossendorf verlegt wird, für Doktor Vieten und auch für meine Besuche angenehmer. Dann offenbart er mir, daß er eine Menge Geld in der Schweiz hat, legales Geld. Und er braucht einiges davon hier, um einen Wärter, der empfänglich dafür ist, zu schmieren. Falls das mit seiner legalen Entlassung nicht klappt, denkt er auch an Flucht, bei der ihm Eichel helfen soll. Mich bittet er zusätzlich, ihm für seine Zeit in Freiheit ein paar echte Schlaftabletten zu besorgen. Im Knast gibt es nur dieses normale Zeug, das keine echte Wirkung zeigt. Ich lasse mir also in ausreichenden Abständen von meinem Arzt Zopiclon verschreiben. Auch erkläre ich mich einverstanden, nicht nur das Geld aus der Schweiz zu holen sondern auch bestimmte Summen an Eichel zu übergeben. Dem gefällt natürlich nicht nur das Geld, auch ich turne ihn an. Nach der letzten Geldübergabe folgt er mir in meine Wohnung, überfällt mich dort, schlägt mich zusammen und vergewaltigt mich. Die einzige Gegenwehr, die ich leisten kann, ist ein heftiger Biß in seine Zunge“, grinste Lessmann breit, bevor er fortfuhr: „Alles, auf was ich mich gefreut hatte, ist mit einem Schlag verschwunden. Die Entlassung meines Knackifreundes stand kurz bevor, ein neues, aufregendes Leben ohne Geld-

sorgen an der Seite eines attraktiven Mannes lag vor mir. Und dann das! Alles ist kaputt. Sogar die Entlassung meines Freundes kann mir keinen Trost geben. Selbst den hole ich nicht ab und will ihn nicht sehen. Dafür rufe ich Eichel an und bestelle ihn für sieben Uhr ins Parkhaus, lauere ihm dort auf und schlitze ihm die Kehle auf. Die gerechte Strafe für einen Vergewaltiger! Ich fahre nach Hause und wasche mir das Blut ab. Abelius, mein Freund erscheint. Er hält sich nicht lange bei mir auf, lediglich sein Geld übergebe ich ihm. Dann verschwindet er wieder. Ich verfalle in Depressionen, kann mit allem nicht fertig werden, auch nicht mit meiner Schuld, zur Mörderin geworden zu sein und schlucke den tödlichen Cocktail aus Zopiclon und Whisky!"
„Prächtig, Steffen!" sagte Siebenkotten. „Und ich soll jetzt Abelius nachvollziehen!"
„Genau, mein Sohn!" bestätigte Matheisen.
„Nichts leichter als das, schließlich habe auch ich diesen Mann von seiner negativsten Seite kennengelernt", nickte Siebenkotten. „Ich bin ein von Haß und Rache zerfressener Mensch, und als mir ein glücklicher Umstand die finanziellen Mittel in die Hand gibt, meine Rachepläne in die Tat umzusetzen, töte ich all die Leute, die ich zu meinen Feinden auserkoren habe. Vor mehr als sechzehn Jahren gehe ich als Zorro in die Kriminalgeschichte ein. Ein beharrlicher, nie aufgebender Hauptkommissar der Kölner Kripo schafft es letztendlich unter Einsatz seines eigenen Lebens, mich zu überführen. Ich wandere für den Rest meines Lebens in den Knast. Aber auch ich bin zäh und gebe nicht auf. Vom ersten Tag meiner Haft an schmiede ich Pläne, so schnell wie möglich wieder freizukommen, um auch meinen letzten unerbittlichen Feind meine Rache spüren zu lassen. Und wieder kommt mir ein glücklicher Umstand zur Hilfe. Eine weithin anerkannte Psychologin interessiert sich für mich und meine Geschichte. Ich erkenne die Chance, daß sich dadurch außer Flucht eine zweite Möglichkeit ergibt. Also fahre ich zweigleisig. Einerseits mime ich den reumütigen

Sünder, der sich zudem als mustergültiger Häftling aufführt und sogar ein Buchprojekt auf Anregung seiner Psychologin in Angriff nimmt. Aber sollte das alles nicht helfen, verliere ich auch einen Fluchtplan nie aus den Augen. Dazu bedarf es allerdings einiges an Kapital, denn ohne Helfer geht es nicht. Und die wollen geschmiert werden. Ich brauche jemanden, der mein in der Schweiz liegendes Kapital heranschafft, und ich brauche einen Helfer im Knast. Durch Kontaktanzeigen finde ich Cornelia Sperling, die bereit ist, alles für mich zu tun. In Ossendorf, wohin ich meine Verlegung geschafft habe, treffe ich auf einen verführbaren Schlüsselknecht, Fritz Eichel. Ich verfüge jetzt über viel Geld, das ich zielstrebig einsetze, und mein Fluchtplan nimmt immer mehr Gestalt an. Da geschieht etwas, womit ich vielleicht nicht mehr gerechnet habe. Frau Doktor Sarah Vieten, meine unermüdliche Psychologin, schafft es tatsächlich, daß die Sicherungsverwahrung aufgehoben und ich in ihre Obhut entlassen werde. Kurz vor meiner Entlassung wird Cornelia Sperling nach der letzten Geldübergabe an Eichel von dem vergewaltigt. Ich erfahre davon und bestelle Eichel einen Tag, nachdem ich in Freiheit bin, in das Parkhaus in der Maastrichter Straße, wo ich ihm in altbekannter Manier die Kehle durchschneide. Damit bin ich den ersten Mitwisser los, und ein Vergewaltiger hat zudem seine gerechte Strafe erhalten.
Schon in den letzten Monaten im Knast habe ich für den Fall, daß ich meine Freiheit irgendwie wiedererlange, beschlossen, sämtliche Mitwisser, was meine Flucht betrifft, auszulöschen, also auch Cornelia Sperling. Das sollte dann wie Selbstmord aussehen. Unter einem Vorwand habe ich mir von ihr die Schlaftabletten besorgen lassen, von denen sie annehmen sollte, daß Eichel sie zu mir in den Knast schmuggelt, in Wahrheit aber gesammelt hat, um sie mir an dem besagten Morgen im Parkhaus zu übergeben.
Nach dem Mord an ihm fahre ich mit blutigen Händen und Klamotten zu mir nach Hause, säubere mich und nehme das

blutbeschmierte Handtuch mit zu Cornelia Sperling, die ich dazu bringe, mit mir ein paar Drinks zu nehmen. Auf meine wiedergewonnene Freiheit natürlich, aber in ihrem Glas befindet sich immer die tödliche Mixtur aus Whisky und Zopiclon. Dann nehme ich das restliche Geld, das sie für mich gebunkert hat, verschwinde und spiele weiter für alle das Unschuldslamm, das ja wohl nicht so blöde ist und nach einem Tag in Freiheit wieder mit dem Morden beginnt!"

„Ja", nickte Matheisen, „das klingt alles sehr plausibel, und wenn ich alles sage, dann meine ich auch die beiden anderen Versionen. Wir können jetzt nur Rätseln, welche am wahrscheinlichsten ist. Und noch wichtiger, was können wir beweisen?"

„Das blutige Handtuch in Sperlings Wohnung mit seiner DNA ist doch wohl ein klarer Beweis", sagte Siebenkotten.

„Nicht unbedingt", wiegte Matheisen den Kopf hin und her, „er hat doch zugegeben, an dem Tag bei ihr gewesen zu sein. Dabei kann er im Bad das Handtuch angefaßt haben."

„Ist es überhaupt zwingend, daß wir in beiden Fällen von einem Täter ausgehen?" fragte Arnsberg.

„Gute Frage", erwiderte Matheisen, „auch zwei Täter wären möglich, auch wenn mir Deine Version, Andreas, als am plausibelsten erscheint, nachdem was wir schon mit diesem Mann erlebt haben!"

„Na toll!" seufzte Lessmann. „Zwei Täter, die Friseuse bringt ihren Freund um und Abelius seine Freundin! Und jetzt ist er nach Holland, um sich abzusetzen!"

„Er ist in Holland?" fragte Matheisen überrascht.

„Ja, angeblich, um ein wenig auszuspannen", grinste die Kommissarin. „Oder doch eher, um zu verschwinden? Vielleicht hätten wir ihn doch beschatten sollen!"

„Nee, nee!" schüttelte Siebenkotten energisch den Kopf. "Das hätte überhaupt nichts genutzt. Spätestens nach einer halben Stunde hätte er seine Bewacher abgehängt! Und wenn man von der Bildfläche verschwinden will, macht man das nicht über Holland!"

„Ganz bestimmt nicht“, pflichtete Matheisen bei. „Zudem hat er hier noch etwas zu erledigen, und die Zeit und ich laufen ihm dabei nicht weg!“
„Sie glauben also, er hegt nach so langer Zeit noch immer Rachegedanken gegen Sie?“ fragte Lessmann.
„Was ich glaube, ist nicht so interessant, mein junger Freund“, lächelte Matheisen milde, „aber ich weiß, daß dieser Mann niemals zu einem geläuterten Menschen geworden ist, der seine abscheulichen Verbrechen zutiefst bereut! Seine Fluchtabsichten oder der Drang, in Freiheit zu gelangen, waren ganz sicher nicht alleine nur einem natürlichen Bedürfnis geschuldet. In erster Linie ist er von Rache gegen mich getrieben. Und ich weiß das, weil er mich angerufen hat!“
„Er hat Sie angerufen, Chef?“ platzte es ungläubig aus Siebenkotten heraus.
„Ja, aber bitte“, Matheisen sprach plötzlich sehr leise, „kein Wort zu Carolina! Sie macht sich ohnehin schon Sorgen genug!“
Die drei Kommissare nickten, und Siebenkotten hakte nach.
„Was hat er gesagt, was wollte er?“
„Er wollte wissen, wie es mir geht. Und es war eindeutig für mich, daß ihm sein Anruf Spaß machte, sicher auch, weil er gemerkt hat, wie erschrocken ich war!“
„Dann will er tatsächlich nur ein paar Tage ausspannen und sich etwas Zeit gönnen“, sagte Arnsberg.
„Genau! Er weiß, mir geht es einigermaßen gut, also läßt er ein paar Tage ins Land ziehen, bevor er mir nach dem Leben trachtet!“
„Nur wird ihm das nicht gelingen, Chef! Dafür garantiere ich!“ versicherte Siebenkotten mit Bestimmtheit. „Und morgen werden wir uns den Herrn vornehmen. Sollte er nicht erscheinen, schießt er damit ein klassisches Eigentor!“

* * *

Kapitel 19

In Scheveningen hatte am Nachmittag ein starker Wind die Wolken und damit den Regen verscheucht. Nun küßte eine blutrote Sonne den äußeren Saum des Meeres. Die beiden Männer saßen im aufgewärmten Sand und sahen der versinkenden Sonne zu. In der Hand hielt jeder eine Dose Bier, die Vermeulen aus seinem Strandhaus geholt hatte.
„Ich will nicht drängen, aber kannst Du mir alles bis morgen zum Mittag besorgen?“ fragte Abelius den Holländer.
„Warum so eilig? Genieße hier noch ein paar schöne Tage, und in zwei Tagen, spätestens drei bekommst Du alles, was Du wolltest!“
„Ich muß morgen zurück nach Köln und weiß nicht, wann ich es dann schaffe, wieder herzukommen“, erwiderte Abelius unaufgeregt, zündete sich eine Zigarette an und nahm einen kräftigen Schluck aus der Bierdose.
„Probleme?“ wollte Vermeulen wissen und blickte seinen Geschäftspartner fixierend von der Seite an.
„Nicht wirklich! Keine, die ich nicht lösen könnte!“
„Warum dann diese Eile?“
„Sagen wir, es würde einiges für mich einfacher sein, wenn ich morgen wieder in meiner Heimat wäre!“
„Na, wenn es Dir so pressiert, will ich mal sehen, was sich machen läßt! Kostet aber eine Kleinigkeit mehr“, grinste der Holländer.
„Geld spielt keine Rolle!“
„Schön zu hören. Und wenn Geld keine Rolle spielt, hast Du vielleicht noch zusätzliche Wünsche?“
„Was sollte das sein?“ fragte Abelius mißtrauisch.
„Nun, in den letzten Jahren habe ich mein Sortiment ein wenig erweitert. Ich könnte also auch noch andere Dinge liefern, wenn Du daran Interesse hättest!“
„Werde doch mal deutlich und sprich nicht in Rätseln! Was also willst Du mir noch anbieten?“

„Wie wär's mit etwas Anregendem?“
„Etwa Drogen?“
„Möglich!“
„Was denn, Rauschgifthandel im Land der legalisierten Drogen? Und das rechnet sich?“
„Koks zählt nicht dazu, mein Freund! Übrigens beste Qualität! Und was das Rechnen angeht, die Grenzen sind offen, wir sind Europa!“
„Interessant“, nickte Abelius. „Ist aber nichts für mich, Klaas. Mir reicht das hier“, er deutete auf seine Zigarette. „Und ab und zu ein guter Schluck! Außerdem würde es gegen meine Bewährungsauflagen verstoßen. Und das willst Du mir doch nicht antun, oder?“
Vermeulen lachte lauthals, und Abelius stimmte schließlich mit ein.
„Du hast ein ansteckendes Lachen“, gluckste er.
„Keine Sorge, mein Freund, das ist das einzige, was an mir ansteckend ist“, grinste Vermeulen breit wie ein Honigkuchenpferd. „Und Du bist sicher, daß Du nicht doch etwas von dem Superstoff gebrauchen kannst, auch nicht ein bißchen für den Eigenbedarf?“
„Nein, wirklich nicht. Laß gut sein!“
„Schade, kann man nichts machen! Dann will ich mal los und sehen, ob ich Deine Eilbestellung erledigen kann. Wir treffen uns, sagen wir, so gegen zehn dort, wo wir zu Mittag gegessen haben. Einverstanden?“
„Einverstanden! Ich weiß, daß ich mich auf Dich verlassen kann“, nickte Abelius zufrieden, rauchte genüßlich seine Zigarette zu Ende und beobachtete die Wellen, wie sie den Strand hinaufliefen und im Sand versickerten. Dann sank er nach hinten und blickte in einen unruhigen Himmel.
Seine Gedanken wanderten zurück zu den Anrufen. Ihr letzter hatte ihn vor einer knappen Stunde erreicht. Wie oft würde sie ihn noch nerven? Er hatte ihr doch bereits bei ihrem ersten Anruf versichert, daß er kommen würde. Wie oft wollte sie es denn noch hören? Hatte er sich mit Sarah

Vieten ein neues Problem aufgeladen, nachdem sich alles andere so wunderbar gelöst hatte? Die Kripo, insbesondere sein spezieller Freund Siebenkotten, bereitete ihm überhaupt keine Sorgen, aber eine nervende, klammernde Frau konnte er gebrauchen wie ein Loch im Kopf.
War er undankbar? Undankbar? So ein Schwachsinn! Daß er so einen Gedanken in sich aufkommen ließ, trieb ihm ein verächtliches Lächeln über sich selbst ins Gesicht. Es gab Geber, und es gab Nehmer im Leben. Das war schon immer so, und das war auch gut so! Und er war schon immer ein Nehmer! Und damit basta!
Wenn der Holländer ihm nachher die gewünschten Dinge übergab, hatte er die erste Hürde für sein weiteres Vorhaben genommen. Dann jedoch wartete etwas auf ihn, was ihm noch einiges Kopfzerbrechen bereitete. Wie sollte er seinen Kumpel schnell und ohne viel Aufwand aus dem Knast kriegen. Natürlich könnte er ihn auch dort versauern lassen, aber er hatte etwas ganz Spezielles mit ihm vor. Also mußte er sich etwas einfallen lassen. Und erst, wenn das geschafft war, konnte er sich daran machen, sein eigentliches Ziel in Angriff zu nehmen. So lange mußte er auch noch bei seiner Frau Doktor den braven Klienten spielen. Nicht einfach, aber da hatte er schon ganz andere Dinge in seinem Leben gemeistert. Und bis jetzt hatte das ja auch ganz ordentlich funktioniert. Sie fraß ihm förmlich aus der Hand, auch wenn ihm ihr Klammern begann, auf die Nerven zu gehen. Doch wenn alles andere erst mal erledigt war, gab es auch da eine simple Lösung.
Entschlossen stand er auf, trank den letzten Schluck Bier, das allmählich schon warm in der Dose geworden war und sah auf seine Uhr. Gleich acht. Er verließ den Strand und kehrte in sein Hotel zurück.

Zur gleichen Zeit hockte Veronika Grothe in ihrer Zelle auf dem Bett. Die Beine hatte sie bis unter das Kinn hochgezogen und mit den Armen umschlungen. Ihre Augen waren ge-

schlossen, und ihr feuerrotes Haar klebte verschwitzt an ihrem Kopf.
Sie verfluchte den Tag, an dem sie Fritz Eichel begegnet war. Ein Jahr, in dem sie sich vorgekommen war wie eine Märchenprinzessin. Jeder Wunsch wurde ihr von den Augen abgelesen. Und jetzt das! War es das wirklich wert gewesen? All seine Geschenke und Zuwendungen, waren sie es wert, dafür nun so im Schlamassel zu sitzen? War sie geldgeil oder nur blöde?
Na schön, er hatte sie mit einer anderen Frau betrogen. Und? War das wirklich so dramatisch? Wie viele Männer betrogen ihre Frau oder Partnerin! Viele der Frauen merkten es gar nicht, und einige von denen, die es merkten, taten es als unwichtig ab und sahen großzügig darüber hinweg. Andere machten dem Mann die Hölle heiß, drohten mit Scheidung, finanziellem Ruin oder öffentlichem Skandal. Was hatte sie getan? Wenn Frauen zu Furien werden, sagte man nicht so?
Wieso war sie nicht bei ihren bisherigen flüchtigen Bekanntschaften geblieben? Das war doch auch kein schlechtes Leben gewesen. Sie hatte einen Beruf, der ihr Spaß machte, und wenn sie was fürs Bett brauchte, mußte sie nur einmal kurz mit den Fingern schnipsen, und gleich standen drei oder vier ansehnliche Typen bereit, ihr zu Diensten zu sein.
Wieso hatte sie sich ausgerechnet an so einen gebunden, nicht nur finanziell sondern auch emotional, wie sie nun traurig feststellen mußte. Dabei war er gar nicht das, was sie in ihm gesehen hatte. Von wegen, ein gutverdienender Geschäftsmann! Ein popeliger Gefängniswärter war er, der sich allem Anschein nach hatte ordentlich schmieren lassen. Im Grunde genommen, im Vergleich zu ihr, ein alter Knacker, ein häßlicher dazu! Und nur, weil sie sich von seinem vermeintlichen Reichtum hatte blenden lassen, saß sie nun hier in dieser Zelle, saß ganz tief in der Scheiße! Was war sie doch für eine blöde Kuh!

Nachdem sie sich von den Matheisens verabschiedet hatten, fuhren Arnsberg und Lessmann mit dem Wagen nach Hause. Andreas war da geblieben und wollte auch dort übernachten, weil er das Bewacherteam für diese Nacht in den Feierabend entlassen hatte. Auch wenn sich Abelius momentan in Holland aufhalten sollte, wollte er kein Risiko eingehen und das Ehepaar Matheisen ohne Schutz lassen.
„Sehr viel klüger haben uns die ganzen Überlegungen, die wir angestellt haben, nicht gemacht“, stellte Lessmann, der sich von seiner Partnerin chauffieren ließ, deprimiert fest.
„Nein, nicht wirklich“, stimmte Arnsberg ihm zu. „Ganz im Gegenteil sogar. Neben den drei Möglichkeiten, die wir bisher in Erwägung gezogen hatten, sind noch einige Varianten hinzugekommen!“
„Zwei Täter! Ja, tatsächlich, es könnten auch zwei Täter in Frage kommen, oder es könnte sich noch ganz anders zugetragen haben“, schüttelte er nachdenklich den Kopf.
„Ja, Veronika Grothe tötet zwar ihren Freund Fritz Eichel, hat aber mit dem inszenierten Selbstmord von Cornelia Sperling nichts zu tun. Wir haben ja auch keinerlei Spuren von ihr in der Wohnung gefunden“, überlegte Arnsberg.
„Genau! Oder Abelius tötet Eichel, und die Kosmetikerin begeht tatsächlich Selbstmord. Zwar hat sie die Tabletten eigentlich nicht für sich besorgt sondern aus einem vorgegebenen Grund für ihren Freund. Aber dann hat sie sie doch selbst genommen, weil sie mit der Vergewaltigung nicht klarkam, und möglicherweise Abelius sie nun auch links liegen lassen wollte!“
„Richtig“, nickte Arnsberg. „Oder Cornelia hat Eichel ins Parkhaus bestellt und ihn dort umgebracht. Und dann, als sie wieder zu Hause ist, taucht Abelius bei ihr auf und inszeniert ihren Selbstmord. Was er übrigens schon lange vorhatte, und wofür sie ihm ahnungslos diese Menge Tabletten besorgt hat!“
„Scheibenkleister!“ stöhnte Lessmann. „Und dabei hatten wir vor noch gar nicht so langer Zeit, als wir in der Gerichtsme-

dizin waren, auf eine ganz einfache Lösung spekuliert!"
„Du hast das gehofft oder es Dir zumindest gewünscht", verbesserte sie ihn.
„Richtig, ich hatte es mir gewünscht. Und warum habe ich es mir gewünscht, wünsche es mir sogar noch immer?"
„Weiß nicht, kann mich nicht mehr daran erinnern!" schüttelte sie den Kopf, daß ihre braunen Locken herumwirbelten.
„Aha! Na wenn das so ist, muß ich es mir noch einmal reiflich überlegen, ob ich eine Frau, die bereits an Alzheimer leidet, heiraten möchte. Hänge ich mir ja nur einen Pflegefall ans Bein! Nein danke, kein Bedarf!"
„Vorsicht, mein Freund, sonst kannst Du den Rest des Weges zu Fuß zurücklegen!"
„Oho, kaum darfst Du mal fahren, schon machst Du Dich mausig! Aber besser, ich halte meinen Mund. Vermutlich würdest Du nicht mal anhalten, wenn ich aussteige!"
„Das solltest Du viel öfter tun!"
„Was? Während des Fahrens aussteigen?"
„Deinen Mund halten!" sagte Arnsberg grimmig.
„Jawohl, Mund halten!" Er salutierte im Sitzen.
„Laß den Quatsch!" blaffte sie ihn an. „Kehren wir zu unseren wirklichen Problemen zurück. Ganz gleich, wie kompliziert sich die beiden Fälle für uns momentan noch darstellen, wenn es uns nicht gelingt, Abelius wenigstens nachweislich für einen der Todesfälle verantwortlich zu machen und damit wieder nach Ossendorf zu schicken, wartet ein weit größeres Problem auf uns. Wie lange können wir Walter und Carolina noch schützen?
Ich weiß nicht, wie es Dir geht, aber nach allem, was wir von Andreas und Walter über Abelius und deren Verhältnis zu ihm erfahren haben, bin ich mittlerweile auch felsenfest davon überzeugt, daß der Mann nicht eher Ruhe geben wird, bis er sich an Walter gerächt hat. Anfangs erschien es mir ja auch ein wenig übertrieben, aber jetzt macht mir die Situation richtig Angst! Dir nicht?"

Sie hatte vor ihrer Wohnung eingeparkt, den Motor abgestellt und schaute ihren Partner mit offenkundiger Besorgnis von der Seite an.
„Doch, mir auch!“ nickte Lessmann düster.

Das ‚Mero’ ist ein im Hafen von Scheveningen gelegenes Fischrestaurant ganz im Geiste der Zeit, sowohl im Bezug auf die postindustrielle Inneneinrichtung im Loft-Stil, als auch das Speisenangebot mit Schwerpunkt tagesfrischer Seefische und Meeresfrüchte. Das hatte Abelius bereits mit seinem holländischen Partner am Mittag genießen dürfen.
Nach zehnminütigem Fußmarsch von seinem Hotel aus erreichte er den Vissershavenweg. Ein auffrischender Wind fuhr ihm durch das Haar, und auf seinen Lippen schmeckte er die salzige Luft des Meeres. Kurz nach 22 Uhr betrat er das Lokal, und der Empfangschef erkannte ihn wieder, lächelte ihn freundlich an und begleitete ihn bis zu dem Tisch, an dem Vermeulen bereits auf ihn wartete.
Ein sofort herbeieilender Kellner drückte ihm eine Speisekarte in die Hand. Doch Abelius gab sie ihm gleich wieder zurück.
„Ich nehme nur einen leichten Salat der Saison. So spät kann ich nichts Großartiges mehr vertragen, ist mein Magen nicht mehr gewöhnt“, entschuldigte er sich.
„Wie Sie wünschen, min Heer“, verbeugte sich der Kellner und zog sich diskret zurück.
„Und Du?“ fragte Abelius seinen Gegenüber.
„Ich habe mir bereits etwas Leckeres ausgesucht“, lächelte Vermeulen. „Im Gegensatz zu Dir kann ich zu jeder Tages- und Nachtzeit essen, mein Magen verträgt immer etwas Kräftiges!“
„Man sieht’s“, frotzelte Abelius.
„Aber ein Gläschen Wein schlägst Du nicht aus!“
„Auf keinen Fall!“
Beflissentlich schenkte Vermeulen seinem Gast einen gut gekühlten Weißwein ein. Dann prosteten sie sich zu.

„Und?" wollte Abelius wissen.
„Alles wie gewünscht da", erwiderte Vermeulen und schob ihm ein Päckchen, das neben dem Besteck lag, hinüber.
Abelius legte die Hand darauf und sah den Mann forschend an. Seine grauen Augen waren kalt wie Eis.
„Kann man sie zurückverfolgen?" fragte er seinen Gastgeber, und seine Kinnmuskeln spannten sich.
„Wo denkst Du hin! Sauber wie eine OP-Schwester", gab der Holländer in einem leicht beleidigten Ton zurück und trank sein Glas aus, um es gleich wieder zu füllen.
„Entschuldige, war eine dumme Frage!"
„Ganz gleich, worum es sich handelt, Ich liefere nach wie vor nur einwandfreie Ware!" betonte Vermeulen sehr nachdrücklich.
„Klar doch! Schön, wenn man sich noch auf jemanden verlassen kann", nickte Abelius, zog einen Umschlag aus der Innentasche seines Jacketts und schob den nun seinerseits dem Holländer über den Tisch zu.
Ohne auch nur einen verstohlenen Blick hineinzuwerfen, steckte Vermeulen den Umschlag ein und zeigte wieder sein erfreutes, pausbäckiges Gesicht.
„Auch nach so langer Zeit ist es ein wahres Vergnügen, mit Dir Geschäfte zu machen", grinste er verschmitzt. „Zwar gehört es zu meinen eisernen Grundsätzen, meine Geschäftspartner nie nach ihrem Vorhaben zu fragen. Es interessiert mich nämlich nicht wirklich, aber bei Dir bin ich schon recht neugierig. Willst Du mir verraten, was Du vorhast?"
„Du solltest auch bei mir Deine ehernen Grundsätze nicht verletzen!"
„Auch nicht ein ganz kleines bißchen?" bohrte Vermeulen nach.
„Nein, auch kein kleines bißchen!" erwiderte Abelius hart.
„Na gut, ist ja wohl auch besser so!" Beschwichtigend hob Vermeulen die Hände. „Wann fährst Du?" fragte er dann.
„Gleich morgen nach dem Frühstück."

„Prima, dann könnten wir uns ja noch einen schönen Abend machen. Wenn wir gegessen haben, besuchen wir eine Bar gleich unten am Hafen und amüsieren uns noch etwas. Was sagst Du dazu?"
„Warum nicht?" lächelte Abelius und nippte an seinem Weinglas.
„Auch da bist Du natürlich mein Gast!"
„Besten Dank!"
Der Kellner servierte ihr Essen, für Abelius den einfachen Salat, für Vermeulen eine Fischplatte, die auch zwei Personen gesättigt hätte, wenn eine davon nicht Klaas Vermeulen hieß!

* * *

Kapitel 20

Früher als geplant war Abelius von Scheveningen abgefahren. Das Frühstück im Hotel hatte er ausfallen lassen. Als er am Vorabend mit Vermeulen in dieser Bar am Hafen gesessen hatte, war ihm ein Einfall gekommen. Anders als der Holländer hatte er sich mit dem Trinken und anderen Amüsiermöglichkeiten zurückgehalten. Über eine Stunde war sein feister Geschäftspartner mit einer der nicht mehr ganz frischen Damen ins obere Stockwerk verschwunden. Hatte er ihm gar nicht zugetraut, vor allem nicht nach dem, was Vermeulen vorher schon alles an Alkoholischem in sich hineingeschüttet hatte.
Gegen 2 Uhr war Abelius in sein Hotel zurückgekehrt, hatte sich die erworbene Ware zufrieden angeschaut, sich drei Stunden schlafen gelegt, dann kurz geduscht, seine Rechnung beglichen und war im Morgengrauen losgefahren. Noch vor 8 Uhr war er in Köln angekommen, gerade noch rechtzeitig, um seinen Einfall einer ersten Überprüfung zu unterziehen. Mit dem Ergebnis war er zufrieden. Etwas anderes hatte er auch nicht erwartet.
Danach hatte er sich auf den Weg nach Sülz zu Sarah Vieten gemacht, ohne vorher nicht noch seiner Bank einen kurzen Besuch abzustatten, um das Päckchen in seinem Schließfach zu deponieren.
Lange und innig, als wolle Sarah ihn gar nicht mehr loslassen, hatte sie ihn an sich gedrückt. Wie es schien, war ihr eine Zentnerlast von der Seele gefallen, und in ihre Augen war ein glückliches Strahlen heraufgezogen.
„Wie ich Dir am Telefon schon gesagt habe, scheint die Kripo etwas gefunden zu haben, zu dem sie Dich unbedingt befragen wollen“, sagte Sarah, als sie sich nun auf dem Weg nach Kalk zum Polizeipräsidium befanden. „Ich weiß nur nicht, was das sein könnte“, fügte sie mit besorgter Miene hinzu.

„Mach' Dir keine Gedanken", winkte Abelius ab. „Ich habe mir nichts Unrechtes zu Schulden kommen lassen seit ich wieder in Freiheit bin. Die können nichts gefunden haben, was mich in irgendwelche Schwierigkeiten bringen könnte."
Er saß auf dem Beifahrersitz und lächelte sie selbstsicher an. Wortlos nickte Sarah, und seine Versicherung beruhigte sie augenscheinlich, denn nun stahl sich ein zaghaftes Lächeln auch auf ihr Gesicht.

Alles hatte seine Zeit. Es gab eine Zeit des Redens und eine Zeit des Schweigens, eine Zeit des Handelns und eine Zeit des Abwartens. Diese Maxime hatte Eberhard Schild stets beherzigt, wenn er riskante Geschäfte als Banker ins Auge faßte. Er wußte, was sie von ihm wollten, und er wußte, was er wollte. Welche Zeit war jetzt für ihn opportun, die Zeit des Schweigens oder die des Redens, die Zeit des Handelns oder die des Abwartens? Von existenzieller Wichtigkeit war, zum richtigen Zeitpunkt die passende Entscheidung zu fällen.
Als er, mit Handschellen an seinen Begleiter aus Ossendorf gefesselt, über den Flur des KK11 in ein Vernehmungszimmer geführt wurde, hatte er seine Entscheidung getroffen.
„Nehmen Sie ihm die Handschellen ab, und warten Sie draußen", wies Siebenkotten Schilds Begleiter an.
Umständlich schloß der Mann die Handfessel auf und verzog sich auf den Flur.
„Setzen Sie sich, Herr Schild", bot Siebenkotten dem ehemaligen Banker einen Stuhl an. Er selbst setzte sich ihm gegenüber an den Tisch.
„Mein Name ist Siebenkotten", stellte er sich dann vor. „Ich bin hier der Chef, vergleichbar in etwa mit dem, was Sie früher in Ihrer Bank waren."
„Ich weiß, wer Sie sind", erwiderte Schild kühl.
„Schön, dann wissen Sie sicherlich auch, was sich so in den letzten Tagen zugetragen hat und weswegen Sie heute diesen Ausflug hierhin machen durften."

„Letzteres ist mir nicht ganz klar“, bemerkte Schild.
„Ach nein?“ zog Siebenkotten überrascht die Augenbrauen hoch. „Dann werde ich es Ihnen in knappen Worten erläutern. Wir haben Grund zu der Annahme, daß Sie einiges an Details über die beiden Todesfälle von Fritz Eichel und Cornelia Sperling wissen. Und Ihr Wissen könnte uns eventuell bei der Klärung helfen.“
„Ich Ihnen helfen?“ grinste Schild abfällig.
„Ja, sicher, ein wenig abwegig, nicht wahr, von einem Knacki zu erwarten, daß er der Kripo hilft, von wegen Ganovenehre und so! Wird aber weit überschätzt! Trotzdem und gerade-drum, Sie sollten sich erst einmal in Ruhe anhören, um was es genau geht!“ Siebenkotten fixierte den Mann, der ruhig auf seinem Stuhl saß und stoisch zurückstarrte.
„Sie waren ja in den letzten Monaten, sagen wir, etwas näher bekannt mit Hans-Hubert Abelius. Sie haben sich nett miteinander unterhalten, haben zusammen im Fitneßraum trainiert, um, wie Sie es meinen Kollegen gegenüber ausgedrückt haben, nicht ganz einzurosten. Und jetzt? Jetzt trainieren Sie alleine, und jemand für die Unterhaltung fehlt auch?“
Schild veränderte weder seine Position auf dem Stuhl noch seinen Blick, und den Mund hielt er fest geschlossen.
„Ihr Kumpel Abelius ist schon ein Glückskind, was? Finden Sie das nicht auch?“ fuhr Siebenkotten freundlich fort. „Der Mann ist ein zwölffacher Mörder, wird zwar letztlich geschnappt, überführt und zu einer lebenslangen Haft mit Sicherungsverwahrung verurteilt, aber dann lernt er eine Psychologin kennen, die ihn therapiert und weit vor der Zeit aus dem Knast holt. Noch eine weitere Frau lernt er kennen, Cornelia Sperling, die alles für ihn tut. Sie ist endlich die Richtige! Sagten Sie nicht so? Ach wußten Sie eigentlich, daß sie kurz vor ihrem vermeintlichen Selbstmord vergewaltigt wurde, und zwar von Fritz Eichel? Na ja, tut hier nichts zur Sache! Zurück zu Abelius, der Mann war früher zigfacher Millionär, und er ist es heute noch immer! Sein

Geld liegt in der Schweiz. Allerdings dürfte es jetzt zu großen Teilen hier sein, durch einige Reisen von Frau Sperling nach Zürich, wohl im Auftrag von Abelius. Der Mann hat eine ganz besondere Gabe, Herr Schild. Er versteht es meisterhaft, Menschen zu manipulieren, sie so zu seinem Vorteil zu beeinflußen, daß sie einfach alles für ihn tun! Ich kann das beurteilen, wissen Sie. Ich habe ihn damals, als ich noch ein blutjunger Kommissar hier war, kennengelernt. Und er hat auch uns, die Bullen, eine ganze Weile an der Nase herumgeführt! Tja, warum erzähle ich Ihnen das alles?"

„Keine Ahnung! Vielleicht erzählen Sie gerne Geschichten, oder Sie hören sich grundsätzlich gerne reden!"

„Ja, könnte sein", lächelte Siebenkotten. „Aber könnte es vielleicht auch sein, daß Abelius etwas ganz Spezielles mit Ihnen vorhatte?"

„Was sollte das wohl gewesen sein?"

„Vielleicht eine gemeinsame Flucht?"

Schild erwiderte nichts darauf. Sein Blick blieb weiterhin kühl auf Siebenkotten gerichtet.

„Na ja, für ihn selbst hat es sich ja erledigt, die Sache mit der Flucht! Wie gesagt, ein Glückspilz, unser Abelius! Und diese Frau Doktor Vieten, wirklich eine Koryphäe! Die hat es tatsächlich geschafft, ihn rauszuholen, auf ganz legalem Weg. Eine meisterliche Leistung, und eine wirklich beeindruckende Frau, aber eben eine Frau! Auf Frauen hat er schon immer eine ganz besondere Faszination ausgeübt! Sie glaubt noch immer felsenfest daran, daß der Mann sich geändert hat!" Siebenkotten schüttelte ungläubig den Kopf, und es hatte den Anschein, als habe er die letzten Sätze mehr zu sich selbst gesprochen. Dann sah er unvermittelt wieder Schild an. „Tja, und wenn unsere Vermutung stimmt, und zumindest Abelius an eine Flucht gedacht hat, dann waren Eichel und Cornelia Sperling sicherlich als Fluchthelfer gedacht. Aber die brauchte er jetzt ja nicht mehr! Und was passiert da, kaum daß er einen Tag draußen ist? Beide sterben im Abstand von nur gut zwei Stunden! Das nenne ich vielleicht einen Zufall, was! Moment“, Siebenkotten grübelte scheinbar, bevor er fortfuhr: „Könnte es vielleicht sein, daß auch Ihnen mit Hilfe von Eichel und Sperling zur Flucht verholfen werden sollte? Das wäre aber dann blöd! Jetzt sind beide tot. Hans-Hubert Abelius ist ein freier Mann, Sie nicht, Herr Schild! Sie sitzen noch für viele Jahre hinter Gittern!“

Der Mann sagte nach wie vor kein Wort, hockte auf dem Stuhl und starrte nun auf einen imaginären Punkt an der gegenüberliegenden Wand.

„Sie mimen weiter den Stummen“, sagte Siebenkotten. „Na schön, irgendwann wird Ihnen sicher ein Licht aufgehen. Möglicherweise reden Sie dann. Das tun im übrigen am Ende alle! Wir haben Zeit! Ach Mist, hätte ich fast vergessen, Sie haben ja auch Zeit, eine ganze Menge Zeit, bis Sie eventuell wieder in Freiheit gelangen. Mit etwas Kooperation könnte man die Zeit vielleicht verkürzen. Doch daran scheinen Sie kein Interesse zu haben!“ Er sah dem Mann provokant in die kalten, grauen Augen.

„Sie wollen mir doch nicht etwa andeuten, daß Sie mir Strafminderung verschaffen können? Das können Sie nämlich nicht! Im übrigen wüßte ich auch gar nicht, womit ich mir die bei Ihnen verdienen könnte!“

„Versuchen wir es doch einmal damit, daß Sie mir sagen, worüber Sie sich mit Abelius so unterhalten haben, wenn Sie beispielsweise über ein neues Leben in Freiheit spekuliert haben!“

„Sie stochern im Nebel, Herr Kommissar! Und Sie hoffen, durch Zufall auf irgend etwas zu treffen!“

„Schade, ich hatte Sie eigentlich für intelligenter gehalten“, bekannte Siebenkotten mit einem bedauernden Lächeln.

Für diese Bemerkung hatte Schild nur ein verächtliches Schnauben übrig.

Das Telefon auf Siebenkottens Schreibtisch klingelte. Er stand auf, nahm den Hörer, lauschte und legte kurz darauf

wieder auf. Noch einen Moment blieb er am Schreibtisch stehen, dann wandte er sich um.
„Tja, Herr Schild, dann noch ein paar schöne Jahre in Ossendorf!“
Er ging zur Tür und bat den Wärter, der geduldig auf dem Flur gewartet hatte, herein.
„Sie können ihn wieder mitnehmen!“
Die Handschellen schnappten zu, und nun waren Wärter und Häftling wieder miteinander verbunden.
„Ich hoffe, Du weißt, was Du tust, mein Junge“, sagte Matheisen zu Siebenkotten, als der zu ihm in den Nebenraum trat.
„Das hoffe ich auch, Chef!“ erwiderte er ernst. „Wollen mal sehen, was es für einen Eindruck auf sie beide macht!“
Der zerknirschte Gesichtsausdruck des alten Kommissars zeigte deutlich, wie unbehaglich er sich fühlte.

Wenige Minuten nach 11 Uhr betraten Dr.Vieten und Abelius das Polizeipräsidium. Beide kannten sie nun schon den Weg in den dritten Stock zum KK11. Als sie den Aufzug verlassen wollten, standen ihnen zwei Männer gegenüber, einer in der Uniform eines Gefängniswärters und der andere unverkennbar in der Kleidung eines Häftlings, beide mittels Handschellen vereint.
Die Blicke von Abelius und Schild, die sich nur kurz trafen, als feindselig zu bezeichnen, wäre die Untertreibung des Jahres gewesen. Wenn Blicke töten könnten, wäre zumindest Abelius auf der Stelle tot umgefallen.
Zwei Sekunden später waren die beiden Pärchen aneinander vorbeigetreten, das eine in den Aufzug, das andere auf dem Weg zum Geschäftszimmer. Dort wurden die Psychologin und Abelius von einer Sekretärin empfangen und anschließend in eines der Vernehmungszimmer geführt, in das sich kurze Zeit später Arnsberg und Lessmann zu ihnen gesellten.
Im Nachbarraum wurde ihre knappe, förmliche Begrüßung

von zwei aufmerksamen Augenpaaren beobachtet, ohne daß sie selbst aus dem Vernehmungszimmer wahrgenommen werden konnten. Die beiden Kommissare wußten es natürlich, daß dort Siebenkotten und Matheisen gespannt ihre Vernehmung verfolgen würden.
„Sie haben es ja sehr dringend gemacht, noch einmal mit mir sprechen zu wollen“, begann Abelius in einem gelassenen Tonfall. „Nun würde ich gerne erfahren, was meine Anwesenheit hier so dringlich erforderlich macht. Im Prinzip habe ich Ihnen doch schon alles bei meiner letzten Befragung gesagt.“
„Seit unserem letzten Gespräch haben sich doch noch einige neue Erkenntnisse ergeben“, erwiderte Arnsberg, „und dazu, meinen wir, haben wir noch nicht alles von Ihnen gehört.“
„Da machen Sie mich wirklich neugierig, was das wohl sein soll!“
„Dann will ich Ihre Neugier befriedigen“, sagte Lessmann. „In den vergangenen Tagen haben wir die finanziellen Verhältnisse von Fritz Eichel genauer unter die Lupe genommen. Und wir waren nicht wenig erstaunt, wie ausgesprochen gut der Mann dastand.“
„Na und? Was hat das mit mir zu tun?“ Abelius zuckte mit keiner Wimper, und sein Gesicht blieb ausdruckslos.
„Oh, wir denken, das hat schon eine ganze Menge mit Ihnen zu tun“, fuhr Lessmann fort. „Bis vor gut einem Jahr konnte der Mann sich mit seinem mickrigen Gehalt eines Gefängniswärters gerade so über Wasser halten. Plötzlich jedoch brach der Reichtum bei ihm aus. Er konnte sich einen teuren Wagen mit dem Stern kaufen, seine Eigentumswohnung kräftig entschulden und sein Guthaben bei der Bank deutlich aufstocken. Zusätzlich leistete er sich eine anspruchsvolle Freundin. Insgesamt, wenn wir alles zusammenrechnen“, demonstrativ blickte Lessmann in seine Unterlagen, „ja, insgesamt kommen wir auf die stolze Summe von einhunderttausend Euro, um die der Mann in einem Jahr reicher

geworden ist. Stramme Leistung was?"
„Tja, Herr Abelius, nun fragen wir uns natürlich, woher kam der plötzliche Reichtum des Fritz Eichel?" sagte die Kommissarin. „Sein Reichtum begann exakt zu der Zeit, nachdem Sie nach Ossendorf verlegt worden waren und ihn kennenlernten. Zufall?"
„Mag schon sein", zuckte Abelius lässig mit den Schultern.
„Ist es richtig, daß Sie noch ein beträchtliches Vermögen in der Schweiz haben?" fragte Lessmann. „Natürlich völlig legal", fügte er an.
„Sie sagen es, völlig legal! Ja, ich habe in der Schweiz noch etwas auf der hohen Kante!"
„Hören Sie", schaltete sich plötzlich Sarah Vieten ein, die bisher stumm dem Frage- und Antwortspiel gelauscht hatte, „was Sie da versuchen zu konstruieren, nämlich daß Herr Abelius einen Gefängniswärter bestochen haben soll, sind doch reine Spekulationen und Vermutungen. Und übrigens, warum sollte er so etwas überhaupt tun?"
„Sie werden gleich sehen, Frau Doktor Vieten, daß es weit mehr als nur Spekulationen unsererseits sind", antwortete Arnsberg. „Und auf das ‚Warum' werden wir ebenfalls noch zu sprechen kommen!" Sie wandte sich wieder an Abelius: „Als Sie noch in Rheinbach einsaßen, haben Sie eine Menge Kontaktanzeigen aufgegeben, wie wir vom dortigen Direktor erfahren haben. Sie haben Kontakt zu einer Frau gesucht, hatten dann auch mehrere, ich nenne sie mal ‚Bewerberinnen', die Sie im Gefängnis besucht haben."
„Richtig", nickte Abelius. „Wissen Sie, im Knast braucht man ein wenig Abwechslung, sonst wird der Alltag zu öde!"
„Das ist durchaus verständlich", stimmte die Kommissarin zu, „aber Sie haben nach einer ganz bestimmten Frau gesucht!"
„Ja, tun wir das nicht alle, nach einem ganz bestimmten Menschen suchen? Ein Mensch, der zu einem paßt?" fragte er ironisch zurück.
„Sie wollen damit sagen, es war eine Herzensangelegenheit

oder zumindest die einer gegenseitigen Sympathie?"
„Ja, dabei geht es doch immer bei der Partnersuche, oder?"
„Wir denken allerdings, es ging Ihnen in erster Linie um etwas ganz anderes", erklärte Lessmann. „Ich will das mal verdeutlichen. Sie haben schließlich Cornelia Sperling getroffen, und obwohl Sie sehr oft Kontakt zu Frauen im Gefängnis hatten, blieben diese Kontakte alle eine einmalige Angelegenheit. Nur plötzlich bei dieser Kosmetikerin, da wurde es etwas Ernstes! Richtig?"
„Ja, sie war etwas ganz Besonderes!"
„Genau, das nehmen wir auch an, daß sie etwas ganz Besonderes war", sagte Arnsberg. „Wir haben ihren PC ausgewertet und festgestellt, daß sie in den vergangenen Monaten mehrfach für ein, zwei Tage in die Schweiz gereist ist, genauer gesagt, nach Zürich."
„Klingelt es da bei Ihnen?" fragte Lessmann.
„Ich kenne Zürich, ja", bestätigte Abelius.
„Oh, Sie kennen Zürich nicht nur, Sie haben dort auch bei einer der Banken Ihr Vermögen liegen", hielt Lessmann ihm entgegen. „Und das wollen wir doch jetzt nicht auch wieder als Zufall abtun. Daß nämlich die Frau, nach der Sie lange gesucht haben, mehrmals in die Schweiz fliegt, genau zu dem Ort, wo Sie Ihr Geld deponiert haben!"
„Tja, Zufälle gibt es", grinste Abelius mokant.
„Ja, es ist nicht zu glauben", erwiderte Arnsberg, „zufällig hat Frau Sperling auch vor sechs Monaten bei ihrer Bank auf der Dürener Straße eines der größeren Schließfächer gemietet, gerade groß genug, einen Koffer voller Geld unterzubringen. Und wissen Sie, diese Banken haben ja eine komische Eigenart. Wenn man an sein Bankfach heran will, notieren die jeden Besuch mit Datum und Uhrzeit. Und zufällig, immer wenn Frau Sperling aus Zürich heimkehrte, tauchte sie einen Tag später bei ihrer Bank auf und wollte an ihr Fach!"
„Na und? Selbst wenn es so gewesen wäre, daß Conny für mich Geld aus der Schweiz geholt hat, was soll's! Das war

nichts Verbotenes!“ sagte Abelius völlig gelassen und lehnte sich auf seinem Stuhl zurück.
„Sicher nicht“, nickte Arnsberg, „aber nun kommen wir zu dem ‚Warum' von vorhin! Wenn man beide Dinge miteinander verbindet, der plötzliche Reichtum Eichels und die Schweizreisen Ihrer Freundin Cornelia, dazu die zeitliche Übereinstimmung, dann braucht es keine Phantasie mehr, um da einen Zusammenhang herzustellen. Einen Gutteil dieses Geldes, den Cornelia für Sie aus der Schweiz geholt hat, ist auf das Konto, beziehungsweise in das Eigentum des Gefängniswärters übergegangen. Und nun auch an Sie, Frau Doktor Vieten, die Frage. Warum zahlt Ihr Schützling einem Schließer so viel Geld? Fällt Ihnen dazu vielleicht selbst eine Antwort ein?“
„Nein, tut es nicht! Und ich glaube auch nicht, daß es unbedingt einen Zusammenhang geben muß!“ erwiderte die Psychologin. „Oder haben Sie einen klaren Beweis dafür?“
„Doch, kann man so sagen“, erklärte Lessmann. „Wir haben glaubwürdige Zeugen, daß sich Sperling und Eichel regelmäßig in einer Kneipe im Agnesviertel getroffen haben. Bei diesen Treffen wechselte stets ein brauner Umschlag von Sperling zu Eichel!“
„Zeugen?“ fragte Dr.Vieten unsicher.
„Genau, das Wirtsehepaar der Kneipe ‚Em Oellig'. Und daher jetzt noch einmal die Frage: Alles Zufälle, Herr Abelius?“
„Keine Ahnung“, schüttelte der Mann den Kopf. „ich weiß nicht, was Conny und Eichel miteinander zu tun hatten!“
„Ach so, Sie meinen, die beiden haben sich getroffen, weil sie sich so sympathisch waren und eventuell ein Verhältnis hatten“, sagte Arnsberg. „Aber dann hätte die Frau Sie ja betrogen, oder?“
Abelius blieb stumm. Auch die Psychologin sagte nichts.
„Und dann, sozusagen als Höhepunkt ihrer Beziehung, hat er Ihre Freundin vergewaltigt. Wäre aber eine abenteuerliche Theorie, oder?“ fragte Lessmann sarkastisch.

Wieder erfolgte keine Bemerkung dazu, weder von Abelius noch von Dr. Vieten.
„Nanu, plötzlich so stumm geworden?“ fragte Arnsberg. „Wissen Sie was, wir werden Ihnen jetzt mal ein bißchen auf die Sprünge helfen und ihnen erklären, wie und warum das alles zusammenhängt. Sie, Herr Abelius, haben noch einiges an Vermögen in der Schweiz, aber Sie sitzen im Knast und das für eine recht lange Zeit, länger als die fünfzehn Jahre, die für einen normalen Mord üblich sind. Der Freiheitsdrang ist ein natürliches Bedürfnis des Menschen. Dagegen ist nichts einzuwenden. Natürlich verspürten auch Sie diesen Drang, und Sie haben nach einem Weg gesucht, möglichst schnell wieder in Freiheit zu gelangen. Sie sahen auf der einen Seite die Möglichkeit einer Begnadigung in Form eines Widerrufes der Sicherungsverwahrung. Dies sollte Ihnen mit Hilfe der Frau Doktor hier gelingen. Aber das war natürlich eine unsichere Sache, also suchten Sie nach einer weiteren Möglichkeit. Dazu brauchten Sie eine Vertrauensperson, die Sie als Geldbotin benutzen konnten. Sie fanden sie in Cornelia Sperling. Die mußte zunächst einen beträchtlichen Betrag aus der Schweiz heranschaffen, um dann in Ossendorf einen verführbaren Beamten des Wachpersonals zu finden. Dafür war Fritz Eichel ein geeigneter Kandidat. Und nun wechselt peu á peu Geld den Besitzer. Überbringerin auch da Cornelia Sperling. Falls das mit Ihrer legalen Entlassung über Frau Doktor Vieten nicht funktioniert, hatten Sie sich schon den zweiten Plan zurechtgelegt. Mit Hilfe von Sperling und Eichel planten Sie Ihre Flucht. Das würde doch sicher die Summe von insgesamt einhunderttausend Euro eher erklären, als lediglich der Wunsch eines Häftlings, von einem Wärter, sagen wir, bei der Essensausgabe bevorzugt zu werden oder ihm ab und zu etwas nicht ganz Legales in den Knast zu schmuggeln. Für so etwas zahlt man doch nicht hunderttausend Euro! Was sagen Sie dazu?“ Herausfordernd sahen die beiden Kommissare den Mann an.

„Ihre Story hört sich spannend an“, antwortete Abelius. „Aber können Sie das auch alles wirklich beweisen, was Sie sich da zusammenspinnen?“
„Wenn man das alles so zusammennimmt, was wir Ihnen gerade vorgetragen haben, ergibt das eine lückenlose Indizienkette! Und so etwas gilt auch als Beweis!“ sagte Arnsberg.
„Mag schon sein“, schaltete sich nun Sarah Vieten wieder ein, „aber selbst, wenn es so gewesen sein sollte, Fluchtgedanken sind nicht strafbar. Und seine Entlassung erfolgte schließlich auf völlig legalem Weg!“
„Das ist korrekt“, nickte Lessmann, „aber unsere Geschichte geht ja noch weiter. Jetzt wird es erst richtig interessant. Und das ist alles andere als legal. Einen Tag, nachdem Sie entlassen wurden, Herr Abelius, wird Fritz Eichel in einem Parkhaus der Innenstadt auf brutale Weise ermordet.“
„Das hatten wir doch schon! Dazu habe ich Ihnen schon alles gesagt. Ich wäre doch wirklich zu blöd, nach sechzehn Jahren erneut mit dem Morden zu beginnen! Das mit Eichel ist traurig, aber ich habe nichts damit zu tun. Und da haben Sie garantiert keinen klaren Beweis, auch keine Indizienkette!“ erklärte Abelius selbstsicher.
„Warten Sie es ab, ob Sie sich da nicht zu sicher fühlen“, erwiderte Arnsberg. „Bewiesen ist immerhin, daß Eichel in der Nacht, bevor er am Morgen gegen sieben Uhr im Parkhaus ermordet wurde, telefonisch dorthin bestellt wurde. Hierfür gibt es eine Ohrenzeugin. Von wem der Anruf kam, konnten wir zwar nicht feststellen, er wurde von einem öffentlichen Anschluß aus geführt, aber im Grunde bleiben nur zwei Personen, die Eichel zum Ort seiner Ermordung bestellt haben können. Sie, Herr Abelius, oder Ihre Freundin Cornelia Sperling!“
„Ich war es nicht“, sagte der Mann ruhig. „Und ob es Conny war, bleibt wohl auch nur eine Vermutung!“
„Das denken wir nicht“, sagte Lessmann bedächtig. „Sie verlangen ja nach echten Beweisen. Dann werden wir Ihnen

nun mal einen glasklaren Beweis präsentieren. In der Wohnung von Cornelia Sperling haben wir ein Handtuch sicherstellen können und daran Blut von Fritz Eichel. Doch damit nicht genug. Noch etwas befand sich an dem Handtuch! Und nun raten Sie mal, was!“
„Keine Ahnung, aber Sie werden es uns sicher gleich sagen“, erwiderte Abelius.
„Winzige Hautpartikel von Ihnen, Herr Abelius! Eindeutig Ihre DNA! Und nun erklären Sie uns, wie das sein kann? Ihre DNA an einem mit Eichels Blut beschmiertem Handtuch in Sperlings Wohnung!“
Für einen winzigen Augenblick schien der Mann unsicher zu werden, und Sarah Vieten wurde blaß, fast ganz weiß im Gesicht. Doch Abelius hatte sich schnell wieder gefangen.
„Das kann ich Ihnen erklären!“
„Na dann mal los!“ forderte Lessmann ihn auf.
„Dann muß doch Conny ihn ins Parkhaus bestellt haben, hat ihn umgebracht, sich zu Hause gesäubert und dazu das Handtuch benutzt. Ich war später bei ihr, so gegen halb zehn, und jetzt erinnere ich mich, ich war kurz im Bad und habe mir nach dem Händewaschen mit einem Handtuch die Hände getrocknet. Daß dieses Handtuch mit Blut beschmiert war, ist mir gar nicht aufgefallen, habe ich ja auch nicht mit gerechnet. Aber nur so können auch meine Spuren daran gelangt sein!“
„Ja, genau!“ stimmte Sarah Vieten energisch zu. „Das ist doch eine schlüssige Erklärung!“
„In der Tat, hört sich sehr schlüssig an“, nickte Arnsberg.
„Dann wäre doch alles geklärt“, folgerte die Psychologin. „Außerdem, Sie haben Eichels Mörderin doch schon verhaftet! Seine Freundin!“
„Sie meinen Veronika Grothe“, sagte Arnsberg. „Tja, die mußten wir wieder gehen lassen. Wenn sie die Mörderin war, dann hätte nur sie das Handtuch mit Eichels Blut in Sperlings Wohnung deponieren können. Aber von ihr haben wir nicht die geringsten Spuren in der Wohnung gefunden.

Und das hätten wir, wenn sie dort gewesen wäre. Es sei denn, sie hätte bei ihrem Besuch ein Vollkörperkondom getragen!"
„Na gut, aber dann ist doch klar, daß Cornelia Sperling Eichels Mörderin ist!"
„Langsam, etwas haben wir noch, was uns noch nicht ganz klar ist", bremste Arnsberg die wiederkehrende Zuversicht der Frau.
„So, was denn noch?" wollte Abelius wissen.
„Kennen Sie das Schlafmittel Zopiclon?" fragte Lessmann.
„Nee, nie gehört! Ist das das Zeug, mit dem Conny sich umgebracht hat?"
„Ja, in Kombination mit einer halben Flasche Whisky", erklärte Arnsberg. „Aber Ihnen sagt das Mittel nichts?"
„Wirklich nicht! Ich brauchte auch nie ein Schlafmittel. Ich hatte immer einen ausgezeichneten Schlaf!"
„Das kann schon sein, aber vielleicht haben Sie dieses Schlafmittel für Ihre Freundin gebraucht!"
„Ach, jetzt soll ich nicht nur den armen Eichel sondern auch noch Conny umgebracht haben!"
„Haben Sie?"
„Hören Sie", grinste Abelius mitleidig, „Ihr Chef, der ehrenwerte Hauptkommissar Siebenkotten, hat mich früher mal einen Psychopathen geschimpft, vielleicht nicht mal zu Unrecht! Aber was Sie jetzt an den Tag legen, das könnte man durchaus zwanghaftes, psychopathisches Verhalten nennen! Meinen Sie nicht? Ich habe weder mit dem einen noch mit dem anderen etwas zu tun!"
„Das bezweifeln wir stark", sagte Lessmann bestimmt.
„Na, dann verhaften Sie mich! Führen Sie mich vor den Haftrichter, aber ich bezweifle, daß er aufgrund Ihrer wirren Theorien den Wisch unterschreiben wird. Ich bin unschuldig, und ich werde hier wieder als freier Mann herausgehen!"
Im Nachbarraum schüttelte Matheisen den Kopf.
„Es ist wie damals, dieser Kerl ist so aalglatt und raffiniert. Wir wissen, daß er es war, und trotzdem hat er recht! Wir

können es ihm nicht nachweisen! Wir müssen ihn gehen lassen!"

„Ich könnte schreien vor Wut!" brach es aus Siebenkotten heraus, aber er mußte zu dem, was Matheisen gesagt hatte, zustimmend nicken. „Aber sie", er deutete mit dem Kopf in Richtung Sarah Vieten, die sich ebenfalls wie ihr Schützling im Vernehmungszimmer erhoben hatte, „sie ist sich ihrer Sache nicht mehr sicher. Das kann man ihr deutlich ansehen!" Siebenkotten verließ den Raum und trat in das Vernehmungszimmer.

„Ah, mein spezieller Freund, Kommissar Siebenkotten!" grinste Abelius. „Hat Ihnen die Vorstellung gefallen?"

„Grandios!" nickte Siebenkotten. „Und Vorstellung ist die richtige Bezeichnung. Nur noch eine Frage, bevor Sie gehen!"

„Gerne doch!"

„Was sollte Ihr Anruf bei Walter Matheisen?"

„Ach das! Ich wollte nur hören, wie es ihm geht!"

„So? Wie es ihm geht!"

„Ja, schließlich habe ich ihn damals schwer verletzt, was ich später zutiefst bereut habe. Da wollte ich nur hören, ob alles wieder in Ordnung bei ihm ist!"

Siebenkotten mußte stark an sich halten, seine Faust nicht in diese hämische Fratze zu schlagen. „Verschwinden Sie!" sagte er zähneknirschend. „Aber mit Ihnen, Frau Doktor Vieten, würde ich gerne noch ein paar Worte wechseln!" Seinen beiden Kollegen gab er ein Zeichen, ihn mit der Psychologin alleine zu lassen. Gemeinsam mit Abelius verließen sie das Vernehmungszimmer.

„Was gibt es denn noch? Ich meine, es ist alles hinlänglich geklärt!" sagte sie, als sie mit Siebenkotten alleine im Zimmer war.

„Haben Sie eigentlich keine Angst, Frau Doktor Vieten?"

„Angst, wovor?" fragte sie verständnislos zurück.

„Davor, daß Sie Ihrem Schützling bald auch entbehrlich sein werden, so wie Eichel und Cornelia Sperling!"

„Blödsinn!“ erwiderte sie aggressiv. „Und jetzt haben Sie sicher nichts dagegen, wenn ich auch gehe!“
„Richtig, ich kann Sie nicht aufhalten. Ich kann Sie nur warnen!“
„Danke, aber darauf kann ich verzichten!“
„Wie Sie meinen! Passen Sie trotzdem gut auf sich auf!“ gab Siebenkotten ihr mit auf den Weg.

* * *

Kapitel 21

Plötzlich ging alles ganz schnell. An ihrem geparkten Wagen angekommen, löste sein Bewacher an dessen Handgelenk die Fessel, um Schild einsteigen zu lassen. Innerhalb einer Sekunde trat der zu und hieb dem Mann gleichzeitig seine Faust in den Magen. Sekundenbruchteile später traten beide geballten Fäuste gleichzeitig in Aktion. Die Knöchel zielten auf den Hals direkt unterhalb der Ohren. Dem Mann blieb keine Zeit zu schreien. Er ächzte schwach, rollte die Augen und verlor das Bewußtsein. Schild schob ihn in den Fond des Wagens, legte ihm die Handschellen an und knebelte ihn mit einem Taschentuch und der Krawatte. Dann nahm er ihm die Pistole und die Autoschlüssel ab, warf sich auf den Fahrersitz und fuhr los.

Auf der Kalker Hauptstraße bog er in eine ruhige Seitenstraße ein, hielt an und setzte sich auf den Rücksitz neben den Mann, der immer noch bewußtlos war. Aufmerksam blickte er sich um. Die wenigen Passanten, die an dem Wagen vorbeigingen, interessierten sich nicht für das, was im Innenraum passierte. Schild durchsuchte den Mann weiter, nahm Brieftasche und Handy an sich. In der Brieftasche fand er achtzig Euro und eine EC-Karte der Sparkasse. Dann wartete er.

Allmählich kam der Mann wieder zu sich. Er blinzelte und versuchte, sich zu orientieren. Schild drückte ihm die Pistole zwischen die Beine.

„Ganz ruhig, mein Freund! Ein Pieps von Dir, und Dein Piephahn kreist als Satellit um Mutter Erde! Verstanden?“

Der Mann nickte gehorsam, Schweißperlen traten auf seine Stirn, und die Augen hatte er panisch weit aufgerissen.

„Hast Du Familie?“ fragte Schild ihn.

Ein Nicken war die Antwort.

„Gut, die willst Du sicher wiedersehen! Und wenn Du genau das tust, was ich sage, wirst Du sie wiedersehen! Kapiert?“

Ein erneutes Nicken.
„Okay! Dann nehme ich Dir jetzt den Knebel aus dem Mund, und Du bleibst schön ruhig! Dann gebe ich Dir Dein Handy, und Du rufst im Knast an. Du sagst, daß es noch etwas mit unserer Rückkehr dauert, meine Vernehmung bei der Kripo zögert sich noch hinaus! Also dann!"
Er löste die Krawatte hinter dem Kopf des Mannes und nahm ihm das Taschentuch aus dem Mund. Dann gab er ihm sein Handy.
„Los, ruf an!" befahl er ihm. „Und denk' dran, ein falsches Wort, und die hier geht los!" Noch immer hielt er die Pistole dem Mann zwischen die Beine gedrückt.
„Ich mache, was Sie sagen!" krächzte der Mann verängstigt.
„Gut so, aber sprich ganz normal! Ich verspreche Dir, es passiert Dir nichts, wenn Du das gut hinkriegst!"
Der Mann nickte, atmete einmal tief durch und bediente sein Handy. Ruhig und beherrscht sagte er seinen Spruch auf, als sich die Haftanstalt in Ossendorf meldete.
„Gut gemacht", lobte Schild ihn. „Dann wirst Du auch weiterhin vernünftig sein und genau das tun, was ich Dir sage!"
„Ich mache, was Sie sagen!"
„Gut, dann nehme ich Dir jetzt die Handschellen ab, wir steigen aus und gehen ganz entspannt zur Hauptstraße!"
Genau so geschah es. Sie gingen dicht nebeneinander her. Schild führte den Mann am Arm und drückte ihm versteckt unter seinem linken Arm hindurch die Pistole in die Rippen. Als sie die Hauptstraße erreichten, bogen sie nach links ab. Zwanzig Meter weiter blieben sie vor der Sparkassenfiliale stehen. Schild gab dem Mann die EC-Karte.
„Du hebst jetzt fünfhundert Euro ab, verstanden!"
Der Mann trat an den Geldautomaten, Schild dicht hinter ihm, ohne den Kopf zu senken. Er lächelte sogar. Sollte die Überwachungskamera ihn ruhig in voller Pracht erfassen. Noch vor dem Automaten wechselten fünfhundert Euro den Besitzer.
„Gut, und jetzt zurück zum Wagen!" befahl Schild.

Wieder im Wagen, legte er dem Mann erneut die Handschellen an, verzichtete diesmal aber auf den Knebel.
„Leg' Dich flach auf den Rücksitz und bleib' weiterhin ruhig. Damit sind wir beide doch bis jetzt gut gefahren, oder?“ Er tätschelte dem Mann fast zärtlich die Schulter und setzte sich wieder hinter das Steuer.
In Mülheim fuhr er in das größte Parkhaus am Platz und stellte den Wagen auf dem obersten Parkdeck ab. Er öffnete die hintere Tür, und ohne Vorwarnung hieb er dem Mann die Pistole gegen die Schläfe. Ein kurzes Röcheln, und erneut war der Mann bewußtlos. Nun knebelte er ihn doch wieder, fesselte auch noch die Beine und bugsierte ihn zwischen Rück- und Vordersitze auf den Wagenboden. Er verschloß den Wagen, warf die Schlüssel in einen Abfallkorb und verließ das Parkhaus.
Seine Gefängniskleidung war nichts Außergewöhnliches, Handwerker liefen überall ähnlich bekleidet mit blauem Drillichzeug durch die Gegend. Daher beachtete ihn niemand. Zudem konnte man heutzutage alles tragen. Selbst in Frauenkleidern, in Lumpen gehüllt oder im Smoking hätten die übrigen Passanten auf der Straße kein großes Interesse an ihm gezeigt. So verschwand er unbeachtet in der U-Bahnstation des Wiener Platzes.

Während Eberhard Schild auf die Straßenbahn wartete, die ihn in die Innenstadt bringen sollte, wartete Hans-Hubert Abelius, lässig an den Wagen der Psychologin gelehnt, auf sie und rauchte eine Zigarette. Er konnte sich sehr gut ausmalen, was Siebenkotten noch mit Sarah Vieten besprechen wollte. Natürlich würde er versuchen, sie weiter zu verunsichern, und das würde ihm wahrscheinlich sogar gelingen.
Schon lange hatte er gespürt, wie verwirrt sie wirkte und wie skeptisch sie ihn anblickte, wenn sie sich unbeobachtet fühlte. Bisher hatte er es noch immer verstanden, sie zu beruhigen, ihre Zweifel zu zerstreuen, aber lange hielt das

nie an. Und jetzt, die letzte Vernehmung im KK11, würde sie wieder in große Unsicherheit stürzen, was ihn betraf.
Ihn plagten keine Sorgen, daß die Kripo etwas Handfestes gegen ihn aufweisen konnte oder je würde aufweisen können. Was ihn jedoch beschäftigte, war, warum sie Schild ins Polizeipräsidium geholt und vernommen hatten. Und das genau zu der Zeit, in der auch er mit Sarah dort eintraf. War das nur Zufall oder so mit Absicht arrangiert? Was konnte der Mann ihnen schon sagen? Außer einer mal geplanten, gemeinsamen Flucht, nichts! Und Fluchtgedanken, ja selbst eine geglückte Flucht, waren straffrei. Also, was sollte es!
Aber der Blick seines ehemaligen Knastkumpels, als sie sich kurz vor dem Aufzug trafen, dieser haßerfüllte Blick, der ging Abelius nicht mehr aus dem Sinn. Garantiert war Schild davon überzeugt, von ihm vergessen und verraten worden zu sein. Aber das war er nicht. Nur konnte der Mann das nicht wissen. Abelius überlegte, wie er sich fühlen würde, und auf welche Gedanken er verfallen würde, wäre die Situation umgekehrt. Irgendwie mußte es ihm gelingen, mit Schild im Knast Kontakt aufzunehmen. Das würde nicht einfach sein. Er selbst konnte ausgeschlossen den Besucher spielen.
Noch während er darüber grübelte, sah er Sarah Vieten das Präsidium verlassen und auf sich zukommen. Na gut, dachte er, eins nach dem anderen!
Als sie sich am Wagen gegenüberstanden, achtlos hatte er die Zigarette weggeworfen, verriet ihm ihr Blick, daß er mit seiner Vermutung recht hatte.
„Und, was wollte Freund Siebenkotten noch von Dir?“ fragte er dennoch.
„Er ist nach wie vor davon überzeugt, Du hättest mit beiden Todesfällen etwas zu tun!“
„Natürlich ist er davon überzeugt! Der gute Kommissar kann gar nicht anders! Für den war, bin und bleibe ich ein Psychopath, ein mordendes Monster!“
Sie schloß den Wagen auf, und beide stiegen ein. Dann fuhr Abelius fort: „Aber es ist nicht entscheidend, wovon der gute

Kommissar überzeugt ist. Entscheidend, zumindest für mich, ist, was Du denkst!"
„Ich weiß nicht mehr, was ich denken soll", bekannte sie, startete den Motor und fuhr langsam los.
Eine Weile fuhren sie schweigsam dahin.
„Du müßtest es eigentlich besser wissen", ergriff Abelius unvermittelt wieder das Wort, als sie sich bereits auf der anderen Rheinseite befanden und sich der Berrenrather Straße näherten.
„Wieso?" fragte Sarah zurück. „Wieso müßte ich es besser wissen?" Sie bog in die Straße ein, in der ihre Wohnung und Praxis lag und sah sich nach einem Parkplatz um.
„Wieso? Weil ich Dir schon einmal erläutert habe, wie viel Vorbereitung ein solches Verbrechen, wie man es mir erneut zutraut, kostet. Wie in aller Welt hätte ich das alles in der kurzen Zeit, die mir zur Verfügung gestanden hätte, bewerkstelligen sollen? Nichts, aber auch gar nichts beweist, daß ich Eichel und Conny ermordet habe!"
„Du drückst Dich sehr vorsichtig aus! Warum sagst Du nicht klipp und klar, was Sache ist?"
„Vorsicht sind die gewählten Worte eines zur Anpassung dressierten Exknackis", grinste Abelius.
„Damit kann ich nichts anfangen!" erwiderte sie bissig.
Nachdem sie einen geeigneten Parkplatz gefunden hatte, stiegen beide aus und begaben sich wieder schweigsam in ihre Wohnung. Dort war es Sarah, die das Gespräch erneut begann:
„Es ist doch so, daß wirklich nur drei Personen in Frage kommen. Eichels Freundin, Veronika Grothe, Cornelia Sperling oder...."
„Oder ich, der allseits bekannte Serienmörder!" ergänzte Abelius.
„Ja, aber ohne Deinen sarkastischen Zusatz! Nüchtern betrachtet ist es doch so, oder siehst Du das anders?"
„Nein", gestand er nun ernsthaft. „Aber dann ist es doch gut, daß es außer mir noch zwei Alternativen gibt. Besser jeden-

falls, als gäbe es keine!"
„Ja sicher", nickte Sarah, „aber Veronika Grothe kann es nicht gewesen sein, wenn die Kripo nicht mit getürkten Beweisen arbeitet. Und das kann ich mir nicht vorstellen, daß sie das tun! Und wenn sie ihren Freund Eichel umgebracht hat, müßte sie das blutverschmierte Handtuch mit in die Wohnung von Cornelia Sperling genommen haben. Aber dafür, daß sie in der Wohnung war, fehlen die Spuren. Und die gäbe es, hätte sie sich dort aufgehalten! Also bleibt nur Cornelia Sperling selbst, die erst Eichel, dann sich selbst umgebracht hat!"
„Genau! Und was ist so schwer, daran zu glauben?"
„Ich habe die Frau kennengelernt, und ich kann es mir nur sehr schwer vorstellen, daß sie zu so einer Tat fähig gewesen wäre!"
„Ach ja, aber mir traust Du es zu! Und das trotz Deiner Therapie, die ich jahrelang mitgemacht habe! Du schließt also sowohl Veronika Grothe als auch Conny als Täterin aus. Dann bleibe ja nur noch ich! Dann traust Du Dir ja selber nicht, Deiner fachlichen Kompetenz, Deinem Gutachten nicht und auch Deinem Herzen nicht!"
„Ich weiß wirklich nicht, wem ich noch trauen kann, auch mir selber nicht!" bekannte sie verzweifelt.
„Und ich versichere Dir, Conny war in der Verfassung, als ich an dem Morgen bei ihr war. Sie war in der Verfassung, einen Mord begangen zu haben und anschließend Hand an sich selbst zu legen! So traurig es auch sein mag, aber so war es!" sagte Abelius heftig und aggressiv.
Danach trat wieder eine ganze Weile Schweigen ein. Beide rauchten mehrere Zigaretten. Nur hin und wieder streiften sich ihre Blicke. Hinter beiden Stirnen arbeitete es mächtig, das war deutlich zu erkennen, aber keiner machte Anstalten, etwas zu sagen.
„Also gut", brach Sarah schließlich das Schweigen, „ich glaube Dir, daß Du mit den Morden nichts zu tun hast. Aber alles andere, was die Kripo aufgezählt hat, stimmt. Ist es

nicht so? Du hast Dir auch Gedanken über eine mögliche Flucht gemacht!“
„Und wenn schon? Jeder langjährige Häftling denkt daran!“
„Das mag sein, aber Du hast mehr getan, als nur daran gedacht. Du hast konkrete Vorbereitungen getroffen, weil Du an eine legale Entlassung nicht so recht geglaubt hast. Du hast Eichel bestochen und Cornelia dazu benutzt, Dir das nötige Geld aus der Schweiz zu beschaffen. Stimmt doch, oder?“ Sie sah ihn eindringlich an.
„Na gut, ja, habe ich! Und?“
„Du hast die beiden also nur benutzt!“
„Na wenn schon!“ zuckte er lapidar mit den Schultern.
„Warum hast Du mir nichts davon gesagt?“
„Vielleicht weil ich Dich nicht kränken wollte!“
„Mich kränken?“ fragte sie verständnislos.
„Ja, oder fühlst Du Dich jetzt besser, da Du es weißt? Und, was willst Du jetzt tun, meine Bewährung widerrufen wegen Beamtenbestechung?“
Sarah schüttelte den Kopf und zündete sich die nächste Zigarette an.
„Ich frage mich, ob Du alle Menschen nur benutzt. Und ich frage mich natürlich, ob Du auch mich nur benutzt hast!“
„Nein, nicht so, wie Du das jetzt sagst! Natürlich verdanke ich in erster Linie Dir meine wiedergewonnene Freiheit, also habe ich aus Deinen Fähigkeiten als Therapeutin Nutzen gezogen, aber das war doch kein Kalkül von mir! Und jetzt geht unser Verhältnis doch weit über das Arzt-Patienten-Verhältnis hinaus, oder etwa nicht?“ Er griff nach ihrer Hand, und sie entzog sie ihm nicht.
„Ja, und das macht mir Angst!“ sagte sie bekümmert.
„Angst davor, daß wir uns lieben?“ lächelte er sie zärtlich an.
„Ja, ich liebe Dich! Ich liebe Dich wirklich! Ich glaube, ich würde alles für Dich tun! Und das macht mir Angst!“
„Weil Du befürchtest, es könnte von meiner Seite aus nicht so sein, und auch Du wärst für mich nur ein Mittel zu irgendeinem Zweck!“

Nervös zog sie an ihrer Zigarette und suchte in seinen Augen nach etwas, das ihr verriet, daß ihre Angst unbegründet war.
„Was muß ich tun, damit Du mir glaubst, daß auch ich Dich liebe und alles für Dich tun würde?“
„Sei ehrlich zur mir, einfach nur ehrlich!“ Ihr Tonfall hatte etwas Flehentliches an sich.
„Okay, absolut ehrlich“, nickte er. „Dann werde ich Dir jetzt etwas verraten, daß sonst niemand weiß, auch die Schlauberger von der Kripo nicht! Und auch Du würdest es nie erfahren.“ Er hielt einen Moment inne, zündete sich ebenfalls seine nächste Zigarette an und ließ den Qualm des ersten Zuges langsam durch die Nase entweichen. Dann sah er ihr offen in die Augen und bekannte: „Nicht nur ich habe an Flucht gedacht. Es gibt noch jemanden, mit dem ich sie gemeinsam geplant hatte. Und ich habe meinem Kumpel versprochen, jetzt, da ich legal freigekommen bin, ihm dabei trotzdem weiter zu helfen. Dazu habe ich sogar schon einige Vorbereitungen getroffen. Es ist der Mann, auf den wir vorhin vor dem Aufzug im Polizeipräsidium getroffen sind, Eberhard Schild. Ich weiß nicht, ob er der Kripo was gesteckt hat. Ich denke nicht, aber sein Blick verriet mir, daß er sich von mir vergessen und verraten fühlt. Bei seiner alleinigen Flucht war ebenfalls Eichel eingeplant. Allein das beweist, daß ich den Wärter nicht ermordet habe. Er wäre für uns die einzige Möglichkeit gewesen, weiter in Kontakt zu bleiben und die nächsten Schritte zu koordinieren. Du siehst, ich stecke in einem Dilemma! Die Kripo unterstellt mir ein Motiv für Eichels Ermordung, das in Wirklichkeit genau das Gegenteil ist, und mein Kumpel hält mich für einen Verräter!“
Sarah brauchte einige Sekunden, das gerade Gehörte wirklich aufzunehmen und emotional zu verdauen.
„Und was gedenkst Du jetzt zu tun?“ fragte sie dann wachsam.
„Ich? Ich werde nicht viel tun können. Abwarten, was passiert, ist das einzige, was ich jetzt noch tun kann!“

„Erwartest Du, daß ich etwas tue?“
Er sagte nichts, er sah sie nur an und inhalierte den nächsten Zug aus seiner Zigarette.
„Ja, das erwartest Du, richtig? Weil ich vorhin gesagt habe, daß ich alles für Dich tun würde!“ Sie klang ernüchtert und resignierend. „Was erwartest Du denn, daß ich tun soll?“
„Es wäre wichtig, mit Schild schnell Kontakt aufzunehmen, bevor er irgend etwas Unsinniges anstellt“, sagte er ruhig. „Jemand sollte ihm versichern, daß weiter intensiv an seiner Flucht gearbeitet wird!“
„Und dieser jemand soll ich sein!“
„Ja, ich selbst kann schlecht als Besucher in Ossendorf auftauchen. Das alleine würde gegen meine Bewährungsauflagen verstoßen. Der Kontakt zu Häftlingen oder ehemaligen Häftlingen ist mir strengstens untersagt, wie Du weißt!“
„Du erwartest also allen Ernstes, daß ich Dir bei der Flucht eines Häftlings helfe!“
„Ich erwarte gar nichts von Dir!“
„Oh doch, tust Du wohl!“
„Ich habe lediglich ehrlich aufgezeigt, was momentan Sache ist!“
„Ja, und Sache ist, daß ich bei der Flucht eines Häftlings mithelfen soll!“
„Wenn Du es nicht kannst, ich verlange es nicht von Dir!“
„Ganz recht, das kann ich auch nicht! Aber ich werde meinen Mund halten, ich weiß von nichts!“
„Okay“, nickte er, drückte die Zigarette aus und erhob sich. „Dann ist es wohl besser, wenn ich jetzt verschwinde. Ich werde mich dann nur noch zu den auferlegten Terminen bei Dir melden!“
Auch sie erhob sich und trat dicht vor ihn hin.
„Nein, Du mußt nicht gehen!“ Ihre Lippen bebten. „Ich möchte nicht, daß Du gehst! Nicht so!“ Sie legte ihm die Arme um den Hals und versuchte, ihn zu küssen.
Kühl und beherrscht ließ er es geschehen, erwiderte ihren

Kuß erst zögernd, dann heftig und leidenschaftlich. Eine halbe Stunde später verließ er dennoch ihre Wohnung.

Siebenkotten hatte Matheisen nach Hause gefahren und ihm nochmals das Versprechen abgenommen, nicht wieder einen Alleingang wie vor sechzehn Jahren zu unternehmen. Hoch und heilig hatte es der Alte ihm versprochen, und der war gerührt, welche Sorgen sich alle um ihn machten. Vielleicht schien es Siebenkotten deshalb so, als wolle sich sein ehemaliger Chef diesmal auch daran halten.
Vor dem Haus saßen die beiden Bewacher im Wagen. Auch ihnen bläute Siebenkotten noch einmal ein, in ihrer Wachsamkeit keinen Deut nachzulassen. Als er danach ins Präsidium an seinen Schreibtisch zurückkehrte, erreichte ihn ein merkwürdiger Anruf, der ihn von einer Sekunde auf die andere elektrisierte.
Die Haftanstalt in Ossendorf, in Person des Direktors Volker Liebig, wollte von ihm wissen, wie lange der Häftling Schild noch im KK11 zur Befragung verbleiben müsse. Auf Nachfrage erfuhr Siebenkotten von dem Anruf des Wärters, der Schild gebracht hatte. Schlagartig wurde ihm klar, daß da etwas gewaltig nicht stimmte.
Gemeinsam mit den maßgeblichen Leuten in Ossendorf wurde sofort die Fahndung nach dem Fahrzeug der Haftanstalt und den beiden Männern ausgelöst. Nach einer Dreiviertelstunde wurde der Wagen in dem Mülheimer Parkhaus entdeckt und der Wärter aus seiner gefesselten Lage befreit. Viel später hätte es nicht sein dürfen. Außer der Platzwunde und einer dicken Beule am Kopf war der Mann kurz vor dem Erstickungstod gewesen, hervorgerufen durch den zu weit in den Rachen gestopften Knebel. Trotzdem war er in der Lage, detailliert zu schildern, was geschehen war. Unverzüglich wurde eine Großfahndung nach Eberhard Schild herausgegeben.
„Der Mann hat gut zwei Stunden Vorsprung“, rechnete Siebenkotten seinen beiden Kollegen vor. „Da kann er schon

zweihundert Kilometer weit weg sein, oder er ist clever und taucht irgendwo in der Stadt unter!“
Arnsberg und Lessmann waren zunächst sprachlos ob dieser Hiobsbotschaft.
„Jetzt laufen zwei Mörder da draußen rum“, fuhr Siebenkotten fort.
Lessmann räusperte sich und sah seinen Chef ein wenig verlegen an.
„Darf ich Dich mal was fragen, Andreas?“
„Was denn?“ fragte der unwirsch zurück.
„Warum mußte Schild unbedingt zu einer weiteren Befragung hergebracht werden? Hätten wir das nicht ebenso gut wieder im Knast erledigen können?“
Konsterniert blickte Siebenkotten ihn an.
„Willst Du mit Deiner komischen Frage etwas Bestimmtes andeuten?“
„Ich meine nur!“
„Du meinst, ich hätte ihn extra herbestellt, damit er fliehen kann?“
„Nein, natürlich nicht!“
„Das möchte ich Dir auch geraten haben!“ erwiderte Siebenkotten schroff.
„Aber was sollte es?“ fragte nun auch Arnsberg. „Wolltest Du, daß sich Schild und Abelius auf dem Flur treffen? Und wenn ja, was hattest Du Dir dann davon erhofft? Eine unbeherrschte Reaktion von einem der Männer oder von beiden?“
„Ja, vielleicht“, antwortete Siebenkotten wieder etwas versöhnlicher.
„Und jetzt rennt Schild da draußen frei herum, bewaffnet“, sagte Arnsberg. „Und wenn unsere ganzen Theorien stimmen, wovon ich nach wie vor überzeugt bin, dann dürfte er ganz schön wütend auf seinen ehemaligen Kumpel Abelius sein. Sollten wir da nicht auch bei dem Posten beziehen?“
„Okay“, nickte Siebenkotten, „das übernehmt Ihr. Aber seid

auf der Hut, und wenn Ihr schießen müßt, geht kein Risiko ein, schießt zuerst!"
„Und was machst Du?"
„Ich fahre zum Chef!"
Kurze Zeit später stand er mit gepackter Sporttasche im Bachstelzenweg vor Matheisens Haus. Die beiden Bewacher im Auto waren inzwischen auch über die neue Situation informiert. In den Nachrichten des frühen Abends erschien nun auf allen Sendern Schilds Foto auf dem Bildschirm. Im Radio gab es lediglich eine knappe Beschreibung des Flüchtigen.
Matheisen selbst öffnete seinem jungen Freund die Tür.
„Gerade kam es in den Nachrichten", sagte er. „Bist Du deswegen hier?" Dann sah er die pralle Sporttasche. „Und was hat das zu bedeuten?"
Sie standen im Wohnzimmer, wo Andreas Carolina mit einer herzlichen Umarmung begrüßte.
„Bis auf weiteres werde ich Euer Gästezimmer in Beschlag nehmen!"
„Was soll das, mein Junge?"
„Chef, jetzt laufen da draußen zwei Mörder herum. Einer von ihnen hat es garantiert auf Sie abgesehen, aber eher sogar beide! Das wissen Sie ebenso wie ich, und ich werde hier selbst solange über Sie und Carolina wachen, bis alles eindeutig geklärt und wieder im Lot ist! An dieser prekären Situation trage ich einen erheblichen Teil an Schuld!"
„Das halte ich trotzdem für etwas übertrieben", sagte Matheisen. „Und was sagt Deine Frau dazu?"
„Die möchte ebenso wenig wie wir alle, daß Ihnen etwas zustößt! Und wenn Sie nicht wollen, daß ich hier bleibe, müssen Sie mich des Hauses verweisen, Chef, und des Hausfriedensbruchs bezichtigen. Ich bleibe auf jeden Fall!" erklärte Siebenkotten energisch, was von Carolina mit einem zustimmenden Nicken quittiert wurde.
„Du bist ein solcher Sturkopp, mein Junge!" schüttelte Matheisen resignierend den Kopf.

„Von wem er das wohl gelernt hat?“ lächelte Carolina zaghaft.
Damit war das Thema erledigt, und Siebenkotten deponierte seine Sporttasche im Gästezimmer.

Nüchtern betrachtete er die schäbige Absteige. Ein wackliges Bett, ein altersschwacher Fernseher, womöglich sogar nur schwarz-weiß, eine zerkratzte Frisierkommode, ein fadenscheiniger, mit Flecken übersäter Teppich auf dem Boden und ein übelriechendes Bad. Alles roch hier abgestanden und ungelüftet.
Da war seine Zelle beinahe noch sauberer und heimeliger. Aber es war ein Zimmer in einem Hotel in Bahnhofsnähe, wo niemand Fragen stellte, kein Ausweis verlangt wurde und Diskretion groß geschrieben wurde.
Schild schaltete den Fernseher ein, überraschenderweise war das Bild sogar in Farbe, wenn auch mit etwas Schnee durchsetzt. Er warf sich auf das Bett und begann die Pizza, die er an der Ecke zusammen mit zwei Flaschen Bier erstanden hatte, zu verzehren. Seit langer Zeit seine erste Mahlzeit in Freiheit.
Gerade flimmerte sein Konterfei über den Bildschirm, begleitet von dem entsprechenden Kommentar. Die Fahndung nach ihm war also bereits in vollem Gange. Mit nichts anderem hatte er gerechnet. Wovon würden sie ausgehen? Daß er versuchen würde, so weit wie möglich von der Stadt fortzukommen, oder würden sie in Betracht ziehen, daß er hier blieb und irgendwo untertauchte? Egal, er würde sich nicht erwischen lassen!
Das Foto, das ihm aus dem Fernseher entgegenblickte, wies nicht mehr sehr viel Ähnlichkeit mit seinem momentanen Aussehen auf. Dabei hatte er gar nicht so viel angestellt.
In dem riesigen Geschäft in der Nähe des Heumarktes, das auf Kostüme und Karnevalsutensilien spezialisiert war, hatte er eine blonde Perücke erstanden, die sogar wie täuschend echtes Haar aussah. Wie eine ungewohnte Frisur auch das

Gesicht verändern konnte, war schon erstaunlich. Dazu die dunkelgerahmte Hornbrille mit Fensterglas und der zum Haar passende blonde Schnurrbart.
Auch seine Kleidung hatte er inzwischen gewechselt, sportlich salopp und preiswert von C&A. In einem Billigladen hatte er eine kleine Reisetasche sowie verschiedene Toilettenartikel gekauft. Und noch immer besaß er über dreihundert Euro in bar. Für ein paar Tage würde das noch reichen. Spätestens dann jedoch mußte es ihm unbedingt gelingen, an Abelius heranzukommen.

* * *

Kapitel 22

Um ihre Observation von Abelius beginnen zu können, mußten die Kommissare Arnsberg und Lessmann erst einmal feststellen, wo sich der Mann momentan aufhalten könnte. Vielleicht weilte er schon gar nicht mehr in der Stadt sondern war zurück nach Holland oder sonst irgendwohin verreist, um weiter zu entspannen und sich zu erholen. Für den Fall, daß er sich noch hier aufhielt, blieben den Kommissaren eigentlich nur zwei Stellen, wo sie Posten beziehen konnten. Entweder vor dem Haus ‚Wohnen am Strom' am Konrad-Adenauer-Ufer oder vor der Wohnung der Psychologin in Sülz. Letztere hielten sie für die effektivere Möglichkeit, denn dort mußte er sich wegen seiner Bewährungsauflagen zu bestimmten Terminen melden und auftauchen.
Möglicherweise war er sogar schon die ganze Zeit, seit er das Polizeipräsidium verlassen hatte, bei ihr. Davon, daß Sarah Vieten zu Hause war, hatten sie sich durch einen vermeintlich verwählten Anruf vergewissert. Daher saßen sie jetzt in ihrem Wagen, den Blick auf den Hauseingang gerichtet, und sahen einer kühlen, windigen Nacht entgegen, die von der Standheizung ein wenig abgemildert werden würde.
Und selbst wenn Abelius über kurz oder lang auftauchen würde, ihm dann auf den Fersen zu bleiben, um über ihn an Schild heranzukommen, wäre ein äußerst schwieriges Unterfangen. Das wußten sie aus den Schilderungen des alten Hauptkommissars. Trotzdem mußten sie sich dieser Aufgabe stellen.
„Was denkst Du, ist Schild über alle Berge, oder hat er sich irgendwo in der Stadt verkrochen?" fragte Lessmann seine Partnerin.
„Schwer zu sagen", erwiderte Arnsberg. „Einerseits sollte man annehmen, daß er so schnell wie möglich so weit wie möglich von hier verschwindet. Doch auf der anderen Seite wäre es für ihn einfacher, in einer Großstadt, in der er sich

bestens auskennt, unterzutauchen und nicht aufzufallen. Der Mann hat immerhin knapp sechshundert Euro in der Tasche. Damit kann er sich eine Zeitlang über Wasser halten. Aber dann, was macht er dann? Eigentlich muß er sich mit Freund Abelius in Verbindung setzen. Etwas anderes bleibt ihm gar nicht übrig."

„Zudem würde sonst auch eine unserer Theorien nicht stimmen", ergänzte Lessmann.

„Das auch", nickte Arnsberg. „Und wenn sein Geldvorrat zur Neige geht, muß er sich etwas einfallen lassen. Freunde oder Familie, an die er sich wenden oder wo er unterschlüpfen könnte, hat er nicht mehr. Einzige Möglichkeit ist und bleibt Abelius!"

„Oder er schlägt sich mit Diebstahl und Einbrüchen durch", sagte Lessmann.

„Glaube nicht, daß er dazu das Talent hat. Der Mann ist Mörder, aber kein Dieb oder Einbrecher, der es versteht, geschickt irgendwo einzusteigen, ohne Alarm zu schlagen", grinste Arnsberg.

„Dann bliebe ihm ja nur noch Banküberfall! Aus dem Metier kommt er doch!"

„Tja, und um die Bewaffnung muß er sich nicht erst kümmern, die hat er bereits!"

„Und Kumpel Abelius, was macht der?" überlegte der Kommissar. „Der dürfte inzwischen auch schon wissen, was passiert ist. Die Nachrichten sind ja voll davon. Versucht er seinerseits, Kontakt aufzunehmen? Aber wie soll er das anstellen?"

„Vielleicht haben die beiden einen geheimen Treffpunkt ausgemacht für den Fall, daß Schild freikommt."

„Na dann sehen wir aber alt aus. Dann werden wir weder den einen noch den anderen zu Gesicht bekommen und können hier warten, bis die Hölle zufriert!"

„Ja, dann gute Nacht, Marie!" stimmte Arnsberg zu und legte ihre Stirn in Falten. „Aber wie heißt es so schön, die Hoffnung stirbt zuletzt!"

„Genau! Und wenn die beiden sich getroffen haben oder gerade treffen, wäre es doch etwas Elegantes, die würden sich gegenseitig umnieten“, sinnierte Lessmann. „Dann wären alle unsere Probleme auf einen Schlag aus der Welt geschafft! Wir könnten uns endlich um unser Privatleben kümmern! Was meinst Du, mein Engel?“
„Das Thema, scheint mir, brennt Dir verdammt auf den Nägeln!“
„Und wie! Und warum? Weil ich so verrückt nach Dir bin!“ bekannte er mit einem schmachtenden Blick und wollte sich zu ihr hinüberbeugen, um ihr einen Kuß aufzudrücken.
Doch sie wehrte ihn schon im Ansatz ab. „Nichts da, mein Lieber, wir sind im Dienst! Du hältst Deine Augen weiter offen und beobachtest den Eingang, und ich mache sie für eine Weile zu, verstanden!“
„Ja, große Chefin!“ fügte er sich seufzend und widmete seine Aufmerksamkeit wieder dem Hauseingang.

Seltsam, wie verrückt sich manche Dinge entwickelten. Abelius grinste in sich hinein. Auf dem Bildschirm seines Fernsehers erschien erneut Schilds Foto. Bereits in den Nachrichten vor einer halben Stunde hatte er vernommen, was geschehen war.
Er setzte sich an seine Bar und genehmigte sich einen kräftigen Schluck Whisky. Da hatte es der Bursche tatsächlich geschafft, aus eigener Kraft zu fliehen. Ein tolldreistes Stück, wenn man den Berichten Glauben schenken konnte. Und warum sollte er das nicht glauben können? Aber war das nun gut für ihn, oder warf dies nur neue Probleme auf?
Um die Organisation der Flucht seines ehemaligen Kumpels brauchte er sich nun keine weiteren Gedanken mehr zu machen. Dabei hatte er eine so schöne Idee gehabt und schon angeleiert, teilweise sogar bereits vorfinanziert. Na gut, Schwamm drüber! So, wie es sich nun entwickelt hatte, war es wohl besser und auch weniger problematisch, was seine Frau Doktor anging.

Die Frage war nur, was würde Kumpel Schild jetzt unternehmen? Er hatte dem Wärter ein paar hundert Euro abgenommen, damit kam er einige Tage über die Runden. Und was dann? Hegte der Mann jetzt Rachegedanken gegen ihn? Wahrscheinlich! Der konnte ja nicht wissen, daß er ihn nicht vergessen hatte. Doch wie sollte Schild es anstellen, ihn zu finden? Die Anschrift dieser Wohnung kannte er nicht, die hatte er ihm gegenüber nie erwähnt. Die einzige Möglichkeit, die er in Betracht ziehen konnte, war Sarah.
Sollte er sie anrufen? Hatte sie vielleicht noch keine Ahnung, was passiert war? Hatte sie noch keine Nachrichten gehört? Wenn sie es wüßte, hätte sie ihn garantiert schon angerufen. Ihr würde doch ein riesengroßer Stein vom Herzen gefallen sein.
Er goß sich einen weiteren gut bemessenen Schluck Whisky ins Kristallglas und trank gleich die Hälfte aus. Was sollte er jetzt tun? Abwarten, ob Schild den Kontakt zu ihm suchte? Sollte er seinen Koffer packen und für eine längere Zeit irgendwo abschalten? Vielleicht sogar zusammen mit ihr? Ein paar Wochen, möglicherweise sogar einige Monate könnte er es mit ihr aushalten, mit ihr faulenzen, Spaß haben und ficken. Doch irgendwann mußte er wieder frei sein. Frei auch für sein eigentliches Vorhaben. Oder wollte er das aus den Augen verlieren? Vorgenommen hatte er sich, das so schnell wie möglich zu erledigen. Andererseits sagte er sich, daß er schon so lange darauf gewartet hatte, da kam es auf ein paar Wochen oder Monate nicht mehr an. Vielleicht war das sogar noch viel raffinierter. Warten und doch in den Köpfen derer, die sich um ihn und sein Vorhaben Gedanken machten, präsent sein. Und dem Alten hatte er ja schon hinreichend Furcht eingeflößt. Das hatte er bei seinem Anruf deutlich gespürt.
Was zudem für Abwarten sprach, war, daß die Kripo die Bewachung ihres ehemaligen Hauptkommissars nicht unbegrenzte Zeit aufrecht halten konnte. In absehbarer Zeit würden sie es gar aufgeben, weil sie immer mehr an ihren

bisherigen Theorien zweifeln mußten. Selbst der Bursche Siebenkotten würde irgendwann von Zweifeln geplagt werden. Und dann, nach zwei, drei oder sechs Monaten, wenn niemand mehr damit rechnete, aber er sich die ganze Zeit der Vorfreude hingeben konnte, dann würde er zuschlagen, und das keinesfalls mit geminderter Genugtuung.
Er steckte sich eine Zigarette an und trank den letzten Schluck Whisky aus. Wozu sollte er sich entscheiden? Am besten, er überdachte alles noch einmal eine Nacht lang.

Ihren Namen kannte er natürlich, und die Anschrift fand er ganz einfach im Telefonbuch, das er sich an der Rezeption des Hotels hatte geben lassen. Auch er war zu dem Schluß gelangt, daß der wahrscheinlichste Ort, auf Abelius zu treffen, der bei seiner Psychologin und Bewährungshelferin war. Auch er hatte sich durch einen angeblich verwählten Anruf davon überzeugt, daß Sarah Vieten zu Hause war.
Falls sich Abelius jedoch irgendwohin abgesetzt haben sollte, hatte er, Schild, allerdings schlechte Karten, jemals an den Mann ranzukommen. Aber er baute darauf, daß der ehemalige Kumpel nicht eher von der Bildfläche verschwinden würde, bevor er nicht seinen Racheplan in die Tat umgesetzt hatte.
In der aufziehenden Dämmerung verließ er das Hotel und leistete sich ein Taxi, das ihn nach Sülz brachte. Ecke Sülzburgstraße und Berrenrather Straße ließ er es halten, bezahlte und stieg aus. Er sah sich die Hausnummern an und orientierte sich, in welche Richtung er zu gehen hatte.
Alle Geschäfte hatten bereits geschlossen. Nur vereinzelte Lokalitäten der Gaumenfreuden warteten auf Kundschaft. Auf den Gehsteigen war nicht mehr sehr viel los. Im Schlendergang näherte Schild sich seinem Ziel. Schräg davor entdeckte er einen geparkten Wagen, darin die Umrisse zweier Personen. Sein Schritt wurde erst langsamer, dann wechselte er auf die andere Straßenseite. Er blickte zu dem Wagen hinüber. Die beiden Personen darin waren ein Pär-

chen, das er kannte. Da schien die Kripo ebenfalls Interesse an Sarah Vieten zu haben, zumindest daran, was vor ihrem Haus passierte.
Er entschied, erst einmal weiterzugehen. Seine Verkleidung war zwar recht gut und täuschte sicherlich jeden, der sein Foto nur vom Fernsehbildschirm kannte, doch den beiden Kommissaren wollte er nicht allzu nahe kommen und die Gelegenheit bieten, ihn zu betrachten. Immerhin kannten sie sich persönlich.
In sicherer Entfernung blieb er stehen und beobachtete sowohl den Wagen als auch das Haus. Es handelte sich um ein Mehrfamilienhaus, in dem die Psychologin ihre Wohnung und Praxis hatte. Wenn er also zum Eingang ging, müßte das nicht unbedingt bedeuten, daß er zu ihr wollte. Genauso gut könnte er zu irgendeinem der Bewohner wollen, oder gar selbst einer der Bewohner sein. Oder er könnte ein Bote sein, der für jemanden im Haus etwas lieferte.
Also, Risiko oder kein Risiko, überlegte er. Dann entschied er sich dafür, daß Frechheit siegte.

Seit Abelius von ihr fortgegangen war, hatte sie nichts Sinnvolles tun können. Normalerweise ging sie am Abend ihre Termine für den nächsten Tag durch. Normalerweise aß sie auch am Tag mehrmals, doch seit dem Frühstück hatte sie heute nichts weiter zu sich genommen. Sie verspürte auch keinen Hunger. Zu viele Dinge geschahen in den vergangenen Tagen, die ihr Leben vollkommen auf den Kopf stellten. Und wenn sie wirklich das durchzog, wozu sie sich genötigt sah, würde ihr Leben nicht nur auf den Kopf gestellt, es würde in eine rasante Achterbahnfahrt mit Doppellooping und Dreifachschraube münden.
Unruhig war sie durch die gesamte Wohnung gelaufen, von einem Zimmer ins andere, ohne zu wissen, was sie eigentlich da wollte. Unterbrochen worden war ihre nervöse Wanderung nur durch zwei Anrufe, bei denen sich der Anrufer jeweils mit ‚falsch verbunden' entschuldigt hatte.

Und jetzt klingelte es an der Tür. Um diese Uhrzeit erwartete sie für gewöhnlich niemanden mehr, weder einen Patienten noch einen privaten Besucher. Und daß Abelius noch einmal zurückkehren würde, damit war nicht zu rechnen.
Sie betätigte die Gegensprechanlage. Ein Bote avisierte eine Paketsendung für sie. Seltsam, sie konnte sich nicht erinnern, in letzter Zeit irgendwo etwas bestellt zu haben. Dennoch drückte sie automatisch auf den Türöffner und wartete, bis der vermeintliche Bote vor ihrer Wohnungstür auftauchte, ein Mann in mittleren Jahren, salopp gekleidet, mit blondem Haar und Schnurrbart. Doch der Mann hatte weder ein Paket noch ein Päckchen in der Hand, dafür jedoch etwas anderes, das sie fast in Ohnmacht fallen ließ.

Langsam wurde es ganz dunkel, und ein böiger Wind fegte durch die Straße. Blätter und Papierfetzen wirbelten durch die Luft. Irgendwo schepperte etwas.
Lessmann hatte aufmerksam hingeschaut, als sich ein Mann mit blondem Haar dem Haus genähert hatte. Aber er sah weder Abelius noch Schild in dem Mann. Seine Partnerin döste neben ihm auf dem Beifahrersitz, und er hatte keine Veranlassung gesehen, sie aus ihrem Schlummerzustand zu erwecken. Vielleicht träumte sie gerade davon, wie ihr Weiß stehen würde. Grinsend hatte er beobachtet, wie der Mann kurz an der Haustüre gestanden und in die Sprechanlage gesprochen hatte. Dann war ihm geöffnet worden, und er war im Hausflur verschwunden. Ein Besucher. Für wen? Keine Ahnung! War auch sicher nicht so interessant. Lang und ausgiebig hatte er gegähnt.
Bereits zuvor waren aufregende Dinge passiert. Ein junges Pärchen hatte das Haus verlassen und war untergehakt die Straße entlang gelaufen. Kurz darauf war ein Junge erschienen, begleitet von einem Hund an der Leine. Ein paar Meter weiter an einem Baum hatte der sein abendliches Geschäft verrichtet. Und ein Fenster in Parterre war aufgerissen worden, wahrscheinlich um zu lüften.

Es gab zwei Dinge, die Lessmann an seinem Beruf haßte. Das eine war, Angehörigen von Gewaltopfern die Todesnachricht zu überbringen. Und etwas, was er nicht viel weniger haßte, war das, was sie im Moment hier taten. Sich den Hintern platt sitzen und darauf warten, daß etwas Erhofftes geschah, um dann jedoch resignierend feststellen zu müssen, daß gar nichts von dem geschah.

„Wenn Sie sich ruhig verhalten, geschieht Ihnen nichts“, sagte er leise, deswegen jedoch nicht weniger bedrohlich. „Sie haben nicht zufällig Besuch von meinem guten Kumpel Abelius?“ Er dirigierte die Frau vor sich her durch die gesamte Wohnung, in der Hand die mattglänzende Pistole, die er auf sie gerichtet hielt.
Apathisch schüttelte Sarah Vieten den Kopf.
Jetzt hatte er sich davon überzeugt, daß es stimmte. Er war mit der Psychologin alleine in der Wohnung.
„Kommen Sie, dann machen wir es uns im Wohnzimmer gemütlich. Wissen Sie, wer ich bin?“
Sie starrte ihn ungläubig an. Natürlich wußte sie es, aber sie konnte es nicht glauben. Sie wollte ja sagen, aber es drang nur ein unverständliches Krächzen aus ihrer Kehle. Sie spürte, wie ihr Blutdruck stieg. Die Achterbahnfahrt hatte begonnen, und die Geschwindigkeit nahm von Sekunde zu Sekunde zu.
„Sie schauen, als ob Sie noch nicht wüßten, was passiert ist. Haben Sie noch keine Nachrichten gehört oder gesehen?“
Sie schüttelte den Kopf.
„Ja, kurz nachdem wir uns auf dem Flur im Polizeipräsidium getroffen haben, konnte ich meinen Begleiter überreden, mich gehen zu lassen“, grinste er höhnisch. „Ich bin frei, auch ohne die Hilfe meines angeblichen Freundes!“
„Was..., was..... wollen.....“, sie stotterte und hatte plötzlich einen dicken Kloß im Hals.
„Sie müssen wirklich keine Angst haben, Frau Doktor“, lächelte Schild nun freundlich. „Von Ihnen will ich eigentlich

gar nichts. Ich bin nur hier, weil ich hoffte, unseren gemeinsamen Freund bei Ihnen anzutreffen. Er ist doch inzwischen Ihr Freund, oder?“
Sie räusperte sich. „Ich weiß nicht, was Sie meinen“, konnte sie jetzt deutlich artikulieren.
„Ja, so ist er, unser guter Hans-Hubert, man weiß bei ihm nie so recht, ob er ein wahrer Freund ist. Was mich betrifft, so bin ich mir da auch überhaupt nicht mehr sicher! Wissen Sie, einen falschen Freund erkennt man daran, daß er einem immer nur als Schatten folgt, solange die Sonne scheint. Ziehen dunkle Wolken auf, ist er verschwunden!“
„Er hat Sie nicht vergessen“, sagte sie und versuchte, ihre Angst zu ignorieren, was ihr leidlich gelang. Die nach wie vor auf sie gerichtete Pistole machte es auch nicht gerade leichter.
„Das ist schön zu hören und macht mich richtig glücklich“, erwiderte Schild hämisch. „Dann wollen wir doch mal sehen, wie groß seine Freude ist, wenn wir uns wiedersehen!“
„Wie wollen Sie das anstellen? Den nächsten Termin bei mir hat er erst in drei Tagen. Wollen Sie solange hier auf ihn warten?“ Die Vorstellung ließ ihr einen kalten Schauer über den Rücken laufen und schleuderte sie in einen ersten Looping auf ihrer emotionalen Achterbahn.
„Ich bin überzeugt, Sie wissen, wie man zu ihm Kontakt aufnehmen kann. Ansonsten, keine schlechte Idee, mir Ihre Gastfreundschaft anzubieten. Also, Frau Doktor, wie hätten Sie’s gerne?“
„Gut, ich rufe ihn an!“
„Kluge Entscheidung! Und wenn er sich meldet, geben Sie ihn mir!“
Langsam erhob sie sich aus dem Sessel und wollte zum Telefon gehen, das auf einer Anrichte stand. Schild hielt sie jedoch zurück.
„Nein, nicht über Festnetz!“
Unverständlich blickte sie an. „Ich denke, ich soll ihn anrufen!“

„Ja, aber nehmen Sie Ihr Handy. Ich weiß nicht, ob Ihr Anschluß überwacht wird, aber sicher ist sicher!“
„Mein Telefon wird überwacht?“
„Möglich, draußen steht jedenfalls ein Wagen der Kripo und überwacht das Haus!“
Eigentlich konnte sie jetzt nichts mehr schocken, aber die Fahrt wurde immer rasanter, und sie näherte sich dem zweiten Looping plus Schraube. Wie ferngesteuert und nicht mehr zu dieser Welt gehörend, kramte sie ihr Handy aus der Handtasche und wählte Abelius' Nummer. Der meldete sich überraschend schnell, als habe er neben dem Telefon auf einen Anruf gewartet.
Schild war dicht neben sie getreten und hörte, wie sich sein ehemaliger Kumpel meldete. Bevor Sarah etwas sagen konnte, riß er ihr das Handy aus der Hand.
„Hallo, mein Freund! Erstaunt, meine Stimme zu hören?“

* * *

Kapitel 23

Bis zum Morgen, als es schon lange wieder hell war, war bei der Kripo nicht ein brauchbarer Hinweis auf den flüchtigen Häftling Eberhard Schild eingegangen. Dafür jedoch die üblichen Anrufe derjenigen, die bei jeder groß angelegten Fahndung über die Presse den Gesuchten gesehen haben wollten. Danach hielt er sich an vier Stellen gleichzeitig auf. Diese Anrufer brauchten ihren Namen gar nicht zu nennen, die betreffende Anlaufstelle bei der Kripo erkannte diese Leute bereits an der Stimme.
Nichts hatte sich also bis jetzt getan. Ebenso wenig wie bei Arnsberg und Lessmann vor dem Haus in Sülz. Übermüdet und lahmgesessen hatten sie die erste Nacht voller Langeweile hinter sich gebracht. Und wie so oft war davon auszugehen, daß am Ende dieses Geduldsspiels mit keinem Erfolg zu rechnen war. Wenn sie Pech hatten, würde sich Abelius tagelang nicht hier sehen lassen. Und wenn doch irgendwann, hieß das noch lange nicht, daß er sie auch zu Schild führen würde. Ihre Befürchtung, die beiden hätten sich schon längst an einem vorher ausgemachten Ort treffen können, war ebenso realistisch wie ihre übrigen Theorien.
„Da hinten habe ich eine Bäckerei gesehen", sagte Lessmann, „ich glaube, ich werde uns mal heißen Kaffee und was zum Beißen holen!"
„Gute Idee", erwiderte Arnsberg und versuchte im Sitzen, ihre steifen Glieder zu strecken.
„Hat mein Engel einen besonderen Wunsch?"
„Ja, wenn Du unterwegs Schild triffst, bring ihn mit!"
„Wenn Du schon was gegessen hättest, würde ich vermuten, Du hast einen Clown gefrühstückt!" Er stieg aus und trabte los.

Vom Fenster aus beobachtete Schild, wie der Kommissar den Wagen verließ und die Berrenrather Straße hinuntermarschierte. Er vermutete genau das, was Lessmann vorhatte und grinste. Hatten bestimmt nicht so eine angenehme Nacht wie ich, dachte er. Ein Blick auf die Uhr zeigte ihm, daß er langsam los mußte, und jetzt war der beste Augenblick dazu. Die Kommissarin hatte ihn gestern nicht ins Haus gehen sehen, sie hatte die Augen zu gehabt. Aber vielleicht hatte er es ihr erzählt. Na wenn schon, Verdacht hatten sie keinen geschöpft, sonst wären sie ihm schon auf die Pelle gerückt. Und sollte er ihr jetzt verdächtig erscheinen, was konnte sie schon machen! Sie war allein und mußte erst einmal aus dem Wagen raus. Und wenn sie dazu Anstalten machte, konnte er sofort in die andere Richtung losrennen und genügend Vorsprung erlangen, zumal er davon überzeugt war, wesentlich schneller zu sein als sie. Also dann!

Er nahm einen schwarzen Aktenkoffer, ohne zu schauen, was drin war, warf sich einen Lodenmantel über den Arm und ging noch einmal ins Schlafzimmer. Ein, zwei Sekunden blickte er auf sie herab, dann drückte er ihr einen Kuß auf die kalten Lippen. Als die Haustür hinter ihm ins Schloß fiel, trat er raschen Schrittes auf die Straße, blickte ein-, zweimal hektisch auf seine Armbanduhr und hastete los. Aus den Augenwinkeln registrierte er, daß sich in dem Wagen nichts tat.

„Du blöder Hund!“ schimpfte er sich dann allerdings selbst. Er war genau in die Richtung geeilt, in die Lessmann zum Kaffeeholen losgegangen war. Und schon sah er den Kommissar auf sich zukommen. Für den Bruchteil einer Sekunde stockte er, ging dann jedoch zügig weiter. Der Kripomensch hatte viel zu viel damit zu tun, zwei Becher Kaffee und eine Tüte mit Brötchen unfallfrei bis zu ihrem Wagen zu jonglieren, als daß er auf einen der Passanten auf dem Gehsteig hätte achten können. So auch nicht auf ihn.

Sie hatte den blonden Mann mit der dunkel gerahmten Brille aus dem Haus kommen sehen. Sie hatte ihn sogar ein wenig

skeptisch beäugt, doch als er dann auf seine Uhr gesehen hatte und losmarschiert war, hatte sie nur gelächelt. Jetzt sah sie ihren Partner auf sich zukommen und mußte erneut lächeln, darüber, wie er versuchte, die beiden Becher heißen Kaffee ohne zu kleckern zu ihr zu bringen.
„Bitte sehr, einmal Kaffee und einmal Käsebrötchen für meine Zukünftige! Den Spezialwunsch konnte ich leider nicht erfüllen, ich habe Schild nicht getroffen!“ grinste er, als er ihr das Frühstück durch das geöffnete Fenster in den Wagen reichte.
„Und, was Aufregendes passiert?“ fragte er, nachdem er auf dem Fahrersitz wieder neben ihr saß.
„Ja, wahnsinnig aufregend! Ein Mann, der offensichtlich verschlafen hat und zur Arbeit losgerannt ist!“

Die Kölner Seilbahn, seit über fünfzig Jahren in Betrieb, war in Europa die erste Seilbahn über einen Fluß. Schon über fünfzehn Millionen Fahrgäste erlebten das einzigartige Panorama der Stadt Köln aus der Vogelperspektive und erhielten unvergeßliche Eindrücke. Doch nicht nur für Touristen ist es eine Attraktion. Seit 2008 besteht die Möglichkeit, sich in der Hochzeitsgondel der Seilbahn standesamtlich zu vermählen. Eine besondere Hochzeit, ganz unter sich. Nur das Brautpaar und der Standesbeamte oder die Standesbeamtin finden für diesen einzigartigen Moment Platz in der Kabine.
Die beiden Männer, die an diesem Morgen um 10 Uhr praktisch die ersten Fahrgäste sein wollten, waren weder Touristen, noch hatten sie vor, sich miteinander zu vermählen. Sie hatten diesen ungewöhnlichen Ort ausgewählt, um auf der Schwebefahrt von der Zoo-Station hinüber auf die ‚Schäl-Sick‘ in den Rheinpark ungestört und ungehört einige Dinge klarzustellen.
„Ist ein eigenartiger Ort, den Du da für unser Treffen vorgeschlagen hast“, bemerkte Schild, als sie sich in der Gondel, die sich langsam in Bewegung setzte, gegenüber-

saßen.
„Na, zu Euch in die Wohnung konnte ich ja schlecht kommen, bei dem Empfangskomitee vor der Tür“, erwiderte Abelius. „Und du wirst gleich feststellen, daß er für unsere Zwecke ideal ist.“
„So, da bin ich aber gespannt! Und gespannt bin ich auch auf Deine Ausreden.“
„Du glaubst, ich hätte Dich vergessen!“
„In der Tat, das glaube ich!“
„Da glaubst Du falsch, mein Lieber! Ich hatte schon etwas angeleiert, um Dich rauszuholen.“
„Aber klar doch!“ schnaubte Schild verächtlich. „Wenn ich so einen Scheiß höre, stellen sich mir die Nackenhaare hoch und noch andere, die ich sonstwo habe!“ Er zog die Pistole aus der Jackentasche und richtete sie auf Abelius.
„Mach jetzt keinen Fehler, wenn Du in Zukunft noch welche machen willst!“ erwiderte der unerschrocken.
„Was sollte mich denn davon abhalten, Dich einfach abzuknallen?“
„Na, überleg’ mal, vielleicht kommst Du drauf!“
„Vielleicht hast Du eine Handgranate in der Tasche, die Du losläßt, wenn ich abdrücke!“
„Wäre eine Möglichkeit, aber viel einfacher. Siehst Du, das ist einer der Punkte, warum ich diesen Ort ausgewählt habe. Wenn man meine Leiche hier in der Gondel findet, kann man sich ganz bestimmt an meinen Begleiter erinnern, auch in Deiner neuen Verkleidung. Die ist übrigens ganz toll“, lächelte Abelius. „Und aus dem gleichen Grund kannst auch Du sicher sein, daß ich Dich nicht abknalle! Und jetzt ganz ruhig, mein Freund!“
Langsam zog er nun seinerseits eine Pistole aus der Tasche.
„Die hatte ich eigentlich für Dich besorgt, aber wie ich sehe, hast Du Dich ja schon selbst versorgt. Die Sig-Sauer von Deinem Wärter, richtig?“
Schild blickte auf die Waffe, die Abelius in der Hand hielt.

„Oh, eine Smith und Wesson, was für ein edles Teil, sogar mit Schalldämpfer!“
„Genau! Und jetzt, da wir uns gegenseitig unsere intimsten Teile gezeigt haben, sollten wir sie wieder wegstecken“, sagte Abelius und schob seine Waffe zurück in die Tasche.
Einen kurzen Augenblick überlegte Schild noch, dann ließ auch er die Waffe wieder verschwinden.
„Okay, Du hast eine Pistole besorgt, aber wer sagt mir, daß sie für mich vorgesehen war?“
„Was sollte ich denn damit? Ich bin ein freier Mann, offiziell entlassen. Ich brauche so was nicht!“
„Ja richtig, Deine Methode ist eine etwas andere!“ grinste Schild mokant. „Aber sag, wie wolltest Du mich denn rausholen, nachdem Du Eichel abgemurkst hast?“
Mittlerweile kreuzten sie die Zoobrücke, kurz darauf befanden sie sich mitten über dem Fluß.
„Wer sagt denn, daß ich ihn abgemurkst habe?“
„Ich habe gehört, es passierte in einem Parkhaus. Und Du willst mir allen Ernstes weismachen, daß Du das nicht warst? Trug doch genau Deine Handschrift!“
„Hör’ zu! Okay, ich habe ihn in das Parkhaus bestellt, und er war wohl auch pünktlich da, aber ich hatte mich etwas verspätet. Und als ich ankam, war schon alles voller Bullen. Da habe ich auf dem Absatz kehrt gemacht, bin in das Café auf der Ecke, und da habe ich gehört, was passiert ist!“
„Also war es seine Freundin, diese Friseuse! Aber warum haben die Bullen sie wieder laufen lassen?“
„Keine Ahnung! Vielleicht war es jemand anderes, möglicherweise sogar Conny. Halte ich für wahrscheinlich. Er hat sie nach einer Geldübergabe vergewaltigt, in ihrer eigenen Wohnung. Und dann, nachdem sie ihm die Kehle durchgeschnitten hat, hat sie sich mit Schlaftabletten und Whisky vollgepumpt!“
„Und das alles soll ich Dir glauben?“
„Was macht es für einen Unterschied, ob Du mir glaubst oder nicht?“ fragte Abelius zurück. „Hauptsache ist doch, Du

bist frei, ob mit oder ohne Eichel!“
„Nur rein aus Neugier, wie wolltest Du denn meine Flucht organisieren ohne Freund Eichel?“
„Ich hatte mir da schon etwas einfallen lassen. Ich habe mit einem der Freigänger Kontakt aufgenommen, der eventuell gegen eine beträchtliche Summe für seine Familie bereit wäre, mit Dir zu tauschen!“
Überrascht sah Schild seinen ehemaligen Kumpel an.
„Das hätte doch nie funktioniert!“
„Warum nicht, wenn man es geschickt angestellt hätte? Natürlich hätte auch noch einer der Wärter mitspielen müssen. Aber das hat sich doch jetzt alles erübrigt. Du hast es aus eigener Kraft geschafft. Kompliment übrigens, ein tolldreistes Ding, was Du da abgezogen hast!“
„Danke für die Blumen! Aber so ganz traue ich Dir noch immer nicht!“ blieb Schild argwöhnisch.
„Na, dann überzeugt Dich vielleicht das hier“, sagte Abelius, griff in die Innentasche seiner Jacke und reichte ihm einen Umschlag.
Schild öffnete ihn und holte den Inhalt heraus, ein Bündel Geldscheine und noch etwas.
„Ein niederländischer Paß“, staunte der Mann. „Du hast also doch einen Paß für mich besorgt!“
„Ja sicher! Was hätte ich denn sonst mit Deinem Foto, das Du mir mitgegeben hattest, anstellen sollen? Rahmen und mir übers Bett hängen?“
Schild grinste und schlug den Paß auf. „Edwin Snieders aus Den Haag“, las er laut vor.
„Ja, wie Du siehst, habe ich Deine Initialen für den Namen ausgesucht. Für den Fall, daß Du sie in Deiner Unterwäsche eingestickt hast oder so!“
„Aber warum ausgerechnet einen niederländischen?“
„Weil mein Experte die am besten kann!“
„Okay, aber mein holländisch ist nicht besonders!“
„Kannst ja in Deutschland aufgewachsen sein, weil Deine Mutter Deutsche war, Mensch! Oder laß Dir selbst was ein-

einfallen!“
„Mir scheint, Du bist doch ein wahrer Freund, und ich habe Dir unrecht getan!“ erkannte Schild und blickte seinen Kumpel entschuldigend an.
„Schon okay! Und siehst Du, dafür ist dieser Ort hier auch passend. Wir können austauschen, was wir wollen, können quatschen über was wir wollen, ohne daß das einer mitkriegt. In einem Café oder einer Kneipe können Dich ein Dutzend Augen beobachten, und die Wände haben Ohren!“
„Wieviel ist das an Bargeld?“ wollte Schild wissen.
„Erst einmal zehntausend!“
„Gut, aber sehr weit komme ich damit nicht!“
Sie hatten das rechte Rheinufer erreicht und stiegen aus der Gondel.
„Komm, wir gehen eine halbe Stunde durch den Rheinpark spazieren. Dann fahren wir wieder zurück“, schlug Abelius vor. „Es gibt ja noch einiges zu besprechen.“
Die ersten Meter gingen sie schweigend nebeneinander her, dann fragte Abelius:
„Hattest Du eine angenehme Nacht bei meiner Frau Doktor? Wie geht es ihr denn? War sie sehr schockiert, Dich zu sehen?“
„Anfangs ja, nachher ging's!“ antwortete Schild. „Ich habe sie gut versorgt!“
Abelius zog die Augenbrauen hoch. „Du hast es ihr besorgt, meinst Du!“
„Ich hoffe, Du hast nichts dagegen! Aber ich meinte nicht besorgt, sondern ich habe sie versorgt. Ich konnte doch schlecht riskieren, daß sie gleich Alarm schlägt, sobald ich die Wohnung verlasse.“
„Verstehe“, nickte Abelius.
„Ist das ein Problem für Dich?“ fragte Schild.
„Nein, nicht wirklich. Du hast mir sogar ein Problem vom Hals geschafft!“
„Na, ich bin eben auch ein wahrer Freund!“
„Ich habe daran nie gezweifelt!“

Als sie wieder in der Gondel saßen und zurück auf die linke Rheinseite schwebten, sagte Schild:
„Ich muß noch einmal auf das Geld zurückkommen, mein Freund. Kannst Du mir nicht etwas mehr besorgen?"
„Natürlich! Bei mir in der Wohnung steht eine gepackte Reisetasche mit Klamotten für Dich. Wir haben ja ungefähr die gleiche Konfektionsgröße. Dazu habe ich noch fünfhunderttausend gepackt!"
Ungläubig riß Schild die Augen auf.
„Ja", nickte Abelius, „fünfhunderttausend Euro für Dich. Damit solltest Du eine Weile auskommen. Am besten, Du setzt Dich damit nach Holland ab und fliegst von Amsterdam irgendwohin, wo es Dir gefällt. Dann allerdings mußt Du sehen, wie Du alleine zurechtkommst!"
„Keine Sorge, das schaffe ich", erwiderte Schild erfreut.
„Gut, aber vorher müßtest Du mir noch einen Gefallen erweisen."
„Aha, jetzt kommt der Pferdefuß!"
„Kein Pferdefuß!" schüttelte Abelius den Kopf. „Nur eine gemeinsame Sache, über die wir schon gesprochen haben, als wir noch in trauter Zweisamkeit gesiebte Luft atmeten."
„Du denkst an unseren speziellen Freund, den alten Hauptkommissar!"
„Genau, dabei könntest Du mir ein wenig zur Hand gehen. Du hast doch einmal zu mir gesagt, Du würdest ihm gerne selbst eine verpassen!"
„Ja, das würde ich, liebend gern und mit wachsender Begeisterung!"
„Na siehst Du. Und ich habe da auch schon eine Idee, wie wir vorgehen könnten. Am besten gleich heute in der Nacht schon!"
„Und bis dahin? Was machen wir bis dahin?"
„Bis dahin? Du tust, was Du eben tun willst. Ich werde in meine Wohnung fahren und Deine Ausstattung für die nächsten Monate holen", grinste Abelius. „Und um zwanzig Uhr hole ich Dich vor Deinem Hotel ab."

„Und mir verraten, was Du Dir ausgedacht hast, willst Du jetzt noch nicht?“
„Dazu haben wir nachher noch Zeit genug!“
Die Gondel schwebte in die Station, es ratterte und schaukelte ein wenig. Ein eifriger junger Bursche öffnete die Kabinentür und ließ die beiden Männer aussteigen.

* * *

Kapitel 24

Es war nicht die erste Nacht gewesen, die Siebenkotten in Matheisens Gästezimmer verbracht hatte, aber noch nie zuvor war der Anlaß ein so ernster gewesen wie jetzt.
Draußen im Wagen saßen Willi Frenken und Beate Fitschen und waren wieder für die äußere Bewachung zuständig, dagegen wollte Andreas im Inneren des Hauses das letzte Bollwerk darstellen, wenn Abelius das in die Tat umzusetzen versuchte, wovon sie alle überzeugt waren.
Während Carolina in der Bibliothek versuchte, sich mit einem Buch abzulenken, saßen Andreas und Walter im Wohnzimmer und redeten.
„Wie geht Carolina inzwischen mit der ganzen Situation um?" fragte Andreas.
„Seit Du Dich hier einquartiert hast, kommt sie mir ein wenig entspannter vor", antwortete Walter. „Von daher war es vielleicht gar nicht so schlecht, daß Du stur geblieben bist. Aber ich glaube, am liebsten wäre es ihr noch immer, wenn wir unsere Sachen packten und irgendwohin fliegen würden."
„Aus ihrer Sicht sicherlich verständlich, aber solange Abelius frei herumläuft, sind Sie beide hier am besten aufgehoben. Leider können wir ihm bis jetzt noch immer nichts eindeutig nachweisen. Und überhaupt, es läuft alles nicht so, wie ich mir das vorgestellt habe. Momentan stehen wir da wie der berühmte Ochs vorm Berg!""
„Tja, mein Sohn, wenn Ihr tatsächlich nicht die geringste Spur von Veronika Grothe in der Wohnung der Sperling gefunden habt, kann sie nicht Eichels Mörderin sein. Das ist vollkommen klar!" stellte Matheisen fest.
„Ganz genau, Chef! Und somit bleiben praktisch nur zwei Personen übrig, Abelius oder Cornelia Sperling. Und es muß die Person sein, die Eichel telefonisch in das Parkhaus bestellt hat. Der Anruf erfolgte von einem öffentlichen Fernsprecher, was auf eine gewisse Umsicht schließen läßt!"

„Ja“, nickte Matheisen, „nur wer ihn dorthin bestellt hat, konnte wissen, daß er sich dort aufhalten würde. Der andere konnte das schlecht ahnen!“

„Abelius streitet selbstverständlich ab, daß er den Wärter dorthin bestellt hat und schiebt es auf seine Freundin Cornelia. Und die kann sich leider nicht mehr wehren“, zuckte Siebenkotten mit den Schultern.

„Und was ist mit Schild? Noch kein Hinweis auf ihn oder eine Spur?“ fragte Matheisen.

„Nee, nur die üblichen vier, fünf Wichtigtuer, die ihn gesehen haben wollen. Aber dann hätte der Mann sich vierteilen müssen, um überall da zu sein, wo er angeblich gesehen wurde!“

„Aber Ihr vermutet, er hält sich noch hier auf und versucht, zu Abelius Kontakt aufzunehmen?“

„Ja“, nickte Siebenkotten. „Aber das denken Sie doch auch, oder nicht, Chef?“

„Doch, das denke ich auch!“

„Ich werde mal bei Hildegard und Steffen nachhören, ob sich da denn überhaupt nichts tut“, sagte Siebenkotten und griff nach seinem Handy.

Nachdem er mit seiner Kollegin Arnsberg gesprochen hatte, stierte er eine Weile nachdenklich vor sich hin.

„Was ist, mein Junge, hat sich was getan?“

„Nein, aber irgendwie ist das seltsam“, sagte Siebenkotten zögernd.

„Was denn?“ hakte Matheisen nach.

„Die Psychologin unterhält in dem Haus, in dem ihre Wohnung liegt, auch ihre Praxis. Hildegard meint, es ist verdächtig ruhig“, erklärte Siebenkotten. „Niemand scheint heute einen Termin bei der guten Frau Doktor zu haben. Es tut sich so gut wie gar nichts vor dem Haus. Nur ein paar Leute haben es verlassen, vermutlich zur Arbeit oder zum Einkaufen.“

„Und die beiden sind sich sicher, daß die Frau auch zu Hause war?“

„Klar, Chef! Steffen hat sie auf dem Festnetzanschluß angerufen und auch erreicht, direkt als sie gestern vor dem Haus Stellung bezogen haben! Jetzt haben sie es mehrmals versucht, aber die Frau meldet sich nicht, nur der Anrufbeantworter!"
„Hm", brummte Matheisen. „Vielleicht hat sie heute einen freien Tag, schläft sich aus, will nicht gestört werden. Oder sie ist krank."
„Gestern, als sie bei uns war, sah sie sehr gesund aus, Chef!"
„Vielleicht hast Du ihr aber auch mit Deinen letzten Worten Angst gemacht. Genau das, was Du ja wohl bezweckt hast, und jetzt verkriecht sie sich unter der Bettdecke", überlegte Matheisen weiter.
Siebenkotten wiegte den Kopf grübelnd hin und her. Dann nahm er erneut das Handy und rief nochmals seine Kollegin an.

Wenige Tage war es erst her, daß sie mit einem mulmigen Gefühl versuchten, mit einer Frau in ihrer Wohnung in Kontakt zu kommen. Das letzte Mal fanden sie eine Tote auf dem Bett.
Und als sie jetzt vor der Haustür standen und sowohl in der Praxis als auch in der Wohnung der Psychologin im 1.Stock Sturm schellten, potenzierte sich ihre Furcht um ein Vielfaches, denn es erfolgte nicht die geringste Reaktion. Sie versuchten es mit der untersten Klingel auf der Tafel. Kaum hatten sie den Knopf gedrückt, wurde auch schon das Fenster links neben der Haustür geöffnet. Eine gut genährte Frau, weit in den Fünfzigern, steckte ihren blonden Wuschelkopf heraus.
„Ja bitte", krächzte sie.
Lessmann zückte seinen Ausweis und hielt ihn soweit wie möglich zum Fenster hin und stellte sich und seine Kollegin vor.
„Würden Sie uns bitte öffnen", bat er dann höflich.

„Die Kripo? Wat will die Kripo denn von uns?“
„Machen Sie uns bitte die Haustüre auf“, wiederholte Lessmann etwas eindringlicher.
Der Frauenkopf verschwand aus dem Fenster. Kurz darauf ließ sich die Haustür aufdrücken. Die Frau in Kittel und Pantoffeln wartete im Flur auf sie, beide Fäuste auf ihre ausladenden Hüften gestemmt.
„Jetzt bin ich aber gespannt, wat die Kripo von uns will!“
„Von Ihnen persönlich eigentlich nichts“, sagte Arnsberg. „Wir wollten zu Frau Doktor Vieten, aber dort meldet sich niemand auf unser Klingeln.“
„Ach, die Frau Doktor, eine feine Frau! Ja, die müßte eigentlich da sein“, erklärte die Frau und blickte auf ihre goldene Armbanduhr, die ihr tief ins Fleisch des Handgelenks schnitt. „Normalerweise hat die um diese Zeit schon ihre ersten Besucher, die nicht ganz richtig im Kopf sind, verstehen Sie!“
„Ja, ja“, nickte Lessmann. „Haben Sie sie denn heute schon gesehen oder gehört?“
„Nee! Aber jetzt, wo Sie davon sprechen, dat ist schon komisch! Ob da wat passiert ist? Dat hab’ ich schon immer zu meinem Mann gesagt, wenn da nicht mal einer von den Verrückten durchdreht und der feinen Frau Doktor wat antut!“
„Wir wollen nicht gleich das Schlimmste annehmen“, sagte Arnsberg, obwohl ihrem Gesicht anzusehen war, daß sie genau das befürchtete. „Haben Sie zufällig einen Schlüssel zu der Wohnung?“ fragte sie dann.
„Ja, da haben Sie Glück! Mein Mann ist hier so ne Art Hausmeister, wir haben von allen Wohnungen hier im Haus Schlüssel. Aber ich weiß nit, ob ich Ihnen den geben darf“, sagte die Frau skeptisch.
„Doch“, erwiderte Arnsberg, „das dürfen Sie, und das müssen Sie sogar! Bitte geben Sie uns den Schlüssel!“
„Und ich kriege bestimmt keinen Ärger?“
„Sie kriegen nur Ärger, wenn Sie uns den Schlüssel nicht geben!“ erklärte Lessmann streng.

Daraufhin verschwand die Frau kurz in ihrer Wohnung und kam mit zwei Schlüsseln zurück.
„Dat ist der für die Praxis und dat der Wohnungsschlüssel!" Beide händigte sie Lessmann aus. „Aber am besten, ich komme mit!"
„Nein, das ist keine gute Idee! Sie bleiben bitte hier unten!" beschied ihr die Kommissarin.
„Ach, noch eine Frage", sagte Lessmann, als sie schon auf der Treppe nach oben waren. „Wohnt hier im Haus ein Mann, so Mitte vierzig, helles, blondes Haar, Schnurrbart, dunkelgerahmte Brille und salopp gekleidet?"
Erstaunt blickte die Frau ihn an. „Nee, so einer wohnt hier nit!"
„Haben Sie denn so einen Mann schon mal hier im Haus gesehen, vielleicht als Besucher für jemanden?" hakte er nach.
„Nee, auch nit! Dat wüßte ich!"
Arnsberg und Lessmann sahen sich gegenseitig an. Ihre Blicke waren vielsagend. Dann gingen sie in den 1.Stock und klopften zunächst. Lessmann versuchte es an der Tür zur Praxis, Arnsberg an der Wohnungstür. Sie klopften mehrmals laut und vernehmlich, auch riefen sie den Namen der Psychologin. Nichts!
Dann öffneten sie die Wohnungstür. Wenige Augenblicke später war aus ihren mulmigen Vorahnungen bittere Gewißheit geworden. Auch die Gewißheit, daß ihnen ein fataler Fehler unterlaufen war.

In den Mittagsnachrichten aller Radio- und Fernsehsendern wurde die neue Beschreibung des flüchtigen Häftlings Eberhard Schild bekanntgegeben, nun auch gesucht wegen Mordes an einer Psychologin aus Sülz.
In seiner Wohnung am Konrad-Adenauer-Ufer sah Abelius das retuschierte Bild seines Kumpels über den Bildschirm flimmern.
„Scheiße!" war sein erster Kommentar.

Gerade hatte er ein zweites Frühstück eingenommen, das er mit einem kräftigen Schluck Whisky beendete. Ein paar Sekunden saß er apathisch in einem Sessel und stierte weiter auf den Fernseher, wo nun die ersten Mittags-Talk-Runden abliefen.
Jetzt würde es sicher nicht mehr lange dauern, und die Kripo würde bei ihm auftauchen. Oder eventuell doch nicht? Was sollten sie von ihm wollen? Ihm mitteilen, daß seine Bewährungshelferin ermordet worden war? Die hatten jetzt sicher anderes zu tun, als ihm diese Nachricht zu überbringen, zumal die mittlerweile landesweit auf allen Sendern lief. Wenn sie noch nicht wüßten, wer der Mörder war, ja dann, dann wären sie schon längst zu ihm gekommen und hätten versucht, ihm auch diesen Mord anzuhängen. Aber wie es aussah, war die Kripo diesmal direkt im Bilde. Nur erstaunlich, wie schnell es gegangen war.
Und was würde Kumpel Schild jetzt tun? Hatte der sich in seinem Hotelzimmer verkrochen, oder lief er durch die Stadt mit der Gefahr, von irgend jemandem erkannt zu werden?
Er hatte die Telefonnummer des Hotels und überlegte, Schild dort anzurufen. Schließlich schüttelte er den Kopf und ließ es. Auch Schild hatte seine Handynummer, vielleicht rief der ja ihn an. Doch in den nächsten Minuten geschah gar nichts.
Er drückte sich aus dem Sessel hoch und begann eine Wanderung durch den weitläufigen Wohnbereich. Mit einer gewissen Melancholie betrachtete er viele Dinge, die dort standen oder an den Wänden hingen. Schon einmal, vor über sechzehn Jahren, hatte er vor einer vergleichbaren Situation gestanden und ernsthaft darüber nachgedacht, hier alle Zelte abzubrechen und zu verschwinden. Damals hatte er sogar schon ganz konkrete Vorbereitungen getroffen. Eine Insel in der Südsee hätte damals für den Rest seines Lebens sein Zufluchtsort werden sollen, ein Refugium, wie er es genannt hatte. Wenn er es damals doch nur getan hätte, dann wäre ihm viel erspart geblieben, vor allem sech-

zehn Jahre Knast. Aber er hatte sich damals anders entschieden, und wenn er ganz ehrlich zu sich war und die Dinge nüchtern betrachtete, mußte er eingestehen, daß er seine Entscheidung nie wirklich bereut hatte. Auch dann nicht, als man ihn lebenslänglich mit anschließender Sicherungsverwahrung weggesperrt hatte. Das einzige, was er bereut hatte, war, daß er sein letztes Vorhaben nicht konsequent hatte zu Ende führen können.
Das jedoch ließ sich nachholen, und er würde sich nicht noch einmal so übertölpeln lassen wie damals.
Trotzdem würde es ja nicht schaden, wenn er auch jetzt diverse Dinge schon einmal in die Wege leitete. Und daß er sein Vorhaben, bei aller Skepsis, die ihn bisweilen überfiel, kurz vor der Vollendung aufgab, darüber hatte er bereits entschieden. Das kam nicht in Frage. Daran änderte auch die neue Situation um Freund Schild nichts.
Er dachte an die Geschichte mit dem Frosch und dem Skorpion. Die beiden standen am Ufer eines Flusses und wollten hinüber auf die andere Seite.
„Du", sagte da der Skorpion zum Frosch, „Du kannst schwimmen, ich nicht. Ich werde mich daher auf Deinen Rücken setzen, und so bringst Du mich wohlbehalten hinüber!"
„Nein, mein Lieber", schüttelte der Frosch den Kopf, „dann stichst Du mich, und ich muß elendig sterben!"
„Denk doch mal nach", erwiderte da der Skorpion, „wenn ich auf Deinem Rücken sitze und Dich steche, sobald wir auf dem Fluß sind, müßten wir doch beide sterben. Es wäre doch dumm von mir, so etwas zu tun!"
Das überzeugte den Frosch, ließ den Skorpion auf den Rücken steigen und schwamm los. Gerade als sie die Mitte des Flusses erreichten, stach der Skorpion zu. Entgeistert sah der Frosch hoch.
„Was hast Du getan? Jetzt werden wir beide sterben!"
„Ich weiß, aber ich kann nicht anders. Das ist nun mal meine Natur!" zuckte der Skorpion mit den Schultern.

Abelius grinste in sich hinein. Er konnte auch nicht anders, auch wenn es rational vernünftiger wäre, einfach zu verschwinden und irgendwo ein sorgenfreies Leben zu führen. Er war eben nicht nur vom Sternzeichen her ein Skorpion.

Die Vorwürfe ihres Chefs Andreas hatten sich in Grenzen gehalten, doch sich selbst machten Arnsberg und Lessmann die bittersten Vorwürfe. Dabei nicht nur sich selbst sondern auch und vor allem dem anderen.
Gerade Hildegard Arnsberg schüttelte immer wieder den Kopf und sah ihren Partner finster und frostig an, als sie in ihrem Büro saßen.
„Du hast den Mann gestern reingehen sehen und nichts geschnallt, und mich geweckt hast Du auch nicht! Wo warst Du bloß mit Deinen Gedanken?"
„Und Du? Du hast doch auch nichts gesagt, als er das Haus heute am Morgen verlassen hat!"
„Ja, war für mich auch nicht ganz so einfach zu erkennen. Sah so aus, als ob er dort wohne und zur Arbeit wollte", erwiderte Arnsberg harsch.
„Eben, so sah es gestern für mich auch aus. Da kommt ein Mann von der Arbeit heim und geht ins Haus!"
„Quatsch!" fuhr sie ihn an. „Aber ich weiß, wo Du mit Deinen Gedanken warst! Schon seit Tagen hast Du nichts anderes im Kopf!"
„So, was denn?" fragte er aggressiv.
„Du denkst nur noch an unsere Hochzeit! So was Bescheuertes!"
„Ach, bescheuert, ja?"
„Ja, ist sowieso eine Schnapsidee!"
„Gut zu wissen, wie Du wirklich darüber denkst!"
„Ja, und nur weil Du bei unserer Arbeit nichts anderes mehr im Kopf hast, mußte die Psychologin sterben. So was darf einfach nicht passieren!" giftete sie ihn weiter an.
„Du hättest gestern natürlich sofort alles geschnallt! Du bist ja unfehlbar!" schnaubte Lessmann verächtlich. „Aber nein,

unfehlbar haut auch nicht ganz hin, sonst hättest Du Schild ja heute morgen erkannt!"
„Das hätte aber nichts genutzt, da war die Frau schon längst tot!" erwiderte sie grimmig.
Lessmann setzte zu einer erneuten Antwort an, biß dann jedoch die Zähne fest aufeinander, daß sich seine Kinnmuskeln spannten. Er stand auf, winkte ab und verließ das Büro. Auf dem Flur blieb er stehen, holte mehrmals tief Luft. Dann stürmte er wie von einer Tarantel gebissen davon.

* * *

Kapitel 25

Der Anruf, der Abelius, kurz bevor er sich auf den Weg zu Schild machen wollte, erreichte, kam vom Verleger Leon Jaschke. Der wollte wissen, wie es denn nun mit der Veröffentlichung des Werkes ‚Das Böse in mir' aussah. Er gab zu bedenken, daß die Zeit langsam knapp wurde, wollte man es noch zur Buchmesse in Frankfurt präsentieren.
„Okay, Herr Jaschke", sagte Abelius, „ich habe es mir reiflich überlegt, und ich bin zu dem Entschluß gelangt, daß Sie es veröffentlichen können. Allerdings fehlt noch etwas. Es wird noch ein zusätzliches, letztes Kapitel geben. Das liefere ich Ihnen inklusive meiner schriftlichen Genehmigung und Anweisung wegen der finanziellen Dinge binnen der nächsten sechs Tage. Dann können Sie loslegen. Öffentliche Auftritte wird es nicht von mir geben, und auch wir beide werden uns nicht mehr persönlich begegnen. Einverstanden?"
Nur kurz mußte er auf die Antwort warten. Dann nickte er. Natürlich war der Verleger mit allem einverstanden, hatte er doch schon befürchtet, Abelius würde eine negative Entscheidung treffen.
„Gut, dann sind wir uns einig!" Damit beendete er das Telefonat.
Noch einen Moment stand er nachdenklich da. In Gedanken ging er noch einmal alles durch, ob er auch nichts vergessen oder übersehen hatte.
Nein, hatte er nicht.
Neben seinem gepackten Koffer und der Sporttasche für Schild stand seine Aktentasche. Dort hinein verstaute er einen braunen DIN-A-4-Umschlag, der die Anschrift des Verlagshauses Jaschke&Partner trug. Und wenn er dort ankam, würde er mit dem Poststempel eines Züricher Postamtes versehen sein.
Er nahm Koffer, Sport- und Aktentasche, warf noch einmal einen letzten Blick in die Wohnung, bevor er sie verschloß.

Um manche Dinge, die er zurückließ, tat es ihm leid. Doch allzu sentimental war er noch nie gewesen. Also, was sollte es schon?
Er fuhr hinab in die Tiefgarage, verstaute das Gepäck im Kofferraum und schwang sich hinter das Steuer.

Vor knapp zwei Stunden hatte Lessmann Abelius in die Tiefgarage des Wohnparks hineinfahren sehen. Nervös und dennoch geduldig und hochkonzentriert hatte er weiter gewartet. Die Zeit hatte sich lange hingezogen. Eine Zeit, in der er finsteren Gedanken nachhing, aber er war festentschlossen, seinen fatalen Fehler des vergangenen Tages auszubügeln. Die Psychologin wurde dadurch nicht wieder lebendig, doch er hatte sich selbst das Versprechen gegeben, daß Schild oder auch Abelius keine erneute Chance erhalten würden, ein weiteres Menschenleben auszulöschen. Und wenn die beiden sich bis jetzt noch nicht getroffen hatten, würde ihr Treffen nur mit seiner Anwesenheit und seinem dann beherzten Eingreifen vonstatten gehen. Daß dieses Treffen längst Geschichte war, konnte er nicht wissen, wußte auch sonst noch niemand seiner Kollegen, auch nicht seine Partnerin, zu der er momentan jeden Kontakt vermied.
Jetzt sah er den schwarzen BMW mit Abelius am Steuer wieder aus der Tiefgarage herauskommen. Es ging Richtung Bahnhof, und er folgte dem Wagen.

Gemächlich fuhr Abelius die Straße entlang, wechselte mehrmals die Richtung, bis er schließlich den Bahnhofsvorplatz erreichte. Er blickte sich nicht nur nach einer Parkgelegenheit um sondern beäugte auch einen anderen Wagen, der ihm bereits seit geraumer Zeit verdächtig vorkam. Jeden seiner Richtungswechsel hatte der Fahrer mitvollzogen, und auch jetzt spähte er nach einer Parklücke. Für einen winzigen Augenblick konnte er das Gesicht des Mannes hinter der Windschutzscheibe sehen und erkannte es.

Vor ihm tat sich eine Parklücke auf, und er stach hinein, stellte den Wagen ab, stieg aus und strebte ohne eines seiner Gepäckstücke dem Bahnhofsgebäude zu. Er betrat es durch den Haupteingang, ging normalen Schrittes durch die Vorhalle und vergewisserte sich vorsichtig, ob der junge Kommissar, wie hieß er doch gleich, richtig, Lessmann, ihm auch noch folgte. Ja, er folgte ihm in gebührendem Abstand, stellte Abelius zufrieden fest. Er konnte sich Zeit nehmen, ihn abzuschütteln, und zunächst mußte er ihn vom Bahnhof weglocken.
Er ging an den Treppenaufgängen zu den Gleisen vorbei, verließ den Bahnhof durch den Ausgang zum Breslauer Platz. Dort hielt er sich links und bog in die Straße Eigelstein ein, ehemals das beste Pflaster für den berühmt, berüchtigten Straßenstrich der Stadt, heute nur noch vereinzelt von reiferen Damen des Gewerbes frequentiert.
Er durchschritt das Eigelsteintor, überquerte den Ebertplatz und erreichte die Neußer Straße, die er bis zur Agneskirche hochging. Der junge Kommissar machte das gar nicht ungeschickt, doch Abelius wußte in jeder Sekunde, wo sein Schatten sich befand. Ab und zu blieb der kurz stehen und besah sich die Auslagen der Geschäfte, die schon längst geschlossen hatten.
Gegenüber der Kirche betrat Abelius die Kneipe ‚Em Oellig', setzte sich auf einen Hocker an die Theke und bestellte bei Martin, dem Wirt, ein Kölsch. Halb trank er es aus, dann nahm er sein Handy und achtete darauf, daß der Wirt das folgende Gespräch mitbekam.
„Hallo, mein Schatz, hab noch ein bißchen Geduld. Warte im Hotel. Dauert noch was, bis ich kommen kann. In spätestens einer halben Stunde bin ich aber da! Ich halte vorm Hotel, hupe zweimal, und Du kommst raus! Ich freu mich auf Dich! Küßchen!"
Verschwörerisch grinste er den Wirt an, als er zu ihm sagte:
„Hör mal Chef, Du bist doch auch ein Mann, ein Leidensgenosse sozusagen!"

„Wie meinst Du dat?“ fragte Martin zurück.
„Verheiratet meine ich!“
„Klar doch“, nickte der Wirt und deutete mit dem Kopf auf Uschi, seine Frau, die an den Essenstischen bediente.
„Ich auch, mein Lieber. Eigentlich wollte ich mich mit einer scharfen Puppe treffen. Irgendwie habe ich spitzgekriegt, daß meine Alte mir wohl einen Detektiv auf den Hals gehetzt hat. Der steht draußen und wartet, was passiert. Will mich sicherlich in flagranti erwischen. Gibt es eine Möglichkeit, hier rauszukommen, ohne den Eingang zu benutzen?“
Einen Moment blickte Martin den Mann an, dann grinste er.
„Sicher, Nebeneingang zum Nachbarhaus.“
„Okay, läßt Du mich da raus? Und das ist fürs Bier!“ Er legte einen Hunderter auf die Theke. „Stimmt so!“
„Dann komm mal mit, Leidensgenosse“, grinste Martin erneut und dirigierte ihn hinter der Theke zum Nebeneingang des Hauses. „Da vorne kannst Du raus!“
„Danke“, sagte Abelius, öffnete die Haustür und spähte vorsichtig hinaus. Linker Hand sah er Lessmann, wie er durch das Fenster ins Innere der Kneipe lugte. Er wartete, bis der junge Kommissar sich entschloß, hineinzugehen. Dann trat er rasch auf die Neußer Straße, wandte sich nach rechts und begab sich im Laufschritt auf den Rückweg zum Bahnhof.

Lessmann betrat die Kneipe, auch auf die Gefahr hin, Abelius direkt in die Arme zu laufen, falls der von der Toilette zurückkam oder sich sonstwo im Lokal aufhielt. Doch das geschah nicht. Er trat an die Theke und sah den Wirt an.
„Hey, Dich kenne ich doch“, sagte der. „Du warst doch vor kurzem mit Deiner hübschen Kollegin hier.“
„Richtig, Lessmann, Kripo Köln!“
„Genau, der Kommissar, der einen bleibenden Eindruck bei meiner Uschi hinterlassen hat!“
Bevor er seine Uschi herbeirufen konnte, hielt Lessmann ihn zurück.

„Wo ist der Mann, der ein paar Minuten vor mir hier reingekommen ist? Ende fünfzig, Anfang sechzig, braunes Haar, leicht angegraut an den Schläfen."
„Hinter dem bist Du her?" fragte Martin unsicher.
„Ja, wäre ganz gut, wenn ich wüßte, wo er ist!"
„Scheiße!" entfuhr es dem Wirt. „Der hat mir einen Bären aufgebunden. Hat was von einem Detektiv erzählt, den ihm seine mißtrauische Frau angeblich auf den Hals gehetzt hat. Ich habe ihn durch den Flur des Nachbarhauses rausgelassen!"
„Ja, in der Tat , Scheiße!" nickte Lessmann.
„Tut mir leid", hob Martin die Schultern, „konnte nicht wissen, dat Du der vermeintliche Schnüffler bist!"
„Schon gut", winkte Lessmann ab und verließ die Kneipe. „So ein raffiniertes Arschloch!" fluchte er vor sich hin, als er im Eilschritt nun ebenfalls zurück zum Bahnhof hastete.

Jetzt mußte es rasch gehen. Er konnte nicht genau abschätzen, wieviel Vorsprung er sich mit seinem Manöver verschafft hatte. Ein paar Minuten, mehr sicher nicht. Den Koffer und die Aktentasche holte er aus dem Kofferraum und deponierte beides in einem Schließfach des Bahnhofs. Die Sporttasche für Freund Schild beließ er im Kofferraum. Dann fuhr er zum Hotel in der Gewißheit, daß der Kommissar es noch nicht wieder zurückgeschafft und seine Beschattung erneut aufgenommen hatte.
Seine Uhr zeigte vier Minuten nach halb neun. Wie angekündigt, hupte er zweimal und wartete. Nur wenige Augenblicke, und Schild trat aus dem Hotel heraus und stieg zu ihm in den Wagen. Unverzüglich fuhr Abelius los.
„Deine Nachricht vorhin habe ich wohl verstanden, aber was sollte das von wegen ‚Schatz' und ‚ich freue mich auf Dich'?" fragte Schild.
„Ja, und das Küßchen nicht zu vergessen. Aber bild' Dir bloß keine Schwachheiten ein", grinste Abelius. „Ich mußte nur einen vorübergehend lästigen Schatten abwimmeln!"

„Verstehe nur Bahnhof“, erwiderte Schild.
„Ist auch unwichtig! Hauptsache, Du hast das richtig verstanden, was ich Dir mitteilen wollte!“ sagte Abelius und betrachtete ihn von der Seite. „Du solltest Dich zurückverwandeln. Damit fällst Du momentan mehr auf, als daß es Dich versteckt!“ Er wies auf die blonde Perücke und den Schurrbart. „Und die modische Brille würde ich an Deiner Stelle auch abnehmen. Wie Du vor Deiner Verwandlung ausgesehen hast, daran kann sich sicher keiner mehr so genau erinnern. Alle halten doch jetzt Ausschau nach einem erblondeten Jüngling mit dunkler Brille!“
„Du hast recht“, stimmte Schild zu, nahm seine komplette Verkleidung ab und warf die Sachen achtlos nach hinten auf den Rücksitz. „Wo ist die Sporttasche mit den Klamotten und dem versprochenen Geld?“
„Keine Panik! Alles da, hinten im Kofferraum!“
„Und, wie geht es jetzt weiter?“
Abelius griff in seine Jackentasche. „Hier habe ich ein Handy für Dich, schalte es ein und laß es auch die ganze Zeit über eingeschaltet. Wir fahren jetzt zum Haus unseres gemeinsamen Freundes nach Vogelsang. Auf dem Weg dorthin erkläre ich Dir, wie wir es anstellen!“

Im Haus Matheisen klingelte Siebenkottens Handy, seine Kollegin Arnsberg rief ihn an. Eine ganze Weile hörte er zu. Dann war das Gespräch zu Ende, und Matheisen sah ihn neugierig an.
„Was gibt es Neues?“
„Ein Zeuge hat sich gemeldet, der Schild gesehen hat, und diesmal scheint es ein brauchbarer Zeuge zu sein“, erklärte Siebenkotten. „Ein Angestellter der Kölner Seilbahn hat vor einer halben Stunde die Nachrichten gesehen und schwört, daß der Mann auf dem Foto heute um zehn Uhr von der Station Zoo hinüber gefahren ist zum Rheinpark. Aber das ist noch nicht alles. Er war in Begleitung eines anderen Mannes. Der Beschreibung nach war es Abelius!“

„Also haben die beiden sich bereits getroffen“, sagte Matheisen.
„Ja, sind rüber in den Rheinpark und nach einer halben Stunde, so die Aussage des Jungen von der Seilbahn, sind sie wieder zurückgekommen.“
„Guter Treffpunkt zum ungestörten Quatschen und für eine diskrete Geldübergabe!“
„Könnte also bedeuten, daß Schild jetzt auf und davon ist, wenn ihm sein Kumpel genügend Geld gegeben hat!“
„Ja, wie wir schon vermutet haben“, überlegte Matheisen, „dürfte Schild über Sarah Vieten den Kontakt zu Abelius hergestellt haben, bevor er sie anschließend vergewaltigt und umgebracht hat!“
„Genau, Chef“, nickte Siebenkotten.
„Noch was?“ fragte Matheisen lauernd. „Du guckst so komisch.“
„Hildegard und Steffen, die beiden machen sich die größten Vorwürfe, daß sie in dem blonden Mann nicht Schild erkannt haben. Vor allem sie hat ihrem Partner wohl die Hölle heiß gemacht. Und der ist bereits vor geraumer Zeit losgestürmt. Sie weiß nicht, wohin. Sie erreicht ihn nicht auf dem Handy, zu Hause ist er auch nicht. Hockt vermutlich in einer Kneipe und ertränkt seinen Kummer im Alkohol!“
„Ist manchmal auch nicht das Schlechteste!“ bemerkte Matheisen.
„Ich kann verstehen, daß sie sich diese Vorwürfe machen, aber genauso gut könnte auch ich mir den Schuh anziehen, am Tod der Psychologin Schuld zu tragen. Wenn ich Schild nicht ins Präsidium bestellt hätte, nur um eventuell eine Reaktion zu provozieren, säß der noch immer warm und trocken im Knast, und wir hätten es nur mit Abelius zu tun!“
„Das ist auch Quatsch, mein Junge! Zugegeben, es war vielleicht nicht einer Deiner besten Ideen, die Du jemals hattest, aber Du bist nicht dafür verantwortlich, was andere aus freien Stücken beschließen zu tun!“
„Nett von Ihnen, das zu sagen, Chef!“

„Sieh mal“, fuhr Matheisen fort, „es gibt gute Polizisten, und es gibt sehr gute Polizisten. Und selbst den Besten unterläuft mal ein Fehler. Oder meinst Du, ich wäre fehlerlos durch mein Polizistenleben gegangen?“
„Nein, natürlich nicht“, erwiderte Siebenkotten, „aber hier hat es einem Menschen das Leben gekostet. Das ist Fakt!“
„Ja, aber die Frau Doktor hat sich auch selbst in Gefahr begeben. Sie hätte sich nicht mit Abelius einlassen sollen. Und daß Schild sie umgebracht hat, ist ganz alleine dessen Schuld!“
„Trotzdem, Chef, werden wir drei noch eine Weile daran zu knabbern haben!“
„Okay, das ist in Ordnung! Das zeigt auch, daß Ihr zu den sehr guten Polizisten gehört!“ sagte Matheisen und legte seinem jungen Freund die Hand auf die Schulter.

Seine Befürchtung bewahrheitete sich. Als er zu seinem geparkten Wagen zurückkehrte, war der schwarze BMW verschwunden und Abelius jetzt irgendwo in der Stadt unterwegs. Wie es Lessmann schien, hatte er momentan nicht gerade eine Glückssträhne.
Was hatte der Mann jetzt vor? Er hatte also bemerkt, daß er beschattet wurde und hatte ihn vom Wagen weggelockt, um nun unbehelligt was zu tun? Sich mit Schild treffen? Oder das tun, was sie alle vermuteten? Oder wollte er einfach nur verschwinden?
Unschlüssig stand Lessmann an seinem Wagen. Und was sollte er jetzt tun? Weiter wie ein begossener Pudel hier stehen und Maulaffen feilhalten? Aber was konnte er jetzt noch tun? Kreuz und quer durch die Stadt fahren und auf einen glücklichen Zufall hoffen? Nach allem, was in den vergangenen vierundzwanzig Stunden passiert war, konnte er wohl kaum auf sein Glück zählen.
Er nahm sein Handy aus der Tasche und klappte es auf. Doch gleich darauf klappte er es wieder zu und steckte es weg. Nein, er würde sie nicht anrufen! Jetzt nicht, vielleicht

später! Er wollte auch nicht wissen, ob sie versucht hatte, ihn zu erreichen. Stur wie sie manchmal war, konnte es sehr gut sein, daß es sie gar nicht interessierte, was er momentan anstellte.
Mit der flachen Hand schlug er auf das Wagendach, schloß dann auf, setzte sich hinter das Steuer und fuhr los.

Der schwarze BMW bog in den Goldammerweg ein und rollte mit den vorgeschriebenen dreißig Stundenkilometern bis zur Ecke Bachstelzenweg. Dort hielt er. Einer der beiden Männer stieg aus und entfernte sich langsam vom Wagen.
Kurze Zeit später ging bei der Zentrale der Polizei ein Anruf ein, der wiederum nur zwei Minuten später Siebenkotten im Haus Matheisen aufscheuchte. Er stürmte hinaus zu Humme und Frenken, die momentan an der Reihe waren, im Wagen vor dem Haus Wache zu schieben.
„Gerade ist ein anonymer Anruf eingegangen. Vorne an der Ecke steht ein schwarzer BMW mit Hamburger Kennzeichen, darin soll ein Mann mit einer Pistole hantieren. Fahrt hin und seht Euch das an. Ich bleibe im Haus!“

Das Handy des Mannes, der im Wagen geblieben war, läutete. Kaum hatte er sich gemeldet, startete er auch schon den Wagen. Sein Kumpel warnte ihn.
„Bullen in einem blauen Escort! Verschwinde! Ich komme allein zurecht!“
Kaum hatte er die Warnung vernommen, tauchten die Scheinwerfer des Wagens in seinem Rückspiegel auf. Er trat aufs Gaspedal und pfiff auf die dreißig Stundenkilometer. Das Zivilfahrzeug der Polizei mit Humme und Frenken ebenfalls.
Beide Wagen schossen über den Goldammerweg zur nächsten Hauptstraße. Dort ging es links ab, eine breite Straße, die ins Gewerbegebiet führte. Dann noch einmal mit quietschenden Reifen linksherum bis zum Militärring. Der Abstand der beiden Fahrzeuge verringerte sich kaum.

Frenken, der auf dem Beifahrersitz saß, gab das Kennzeichen durch. Der Mann im schwarzen BMW zog den Wagen rechts auf den Militärring und trat das Gaspedal bis auf den Boden durch. Sofort gewann er ein paar Meter mehr Abstand. Dann jedoch mußte er voll auf die Bremse. Vor ihm fuhr ein langsamer Kombi und ein Überholen war nicht möglich. Gegenverkehr! Der Escort schloß auf. Der BMW zog nach links und riskierte es. Nur knapp entgingen sie alle einer Katastrophe. Der entgegenkommende PKW war im letzten Augenblick auf den rechten Standstreifen ausgewichen, und der BMW schlingerte wieder auf seine Fahrbahn zurück, hatte nun wieder freie Fahrt.

Der Schreck saß ihm noch in den Gliedern, nachdem er den Wagen auf dem Standstreifen schon lange zum Stehen gebracht hatte. Der Motor lief, und Lessmann sah das gerade Erlebte noch einmal an sich vorüberziehen. Die Scheinwerfer, die auf ihn zurasten, den Kombi auf der linken Fahrbahn, der schwarze BMW, der an ihm vorbeischoß, als er auf den Standstreifen schleuderte. Dann, wie in einem Blitz, das Gesicht von Humme hinter dem Steuer des blauen Fords, der hinter dem BMW herjagte.
Seine Hände zitterten, als er den ersten Gang einlegte, und es waren mehrere Minuten verstrichen, bis Lessmann sich entschied, seine jäh unterbrochene Fahrt fortzusetzen.

In Matheisens Haus bekam Siebenkotten die Information, daß seine beiden Kollegen dicht hinter dem schwarzen BMW her waren. Sie fuhren auf dem Militärring Richtung Niehl. Das Kennzeichen war inzwischen überprüft. Ein Wagen der Firma Europcar, wie das Hamburger Kennzeichen schon vermuten ließ. Und gemietet war der Wagen von Hans-Hubert Abelius.
„Es ist also unser Freund“, sagte Matheisen.
„Ja, scheint so, und er ist allein im Wagen! Fährt wie ein Henker, aber Humme bleibt dran! Wir kriegen ihn, Chef!“

Mittlerweile hatten die beiden Fahrzeuge die Amsterdamer Straße erreicht, mißachteten jede Verkehrsregel und jede rote Ampel. Zum Glück waren hier wenige andere Wagen unterwegs. Der Abstand zwischen beiden betrug knappe achtzig Meter. Er verringerte sich hin und wieder um wenige Meter, wenn der BMW gezwungen war, kurz zu bremsen, um einen Unfall zu vermeiden.
Aber auch Humme, der ein guter Autofahrer war, saß schweißgebadet hinter dem Steuer und versuchte ebenfalls unfallfrei dranzubleiben. Langsam sollte Verstärkung auftauchen und eine Straßensperre einrichten. Aber so schnell ging das nicht. Jeden Moment konnte der BMW in eine der zahlreichen Nebenstraßen abbiegen, was er auch jetzt in dem Augenblick tat. Er schlingerte auf die Zufahrt zur Mülheimer Brücke. Der Mann am Steuer kramte in seiner Jackentasche. Er fühlte die Pistole und zog sie heraus. Dann riß er entsetzt die Augen auf. Die Mülheimer Brücke konnte er vergessen. Stau! Der Bürgersteig war keine Alternative, zu schmal! Aber eine Lösung mußte schnell her! Kurz vor dem Stauende ging rechts ein Weg ab, der unter der Brücke hindurchführte. Keine offizielle Straße, aber breit genug, daß er sie benutzen konnte.
Er riß das Steuer herum und schoß nach rechts. Mit unverminderter Geschwindigkeit unter der Brücke durch. Im Rückspiegel sah der Mann, wie auch der Ford um die Kurve schleuderte und hinter ihm herkam. Einen winzigen Moment zu lange blickte er in den Rückspiegel und übersah eine Biegung in der Straße. Er versuchte noch, das Steuer nach links zu reißen, doch das rechte Vorderrad geriet auf die Grasböschung, prallte gegen einen Begrenzungsstein, und der Wagen raste quer über die Straße, durchbrach einen Drahtzaun, wurde wieder zurück auf die Fahrbahn geschleudert und wälzte sich einen Abhang hinunter. Er pflügte dabei ein paar junge Bäumchen auf der Rheinwiese um. Dann rutschte er wie in Zeitlupe bis zum Ende des Abhangs und blieb dort halb zur Seite gekippt liegen.

Nur dem Sitzgurt hatte der Mann es zu verdanken, daß er nicht durch die Windschutzscheibe geflogen war. Aber er blutete am Kopf und am linken Arm. Der Jacken- und Hemdärmel waren weit aufgerissen.
Es gelang ihm, die Tür aufzustemmen und sich hinauszuzwängen. Da stand er, benommen. Oben auf der Straße hielt der Escort, und die beiden Polizisten erschienen am Rand des Abhangs.
Der Kofferraumdeckel ließ sich nur mit Mühe öffnen, aber er schaffte es. In der Linken die Sporttasche, mit der Rechten umklammerte er die Pistole und rannte los. Sein linker Knöchel schmerzte bei jedem Schritt, als ob jedes Mal ein Messer hineinfahren würde. Aber das spornte ihn noch mehr an. Sie würden ihn nicht kriegen.
Hinter sich hörte er Rufe und einen ersten Schuß. Unbeirrt hastete er weiter. Die Dunkelheit würde es ihnen unmöglich machen, ihn zu treffen. Immer weiter lief er durch das halbhohe, nasse Gras in Richtung Fluß. Immer schneller lief er, zu schnell, bis er strauchelte. Er rappelte sich hoch und hastete weiter. Der Schmerz im Knöchel war fast unerträglich, womöglich war er sogar gebrochen. Aber er wollte sich auf keinen Fall schnappen lassen!
Er sah den Fluß schon vor sich, glänzend im Mondlicht. Bis dorthin ein breites Kiesbett. Selten hatte es im vergangenen Monat geregnet, und der Rhein führte nur wenig Wasser. Wenn er es bis dorthin schaffte, konnte er vielleicht zum anderen Ufer hinüberschwimmen. Wieviele Meter mochten es sein? Dreißig? Viel breiter war die Fahrrinne sicher nicht. Und die Tiefe? Vielleicht zwei oder drei Meter. Aber die Strömung wäre sicher sehr stark. Egal, er würde es schaffen!
Dann fielen erneut Schüsse. Er blickte zurück und schoß ebenfalls, mehr blind als gezielt in die Richtung, aus der auf ihn geschossen wurde. Er hatte das Kiesbett erreicht, drehte sich noch einmal um und feuerte mehrere Schüsse ab. Da ließ ihn sein Knöchel endgültig im Stich. Das Bein knickte ihm weg, und er landete mit dem Gesicht im Kies.

Die Sporttasche war ihm aus der Hand geglitten. Hektisch tastete er nach ihr. Als er sie zu fassen bekam, richtete er sich halb auf und sah zwei schemenhafte Gestalten auf sich zukommen, keine dreißig Meter mehr von ihm entfernt.
Er schoß noch einmal. Dann traf ihn eine erste Kugel in die Schulter. Sekundenbruchteile später eine zweite in die linke Brust. Er kippte vornüber, landete wieder mit dem Gesicht im Kies. Doch die kühlen Steine an seiner Wange spürte er schon nicht mehr.

* * *

Kapitel 26

Während Lessmann den Wagen in den Goldammerweg lenkte, rief er Andreas auf dessen Handy an.
„Was ist los bei Euch?“ fragte er aufgeregt. „Ich bin gerade nur knapp einer Katastrophe entgangen!“
„Welcher Katastrophe?“ fragte Siebenkotten zurück.
In wenigen Sätzen schilderte Lessmann, was ihm gerade passiert war.
„Wo bist Du denn jetzt?“ wollte Siebenkotten wissen.
„In zwei Minuten bei Euch. Bin gerade in den Goldammerweg eingebogen.“
„Okay, dann komm’ her! Abelius hat sich hier in der Nähe rumgetrieben. Jemand hat beobachtet, wie er im Auto mit einer Pistole hantiert hat. Dieser Jemand hat uns dann auch alarmiert. Klaus und Schlüter sind hinter Abelius her, und dabei hätte es Dich beinahe noch erwischt!“
Damit beendete Siebenkotten das Gespräch und blickte zu Matheisen und Carolina, die auf dem Sofa saßen. Carolina knetete nervös ihre Hände, während ihr Mann relativ gelassen neben ihr saß. Es war nicht seine Art, selbst in großen Gefahrenmomenten nervös zu werden oder hektisch zu reagieren. In solchen Situationen hatte er bisher stets die Ruhe bewahrt, so auch jetzt.
„Er hat also tatsächlich versucht, an mich ranzukommen“, konstatierte er nüchtern, stand auf und ging auf die Terrassentür zu. „Na ja, hatten wir ja auch mit gerechnet. Damit dürfte das Thema dann aber wohl erledigt sein, und ich gönne mir mal wieder eine Zigarette!“
Er holte sein Päckchen Reval heraus, öffnete die Tür und trat hinaus auf die Terrasse. Der Himmel war klar, und ein leichter Wind strich durch die Sträucher des Gartens. Schützend hielt Walter eine Hand um sein Feuerzeug und ließ es aufflammen. Den ersten Zug inhalierte er tief und behielt ihn lange in der Lunge.

Siebenkotten konnte sich ein leichtes Schmunzeln nicht verkneifen. Auch Carolina lächelte milde, und die Unruhe wich langsam aus ihrem Körper.
„Nun müssen wir uns keine Sorgen mehr machen“, beruhigte Andreas sie weiter. „Wir schnappen den Mistkerl, und dann schicken wir ihn dahin zurück, wo er gerade hergekommen ist, nämlich in den Knast! Auf jeden Fall kriegen wir ihn wegen Fluchthilfe und unerlaubten Waffenbesitzes dran. Damit ist seine Bewährung im Eimer!“
Carolina nickte mit sichtbarer Erleichterung im Gesicht. Eine Zentnerlast schien ihr vom Herzen zu fallen.

Sein Blick streifte über die Umgebung. Von hinten näherte er sich den Häusern wie ein Hund, der zu einem fremden Freßnapf will, aber zuerst Witterung aufnimmt, ob er auch geduldet wird. Das Haus, zu dem er wollte, war nicht direkt zugänglich. Zunächst mußte er ein Nachbargrundstück überqueren. Mit einer gekonnten Flanke schwang er sich über den niedrigen Zaun, der die Grundstücke voneinander trennte. Dann zog er sich in das Gebüsch rechts neben dem Haus zurück. Dadurch verschmolz er völlig mit der Dunkelheit.
Sein Plan schien tatsächlich so aufzugehen, wie er es sich vorgestellt hatte, obwohl die Vorbereitungszeit äußerst knapp bemessen gewesen war. Die Bullen, die vor dem Haus Wache geschoben hatten, war er los. Und sein Kumpel spielte den Hasen, wenn auch unfreiwillig.
Geduldig warf er einen Blick auf das Leuchtzifferblatt seiner Armbanduhr, obwohl die Uhrzeit völlig uninteressant war. Er konnte sich nun hinlänglich Zeit lassen. Und er wollte die Genugtuung über sein raffiniertes Vorgehen noch eine Weile auskosten.
Da vernahm er plötzlich ein Geräusch, das von der Terrasse kam. Die Tür wurde geöffnet und jemand trat in den Lichtschein hinaus. Da war er! Unverkennbar, Walter Matheisen, der Mann, der seine Rachegelüste am Leben gehalten hatte.

Und da war der Moment, auf den er so lange hatte warten müssen. Er sah das Feuerzeug kurz aufflammen.
„Okay, ich gönne Dir noch Deine letzte Zigarette“, dachte der Mann mit einem diabolischen Grinsen im Gesicht.
Seine rechte Hand umklammerte die Pistole mit dem Schalldämpfer. Langsam zog er sie aus der Jackentasche. Dann stockte er. Er hörte einen herannahenden Wagen. Schnell fuhr der, und er wurde abrupt vor dem Haus abgebremst. Eine Wagentür schlug zu.
Waren die Bullen zurückgekommen? Hatten sie die Verfolgung aufgegeben oder erfolgreich zu Ende gebracht? Und nun waren sie zu ihrem angestammten Platz zurückgekehrt.
Egal, jetzt mußte er doch rasch handeln.

Erneut klingelte Siebenkottens Handy. Diesmal rief ihn Klaus Humme an. Nur kurz lauschte er. Dann fuhr ihm der Schreck in die Glieder.
Sein Kollege teilte ihm mit, daß sie den Flüchtigen gestellt hatten. Bis zum Rheinufer, kurz hinter der Mülheimer Brücke, hatten sie ihn verfolgt. Dort war es zum Schußwechsel gekommen, wobei der Flüchtige von zwei Kugeln getroffen worden war, eine davon war tödlich.
Der wichtigste Satz von Humme allerdings war, daß es sich bei dem Mann nicht um Hans-Hubert Abelius handelte sondern um Eberhard Schild!
Im gleichen Moment, wo Siebenkotten bewußt wurde, was das bedeutete, schellte es an der Haustür. Er zog die Pistole aus dem Schulterhalfter und stürmte zum Eingang. Dort ging er in die Hocke, riß die Tür auf und richtete die Waffe auf den Mann, in der Erwartung, Abelius vor sich zu haben.
Im letzten Augenblick erkannte er den Kollegen Lessmann. Erschrocken sprang der einen Schritt zurück in den Vorgarten.
„Hey, was soll das?“ fuhr Steffen seinen Chef an.
Siebenkotten richtete sich auf und atmete tief durch. Doch die Erleichterung war nur von kurzer Dauer.

„Scheiße! Der hat uns ganz schön an der Nase rumgeführt!" platzte es aus ihm heraus.
„Wer?" fragte Lessmann, der sich von seinem Schreck erholt hatte.
„Abelius! Den, den Schlüter und Klaus verfolgt haben und der Dich beinahe über den Haufen gefahren hätte, war Schild und nicht Abelius! Klaus hat mich gerade angerufen. Sie haben ihn auf der Rheinwiese erschossen!"
„Und Abelius?" fragte Lessmann.
„Als es schellte, dachte ich, er wäre es!"
„Aber der schwarze BMW, das war doch sein Wagen!" bemerkte Lessmann verständnislos.
„Eben! Los! Versuch' von hinten in den Garten zu kommen! Ich gehe von drinnen zur Terrasse! Der Chef ist in höchster Gefahr!"
Wie eine Furie wirbelte Andreas durchs Wohnzimmer an einer aufgeschreckten Carolina vorbei zur Terrassentür.
Lessmann rannte derweilen mit gezogener Waffe zu den Gärten auf der Rückseite der Häuser.

Der Mann trat hinter dem Gebüsch hervor und fixierte weiter Matheisen, der rauchte. Noch umhüllte den Mann die Dunkelheit, doch mit jedem Schritt, den er über den Rasen auf die Terrasse zuging, nahm seine Gestalt deutlichere Konturen an. Mit der Pistole im Anschlag ging er noch zwei Schritte auf sein Ziel zu.
Da bemerkte Matheisen ihn, blickte ihn direkt an. Und plötzlich, wie aus heiterem Himmel, fielen Schüsse. Hinter ihm, vor ihm. Mehrere Kugeln trafen ihn fast gleichzeitig. Auch seine Smith&Wesson hustete zweimal. Doch real bekam er das schon gar nicht mehr mit. Und ob seine Schüsse ihr Ziel getroffen hatten, registrierte er schon gar nicht. Mit dem Gesicht nach unten lag er im nassen Gras, keinen halben Meter von der Terrasse entfernt. Eine weitere Salve von Schüssen traf seinen Körper, und auch die spürte Hans-Hubert Abelius schon lange nicht mehr.

Walter Matheisen lag ebenfalls mit dem Gesicht nach unten am Boden. Fast berührten sich die Hände der beiden liegenden Körper.
Mit wutverzerrtem Gesicht stand Siebenkotten da, die Pistole noch immer im Anschlag und leergeschossen. Wie in eine außerirdische Welt katapultiert, starrte er auf die beiden vor ihm liegenden Körper.
Auf dem Rasen stand Lessmann, auch er die Pistole im Anschlag. Er beugte sich zu Abelius hinab, trat mit einem Fuß auf dessen Waffe, die noch immer von der Hand umklammert wurde. Er legte zwei Finger an die Halsschlagader und schüttelte gleich darauf den Kopf.
„Der ist hin!“ sagte er.
Langsam fand Siebenkotten wieder in die Realität zurück und ließ sich auf die Knie fallen. Hinter ihm trat Carolina auf die Terrasse. Aus ihrem Gesicht war jegliche Farbe gewichen, und ein Schrei blieb ihr im Hals stecken.
Erschüttert und ungläubig beugten sich beide über Walter Matheisen.

* * *

Kapitel 27

Sie saßen im Wohnzimmer beisammen. Die Erleichterung war mit Händen greifbar.
„Als Sie so da lagen, Chef, da dachte ich wirklich, Sie wären tot!"
„Nein, mein Junge! Als die Ballerei losging, habe ich mich sofort hingeworfen. Ich stand ja praktisch im Kreuzfeuer! Nachher hätte mich noch einer von Euch getroffen! Das konnte ich nicht riskieren!" lächelte Matheisen.
Neben ihm auf dem Sofa saß Carolina, dicht an ihn geschmiegt, die Arme fest um ihn gelegt, als wolle sie ihn nie mehr loslassen. Tränen liefen ihr über das Gesicht, das langsam wieder Farbe gewann.
Im Garten arbeitete die Spurensicherung, und die Leiche war bereits auf dem Weg ins Gerichtsmedizinische Institut. Dort würde man feststellen, daß Abelius insgesamt von dreizehn Kugeln getroffen worden war. Mehrere davon waren tödlich gewesen, und die letzten vier Treffer waren in den Körper eingedrungen, als er bereits am Boden lag und tot war.
Auch ohne die Berichte der Gerichtsmedizin und Ballistik wußte Siebenkotten, daß diese letzten Kugeln aus seiner Waffe stammten. Unbeherrscht, von Haß erfüllt und in blinder Rage, hatte er seine Sig-Sauer in den Körper des Mannes leergeschossen.
Mit Sicherheit würde es eine interne Untersuchung geben, ganz gleich, was in seinem oder Lessmanns Bericht stehen würde.

Zwei Tage später wurde im Hauptbahnhof Alarm ausgelöst. In einem Schließfach waren zwei verdächtige Dinge entdeckt worden, ein Koffer und eine Aktentasche. Experten der Sprengstoffabteilung kümmerten sich darum. Es befand sich jedoch kein Sprengstoff im üblichen Sinne darin.

Aber der Inhalt, vor allem der der Aktentasche, stellte schon so etwas wie eine Bombe dar. Nachdem man festgestellt hatte, daß es sich um die Sachen von Hans-Hubert Abelius handelte, war alles dem KK11 übergeben worden.
Neben einem Flugticket nach Zürich, Unterlagen über die Südseeinsel Bora-Bora sowie mehrere hunderttausend Euro in großen Scheinen entnahm Siebenkotten der Aktentasche einen braunen Briefumschlag, der an das Verlagshaus Jaschke&Partner adressiert war. Er zog den Inhalt heraus und las das letzte Kapitel des Manuskripts ‚Das Böse in mir' laut vor:

„Niemand kann ermessen, welches Vergnügen es mir bereitet, diese letzten Zeilen für mein Werk zu schreiben. Ich habe es geschafft!
Über sechzehn Jahre habe ich im Knast gesessen und darüber gebrütet, wie ich es anstellen kann, vorzeitig in Freiheit zu gelangen. Und es ist mir gelungen!
Ich habe es tatsächlich geschafft, alle hinters Licht zu führen! Gefängnisdirektoren, Mitgefangene, die Justiz, sogar Frau Dr. Sarah Vieten, die Expertin für so schwere Jungs wie mich, habe ich auf den Leim geführt. Ja, mehr noch, sie hat noch bis zum Schluß geglaubt, mit uns das könnte eine echte Liebesbeziehung werden!
Natürlich habe ich in erster Linie an Flucht gedacht und entsprechende Dinge angeleiert. Man muß immer eine Alternative in der Hinterhand haben. Daß ich letztlich alle von meiner tiefgreifenden Reue und Läuterung überzeugt habe, war zwar der längere Weg, gespickt mit sehr viel Selbstverleugnung, dafür aber die Garantie, mich in Freiheit auch absolut frei bewegen zu können.
Nie, zu keiner Zeit, in keiner Sekunde meines Lebens hatte und habe ich mich geändert! Das haben zwei weitere Menschen am eigenen Leib bitter erfahren müssen. Fritz Eichel, der sich nur allzu bereitwillig hatte korrumpieren lassen, mußte im Parkhaus daran glauben. Dorthin hatte ich ihn be-

stellt, nicht weil er meine treue, naive Seele Cornelia vergewaltigt hatte, sondern weil er zu viel über meine anderen Pläne wußte. Daß es nun einen miesen Vergewaltiger weniger auf der Welt gibt, ist nur ein netter Nebeneffekt.
Und dann die naive Conny Sperling, sie hätte eh keine Freude mehr am Leben gehabt. Praktisch habe ich ihr sogar einen Gefallen getan, als ich ihr den tödlichen Drink eingeflößt habe. Nein, niemand soll am Ende behaupten, ich wäre ein Heuchler. Sie hätte auch dann sterben müssen, wäre ihr die Begegnung mit Eichel erspart geblieben. Für sie waren von vorneherein die Tabletten bestimmt, die sie mir selber besorgt hatte. Sozusagen ein Lamm, das sich selbst zur Schlachtbank führt! Auch sie wußte zuviel und wäre für mich ein ständiger Klotz am Bein gewesen.
Das gleiche Problem wäre die gute Frau Doktor gewesen, doch diese Arbeit hat mir mein Kumpel Schild abgenommen. Auch ihn habe ich nur für meine Zwecke benutzt. Seinen letzten Dienst, von dem er allerdings noch nichts ahnt, wird er mir heute erweisen. Sollte er es überleben, wird er anschließend, zurück im Knast, genügend Zeit haben, darüber nachzudenken, wie leicht auch er zu beeinflussen und zu manipulieren war.
Denn nun zu meinem finalen Ziel, dem alten Hauptkommissar Walter Matheisen. Auch er wird meine Rache nicht überleben und die Bestätigung bekommen, daß er die ganze Zeit recht hatte, ebenso wie sein junger Freund Siebenkotten. Denen konnte ich nichts vormachen. Dafür zolle ich ihnen meinen Respekt und meine aufrichtige Anerkennung!
Aber was spielt das jetzt noch für eine Rolle. Ich werde so weit weg und versteckt sein, daß ich hiermit freimütig alles gestehen kann. Nie wird man mich aufspüren und finden. Der einzige, der es eventuell hätte schaffen können, befindet sich nun bald ebenfalls im Jenseits!
Der Titel meines Werkes, ob es nun veröffentlicht wird oder nicht, völlig belanglos, trifft es, wie die berühmte Faust aufs Auge! Das Böse in mir!

Ja, das Böse war in mir. Da ist es noch immer und da wird es auch bleiben, bis auch ich den letzten Atemzug gemacht habe. Möglicherweise noch darüber hinaus. Wer weiß das schon!“

Siebenkotten ließ die Blätter auf den Tisch sinken. Im Raum herrschte für Minuten eine bedrückende Stille. Keiner seiner Kollegen sagte etwas, und auch er blieb nun sprachlos.

E N D E

Epilog

Nach ihrer Entlassung aus der Untersuchungshaft arbeitete Veronika Grothe noch einige Monate in ihrem erlernten Beruf als Friseuse. Dann lernte sie einen Geschäftsmann kennen, der nicht nur vorgab, einer zu sein. Davon überzeugte sie sich dieses Mal gewissenhaft. Doch auch er war wesentlich älter als sie, was ihr wiederum nichts ausmachte. Sie schien eben auf ältere Männer zu stehen.
Er verwöhnte sie, und sie gab ihren Job auf. Sie begleitete ihn zu den schönsten Orten der Erde, an die Copa Cabana in Rio, nach Dubai ins Barj Al Arab, zum Formel1-Rennen nach Monte Carlo, einem mehrwöchigen Strandurlaub auf Tasmanien und einer Kreuzfahrt durch die Karibik.

Als Leon Jaschke Abelius' letztes Kapitel zur Kenntnis gelangte, verlor er jegliches Interesse an einer Veröffentlichung des Werkes ‚Das Böse in mir'. Die Geschichte eines zwölffachen Mörders, der sich scheinbar vom Saulus zum Paulus gewandelt hatte, hätte er liebend gerne herausgebracht und damit sicherlich einen Bestseller gelandet.
Aber nach der Lektüre des letzten Kapitels, wonach feststand, daß der Mann nun vierzehn Morde begangen und sich überhaupt nicht geändert hatte, widerstrebte eine Veröffentlichung ganz und gar seinen ethischen Prinzipien. Enttäuscht schickte er das gesamte Manuskript durch den Reißwolf.

Richter Gunnar Irlenbusch wies alle Anwürfe, die gegen ihn laut wurden, vehement zurück. Schließlich hatte er lediglich aufgrund des Gutachtens einer Psychologin gehandelt, die auf ihrem Gebiet landesweit als Koryphäe galt. Die ganze Sache tat seiner weiteren Karriere keinen Abbruch. Vermutlich stünden seine Chancen, bald Richter am Bundesgerichtshof zu werden, nicht schlecht.

Der Gefängnisdirektor, Volker Liebig, ging ebenfalls rasch wieder zur Tagesordnung über. Zwei Gefangene hatten seine Anstalt verlassen, aber die beiden Zellen blieben nicht lange leer.

Der Tod des flüchtigen Eberhard Schild wirbelte wenig Staub auf. Die beiden Schüsse, die ihn getroffen hatten, stammten aus der Waffe Willi Frenkens. Doch auch der war nicht ungeschoren davongekommen. Einer der Schüsse, die Schild auf seine Verfolger abgegeben hatte, hatte sein rechtes Ohr gestreift und halb weggerissen. Das brachte ihm unter seinen Kollegen einen neuen Spitznamen ein. Jetzt hieß er nicht mehr ‚Schlüter' sondern ‚Nicki'!

Das Ehepaar Matheisen verbrachte die nächsten Monate in ihrem Ferienhaus auf Teneriffa. Schließlich blieben sie für immer auf den Kanaren und verkauften das Haus in Vogelsang. Es war tiptop in Schuß, bis auf zwei beschädigte Klinker auf der Rückseite, wo zwei Projektile eingeschlagen waren. Sie stammten aus der Smith&Wesson.

Bevor die interne Ermittlung gegen Andreas Siebenkotten zu einem endgültigen Schluß gelangte, kam er einer möglichen Suspendierung zuvor und quittierte den Dienst. Kurz darauf wurde er Chef des Sicherheitsdienstes eines mittelständischen Industriebetriebs im Bergischen.

Die Leitung des KK11 wurde der Hauptkommissarin Hildegard Arnsberg übertragen. Daher mußte ihr Partner Steffen Lessmann nun doch in einem anderen Kommissariat seinen Dienst verrichten. Ihre Hochzeit schoben sie auf unbestimmte Zeit hinaus.

Damit endet die Geschichte des KK11's und seiner Kommissare. Möglich wäre auch der Tod Walter Matheisens gewesen, aber es ging ja noch einmal gut!

Auf den folgenden Seiten weitere Bücher des Autors.

Alle momentan vorrätigen Titel können bestellt werden unter:

Burghard Meißner
Chemnitzer Str. 24
51067 Köln

oder:

Tel.: 0221 691670

oder:

e-mail: burghard.meissner@t-online.de

Besuchen Sie auch meine Internet-Seite:

www.krimi-mit-blut.de

TOD IM SCHATTEN
480 Seiten
ISBN: 978-3-00-030275-6
Euro 12,80
Erscheinungsdatum: April 2005

Mysteriöse Mordserie in Köln: Ein Juwelier, ein Pizzabäcker und eine Prostituierte sind die ersten, scheinbar willkürlich ausgewählten Opfer eines kaltblütigen Mörders. Der ersticht sie nachts auf offener Straße und hinterläßt ein blutiges Z auf ihrer Brust.
Hauptkommissar Walter Matheisen, der beste Mann der Kölner Kripo, und sein Team nehmen die Ermittlung auf. Doch zunächst tappen sie völlig im Dunkeln. *Zorro* hinterläßt keine Spuren und mordet offenbar ohne jedes Motiv. Immer wieder schlägt er zu, und erst sein achtes Opfer überlebt den Mordanschlag knapp.
Plötzlich stoßen Matheisen und seine jungen Kollegen Ute Glabsch und Andreas Siebenkotten auf eine heiße Spur...
Viele Monate später, der Mörder ist seiner gerechten Strafe nicht entgangen, wirbelt ein rätselhafter Mord an einem unbekannten jungen Südeuropäer alles wieder auf. Erneut wird Matheisen, der *Spürhund,* aktiv. Seine Nachforschungen führen ihn auf die Kanaren, nach Marokko und Madrid...

- wieder lieferbar in der 3.Auflage vom März 2010 -

DER TODESENGEL
240 Seiten
ISBN: 978-3-00-033647-8
Euro 9,90
Erscheinungsdatum: August 1998 (1.Auflage)
März 2001 (2.Auflage)
April 2005 (3.Auflage)
März 2011 (4.Auflage)

Binnen kürzester Zeit häufen sich in einem noblen Altersheim mit dem romantischen Namen 'Haus Herbstglück' die Todesfälle. Zufall?
Hauptkommissar Andreas Siebenkotten von der Kölner Kripo glaubt dies nicht. Aber er steht vor einigen Rätseln. Welche Rolle spielt die smarte und dubiose Heimleiterin, welche der Arzt, der die Totenscheine ausgestellt hat? Was ist mit den übrigen Angestellten und Heimbewohnern, die allesamt eine undurchdringliche Mauer des Schweigens vor sich aufgebaut haben? Wie paßt ein windiger Anlageberater aus Frankfurt am Main in dieses mysteriöse Puzzle?
Mit sturer Zähigkeit und unfehlbarem Instinkt deckt Siebenkotten ein Steinchen nach dem anderen auf.
Als sich dann jedoch ein Boulevard-Journalist und der pensionierte Kommissar Walter Matheisen einmischen, spitzt sich die Situation immer mehr zu, und beide ahnen nicht, in welch tödliche Gefahr sie sich begeben........

- wieder lieferbar in der 4.Auflage vom März 2011 -

TOD IN BESTER GESELLSCHAFT
300 Seiten
Euro 9,90
ISBN: 3-00-018258-6
Erscheinungsdatum: September 2006

Köln im Zeichen des Klüngels und der Korruption, und eine Edelhure, die einige hochgestellte wie angesehene Persönlichkeiten der Stadt zu ihren 'Klienten' zählt.
Eines Morgens wird sie ermordet in ihrem Appartement aufgefunden. Ein normaler Dirnenmord, oder wußte die Frau zuviel und wurde ihren einflußreichen Freunden zu gefährlich? Keine leichte Aufgabe für Hildegard Arnsberg und Steffen Lessmann von der Kölner Kripo, die in der besten Gesellschaft der Stadt nur mühsam mit ihren Ermittlungen vorankommen. Dann geschieht ein zweiter Mord...

- wieder lieferbar in der 2.Auflage vom März 2012 -

Nasser Tod
280 Seiten
ISBN: 978-3-00-033648-5
Euro 9,90
Erscheinungsdatum: März 2011

Am Rheinufer wird die Leiche einer blonden Frau gefunden. Sie ist vollkommen bekleidet. Ein Unfall oder Freitod? Oder wurde sie das Opfer eines Verbrechens?
Erste Untersuchungen bringen verblüffende Ergebnisse. Ebenso die weiteren Ermittlungen der beiden Kommissare Hildegard Arnsberg und Steffen Lessmann von der Kölner Kripo, die Unterstützung von dem pensionierten Hauptkommissar Walter Matheisen erhalten.
Am Ende blicken sie in die tiefsten Abgründe der menschlichen Seele. Liebe, Haß, Eifersucht, sexuelle Perversität und Habgier......

- Noch Exemplare lieferbar -